MOFANG

魔方

戴　子◎著

时代出版传媒股份有限公司
安徽文艺出版社

图书在版编目（CIP）数据

魔方/戴子著. —合肥：安徽文艺出版社,2020.9
（2022.7 重印）
ISBN 978-7-5396-6970-0

Ⅰ. ①魔… Ⅱ. ①戴… Ⅲ. ①中篇小说—小说集—中国—当代 Ⅳ. ①I247.5

中国版本图书馆 CIP 数据核字(2020)第 088344 号

出 版 人：姚　巍
责任编辑：张　磊　　　　　　　　装帧设计：褚　琦
....
出版发行：安徽文艺出版社　　www.awpub.com
地　　址：合肥市翡翠路 1118 号　　邮政编码：230071
营 销 部：(0551)63533889
印　　制：山东百润本色印刷有限公司　　(0635)3962683
....
开本：700×1000　1/16　印张：18.75　字数：270 千字
版次：2020 年 9 月第 1 版
印次：2022 年 7 月第 2 次印刷
定价：58.00 元
....

目　录

变化。我玩了这么多年,拧坏上百个魔方,甚至得了腱鞘炎,还原时间才 16 秒,勉强挤进业余门槛。

169 / 躁动的田野

雷声先在十里外观音山回旋,若有若无,时断时续,发出猛兽被扼住喉咙样的低号。接着,它仿佛崩塌的山岩,碰碰撞撞地挤出二道河,一步步逼近村子。正当人们凝神等待,它却倏地无影无踪,天地一片沉寂。大家长气还没舒完,它蓦然在头顶炸开,让人魂飞魄散,惶然不已。

203 / 这样的云, 这样的风

他的心蓦地一震:一种深沉的悲哀,漫过岁月的堤岸,在他胸腔呼啸奔腾。这一刻,他突然发现他错了。先入为主地放纵所谓感觉,等于理智被偏执绑架,就像组合弧形钢轨,最终成为弯曲的铁路,将人带到错误的尽头。

254 / 那方水土

假如我知道,凯旋般的欢迎场面后,我将像一只丧家犬,灰溜溜地借着黑夜逃离,我绝没心情像此刻这样:踩着沙沙作响的落叶,一面在银杏树下踱步,一面傲然地咀嚼过去。

六彩墨色

我不是鸵鸟，也不是蜗牛。

"鸵鸟"这顶桂冠，是妻子乔依赐予的。她是保险公司客户专员，时间多得如撒哈拉沙漠中的沙粒。她像轻盈的风，在形形色色的大楼间飘游，乐此不疲地参加各种讲座：美容护肤、茶道花道、翡翠水晶、风水八卦等等。她不仅由此发掘出一个个客户，还学到好些时尚词语。"鸵鸟心态"就是经典之一。她说，我在办公室敲敲写写，回家写写敲敲，就像回避现实、把头埋进翅膀的鸵鸟。后来，她将鸵鸟、骆驼和骆驼祥子相混，有时又叫我祥子。我几次想提醒她："鸵鸟足程极快，每小时 70 公里；我这只鸵鸟，保不准哪天峰回路转，也能成就一番事业。"我最终没说，因为她既不听也不信。

称我"蜗牛"，是苏为的戏谑。在我们这个四五万人的小县城，但凡肚里有几滴墨水，就算不识庐山真面目，也绝对知道他的大名。或者，不经意地在街头巷尾，瞻仰过他戴宽边黑框眼镜、头发挽成马尾的现代名士派头。苏为是画家，县美协理事。1985 年，县里举办首届画展，年仅 16 岁的他，以山水横幅《西峰清韵》夺取金奖，被业界誉为"神童"。住在王爷庙老街时，我是他虔诚的崇拜者，经常屁颠屁颠地跟着他，还刻意模仿他的衣着谈吐。但我如东施效颦，学不了他那潇洒倜傥的举手投足。后来他离了婚，搬到城西高档小区朗雅花苑。我也分到房子，住进城东县政府宿舍。虽然我们很少见面，但只要路过，他都会到我家坐坐。一次，他跨进我阳台改就的小书房，双手夸张地一摊："天啊！如此丑陋的蜗牛壳，居然藏着一个伟大作家！"我知道他在调侃,认真地说:"在中国,蜗牛意味着落后和保守,但在西欧,它象征着顽强和坚韧。"他宽宏大度地点头,似乎我的话如同真理,但那怜悯的笑意,表明他压根不信我的旁证。那以后,每逢同我打趣,他就叫我蜗牛。

鸵鸟也好,蜗牛也罢,真叫我选择,我宁愿是沙丁鱼。管理学概念中,"鲶鱼效应"非常有名。沙丁鱼生性温顺,喜欢安静平稳,但在长途运输中极易死亡。后来,渔民在水中放进鲶鱼,让它游来游去,驱动沙丁鱼逃生的本能,从而激发它们的生命活力。我时常觉得,我的性格确如沙丁鱼,总需什么激励,才能在枯燥中坚守写作。

不过,我就是我。我叫何又平,今年 38 岁,县志办科员。我姓名平常,经历平淡,工作也平凡得如同一片树叶。我以为,我的未来会如一泓清水,既无仕途的刀光剑影,更无商海的惊涛骇浪。我唯一的追求,就是写出一鸣惊人的好作品。可是,尽管我电脑敲得两眼发花,钢笔捏得指节起茧,写作却如陀螺般原地旋转。七八年来,除了烟盒大的通讯报道,我呕心沥血写就的短篇小说,一篇也未发表,只能自卑地躲进电脑,伴着我一腔热血一把泪地恸哭。

几个月后我才知道,正是我对发表作品的渴盼,让我不知不觉地卷进了一场阴谋,甚至稀里糊涂地当了帮凶。

初秋的阳光,疲软地缩在窗台,似乎被闷热搞得不知所措——立秋已经一周,三伏却才开始,午后气温高达 32℃。我端着一杯清茶,下意识地望着窗外,望着那利剑般直刺蓝天的电视塔。"何老师,何老师!"小李连唤两声,见我没反应,不由得扑哧笑出声,"又在构思? 不要走火入魔!"我茫然回头,怔怔地望着她。"我去一趟教育局,核实数据。"她将精巧的拎包一扬,轻快地走出去。

我喝了一口茶,皱皱眉头,扫视着顿显冷清的办公室。县志办共四人,除了兼职的政府办刘副主任,就是郑修明、小李和我。郑修明年近五十,当过中学教师,喜好吸烟却有肺气肿。他涨红脸不断咳嗽,喉咙里好像滚着不尽的痰球。越咳嗽他越抽烟,越抽烟越咳嗽。这种恶性循环的结果,就是他时常躺上病床。今天,他又在医院输液。小李是大学生,调来不久。她说:"历史积尘呼吸多了,没准哪天缩进资料柜,变成老古董。"她创造着一个个机会,绞尽脑汁总想外出。四五十平方米的办公室,布置了 4 张办公桌、6 个大号文件柜、几把椅子和沙发,而我是其中唯一能呼吸的物种。要在平时,我会像葛朗台抚摸金币一样格外珍惜这属于我的时间财富。可是此刻,我的思绪不再是矫健的鹰,在蓝天中尽情地翱翔;它像被打到七寸的小蛇,软软地蜷在桌面,死去般一动不动。

迄今为止,我投出的 5 个小说,始终未见回复。三个月过去了,90 个希望的太阳在我心空腾起,又 90 次无奈地在黑暗中沦落。我的心在绝望中僵硬。空调的冷气,寒风样让我战栗。陡然,一个念头如刀锋划过:"说不定,说不定就是现在!"我急急地走到楼下,期望有一封远方来信,鸿雁传书般为我带来惊喜。然而,除了头顶的骄阳、树上知了的聒噪,还是什么都没有。

我懒懒地回到办公室。蓦地,敲门声打碎室内的空寂,一下,两下,三下,礼貌而坚定。我急切地前去开门。不管是谁,不管什么事,至少,他能让我逃离这恍如窒息的孤独。

"我叫高青云,县美协的,想查点资料。"来人四十岁上下,方脸浓眉,春风和煦般笑着。

"哦,请进!"我打量他几眼。他上穿春仿色短袖衬衣,衣领挺括,没一丝皱纹;下着铁灰色西裤,笔直的熨痕,恰到好处地搭着皮鞋上沿。那打扮,不像不修边幅的艺术家,更像注重仪表的机关干部。倏忽,我觉得他有些面熟。那眼光微微上挑、像自负又像揶揄什么的神态,我在哪里见过。

"县上一个画家的作品,经过层层评选,获准参加全国美术大展。为了筹备他的研讨会,我想了解明代一个画家的情况。"

"明代画家?"我茫然,大脑一片空白。

"苏逸云,天启年间人,原籍本县。凑巧的是,参展画家也姓苏,叫苏为。

我想,他俩或许有历史渊源。"

"你是说,苏为参加大展?"我一下兴奋起来,"我俩过去是邻居,在王爷庙街住了十几年。上月我还碰见他,他要出差,说几句就匆匆走了。"

"你是……"

"我叫何又平。"

"何又平,好像苏为提过。"

我欣喜地拿出茶杯,用开水烫烫,又捧出一个青花瓷扁圆茶罐,里面放着我最喜欢的竹叶青。这茶贵如奢侈品,我辈寻常不敢消费。只有写完一篇小说,我才会犒劳自己一杯。

我请他坐下品茶,自己则打开文件柜,捧出资料翻弄起来。正如我毫无记忆一样,县志关于苏逸云的记载,蛛丝马迹也没有。

"找不到就算了,我不过是突发奇想。"他有些过意不去。

"不,再找找。"我抹抹汗,又开启另一个文件柜。

"苏为吗,你猜我在哪里?我在县志办你的老邻居小何老师这里。为了帮我查资料,他累得满头大汗。太感激了!……"

"就叫小何,要不叫名字。"我赧然道。

他冲我笑笑,继续对着电话说:"前天就说为你庆贺,你说女儿感冒,要回家照顾。今天我来安排,如何?好,6点,广场忘忧阁酒楼。我把又平叫上,我们好好聚聚。"他把手机递给我,"苏为要和你说几句。"

"又平,闲话休谈,借高青云的酒,我们一醉方休。"苏为意气飞扬道。我正要推却,他已挂机,手机传出烦人的蜂鸣。

"一起去吧,不必生分。"看见我在犹豫,高青云友好地说。

"好!"我故作爽快地点头。话一出口,我心里恍若现出一个黑洞:为苏为庆祝,应该。可是我呢,用什么哀悼我的小说?虽然太阳照样升起,可在苏为和我眼中,太阳绝对不同。

"又平老弟,两小时后,我们忘忧阁见。"高青云亲热地拍拍我肩膀,告辞了。

我客气地将他送下楼。回来后我给乔依挂电话,说苏为的画要到北京参展,约我一块庆祝。"鸵鸟终于抬头了!正好我有牌局,三缺一。我丢点钱在桌上,让女儿吃肯德基。"她欢天喜地地说。我原想解释几句,说投稿失败了,心情不好,想调剂调剂,怕她借此奚落,便吞下话头。

那时,我的大脑纵然变成超级计算机,也绝不可能想到,一场阴谋与名位的现代官场剧,就这样拉开了序幕。

忘忧阁我虽没去过,但闻名已久。它以一流的装修、一流的美味、一流的服务享誉全城。就连设在四楼的雅典娜歌城,不论灯光音响,还是伴唱小姐的容貌歌喉,也在全县首屈一指。在那里一掷千金,被视为财富与地位的象征。不过,像我这样无权无势又无钱的小科员,要不是碰巧遇上,恐怕只能隔街相望。

金黄色的花岗岩地面镶嵌着血红的菱形图案,像火焰腾腾的沙漠;流光溢彩的水晶吊灯,瀑布般一泻而下,极具视觉张力;人影晃动的金色墙板,身着金色旗袍的接待女郎,金色的楼梯扶手,就连无形无色的空气,仿佛也成了抖动的金黄……这一切,光怪陆离地在我眼前招摇。我像刚进大观园的刘姥姥一般,忐忑不安地左顾右盼。

V888 包间,金色餐具簇拥的玻台上,已放着几盘凉菜。高青云、苏为都到了,还有一个身着水晶紫长裙的年轻女子。

高青云含笑起身。苏为抢先一步。他一本正经地立正,右手做脱帽动作,上身前倾,行了一个标准的英国绅士礼:"请允许我荣幸地介绍,何又平先生,我的老朋友。不久的将来,不,也许明天,他的小说将横空出世,一举成名!这位,"他转向那个女子,"蓝可,紫罗兰歌舞团耀眼的天后,我们青云兄的红颜知己!"

"别开玩笑,这是我表妹!"高青云慌忙声明。

"红颜难得是表哥,表妹未必不知己！我哪里错了?"苏为促狭地挤挤眼睛。

蓝可浅浅一笑,似乎见惯不惊。

我拘谨地在高青云右边坐下。

高青云端起斟满五粮液的高脚玻璃杯:"第一杯酒,我敬这次聚会的主角,我们未来的县美协主席苏为先生。祝他赴京夺冠,名扬四海!"

"岂敢岂敢！不过,所谓的美协主席头衔,我原物奉还。第一,我生性顽冥,难堪大任;第二,我纵空怀其志,上有德高望重的李大主席,下有青云兄等雅士才俊,又哪里轮得上我? 对你的这番抬爱,我实在汗颜。"苏为口里虽在谦逊,神态却颇显倨傲,大有"天下英雄,舍我其谁"的气势。他仰头将酒喝干,酒杯一蹾道:"至于我的画作,自信可登大雅之堂。以用墨而论,清人唐岱在《绘事发微》中讲:'墨色之中,分为六彩。何为六彩? 黑、白、干、湿、浓、淡。'青元兄善用浓墨,我却独好清润,可谓各有千秋。"

高青云惋惜地笑笑,似乎为苏为深感遗憾。他转向我道:"第二杯酒,我敬又平老弟。说到小说,我想起县上的不少报道,都是你的大笔。"

我的脸一红:"都是些豆腐块,不值一提。"

"又平啊又平,你哄弄青云也就算了,难道忍心欺骗可人的蓝小姐? 她能把青云的画卖出好价钱,说不定不经意拈来一个开金矿的,把你的作品拍成连续剧。"苏为带着不可反驳的权威,将脸一沉,"还有,你那些短篇小说,岂能以等闲文章视之? 一旦打响,你就是跃过龙门的鲤鱼。"

"短篇小说,好,祝贺!"高青云赞赏的眼光,冬日暖阳般射向我,"文学,曾是我的青春梦,可惜早已随风飘逝。若不嫌弃,大作能否赐我拜读?"

"一篇都没发表,惭愧。"我尴尬地说。

"怎么会呢? 不是我当面奉承,你儒雅沉静,英气内敛,绝非庸碌之辈。不可能,绝不可能！如果信任,我可以试试。我一个朋友,这方面渠道较多。"

"这……"

"这啥?"苏为朗声一笑,"这叫长袖善舞,自能通天。青云社交广泛,精于权变,有他帮你,你的小说肯定问世。不过依我看,管它这个期刊那个杂志,你只管埋头写作,哪天一炮打响,它们会争着来找你。"

扫着虾、蟹俱全的满桌佳肴,我转开话头,讷讷地问:"这一桌菜,怕要上千元吧?"

"放心,吃不穷的。青云不只自产自销,还帮省城画家做中介,转手就是大几万。"苏为将一支蟹腿放进嘴里,旁若无人地边嚼边说。

"我哪有这本事,全靠蓝可帮我。今晚的宴席,也是她安排的。这里的老板史大仲,同她很熟。"高青云谦让道,投向蓝可的目光,一下充满柔情。

蓝可盈盈笑道:"该我敬酒了。我先敬苏老师,祝你宏图大展,青云直上!我再敬何老师,祝你高屋建瓴,笔起惊雷! 还有高哥,我祝你……"

"等等!"苏为嘘口冷气,"越说越成一团乱麻。其一,你称我们为老师,又叫高青云是哥,是在表示亲疏,还是讥刺我们太老,成了中世纪文物? 其二,你祝又平高屋建瓴,又祝我青云直上。这中间,恰巧嵌着'高青云'三个字,你到底在祝贺谁? 不说清楚,这杯酒我点滴不沾。"他恼怒地瞪着蓝可,唇角却现着欣赏的笑意。

"苏大哥!"我轻声唤道,唯恐他把场面弄僵。

"无论作画还是写作,都要用笔,对吗?"蓝可不慌不忙道,"我祝三位哥哥全都笔起惊雷,青云直上!"

"妙哉妙哉!"苏为击掌道,"这杯酒我喝! 祝你美貌永在,风韵依然!"

"好了。为了友谊和事业,大家干一杯!"似乎怕苏为再说疯话,高青云转开话题。乘苏为与蓝可碰杯之际,他摸出名片对我说:"上面有我邮箱号。你把小说发给我,我再转给朋友。这绝非走后门,只是寻求公正。"

我感动地点点头。他的话如热气腾腾的熨斗,抚平了我最敏感也最易受伤的地方——一个小文人脆弱的自尊。我突然对他生出亲切感。相比苏为,他不仅待人诚挚敦厚,还更能替对方着想。

　　一番觥筹交错，酒桌气氛渐归平和，少去许多插科打诨。苏为嫌小酒杯费事，叫服务员换上饮料杯，倒满足有三两白酒。他猛喝一口，风度翩翩地一拂脑后马尾，同高青云聊起美协的事。蓝可体贴地为他们盛汤夹菜，偶尔插一两句话。看来，她对美术界并不陌生，至少比我熟悉。

　　我并不觉得冷落，反而庆幸有这种机会，让我静静地捕捉灵感。喝下去的白酒，熔岩样在我肚里翻滚。眼前的一切渐渐模糊，我又站在金灿灿的大厅。在强烈的感官刺激下，我仿佛看见一群孩子双颊冻得通红，坐在瘦骨般的竹笆墙教室中，好像置身冰天雪地，我的心被冻得急剧收缩。我无法相信，在物质文明高歌猛进的今天，竟然还有如此简陋的学校。去年，为寻找民国初年的"西曲遗闻"，我在西峰山待了一周。奢华的金色大厅，贫瘠的竹篱墙，两种场景在我眼前不停变幻，最后定格为苏为的宽边黑框眼镜。对，我的下篇小说，一定要写苏为！写他从穷孩子到画家的传奇经历。

　　"前半生靠苦拼，后半生凭名气。苏为兄，你大我2岁，今年43，功成名就正当时。"高青云的话轻飘飘的，似乎在提美协选举。

　　"是吗？恕我直言，我们眼下这个美协，就如爬满虱子的长袍，看起来高贵华丽，实则暗藏污秽。埃及有埋葬法老的金字塔，在我们这里，年龄也是金字塔，一层压着一层。年龄与艺术造诣成正比，已经成了绝对真理。"苏为懒懒地拖长声音。

　　"李主席已经65岁。听说县上定了调子，要他退下来。我敢打赌，这届主席非你莫属。到了那一天，我们还来这里，为你庆贺。"高青云含笑道。

　　"我？你呢，沙晗呢？你不是正在运作画册？"苏为似笑非笑道。

　　"那算什么，小菜一碟而已。"高青云自谦地说，"沙晗倒是不错的人选。他伯父当过县人大主任。听说书记、县长对他很赏识。"

　　"见惯花开花落，管他波谲云诡。仰天大笑出门去，我辈岂是蓬蒿人！"苏为傲然道。

　　我羡慕地凝视着苏为。无论品评艺术还是谈论人生，他都带着漫不经心的自傲，似乎随手可摘云彩，弯腰能掬清泉。我却不能。写小说时，那种太多的责任感和沉重感，压得我喘不过气。什么时候，我才能像他那样举重若轻、挥洒自如？

蓝可拿出手机一瞟："哟，差几分8点，我告辞了。"

"倒早不晚的，这……"高青云欲言又止。

"没节目了吗？"苏为意犹未尽。

"楼上唱歌。"蓝可眼睛一亮。

"你看……"高青云看看苏为，又瞥瞥我。

我急忙声明："把我全身零件拆完，也找不出半个音乐细胞。我告退，你们自便。"

苏为不由分说地拦住我："今天例外。我就要掀翻蜗牛壳，把你放到鲜花中。"

高青云劝道："就当体验生活，看看无妨。"

闪烁的彩灯，散发着神秘的暧昧。一群女子排在门廊两边，黑色的紧身裙，白花花的大腿，浓浓的香水味，娇慵的媚笑，一波波地向人袭来。两个女子殷勤上前，要搀扶苏为。他趔趄着推开她们，随蓝可走进包间。

服务小姐鱼贯而入，啤酒、果盘、干果等摆满茶几。没一会儿，进来两个穿超短裙女子，一个挨苏为坐下，一个为我斟上啤酒。我窘促地挪挪身子，同她拉开距离。她一挺胸部，向我靠得更近。我慌了，嚅嗫着对高青云说："我太醉了，想回家休息。"

"有人买画，我同蓝可要出去。你再一走，苏为怎么办？费用已经付了，你们别管。"高青云恳求般说，又转身对苏为致歉，说他有事要出去。

"忙你的。"苏为大大咧咧地说，转头对他身旁女子笑道，"你的主意好，一人一个段子，讲不好罚酒。来，从你开始。"

高青云鼓励地对我笑笑，同蓝可走了出去。

"哥,喝一杯吧!"陪我的女子凑来。

我愁眉苦脸地呻吟,说胃难受,想吐。她说帮我按摩,立马见效。我连声推辞,把身子蜷得像刺猬。她嗔怨地将头一扭,朝苏为靠去。

"快讲,不然罚酒!"苏为蹾蹾酒杯。

"听好了!"女子咯咯笑道,"公交车上,男青年见美女衣领开得很低,春光大露,就调笑说,真是桃花盛开的地方! 美女向下一指,还有生你养你的地方。"

"哪来的臭气,简直臭不可闻!"苏为皱起眉头,用手连连扇鼻。

"臭气?"女子茫然。

"天下至臭,莫过于俗气!"苏为把杯子一放,"算了。唱歌。"

我实在不愿再待下去,对苏为说想透透气。他像没听见,嚷着要唱《三套车》。我叫他少喝点酒,匆匆走了出去。

出了歌厅,我像一只逃出弓箭包围的兔子,轻松地舒着长气。我忽然看见,楼道拐弯处,一个一袭黑裙的高挑女子,正与高青云说着什么。"他不是有事吗?"我有些奇怪。

见我走过去,高青云解释,说这人会唱美声,想让她陪唱歌。

我说身体不舒服,只得告辞。他坚持送我,又叫来出租车。

回家,我立即给苏为发短信:"苏大哥,我先走了。你千万不要喝醉,早点休息!"

苏为始终没有回复。粗疏也是艺术家特性之一,我并不在意。

我忙了几个晚上,精心改出两个短篇,附上我的简历和通讯方式,发到高青云邮箱。小说能否发表,我基本不抱希望。但像濒死者对生命的强烈渴求,一点火花样的机会,也会激起求生本能。那天开始,我不时滑动手机,查看有无信息反馈。可是一切如故,什么也没有。

一个月后,正当我像吹胀又逐渐泄漏的气球,对发表小说已经麻木的时候,喜讯从天而降。

那是黄昏。妻子在厨房忙碌,我坐在饭桌前检查女儿作业。门被敲响,一下,两下,三下,自信而执着。我的大脑好像开关启动,一下想到高青云。除了妻子牌友、女儿同学,我家很少有人串门。妻子牌友用指关节叩门,雨点样急促,恍如麻将牌不停撞击。女儿同学则是手、脚、膝头并用,欢快而凌乱,像在操场上嬉戏。

我兴奋地拉开房门。

"高老师!"虽然已有预感,我还是傻傻地一愣。

"叫青云,随便点好。不速之客,不会见怪吧?"他拉开棕色牛皮公文包,拿出两封信,"你的小说成功了,祝贺! 这是'刊用通知书',一封是《东风文学》,另一封是《兰江》文学月刊。"

凝视着那鲜红的印章,激动的气雾霎时模糊了我的脑壳:"谢谢! 我,我请你喝酒。"我笨拙地说,声音犹如琴弦颤动。

"不必客气。其实,刊用短信早发来了。我想正式一些,又请他们寄来书面通知。"

乔依闻声走出。我为她介绍高青云,特别强调他是苏为的同事、有名的画家。听到小说即将发表,乔依笑得春光灿烂:"老天有眼,祥子总算咸鱼翻身了!"她手忙脚乱地解下围裙,说去街上买菜,要留高青云吃饭。

"要不,我们出去吃? 我叫苏为也过来。对面品味轩味道不错。青云兄,真的太感谢了! 你很难想象,这对我意味着什么。"我兴奋地说。我急迫地想端杯庆贺,为我受尽煎熬的孤灯寒夜,为我黯淡却从未消逝的文学梦。

"吃饭就算了,我们是朋友,自当尽力。"他迟疑道,"有件事情想麻烦你。不过,我实难启口……"

"只要我能办到,你讲!"我豪气万丈道,恨不能立即为他两肋插刀。

在我催促的目光下,他为难地说:"市美术馆要举办我的画展,我想恭请一些前辈光临指教。苏为说,你表叔王淡然很有名望,你看……"

"没问题。"我一口答应。但我立即醒悟：表叔是研究经济的，与美术风马牛不相及。

"他能屈尊前来，就是重量级新闻。著名经济学家、剑桥大学名誉教授、科技顾问团首席专家，哪一个头衔，都能为画展增辉添彩。又平，我一步步拼搏到今天，很不容易啊！"他怆然叹道。

我深有同感。想到写作的艰辛，想到极其不易发表的小说，我非常理解他的感慨。我知道表叔不喜欢出头露面，想着怎么说服他。

"我给表叔讲。他对我蛮好的。"乔侬自告奋勇道。

"谢谢，谢谢！"高青云很是感动。

第三天早上，高青云开着他的大众越野车，载上我直奔锦都。没想到，表叔一口答应出席画展。我先前准备的种种说辞，诸如高青云美术造诣颇高、对我写作帮助很大等等，一句都没用上。

"你一说要来看我，我就知道有事。这么多年，除了过年和我的生日，你几时主动来过？果不其然，还是乔侬说出原因。你啊你，就这么碍口识羞？"表叔笑道。

高青云激动得两眼放光。他恭敬地奉上刚出版的画册，又送上两盒包装精美的茶叶。

表叔赞赏地浏览画册。

我闷闷地瞥着高青云。他心机太深，对我也不露半丝口风。在车上时，他只说带了两盒茶叶，随手礼。那晚吃饭，苏为提过画册，他支吾了几句。我想到苏为，不知他的展览如何。

"表叔，青云同苏为都很优秀。你见过苏为，他的画已送北京，参加全国性大展。"我有意提起苏为。

"是吗？"表叔淡淡道，"那个人，恃才傲物，过于狂悖。还是太年轻了！"

我尴尬地垂下眼。前年我同苏为到省城，参加老街坊寿礼，顺便到表叔家看望。听说苏为是画家,表叔拿出一幅古画,说是明代文徵明的《兰竹图》,他学生送的,请苏为鉴赏。粗略打量几眼,苏为鄙弃地将画放下:"赝品!兰竹疏密不当,叶僵枝硬;印章拘泥呆板,毫无金石味。这种初级水平的假画,北京潘家园那里,三五十元就能买到。"表叔脸上红一阵白一阵,很不自在。出门后我抱怨苏为,说表叔尽受世人尊重,纵是假画,也应委婉一点,给他留些面子。苏为不屑地扫我几眼:"要我把假的说成真的,没这本事。"看来,那次鉴画的事,让表叔对他颇有成见。

"苏为的确才华横溢。不过,他最近出了点事,搞得相当被动。"高青云吞吞吐吐道。

"什么事?"我惊讶地问。

"一念之差,可惜!"高青云惋叹道。他望望表叔,似乎想说下去。

表叔转开眼,明显不感兴趣。

我只有压下担忧,打算出去再问。

告辞时,高青云再三致谢:"王教授,你的大力提携,我无法用语言表达。我还有个不情之请,不知可以讲否……"

"请讲!"表叔含笑道,毫不饰掩对他的好感。

"要是宣传部门领导也能莅临,对我更是莫大的激励。"

表叔略一沉吟:"我试试。市委宣传部副部长张乃达,过去是我学生。要是他有时间,我叫他来。"

高青云大喜过望,炯炯有神的瞳孔,一下又亮了许多,像两个小太阳。

"苏为到底怎么了?"一上汽车,我急不可待地问。

"祸起萧墙,一言难尽啊!说来,我俩也有责任。"高青云黯然讲出经过。

我们吃饭唱歌后的第三天,一个叫白莉的女子来到美协,自称是雅典娜的歌女,找苏为索讨2000元陪酒费。苏为大为羞恼,说根本不认识她。白莉撇嘴说,真没见过这种男人,摸了哨了还想赖账。她拿出几张相片,让大家参观是谁。照片上,白莉膏药样紧贴苏为;苏为一手搂她,一手拿话筒。苏为难堪得如同被人剥去衣服,只得承认他俩仅是唱歌,绝无违法行为,更无钱色交易。说到后来,苏为冷傲地说:"这种讹诈早已过时,来点新鲜的吧!"索性拂袖而去。白莉可怜巴巴地拭着泪,非要找领导讨个说法。众人做好做歹,好不容易将她劝走。这件事,像疯狂繁殖的地中海实蝇,一下飞遍县级机关各个角落。

"不可能!"我断然道。当年,追求苏为的姑娘不少,有一个甚至为他闹过跳楼,他却同她们保持距离,手指头也没挨过。就是在他成名后,也未有过绯闻。

"我也不相信。可能他喝得太醉,自己都不知道做了什么。"高青云无奈地猜测。

"怎么会呢?"我蹙眉自语。

高青云猛地一踩油门,汽车疾速地前冲,似乎要甩掉这个尴尬的话题。

连续几天,苏为这个丑闻始终在我心里发酵。我像面对狮身人面的斯芬克斯,固执地想探寻谜底。假如那晚的事是真的,只有一个解释,他喝醉了,醉得失去理智。我又否定了这个假设。我见过他大醉。他的醉,亢奋时手舞足蹈,仿佛同谁无声地争辩;消沉时颓然绝望,像梦游者喃喃自语。但不管怎样,犹如在悬崖前遽然止步,他始终都有理性的底线。那些摸啊亲啊什么的,绝非苏为所为。但是,那些照片怎么解释?为什么有人拍照?假如仅仅为钱,为什么不找他私下协商,而要闹到美协,让他声名扫地?

为了解开疑团,我想找苏为问个究竟,但又难下决心。以他的高傲,只要提到这件事,无论我何等巧妙怎么掩饰,对他都是羞辱和践踏。我还想去找白莉。只要她能给出真相,还苏为一个清白,我可以给她钱,甚至翻倍也行。这个念头刚一冒出,就如惊鸟般飞远:我去,能够证明什么,清楚了又能怎样?

我无心再写小说。我试图把自己变成福尔摩斯,到相关部门谨慎地打探。终于,我找出接近真相的答案。

我的顶头上司刘副主任极为愤慨:"他苏为好歹也算体制中人,竟然如此荒唐,成何体统? 幸好那晚你走了,否则后果不堪设想。"

我喏喏点头,表示教训深刻。

县委宣传部小徐喜欢散文,是我的文友。他虽然进机关没几年,却对官场浸淫颇深。他一针见血道:"一把屎本来不臭,翻弄起来就臭气熏天。只要没闹开,嫖娼、包养都见惯不惊,陪唱算个屁事? 但是,错误的时间、错误的地点做出错误的事,苏为算是倒霉透顶。在美协换届的关键节点,这意味着什么,傻子都清楚。"

"就算陪唱是真的,也没多严重吧?"我讷讷地问。

"事情不大,流毒不小。不管谁来处理,都不得不从政治高度着眼。幸好没闹到网上,要是有人挂出视频啥的,苏为就彻底完了。"他还想继续阐述,见我一脸惶然,不由得刹住话头,意味深长地一笑。

县文联赵小山与我同龄,工作上偶有往来。我借口送他刚出的年鉴,同他谈起苏为。

"美协就那几个人,行政事务我们统管。那天我也见了照片。我觉得这是敲诈。请示领导后,我挂电话报案。警察说,这是你们干部作风问题,最多算民事纠纷,不宜立案。奇怪的是,那个女人再没来过,可能苏为背后做了工作。我想建议文联出面调查。美协换届在即,下一任主席人选,苏为呼声最高。不管怎么,总得有个结论。"

"对。"我支持道,"要是苏为栽了跟斗,谁会成为'黑马'?"

"高青云和沙晗,二者必居其一。从名气和水平看,高青云略胜一筹。"

我大感震惊。深深的疑问,海啸般铺天盖地而来。在这迷离的潮浪中,我的肌肤冰冷刺痛,恍若触到无数尖利的东西。

"不过,二人各有千秋。论官场背景,沙晗希望也大。他的伯父,毕竟当过县人大主任。"

我有些释然。刚才,我由高青云的请客,联想到他离开歌厅,又想到看见他同歌女私语,说不定,那人正是白莉……我有理由怀疑,这是他设的局。但是,受益者还有沙晗,绝非仅仅是他。为一个不确定的协会职务,何苦如此大费周章?而且他与苏为交情不错。那天他祝贺苏为的神态,坦荡如蓝天白云……我的脸倏地一烧,似乎高青云正谴责地看着我。我心虚地望望,唯恐他真从哪儿钻出。我寒暄几句,匆匆溜出文联小楼。

对苏为的挂念和担心,一直乱藤般缠着我。几番犹豫后,我鼓足勇气挂去电话。我刚开口问好,他淡定地说:"那些聊斋样的'天方夜谭',你听得不少吧?我不想解释。我正在新都桥写生,一切都好。"我反像隐私被他窥破,尴尬地问他何时回来,后天是中秋节,想请他吃饭。"如此灿烂的阳光,如此美丽的草原,如此清澈的湖水,如此淳朴的民风!上天的慷慨赐予,我能拒绝吗?"他朗笑一声,遽然压断电话。我能想象他此刻的心境。大自然的神奇美景,一定抚平了他心灵的伤痕。他一定现着蔑视的冷笑,像斗士手执利剑,把画笔握得更紧。我在心里为他喝彩:人只要有这股傲气,什么坎都能翻过去。

我没盼回苏为,却接到高青云邀请。他的画展"禅墨青云",国庆期间将在美术馆开幕,还将举行他的专场拍卖会。他亲自到我办公室,奉上别致的请柬——一竿绿竹直刺青天,几抹淡墨似的云影,若有若无地在枝叶间飘缠;"请柬"二字古拙滞重,怪石般嶙峋而立。他低调地说,功名如浮云,返璞是至臻。不过想借此机会,表达他对人生的感悟。他走后,郑修明吐着烟圈,问我怎么认得高青云。我含混地说早就熟悉,往来不多。郑修明嘲讽地说:"他办画展的消息,传遍县委、县政府。真是寻常看不见,偶尔露峥嵘!"

回家,我对乔依谈起画展,说苏为不在,我不想去。她白了我一眼:"表叔都要去,你好意思躲开?就凭人家帮你发表小说,你也应该捧场。"我将请柬向茶几上一扔,悻悻地坐下。提到小说,我就相当别扭。小说发在杂志下半月刊,与医学、机械、电子、化工、市场营销等各种文章挤在一起,像身价颇高的虫草,委屈地混在乱七八糟的草药里。这种打擦边球的创收把戏,郑修明也像知晓。收到赠刊那天,他边翻杂志边安慰我:"管他的,好歹是正式发表,而且分文不出。"我苦笑,无言可对。

"你不去我去,说不定,我还能抓住几个大客户。"乔依眼睛一亮。

"你?"我没好气地说,"买你保险的人,多半认为自己不保险。那些参加画展的,不是富得流油,就是功成名就,早躺在保险柜里了,还要你费劲?"我还想再讥刺几句,见她脸色已由晴变阴,狂风暴雨转瞬可至,只得赶紧住口,装模作样地吆喝女儿做作业。

市美术馆在锦都西城角。幽深的曲廊,串联着三个明清风格大院。通透式的展厅,古香古色的雕梁画壁,浮着睡莲的池水,别有一番雅趣。我是乘早班车去的。高青云提前赶到省城,打理一应事宜。他让我乘蓝可的车,我婉拒了。我刚走过小桥,表叔的眼光像精确制导的导弹,一下从人群中瞄准我,招手叫我过去。

"怎么才来?"

"沿途人上人下,还堵车。"

"王老,这是……"一位颇有领导风度的男人问。

"我侄子,高青云的朋友,在西曲县志办工作。又平,这是市委宣传部张部长。"

我拘谨地笑笑。

"我说嘛,怎么那么面熟。"县委宣传部陈部长含笑道。县志办归属宣传口,因为我太不起眼,他不认识我。

"陈部长,又平喜欢写作,最近还发表过小说,你要多多帮助啊!"表叔说。

"好,好!"陈部长剜我几眼,像要将我刻进脑海。

高青云兴冲冲地过来。他上穿浅灰T恤,下着深灰西裤,脚下铁灰色皮鞋擦得锃亮,胸佩一朵大红绢花,形象清雅而别具一格。他亲热地冲我笑笑,谦恭地对表叔等说:"剪彩马上开始,请各位领导移步。"

看到他这风光无限模样,我又想起苏为,心情霎时变得灰暗。我明知苏为没来也不会来,故意问:"苏为呢?"

"这……"高青云叹口气。

陈部长扫我一眼。

"苏为,就是歌厅丑闻那个人?"张部长问。

表叔神色漠然。

我惶惑地望着他们。从他们表情中,我看出苏为一定大有麻烦。

开幕式结束后,乘表叔等人浏览画作,我拉拉高青云,示意有事。

回廊转角处,借着太湖石掩护,我急切地问:"苏为怎么样了?"

"还没下结论。我专门挂电话,请他务必光临画展。他说在外地,无法参加。我能理解。以他的清高孤傲,岂会忍受他人冷眼。"

我敏感地想起美协选举:"这么说,换届他没希望了?"

"说不好。不过,以他的造诣和潜力,的确是不二人选。"高青云惋叹一声,然后告辞,说要陪客人。注视着他自信的步履,咀嚼着此刻他同苏为迥然不同的际遇,我心里像塞满黄连,苦涩而落寞。

我走进展厅,拍卖已经开始。随着拍卖师激情而诗意的介绍,电子屏幕上现出高青云的幅幅作品。蓝可站在前排中间,不时对身旁汉子耳语。那人似乎对拍品情有独钟,每次都要举牌。一幅《仕女幽兰图》,他竟给出 9 万元,全场为之骚动。我很是吃惊:这幅画 8 平方尺,每尺居然上万。苏为讲过,他品相上乘的画作,卖给画廊,一尺最多两千元。高青云曾自我评价,他比苏为稍逊一筹。怎么一办画展,身价就成倍上涨?

截至拍卖结束,共拍出 16 幅作品,那个汉子拍得 7 幅。出展厅时,蓝可袅袅婷婷地走来。

"何老师,青云让我专程接送,你不领情,嫌我车不好还是技术差? 其实是坐费总的车,兰博基尼。"

我瞟着汉子:"太土豪了!"

"你不认识?大名鼎鼎的嘉诚集团老板。"她挥手叫来费总,"这是县志办何老师,王教授的侄子,青云的好朋友。"

费总热情地同我握手,又奉上烫金名片。我忽然想起,县城滨河路那片独栋别墅,好像就是他开发的。郑修明曾经感慨,一幢别墅几百上千万,住一夜怕要登仙。

美术馆对面西庐小酌,高青云安排了午餐。他在首桌,陪着表叔、张部长、省市美协领导。我与费总、蓝可坐另一桌。指着一个有些阴沉的清瘦男子,蓝可介绍是沙晗。

"哦!"我尊敬地点点头。苏为同高青云谈过他,说他油画不错。

沙晗问费总,拍卖花了多少钱。

"三四十万。"费总回答。

"不错。我代青云敬你!"他懒洋洋地举起酒杯,眼光却像讨厌的苍蝇,狐疑地在费总脸上打转,"青云刻苦奋进,才华毕露。他能举办画展,我由衷为他骄傲。"

不知怎么,费总显得不大自在。蓝可转开话题,称赞餐厅装修简洁,颇有品位。

我嚼着香酥鱼条,琢磨着沙晗的话。我本能地认为,因为是竞争者,他妒忌高青云。就像小时玩跷跷板,这端升高,那端自然降低。我又想到苏为,假如他在这里,又会是什么状况:是落拓地低头痛饮,还是鄙薄地冷眼相对?

高青云过来敬酒,感谢大家光临。

蓝可对费总耳语。费总笑道:"高老师,那幅《吟雪图》我很感兴趣,可惜是非卖品。"

蓝可凑趣道:"看在费总一片诚心,成全他吧!"

"那幅画是陈部长让我画的。下来商量吧。"高青云未置可否。

沙晗端杯说:"青云,我敬你三杯。第一杯酒,祝你画展、拍卖双双成功。

在我们县,你开创了两个第一,第一个举办个人画展,第一个专场拍卖,定将永载美术史册。第二杯酒,祝你百尺竿头,更进一步,事业、创作双丰收。第三杯酒,感谢你拔刀相助,要不是你,我家那个小照相馆,还不知怎么收场。"

"些许小事,何足挂齿。"高青云谦逊道。

我也敬了高青云一杯,鹦鹉学舌般祝贺了几句。高青云离开,如闪电划过,我想知道他帮了沙晗什么。

蓝可有些支吾。沙晗语调枯燥,像在叙述不相干的事。一对夫妻,来他妻子相馆取艺术照。那天凑巧客人不少,忙来忙去,那人的照片不翼而飞。对方很生气,道歉退款、重新补照都不行,非要2万元赔偿。恰好高青云与蓝可路过。高青云费尽口舌,同对方讨价还价,最后贴上一幅名家画作,才将此事了结。

"要不是青云挺身而出,我妻子如何下台? 她想过报警,可人家照片的确丢了,我们亏理在先。开了这么多年影楼,这种事,还是第一次遇到。"沙晗苦笑道,"后来,我专程登门致谢,奉上几幅字画做补偿。青云坚决不要,说他做的仅是一个朋友、同事的应尽之责。你们说,这杯酒,我该不该敬他?"

又是高青云同蓝可,又是恰好路过? 空调吹出的冷气,突然变得阴森袭人,我的后心一阵惊悸。我迷茫地望望沙晗,他也正在注视我。他的眼光如天边寒星,冷淡而神秘,深不可测。

我无心再吃下去,各种谜团像气球,急剧地在我胸腔膨胀,要把我的心挤成碎片。蓝可兴致最高。她笑靥如花,缠着费总猜拳,然后又去高青云那桌敬酒。

也许是刊出的小说,给我的坚持输血送氧;也许是高青云的画展,刺激和鞭策着我;或许还有苏为的遭遇,让我下意识地远离现实。这段时间我埋头写作,同外界很少接触。这篇名为《苦楝树》的短篇小说,通过一个画家的坎坷爱情,反映他艰难的人生之路。写了一半,我迷惘了。我太囿于苏为原型,思路像没有更新的导航,总把我带向歧途。我试图将主人公做些调整,糅进高青云、沙晗的某种特质,比如高青云的豁达、沙晗的沉稳等等,却又总感不妥。虽然敲出好几千字,但缺乏内在联系的段落,像凌乱丢着的积木,始终难以成功组合。

苏为如海底潜艇,不知又去了哪里。高青云似乎很忙,电话也没一个。通过县报《今日西曲》,我得到他的最新消息:他被增补为市美协理事,与李主席并驾齐驱,成为我县专业头衔最高的画家;市上特批 50 万元,支持他在北京举办画展;香港一家画廊已经跟他签约,收购他 5 年内所有作品,每平方尺 2 万元。赵小山说,文联内部就换届征求意见,沙晗力荐高青云。美协换届还有月余,面纱似已掀开,高青云铁定上位。

一天黄昏,细雨如丝,在窗外织就一片迷蒙。雨珠轻打窗台,春蚕噬叶般沙沙作响。我又在苦思我的小说。我有一种无法抑制的激动,觉得我像涅槃的凤凰,即将突破什么。忽然,苏为来了。乔依为他开门,然后爱理不理地走开。歌厅事件后,她对苏为很是反感。

苏为毫不在意这些细节。他醉眼蒙眬地仰在沙发上,说他心里难受,想找人说话。

我拿出矿泉水,又泡上茶。他瞟都不瞟,向我要酒。我想起那瓶人参虫草酒,郑修明送的,说润肺补气,忙去橱柜拿出。

"高青云的画展,看了吧?"他猛喝一口酒,品味地咂咂嘴。

我点点头。

"画得不错,构思布局独具匠心。如果他一门心思搞创作,或许成就更大。可惜……办一次画展多少钱,你清楚吗?"

我茫然,不知他想说什么。

"你以为我在忌妒,可能吗?我只是奇怪,貌似正常的表象后面,藏有这么多巧合。你表叔同张部长的关系,我早就知道。而且我还清楚,张部长不仅分管文联,还掌握几个亿的文化产业资金。他只需使个眼色,下边就会一一照办。但我从未想过攀附。哪知天上掉下个歌厅小姐,恰恰砸中我。无独有偶,沙晗老婆的照相馆发生冲突,某某人又凑巧路过,顺理成章地为之解围。这一来,沙晗怎好竞争,只有退避三舍。再加上出画册办画展,媒体轮番炒作轰炸,可谓煞费苦心。就这样,反而露出狐狸尾巴。"

"拍卖是真的。那个费老板,的确花了几十万。"默然片刻,我说。

"又平啊又平,你真是单纯!市场经济冲击波中,所谓纯洁的艺术圣殿,成了暗藏阴谋的纸牌屋。不少人故作淡泊,骨子里却追名逐利,就是想混官场,由艺而仕也是终南捷径。在名位和金钱面前,艺术家的责任、良心,早变为摇头摆尾的哈巴狗。我敢断言,那是一场假拍!既炒作画价,又抬高名气,一箭双雕。这些圈内潜规则,大家心知肚明。我认识那个费总,他是蓝可裙下不贰之臣。他若真心收藏,轻易就能办到,何必舍近求远,给人家贡献佣金?说不定,拍卖行也沆瀣一气,狼狈为奸。"

我茫然垂眼。疑问犹如一群老鼠,在我心里乱窜。

"孰为啊孰不为,孰不为啊孰为!我的姓名,也许就是这种宿命。"苏为寂寥地笑笑。

起身时,他脚下一个趔趄。我去扶他,他将我推开,偏偏倒倒地走出去。

乔依从卧室出来,不屑地一扫酒瓶酒杯:"谢天谢地,你还没成醉鬼!"

"住嘴!"我厉声呵斥。她的话如一把匕首,直刺我心里最温暖的地方,那是我与苏为的真情。

"说错了吗?幸好那晚你走了,不然肯定同流合污。"

"你说什么?"我恨恨地瞪着她,像要将她一口吞下。

过了十来天,我接到苏为电话,他已到京,画展结束后,准备逗留一阵,创作组画《北京您好!》。他说,党的十八大刚刚闭幕,大家都充满希望,那些贪腐害国的魑魅魍魉,终将在阳光下原形毕露。凝望着银杏树上稀疏的黄叶,我祝愿他一切安好!

桌上座机响了。

"喂,哪里?"小李妩媚地一甩长发,随即放下话筒,"何老师,找你的。"

是宣传部小徐。他一改往常玩世不恭,声音凝重,如冷硬的花岗石:"何又平同志,请来一下,有事找你。"

"找我?"我怀疑听错了。

"对。请你马上过来。"

"你就是何又平? 我是县人大的,吕彬。我们代表县委调查组,核实你们在忘忧阁聚会的经过,请你配合。"一个四十多岁的中年男子,严肃地说。

"实事求是。县上下了决心,一定要查个水落石出。"小徐鼓励道。

我如实讲出经过。

"就是说,饭局是高青云提出的? 去歌厅唱歌,也是他叫蓝可安排的? 太戏剧性了!"

我点头承认。吕彬又问了几个问题,如高青云帮我发小说、请我表叔出席画展等等。

吕彬的手机响了,他出去接电话。

我疑惑地望着小徐。

"有人举报高青云,说他陷害苏为。书记批示彻查。歌厅事件情节曲折离奇,堪比清廷宫斗剧。"小徐低声说。

"怎么扯上人大了?"我云里雾里。

小徐隐晦地一笑,正想说什么,吕彬进来:"史大仲回来了,我们马上去。"

走出宣传部大门,我猛然想起,史大仲是忘忧阁老板,高青云提过。真是高青云设局陷害? 那些照片又做何解释? 时隔数月,这事怎么又被翻出,竟然还惊动县委书记? 疑团如乱云翻滚,我越想越不得其解。

回到办公室,郑修明劈头问:"宣传部找你?"

我苦笑一下。

"山人掐指一算,吉凶祸福全知。"他故作玄虚地拨弄几下手指,猛一挑眼道,"苏为的事!"

"你怎么知道?"

"我要真懂算命,还在这儿坐冷板凳?"他自嘲地打个哈哈,"刘副主任召见。我刚回来。"

"向你了解苏为?"

"不,了解你,涉及苏为。"他神秘地压低嗓子,"先说苏为。据可靠消息,人大收到举报,高青云为了上位,先设圈套诬陷苏为,又做局使沙晗退让。匿名告状并不新鲜。关键是此人能量之大,剑走偏锋,由人大而县委。美协换届还有一周,水越搅越浑,戏接连不断,有意思。不说这些了,还是说你。刘副主任问得很细,你的能力水平、进取精神、同事关系等等。我分析,是不是有啥好事?"

"咋可能? 还不是歌厅那事。"我愁眉苦脸道。

"不像。"郑修明断然否定。

"管他咋问咋查,我就吃了一顿饭,懒得想。"我烦乱地说,对着电脑出神。但不知怎么,颠来颠去,我眼前老是高青云的影子。他的脸变得又瘦又长,尖尖的下巴,像问号下方那一点。他仿佛在冷笑:"不错,都是我干的,你是帮凶。没有你,苏为未必赴宴;你不介绍,我不会认识你表叔,也接触不了那些高官。不过,你懂吗? 这是路人皆知的游戏规则。不管怎样,我没伤害你,还给你帮过忙……"我激怒地一推鼠标,软软地耷拉着头。

对于协会换届,一般人毫无兴趣。我多少触及内幕,自然关注结果。几天前我就听说,美协在县宾馆开会,会期一天。会议结束后,县报登出美协新班子名单。令人咋舌的是,沙晗成为主席,苏为仍是理事,高青云名落孙山,理事也没保住。

我拿着报纸,打量着长长的荣誉顾问、荣誉主席、主席及副主席名单,想寻出沙晗逆转的奥秘。这时,刘副主任电话通知,下午开会,宣布重要事情。

"一个被人遗忘的角落,还有重要事情?"郑修明好笑道。

"大概准备资料。"我说。以前有过先例:所谓的重要任务,不是为领导提供历史数据,就是挖掘某个项目的文化底蕴。

下午2点,组织部一位姓李的科长,陪同刘副主任一道前来。办公室的气氛,立即变得肃穆厚重。组织部大驾亲临,说明事情的确重要。

刘副主任严肃地扶正眼镜:"现在我宣布,县政府办公室决定,任命何又平同志为县志办副主任。"

我惊愕地看看他,又望望郑修明。

"又平同志,祝贺你!希望你挑起担子,为党和国家做出更大贡献!"李科长和蔼地说。

我窘迫地推却:"论能力资历,我都不如郑老师。"

"真是,找不到说的了。我三天两头跑医院,你同我比?"郑修明打趣道。

"小何,你不能辜负组织信任!"刘副主任鼓励道。

我默默点头。我的兴奋混杂着傲然,像沸腾的水掀动锅盖,沿着锅壁密密淌动。

这个微不足道的任命,高青云竟在第一时间知晓。刘副主任刚走,他突然挂来电话,祝贺我高升。

"高升?刘副主任才是副科级,我算啥,芝麻小吏。我在办公室做私活的日子,也许再没有了!"

"不管怎么,治人胜于受人所治。"他话锋一转,"美协换届结果,知道了吧?"

"报上登了。"

"螳螂捕蝉,黄雀在后啊!我在省城张罗第二本画册,没料到背后挨了黑枪。这样,下午6点,我们在滨河路金谷庄见面,那儿的双椒鱼做得不错。一来为你庆贺;二来,我满肚子苦水,也想找人倒倒。你不会当官就忘了朋友,推辞不来吧?"

我只得允诺。

"他们不仅找你调查,还找过蓝可、忘忧阁史总。可惜没找到白莉,她回贵州老家了。只有苏为在北戴河写生,选举也请假。换届前夕,突然兴师大炒'回锅肉',其间玄机值得玩味。我自以为强大,却被一封告状信打倒。我啊我,百密一疏,功亏一篑,真是蠢到头了!"几杯酒后,高青云眼里现着红红血丝,愤愤不平地说。

"谁写的信?"

"还用说吗?信是寄给人大主任的,他拿着信去找书记。具备这种能量这等韬略的,除了我们新当选的沙大主席,还会有谁?"

我像明白什么,眼前,现出沙晗阴沉的面容。

天渐模糊,灯光似萤火闪动。对岸楼房,怪兽般或蹲或立。高青云惨笑一下:"乱哄哄,你方唱罢我登场,反认他乡是故乡,甚荒唐,到头来,都是为他人作嫁衣裳。苏为走了,蓝可走了,一切的一切,都在庸碌的喧嚣中沉寂。说到苏为,我好歹帮过他一次。歌城事发后,美协打算取消他的参展资格,我坚决反对。蓝可呢,居然说她是主谋,故意让白莉陪酒,再拍下那些照片。今天这个调查,明天那个取证,她一怒去了深圳,可能不会再回来了……"

"照片是真的吗,不会加工过吧?"我观察着他的表情,小心地问。

"世事一场大梦,人生几度秋凉。此时此刻,真又如何,假又怎样?况且那天我没在场,怎么清楚?"他失神地叹道,"假如见到苏为,务请替我解释。说到底,我们都是失败者。有时候,我还真羡慕他:似醒似醉,狂傲不羁,就如向往蓝天的苍鹰,权力、名气、金钱,什么都不能将他拴住。我却活得太累。听说他要辞职,受聘到北京画院。我们见面的机会,也许不多了!"

"只要坚持,机会永远都有。"我想起我的小说《苦楝树》。

"哪里摔倒,就从哪里站起。明天下雨还是放晴,没人说得准。"他冷冷地说。

"对,用作品证明一切!"我忘情地呼道。

"又平啊,你怎么如此迂腐?沙晗的水平,至少低我一个档次,不照样上去了?"他悲悯地摇摇头,旋即陷入沉思。寒风吹过,檐下大红灯笼一阵摇曳。灯光斜射在他脸上,半明半暗,诡异阴森。

我转开眼,凝视着黑魆魆的河面,想着苏为,想着最近发生的一切,想着我的小说……

白露为霜

　　望着水桶粗的黄葛树,欧阳晨定住了脚步。距地面四五尺高,半截褐黑的残干,提醒般直刺记忆:上小学时,父亲抱她荡秋千,不慎将它折断。后来它再没长过新枝,成为一个童年遗憾。"黄葛树在平房那边,怎么到了这里?"她诧异地走过去。不错,的确是这棵树。皴裂的树身,歪歪斜斜地刻着八个字:"蒹葭苍苍,白露为霜。""露"字的一捺,被她划到"为"字中间,将它斩成两半。初中时,父亲教她这首诗。她觉得好听,将前两句刻在树上,进出都要看看。

　　"你就这么走了啊? 你一辈子省吃俭用,一天福也没享过啊! ……"在老鸹的聒噪声中,母亲跪在坟前,撕心裂肺地哭;外公外婆、舅舅父亲等人,泪哀哀地围在身后。谁去世了? 她一阵迷茫。

　　蓦地,霹雳炸响,地面坍陷,母亲没了影子。她发疯样扑了过去。母亲悬在坑里,飘飘浮浮地下沉。她呼着去抓母亲,但无论怎样,总差指节短一点。她惊慌地张望:父亲坐在报纸上,正同唐阿姨下围棋;苏殊站在黄葛树下,两眼紧盯手机,那模样,天垮下来也与己无关。

　　"我来!"方少成挥挥手,像上主席台讲话一样。看到自己笔挺的西装,他笑笑,说去找梯子,而后便倏地消失。宁近水郁郁地望望她,徒劳地伸长手臂。她一急,不顾一切地跳进坑中。苏宏志像变戏法一样,忽然在坑旁出现:"说来说去,还得靠我!"他一抿嘴,法令纹立刻倨傲地加深,似乎满世界都不在话下。他的手刹那变长,像绳索前端系着的抓钩。他抓住她,她抓住母亲衣角。眼看已到坑沿,他敌意地一哼,陡然松手。她大叫一声,疾速下坠……

一个惊颤,欧阳晨醒来。她抚抚胸口,心有余悸地撑起身:没有黄葛树和坟包,没有地狱入口似的深坑;书房的灯光,透过虚掩的卧室门,躲躲闪闪地渗来——苏殊还在玩电脑。她看看闹钟,已凌晨 1 点。她气恼地唤她睡觉。苏殊不理。她勃然大怒,将声音提高几度。苏殊很不情愿地应了一声。

怎会做如此荒诞的梦?昨天,隔壁单元办丧事。路过楼下灵棚,她无意中瞟瞟,立刻被遗照震慑:那人圆脸,短发,右下唇有一颗黑痣,长相酷似母亲。她顿时生出不祥之感:"母亲正在住院,会不会……"她当即给父亲挂电话。欧阳嘉说,病情还算平稳,熬过春节没问题。只要过了正月初七,她就翻过 69 岁了!她知道这句话的含意。想不到,父亲也用它自我安慰。去年夏天,母亲患了胃癌。住进医院那晚,母亲突然想起,1968 年,欧阳晨出生前一月,算命的贾瞎子说,她 69 岁必有大难。那时正是物质匮乏年代,什么都要号票,她给了贾瞎子一小包白糖。"69 岁?……"母亲惶然。"真能算命,咋没算到他会被淹死?"父亲轻松地一笑。欧阳晨越想越不放心,抓过手机,又迟疑地停住:深更半夜,神经兮兮地问这问那,没事也会出事。她疲乏地打个呵欠,倒下继续睡觉。

昨夜没睡好,早上醒来已 8 点。她匆匆地洗漱,然后做早餐。她吃了两个鸡蛋,一杯牛奶,再加一碗酸辣挂面。早上,她尽可能吃好吃饱,中午一忙,盒饭也顾不上。下楼,她开上白色雅阁轿车,驶向旅行社门市。过两天就是春节,不蹲在那里,她不放心。

刚进办公室,小周脚跟脚过来:"欧阳姐,新马泰那个团太烦了,又来电话投诉。"她正要回答,座机突然响起。她示意小周等等。抄起话筒,一听小朱那爆豆子似的声音,她就知道有麻烦。

"后天就要飞巴黎,现在讲照小团标准,每人补交 1000 元,客人能接受吗?至于要我们承担这笔费用,既不合理也不合情。难道因为是加盟店,你们内外有别?"她拂拂额前的飘发,委婉地说。

"欧阳姐,为了减轻损失,公司只能这样。再给你通通气,还要加点自费项目。假如有人闹情绪,你们要打好圆场。"

"合同签得一清二楚,游客肯定有意见。"

"没法。不然你找上边。"

她颇为不快,立刻连按座机,找宁近水。他是公司营运总监,这类事归他处理。静静地听完,他说知道了,遽然压断电话。简短三个字,倏忽间让她如释重负。她对小周笑道:"那个团昨晚住新加坡,我敢肯定,那边导游又降低标准,安排那些简易酒店。"

"简直猜得准。我还没起床,又是电话又是微信,头都弄晕了。"

"给公司反映,让他们处理。"她疲乏地出着长气,从抽屉里拿出通大海,泡了一大盅水。搞上旅行社行当后,说话太多,嗓子时常嘶哑,像裂了缝的琵琶。特别是春节等大假前后,事情不断电话不断,忙得走路都在小跑。今天是2月16号,农历腊月二十八,后天就是除夕。她打算让小周值班,自己明天回蓬州。这次,她打算在老家多待几天,过完母亲生日再回来。苏殊不愿回去,说约了男朋友李泽,初二去重庆。她好说歹说,苏殊总算答应,却说只住两晚,初一赶回锦都。苏殊性格倔强,凡事由着性子。她时常无可奈何。

电话又刺耳地响起。

"你好!神州国旅。"她礼貌地说。

"姐,妈不行了,已经下了病危通知。挂你手机和屋里座机,半天没人接。"欧阳明说。

"我忘了带手机。快不行了,昨晚都好好的啊!"她惊呆了,忽然想起灵棚那张遗像,想起昨夜的梦。

"半夜就昏迷了。我说给你挂电话,爸说让你休息。还有,一定要带苏殊回来。刚才妈醒了一会儿,又在念她。"

"我马上动身。"她忍住悲痛,叫来小周等人,匆匆安排一番。她给家里挂电话,想叫苏殊立即起床。电话响破也没人接听。她生气地扔下话筒。

"从凌晨到中午,她吊着那口气,就是在等你。没想到,就差一二十分钟。"欧阳嘉凄怆地说。

欧阳晨一扫苏殊。如果她不像身子长在床上,叫了好一阵才起来,不下楼后又折回,拿笔记本电脑,自己就能见上母亲最后一面。刚进病区走廊,听到弟媳郑建蓉的哭声,她瞬间身子一软。

郑建蓉说:"天亮时候,好像回光返照,妈醒过来。她把我当成你,说看在苏殊分上,同苏哥处好关系。还要我好好照顾爸,记着让他吃降压药。她说,一定要爸戒烟,她订的戒烟药快到了。"

母亲走了,永远永远地走了!这个世界上,我再也没有母亲了!……欧阳晨的眼泪涌出来。她望望雪白的四壁,痛不欲生地扑到母亲身上。

苏宏志走过来:"妈已经去了,节哀顺变吧!许多事都等你商量,决定下来,大家分头去办。"

"让她哭!她妈最心疼她,该尽孝。"大舅王光庭一瞪眼,"明晓得你妈病危,硬是拖拖沓沓不回来。挣几个钱要紧,还是亲妈的命要紧?还有你,明娃子,开个丁点大的苍蝇馆子,忙得人像飞在天上。那天我亲家的老幺进城,看见你在茶楼打麻将。有耍的时间,咋不多跑几趟医院?"

"那天是他同学生日,去应酬。欧阳晨呢,又要打理生意,又要照顾苏殊,的确忙。大哥,你很少来我家,有些情况不清楚。"欧阳嘉解释道。

"不清楚,我哪样不清楚?"王光庭额上的青筋蚯蚓似的鼓动几下,将矛头指向欧阳嘉,"拿你来说,退休就退休,返聘个啥?你要好好照顾,她会得这种病?你摸着良心说,自从珮瑶嫁给你,享过几天福?倘若在以前,依我们王家声势,咋说也要派几个下人,把她照料得舒舒坦坦。"

"哪年的老皇历?"欧阳明嘀咕道。

"你又来了?"

王光庭正要发火,欧阳晨忙说:"大舅,你的话句句都对。妈走了,难道我们不伤心？现在不是教训人的时候，妈的后事要紧。小明，你通知殡仪馆，然后回妈那边收拾，准备设灵堂。爸，你同大舅出去休息，我与建蓉给妈换衣服。前天小明挂电话，说妈的寿衣准备好了，我还骂他乌鸦嘴。哪想到……"

母亲似乎在熟睡。凝视着右唇那颗绿豆大的黑痣，欧阳晨轻声啜泣。小时候，她常偎着母亲，好奇地抚摸黑痣，奇怪自己怎么没有。她又想到那个怪异的梦。难道冥冥之中，一切都有预兆？她的后心，漫出一阵阴森的寒意。

"我先走，去纸浆厂。晚上我守灵。我那天说的事，你看……"苏宏志问。

她像没听见。

傍着几棵光秃秃的银杏树，灵棚依地形东西展开。王光庭前后一看，死活说朝向不对，要冲风水。欧阳晨只得依他，将母亲遗像朝南挂着。地面摆的七盏油灯，也一律向着南边。天空黑沉沉的，树枝在风中抖索。哀乐犹如一只利爪，死死地抓住她，像要掏出她的五脏六腑。她蹲在瓦罐前，默默地给母亲烧纸钱。冷风袭来，纸钱残片半明半灭，不舍地在地面低旋。她恍然觉得，母亲在同她依依作别。

夜已深。欧阳嘉失神地盯着轻烟，灵魂也像随之飘出。欧阳明下午就走了，店里有团年宴，他要照料。苏殊守了一阵，说困得眼都睁不开，早溜回房间。电暖器旁，苏宏志大虾样蜷着。黄昏，他的朋友来了。他买回卤菜、啤酒，吃喝一阵，又摆开桌子打麻将。"哗哗"的推牌声，掘土机般作响。欧阳嘉提醒说，别惊扰邻居。他冷笑一声："哪家丧事不打麻将？"7年前，交通局要提拔一名副局长，他是考察对象。苏宏志要欧阳嘉去找县长——他过去的学生。欧阳嘉放不下面子，始终推诿。这件事后，他心存芥蒂，见到岳父总是不冷不热。欧阳晨看不过去，将他叫到一旁，说这是教师小区，注意影响。他很不情愿地阴下脸。送走朋友，他向竹椅上一倒，不到一分钟，已扯风箱般打起呼噜。

"爸，你去睡，我守灵。"欧阳晨去扶父亲。

　　欧阳嘉从虚无中收回目光,望着遗像两边的挽联:"风雨如晦六十年深情转瞬成梦,平淡见真八千里星河忽隔阴阳。"挽联是他亲笔写的。他噙着泪花,略一沉吟,一挥而就。欧阳明在旁唠叨,说还该写俭朴一生、抚养儿女。他苦笑道:"要写的太多太多!"欧阳晨没搭话,她理解父亲的痛苦。

　　欧阳嘉颤抖着点上香烟:"一晃,65年了。第一次见到你妈,是解放那一年,她4岁,我7岁。你爷爷挑了一担贡米、腊肉,带我去给你外公拜年。你妈扎着羊角小辫,穿一件绣花红棉袄,跳蹦着过来,叫我去看她的画眉。一切历历在目,如同昨天,她却不在了!"

　　欧阳晨眼眶一红。

　　解放前,外公是县城富商,父亲是他家佃户的儿子。王光庭溅着唾沫,不止一次对她炫耀:"那年月,举凡经商人家,下河街都有铺面。龙角山对面,我家一溜十几间商铺。后院放着上百个酱缸,大的能藏两三个人。民谣这么唱的:'下河街,窄又长,张姓李姓不如王;千亩田,百间房,金山银山出酱坊。'我们'吉庆园'的酱菜,近到川东川北,远到云贵陕甘,方圆千里大大有名。除了酱坊,我们还有米行、丝行等等。就是新中国了,你外公照样还是开明士绅,当了政协委员。不是你爸又聪明又会念书,你妈死活要嫁他,凭他一个种田娃娃,哪能跃上我们王家龙门?说也怪,你外公叫来阴阳先生,一对他俩生辰八字,竟然全部合上。你外公还是犹豫,毕竟门不当户不对,一个天上一个地下。就在这一刻,我们喂的鸽子——半个多月没回来,估谙掉了,忽然齐刷刷飞回院子。阴阳先生连称吉兆。你外公这才点头,应下这门婚事。后来,你外公出钱,让你爸进学堂念书。说实在话,没有我们王家,哪来你爸今天?……"瞵着沉默无语的父亲,母亲怜爱地说:"哥,我们结婚是1967年,王家早没财产了。你在老家务农,吃饭都艰难。下河街最后一间铺面,也被你卖了。当时他大学毕业,是高中语文老师。我呢,只是一个幼儿园阿姨。"王光庭不服气地一硬脖子:"你们定娃娃亲时,王家不是没倒霉?"

"爸,不想那么多。妈不在了,你更要保重身体!"欧阳晨拿起保温杯,给父亲换上热茶。

"退休后,你妈说总算清闲了。她背着我买回围棋,想学会后陪我下棋。可惜,我们只对弈过一次。"打量着香桌上那副围棋,欧阳嘉叹口气。

"不是这样! 妈学围棋,不是因为清闲,是为你!"欧阳晨在心里呼道。

在她记忆中,父母相敬如宾,感情很好。她为他们骄傲。但是,多年前发生的一件事,动摇了她的看法。

那时,他们还住在平房宿舍。弯曲的水泥路进去,左边,是蓬州县中气派的铁门;向右,坑洼的土路旁,对着坡上五棵大黄葛树,有一排"大跃进"年代盖的青瓦平房。她家住在倒数第三间。门外,母亲用茶杯粗的杉木棒,围出一个花圃:春有虞美人、杜鹃,夏有茉莉、晚香玉,秋有菊花,冬有蜡梅。母亲爱花,总能以便宜价格,买回适时花草,让小小的花园充满生机。

那天,一夜狂风暴雨。门前小路,散落着零花残叶和灰黑色鸟羽。花圃黄桷兰下,还有一只吹落的雏鸟。将苏殊送到学校,她来到父母家,陪伴退休的母亲。县丝绸厂倒闭后,她帮忙推销保险,没多少事。苏宏志早上出门,深夜回屋,忙得难见人影。白天,她一般都在父母家。她坐在门口,望着枝繁叶茂的黄葛树,想着儿时嬉戏情景。

一个穿米色风衣的中年妇女,张望着走来:

"请问,欧阳嘉住在这里吗?"

"他上课去了。你是……"

"我叫唐羽惠,是他大学同学,从重庆来。"

她高声唤母亲。

母亲从厨房出来,用围裙擦着手,说给父亲挂电话。

"别影响他,我等等。去年开同学会,就知道他很忙。"唐羽惠含笑阻止。她从提包里拿出茶叶、香烟、蛋白粉等礼物。

"太客气了!"母亲拘谨地致谢。

"看望我们老班长,应该的。"露出一排白得发亮的牙齿,唐羽惠笑道,"大学时候,他不仅成绩好,歌也唱得好,一曲《深深的海洋》,不知迷倒多少人。"

"唱歌?"她迷惘地一瞥母亲。母亲望望她,同样茫然。父亲从不唱歌,甚至哼也不哼。

"你们没听过? 还有,他的围棋也下得好,整个中文系,除了我,全是他手下败将。"

母亲的眼光,萤火虫般一闪,倏忽黯淡。她笨拙地端来水果,然后说去做饭。注视着母亲背影,欧阳晨一阵苦涩:与唐羽惠相比,母亲苍老、憔悴。岁月和家务扼杀了她的青春,留下满脸丝瓜网似的皱痕。

见到唐羽惠,欧阳嘉一愣,似乎不敢相信眼睛。他惊喜地与她握手。削苹果时,他一不留神,竟将左手食指划伤。

那顿午餐很丰盛:春节留下的腊肉香肠、王光庭送来的腌鸡、冻在冰箱的大鲫鱼,母亲还买了一只烤兔。

"你尝尝。蓬州是司马相如的故乡,就连烤兔也跟着沾光,叫'相如香兔'。味道不错吧?"父亲灿烂地笑着,为唐羽惠夹菜。说罢,他朗声吟诵:"夫何一佳人兮,步逍遥以自虞。魂逾佚而不反兮,形枯槁而独居……"

"真是人杰地灵! 听说,周敦颐也来过这里?"唐羽惠问。

"对,来讲学。为纪念他,县城叫周口镇,又名周子镇。"父亲以筷击桌,悠然吟道,"予独爱莲之出淤泥而不染,濯清涟而不妖,中通外直,不蔓不枝,香远益清,亭亭净植,可远观而不可亵玩焉……"

唐羽惠神往地接着:"予谓菊,花之隐逸者也;牡丹,花之富贵者也;莲,花之君子者也……"

父亲的笑容,就似深山里的清泉,流淌得那么欢快,那么自然。欧阳晨敏感地窥伺父亲,不安地瞟着母亲。

吃了几口菜,母亲告退,说疲倦,想躺一下。

父亲兴致很高,不顾欧阳晨劝阻,喝了六小杯白酒。往常,逢上节日或全家团聚,他顶多只喝三小杯,一两左右。唐羽惠说,自从她丈夫去年病逝,不知怎么,她越来越怀念大学时光。父亲醉意醺然地安慰几句,转而谈起校园往事。唐羽惠说,大二那年,为买《莎士比亚全集》,父亲花光生活费,靠下围棋赢了不少饭菜票。父亲乐得呵呵大笑。他忽然来了棋瘾,踉踉跄跄地起身,要去学校借围棋。

欧阳晨走进里间。母亲靠着床头,落寞地盯着屋梁。

"妈,这个唐阿姨,爸怎么从没提过?"她不满地问。

"他讲过。那时,你爸又帅气又有才华。她追求你爸,还闹过自杀。唉,说来也真委屈你爸。大学毕业,他可以留在重庆,也能到锦都。为了婚约,他回到蓬州。"捕捉着外间的欢声笑语,母亲说。

欧阳晨绝没想到,那天以后,背着父亲,母亲开始学围棋。

一天下午,她离开母亲家,去学校接苏殊。她想起手机忘了拿,又折回去。推开虚掩的房门,她不由得一怔:母亲对着一本围棋书,正在全神贯注地下棋。

"我想学围棋,陪你爸。你千万别给他说。"母亲窘迫地解释。

"妈——!"她感动地唤道。她明白母亲的苦心。

一个多月后,"五一"节中午,父亲喝了两小杯酒,心情不错。母亲装作不在意地说:"其实我会下围棋。读幼师,啥都要学一点。"

"你?"父亲好笑道,"除了教小朋友唱歌跳舞,难道还要教围棋?"

"我真的会下。"

"好,杀几局,看哪个第一?"欧阳晨故作欣喜。

父亲犹豫:"今天放假,借不到围棋。"

"我准备好了。"母亲从衣柜中拿出棋盒。

他俩摆开棋盘。母亲紧张、忐忑,每走一步,要想好一阵。

"照这样下棋，太累。"父亲有些不耐烦。

没过多久，棋盘上几乎全剩白子。父亲兴趣索然地一推棋子："算了吧，你的水平，还在幼儿园阶段。"

母亲赧然："再下一局？"

"我要备课。"父亲淡淡地站起。

母亲像丢了魂，对着棋盘发愣。

"妈，不要灰心，坚持学下去，再同爸较量。"她鼓励道。

"我笨，学不好。"母亲说。

后来，她再没见过这副围棋，也忘了这个插曲。

"爸，你为啥找出围棋？"

"围棋一直放在书柜。大概你妈觉得，说不定我偶尔会下，结果我再没碰过。"仿佛雨点轻击湖面，欧阳嘉泪光闪烁。他假装咳嗽，转过脸，用纸巾捂住嘴。

母亲悬在空中，清晰地浮来。她右唇的黑痣，担忧地微微颤抖。"一个人去锦都，叫人咋放心啊！"苏宏志讥刺地拉长腔调，"就凭一个电大文凭，想在上千万人的省城立足，天真了吧？""你的事不让我管。我的事，你也少干涉。"她顶撞道。刹那，一切都模糊。母亲的影子，像胡乱拼凑的马赛克，变成一片炫目的光点。她喊着母亲，想抓住她。蓦地，她的肩膀被什么一击。

苏宏志站在面前："我说的事，考虑得怎样？"

"事？"她挪挪麻木的脚，突然想起几天前他挂电话，说他贷款到期，要她筹集30万元转贷。

"旅行社竞争激烈，一个月累死累活，最多挣一两万元。我要养苏殊要还房贷，哪儿有钱？"

"你的意思，非要我丢人现眼？注意，我是向你借，暂借，不是不还。一旦我的纸浆厂打开销路，赚的钱把你吓死。我要用事实证明，我姓苏的从来就是人才，不过是他们无法理解！"

"这些豪言壮语,我听了整整 20 年。要我说,你根本不该退职。就为没当上副局长,值得吗?你炒股、倒地、卖汽配、包工程,哪样搞好过?不要好高骛远,还是要脚踏实地。"

"人走背运了,喝水都塞牙。一句话,你帮不帮我?"

"谈这种事,是时候吗?"她愤然一指母亲遗像。

"好。我就不相信,离开你欧阳,我只有饿死!"苏宏志将烟一摔,转身就走。

被他一搅,欧阳晨没了睡意。她清扫完烟头瓜壳,换了灵桌香蜡,蹲下为母亲烧纸钱。

欧阳明来了。见她神色萎靡,眼圈也是青的,叫她进屋休息。她摇摇头,说不想睡也睡不着。

快中午时,一辆银灰色宝马轿车缓缓地驶进小区。她一眼认出,是许晓玲的车。昨晚,她给她和程韵姗挂电话,通报母亲去世。她们是高中同学,一直要好。

除了许晓玲和她男友王长青,程韵姗也同车来了。

"没办法。明天要去泸沽湖,今晚也有应酬,只好一大早回来,顺道在南充接到韵姗。"许晓玲将礼金塞给她,"一点心意。"

"我们老张说,少买些床套毛毯之类的,人家放又不好放,卖也不好卖。"程韵姗大大咧咧道,也递过礼金。

她没推却。她给他们泡上茶,谈起母亲逝世的经过。

"人的生命实在脆弱。我一个同事,白天还好好的,晚上喝了一点酒,突然脑溢血,救护车没来就断气了。"王长青感慨道,他担心地望着许晓玲,"你不是说胸闷?过完春节,天大的事都放下,我陪你去检查。"

"还是你们长青好,懂得心疼人。像我们老张,我一提哪里不舒服,他就满脸不耐烦,说给他说有啥用,他又不是医生。婚前我像公主,婚后我是保姆。真不知道,天底下哪种男人能保鲜?"程韵姗抱怨说。

欧阳晨敏感地瞥瞥：许晓玲脸上没有丝毫欣慰，反有一种难言的苦涩。三年前，她丈夫搞电站发了财，在外花天酒地，"小三"不断。顾及女儿，她忍气吞声。丈夫却坚决同她分手。最后，拿着分的1000万元，她独自去锦都发展。不久，她认识了王长青。他小她15岁，未婚。两人好得如胶似漆，却闭口不谈婚事。她不提其中原因，欧阳晨也不便打听。程韵姗则同许晓玲相反——男人太窝囊，始终是个小工人。为了离婚，两人一路打进法院。程韵姗性格耿直，什么都要讲。她谈得最多的，是她今年高考的儿子，以及同后夫永无休止的矛盾。看到她俩这样，欧阳晨颇感压抑，觉得离婚不容易，再婚更难。

聊了一阵，许晓玲问："苏宏志呢？"

她没好气道："昨晚伙同一帮狐朋狗友，又喝酒又打牌，闹到半夜。折腾累了，朝椅子上一蜷，睡得雷都打不醒。今早醒来，开口就要我筹措30万，说还贷款。我没答应。他冲气走了。"

"男人靠得住，猪都会爬树！苏殊的吃喝拉撒加读书，哪样不要钱？他耗子都没养一只，还找你出去借钱，天下哪有这种男人？"程韵姗嚷道。

"想不到！……"许晓玲轻吁，"你在锦都，他在蓬州，这么下去不是办法。下步你咋打算？"

"这，还没想。"她迟疑地回答。程韵姗又想说什么，许晓玲示意地一拉她。

方少成步履轻快地走过来。看到许晓玲和程韵姗，他整整领带，礼貌地点点头："欧阳，你也真是，师母去世也不说？要不是苏宏志讲，我一点也不知道。"

"他通知的你？"她一怔。在她印象中，他俩毫无往来。

"他找我谈事，顺便提起的。"方少成走到灵桌前，恭敬地点上三支香，高举过头，虔诚地鞠躬，"师母，一路走好！光阴荏苒，岁月如梭。你亲手做的糖醋排骨，至今还余味留香，毕生难忘。天堂没有疾病，没有忧患。祝师母永远快乐!"

欧阳晨鼻子一酸,泪花涌了出来。方少成是父亲的学生,大自己几岁。他出身贫寒,母亲务农,父亲在磨子街卖锅盔。背地里,同学叫他"方锅盔"。他为人老实,学习刻苦,颇得欧阳嘉喜爱。家里只要做好吃的,欧阳嘉总找借口把他叫来。一次,吃过母亲的拿手菜糖醋排骨,他连说好吃,最后把饭倒进盘子,将残汁吃得干干净净。以后,只要他来家里,母亲总做这道菜。

"怎么称呼呢,方哥还是方部长?官当这么大了,还记得师母,不容易啊!"许晓玲一本正经道。

"何必奚落。我没考上大学,守着老家混口饭。工作这些年,就当了一个科级干部,够没出息了!"

"哟,西装革履,气度非凡,一看就是大领导。怎么,还想进中南海?门口那辆轿车,是专车吧?秘书、警卫员呢?"程韵姗不依不饶道。对他和欧阳晨的感情纠葛,她多少知道一些,颇为欧阳晨不平。

"你们这些花木兰穆桂英,一个比一个厉害,我惹不起,躲还不行吗?"方少成大度地挥挥手,挂出免战牌。他借口有事,出去找到欧阳明。他问了几句什么,然后拿出手机,不停地给民政局、殡仪馆、火葬场挂电话。

"你们还有接触吗?"睃着方少成,许晓玲问。

欧阳晨摇摇头。

"这种人,离得越远越好。不管多少山盟海誓,一触及官帽,就变得分文不值。"程韵姗说。

"那,你们……"许晓玲欲语又止。

欧阳晨没吭声。她了解许晓玲:自己的事,一般不轻易泄露,却总想了解别人的隐私。何况,那段感情早成过去,没有以后。

"欧阳,火化的事我安排好了,放心。"方少成含笑过来。

许晓玲同程韵姗对视一眼,识趣地告辞。

送走她俩,与方少成对面坐着,欧阳晨拘谨地垂着眼。

"欧阳,那件事是我不好。你到锦都后,我的调动老没进展,我一横心,准备辞职。这个节骨眼上,县委找我谈话,要提拔我。你清楚,我一无背景二无靠山,文凭也是大专。这个机会太重要,可遇而不可求。我如果一走,多年的奋斗就泡汤了。那时儿子要高考,家庭压力也大……"

欧阳晨拿起水杯,很轻地抿着,似乎在咀嚼。

那年,北京奥运会开幕那天,苏殊突发高烧。苏宏志不知在哪里,一夜没回来。输完液已是傍晚,她用自行车推着女儿,将她送到父母家,第二天再去医院。方少成恰好来找父亲。他刚搬新家,想请父亲写幅中堂。在蓬州,父亲的书法颇有名气,常有人上门求字。当着方少成,她只好憋着一肚子委屈。离开时,方少成关心地要送她。他俩推着自行车,缓步走着。方少成问,苏殊发烧这么厉害,苏宏志干啥去了? 他说,他儿子也住过院。两岁时,儿子连着输液,腕部已经红肿,只得从前额扎进针头。他小心翼翼地抱着他,整整坐了一宵。儿子拉尿,他不敢挪动,让尿拉在自己身上。刹那,欧阳晨所有的愤怨,像开闸的水一倾而出。她说着苏宏志的冷漠和粗疏,吐露着自己失去工作的艰辛。方少成静静地听着。朦胧的月光下,他白皙而清秀的脸庞,现着发自内心的惋惜。他的眼神却如飘闪的光焰,热切地想呼唤什么。走到相如广场,他俩不约而同地站住。穿过广场,绕过邮电大楼,就是欧阳晨住的交通局宿舍。伞样张开的法国梧桐,恰到好处地投下迷离的黑影。草丛的蟋蟀,一下下柔声轻吟,讴歌着夏夜的美妙和神秘。方少成很自然地抚住她肩头,鼓励她勇敢地面对生活。那天晚上,他俩像有说不完的话。他们去了车站旁的一家小旅馆,一直待到凌晨。

那次以后,想到方少成,她就犹如回到初恋,情不自禁地心跳脸红。每过十天半月,他们就像机警的地下工作者,偷偷去郊外小旅店幽会。方少成很谨慎,说去大点的宾馆,他可能被人认出。她不介意地点,只要能看到他,就格外满足。直到有一天,她终于厌烦这种偷情。那是一个黄昏,她同他一前一后,登上龙角山游览。嘉陵江像无尽的绿缎,从天边滑来,向天外滑去。夕阳下的粼粼波光，闪动着数不清的惆怅。她突然说她想离婚，要同他在一起。

"我何尝不想！今天我才真正体会，什么是爱和被爱。"方少成痛苦地说，"不过，在这个太小太小的县城，一点风吹草动，都会引起轩然大波。可悲啊，我们枉自生活在21世纪，竟不如公元前的司马相如和卓文君。"

"私奔！"她眼睛一亮，"我反正没固定职业。许晓玲在省城，混得不错。我去找她，通过她找份工作。我站住脚，你就调过来，我们再分别离婚。这样没有太大风波，不会影响你什么。"

"苏宏志会放你走？还有你父母，舍得你出去？那天见到你爸，我总感到，他像有所察觉。"

"可能。这段时间你来家里，我每次都在，哪有这么巧？不过你放心，就算我爸晓得，也不会说啥。至于苏宏志，这个家对他就是摆设。我要挣钱养女儿，没办法。"

"好！你先去，半年内我想法调去，不行我就退职，然后我们从此就在一起。"

父母的担忧，女儿的泪水，一切都无法动摇她的决心。"你只要敢走，我们就离婚！"苏宏志威胁道。"离就离！"她说。打量着她倔强的神情，苏宏志像被扎破的气球，悻然软下来："你就不替苏殊着想，非要她生活在单亲家庭？"想到女儿，她两眼一红，心如刀绞。后来，他俩再没提过离婚，就这样不死不活地耗着，形同凝冻。到锦都后，经许晓玲介绍，她进了一家广告公司。以后几经颠簸，她加盟神州国旅。在那孤寂的日子里，每晚同父母和女儿的通话，既是她的必备功课，也是她最大的慰藉。她很少想到苏宏志，想起就是一肚子烦乱。

离开蓬州前，方少成叮嘱，敏感时期，最好不挂电话，有事会同她联系。一个月后，方少成到省城开会，与她见过一面。他对她殷勤备至，带来姚记麻花、河舒豆腐干、香酥鸭等家乡特产。她问他调动情况。他说正在联系。过一阵子，她忍不住挂电话催问。他支支吾吾，不正面回答。后来，他开始回避,甚至不接电话。她的第六感强烈而准确地告诉她:他变了! 父亲来锦都出差,谈到方少成仕途得意,当上县委某部副部长。她这才明白,他为什么首鼠两端。他们这段交往,就这样不明不白地结束了。

"苏宏志要我找关系,帮他把贷款展期。现在正在'反腐',有点棘手。你说帮不帮他?"沉默一阵,方少成没话找话。

"你们的事,我不清楚。"她漠然道。

"还在生气? 好了,理解万岁! 欧阳,我有个主意,干脆你回来发展。只要不触犯原则,我一定全力帮你。最重要的,我们又能在一起。"方少成说。

忽然,手机急促响起。一看号码,欧阳晨一阵激动,似乎她一天多的压抑,就为等待这个电话。她借口信号不好,走到一旁接听。

"法国团的事,我协调好了,不增加任何收费。"宁近水的声音,像他总在沉想的面容,散着令人心碎的忧郁。默然片刻,他嗫嚅道:"我挂电话到门市,小周说你母亲去世,你回蓬州了。我很难过。我能帮你什么?"

"不。谢谢!"她喉咙一酸,声音竟有些哽咽。她转过身,背对灵棚,不想让人看到眼泪。

方少成狐疑地注视着她。

每年除夕,团年饭都在家里。杀鸡剖鱼,煮肉炖汤,做汤圆馅,蒸八宝饭,母亲打理得有条有理。这次,欧阳晨打算叫几个菜,在灵棚团年,大家陪着母亲。她刚开口,王光庭颇为不满:"从古到今,哪有在灵堂团年的? 你不怕人笑话,我还怕倒霉。"

"大舅爷说得对。在灵棚团年,又是挽联又是纸钱,创意得离奇。"苏殊支持他。

"进了大学的人,就是不一样!"王光庭觉得大有面子。苏殊很少同他说话,不得已喊他,声音又小又含混,像石粒在喉管滚动。

欧阳晨征询地望着父亲。欧阳嘉调和道:"那就去小明的餐馆。给你妈留个位子,放上碗筷。"

所有人加上,刚好两桌。除了欧阳晨一家,全是王光庭家老小四代。欧阳明亲自下厨,按照往年惯例,做出几个母亲的当家菜。

欧阳嘉端起酒杯,怆然地对身旁空位说:"珮瑶,一家人都齐了。我敬你!"

欧阳晨拈起一块糖醋排骨——颜色不错,入口却有煳味,不如母亲做的。

几杯酒下肚,王光庭谈起安葬:"我请阴阳算过,后天正好是黄道吉日。我们一早火化,然后直奔青龙湾。中午,在场上包它一二十桌,答谢亲朋好友。乡坝头规矩,凡是红白喜事,村邻都要凑热闹,开流水席。"这些话,从昨晚到今天,他啰唆好几遍。大家早已听烦,没人应声。母亲老家在小锣山青龙湾,距县城20多里。那里山清水秀,景色不错。母亲在故乡长眠,欧阳晨也赞同。她给王光庭2万元钱,叫把坟修得大气一些。

"还有一件事。明娃子,你去买几匹白布。下一代要披麻戴孝,给老辈子磕头。"

有一块无一块,苏殊正在大啃风干鸡。她讥笑地擦擦嘴:"大舅爷,搞错没有,今天哪个年代了?'嫦娥'奔月,'蛟龙'潜海,我拨弄一下手机,就能与美国同学视频。你还要我们一身白布,见人磕头。新鲜,我只在电影上看过。"

"不管啥子年代,规矩乱不得。"王光庭把筷子一蹾,怒视苏殊。

"好了,你老人家少操这些心,我们晓得。"欧阳晨做好做歹。

王光庭借口照看他重孙,到另一桌坐下。很快,他又唾沫四溅,谈起王家昔日辉煌:"解放前一年,我才8岁,想要辆洋马儿,就是你们喊的自行车。我老汉儿二话不说,立马派人到重庆,买了一辆英国'三枪',400个现大洋!……"

苏宏志闷闷地喝酒,偶尔同欧阳明搭讪。他不同欧阳晨说话,她也赌气不理他。这几年,她感到他俩越来越疏远,像两条平行线。

欧阳明站起来:"姐,苏哥,我祝你们团团圆圆,幸福美满!"

虽然只是普通客套,欧阳晨觉得他若有所指。她勉强端杯橙汁,同他碰碰。

苏宏志旁边坐着苏殊。他低声问什么,苏殊的脸蓦然羞红。她咯咯地娇笑,用手钩住他耳语。

欧阳晨心里一涩:"这个鬼女子,没心没肺!自己从早忙到晚,辛辛苦苦供她上大学,几个时候,她对自己如此亲热?"苏殊平时住校。周末回来,她不是把脏衣服朝沙发上一丢,就是要钱买这样那样。说不了几句话,她就到书房玩电脑。稍稍多问一下,她就满脸不耐烦。

"妈,我明天一早回锦都,后天去重庆。"苏殊说。

"明天就走? 你不看外婆最后一眼?"欧阳嘉说。

苏殊不理他,瞪着欧阳晨。

欧阳晨说:"要不,你给李泽挂电话,说办外婆丧事,晚一天去重庆。"

"不行,车票、宾馆早就订了。"

"这是特殊情况,他们能够理解。"

"不可能!"苏殊勃然生气,"明天我自己回去。前天我讲过,你答应了的。"她掏出手机,愤愤地按着。

"现在的孩子啊!"欧阳嘉叹道。

"让她去。"苏宏志说,"苏殊,一定要上南山,观赏山城夜景。"

欧阳晨顺势下台:"好吧。等下,你给外婆多烧点纸,祝她一路走好。外婆最疼你,到死都在牵挂你。"

苏殊眉开眼笑,抱住她"吧"地一亲。

"21 岁的人了,疯疯癫癫,不晓得像哪个?"她嗔道。

"像我自己。像你们,我倒血霉了!"苏殊滴溜溜地一转眼珠,"来,给你算命。"

"又是那一套,不想听。"欧阳晨佯作不屑。苏殊最近迷上星座属相,一有时间就在电脑上鼓捣。她几次想显摆，欧阳晨没理她。

"说，我看准不准。"苏宏志说。

"妈，我们拉钩钩，你不准骂人。"苏殊伸出右手，同欧阳晨钩钩指头。

欧阳嘉好奇地侧过身。

苏殊故弄玄虚地拨弄手指，蓦地一指欧阳晨："妈，你8月16日出生，狮子座。王者现世，自信霸气，热情果敢，不畏艰难。你渴盼冲破能量限制，开创一个属于自己的时代。一句话，你是强势的表现，适宜做领导。"

"我有那么好？"她喜滋滋的。

"我还没说完。"苏殊坏坏地说，"你有两个致命弱点：一、虚荣心强，怕丢面子。或者说，骄傲得不敢承认失败。二、你总是逃避现实，在幻想中生活。比如，星相显示，你投入的所谓爱情，就是一厢情愿的迷梦。"

恍若钢针刺来，她的心一下痉挛。"真是这样吗？"她想起方少成，想到宁近水……

"有些味道。"苏宏志弦外有音道，"继续。"

"说你了。"苏殊将头转向他，"爸，你的生日是3月9号，双鱼座。你的优点是不满足现实，老想出人头地，显示自我价值。你豪爽仗义，从不整人害人。可惜，你缺乏主见又装得胸有成竹，碌碌奔波而不注重实际效果。命中注定，你一辈子离不开烟、酒、赌。"

"没人敢这么说我！"苏宏志脸上很挂不住，"苏殊，你弄清楚，25岁，我就是汽修厂团委书记；32岁，我已经是交通局科长了。"

欧阳晨嘲讽地哼哼。

"这些我不管。"苏殊悲天悯人地说，"狮子座和双鱼座，绝对不是最佳结合。这点，属相也能证实。妈属猴。你大妈3岁，1965年生，属蛇。猴与蛇天生相克，互不理解，互不信任，争强好胜不断，较量……"

"苏殊，你咋不算自己？"看到苏宏志沉下脸，欧阳明打断话。

"我，还用说吗？最优秀的星座——独立独行、热情如火的射手座。"苏殊傲然抬头道,"射手座追求无拘无束、自由自在的生活。射手座的爱情,就像骑马打仗一样刺激——不是从马上摔下,就是被乱箭射死。我们的性格大不一样。举个例子,如果失恋,妈会去海边吹风,爸肯定大醉一场;我呢,会一个个地跑电影院,把所有的电影看遍。我的未来,注定事业有成,富有而浪漫!"

"读了三年大学,就学这些?"苏宏志悻悻道。

"又不是我发明的。小气,太没幽默感,不像男子汉大丈夫。"苏殊嘟哝着,将嘴贴近欧阳晨耳边,"这种老公,还不喊他下课?"

"打胡乱说!"欧阳晨假装生气,在她手背一拍。

"我还有话。我要是爸,把你蹬得更快。"说完,仿佛害怕挨打,她急速闪开,哈哈大笑。

"离开蓬州才五六年,你看苏殊变成啥样?"苏宏志愤然起身,"我走了,朋友约喝酒。"

望着他的背影,欧阳嘉说:"宏志的话,也有一些道理。欧阳,你要多注意苏殊的思想变化。刚才,你叫她给李泽挂电话。李泽是谁?"

"她同班同学。"

"男生还是女生?"

"男生。"

"他们啥关系?"

"这……"

欧阳嘉忧心忡忡道:"我不是老顽固,食古不化。不过我总觉得,年轻人太过开放,迟早要出问题。就说我,大学毕业,不是不能分到省城,也不是没有其他想法。但是,我想到已同你妈订婚,有一种永远的责任,最终还是回到蓬州。后来,我当上语文教研室主任、县人大代表。组织如此信任,我更不可能东想西想。你们这一代还好一些,挑着家庭重担,有起码的伦理和原则。苏殊他们就不同,前卫得令人担忧。这些年,经济上去了,生活好了,但人心乱了,传统道德丢得不少。欧阳,你要引起重视,不能由苏殊这么下去。"

"我也难啊！爸,你替我想想。从睁开眼睛开始,我满脑袋都是工作。一大早出去,晚上才回来,中午凑合着吃个烤红苕煮玉米啥的。忙得精疲力竭时,我觉得生活就是搅拌机——我的血肉和生命,正一点一点地被它搅碎榨尽。但我无法停下来。苏殊的大学开支,我的按揭房、社保,今后的养老费用,都靠我一分一厘地挣。"欧阳晨心里一阵刺痛,眼睛不由得湿了。一个独身打拼的女人,难言的辛酸太多。她曾经打工的那个广告公司,老板总想打她主意。一次,他借酒装疯,涎笑着从背后搂她,说他俩恰好是孤男寡女,只要她答应,他带她去东京,泡温泉吃料理。她狠狠地推开他,当即宣布辞职。她需要性,但更渴求爱,无法把两者分开。

欧阳嘉心疼道:"你没想过回来？或者,让宏志来帮你？"

"他不添乱,就谢天谢地了！你叫我把苏殊看紧点,话在理,但做起来太难。现在风气就是这样,初中就在成双结对。还有网上,乌七八糟的什么都有。我能把电脑砸了吗？我只有想,她是成年人了,自己的路自己走。"欧阳晨转开眼睛,不愿谈下去。

苏殊拿出笔记本电脑,正同王光庭的孙女讨论游戏。"《僵尸特战队》！"王光庭孙女嚷道。"小儿科！"苏殊嗤笑,"还是《刀塔传奇》刺激。"

凝视着她,欧阳晨轻轻叹气。

进大学没多久,苏殊就谈恋爱了。一天,她收拾苏殊房间,在枕下发现两封情书,内容肉麻,"老公""老婆"地乱叫。她看得脸上发烧。写信人叫杨洋,苏殊高中同学。捏着信,她怔了很久。她有些欣喜,又有种说不出的惆怅:女儿终于长大,有人追求了！她不愿她像自己,仅凭虚浮的感觉,就同第一个男人订下终身。但她又怕女儿上当受骗。思来想去,也许是对自己婚姻的反省,也许是对女儿的溺爱,她决定不阻止苏殊接触男友——至少,她能享受转瞬即逝的青春。以后,她从只言片语中察觉,女儿换了不止一个男友,有的已到那种地步。她警觉起来。一次,她把话题引到男女情爱方面,试图给苏殊一些常识。"妈,你说的这些,初中我就学过。你少操点心,我不是傻瓜。"苏殊脸一红,若无其事地道。她只得含蓄地借题发挥,告诫她交友要谨慎,要善于自我保护。

一个星期六的晚上,电视播出一则新闻:一个高二女生,因为失恋,从18楼跳下。

"太可惜了! 正是含苞欲放的年龄,说没就没了。最可怜的是她父母,不知何等痛苦!"指着电视机,欧阳晨感慨道。

"脑残! 分手就分手,另外找就是。为个臭男人,值得吗?"苏殊撇撇嘴。

她愕然地盯着女儿。她无法说清心里感受:震惊,茫然,失落,还是其他什么。

后来,苏殊与李泽谈朋友。她巧妙地从苏殊嘴里套出,李泽是锦都人,家里开茶叶行。一个星期天,乘苏殊睡懒觉,她来到盐市口,找到那家商铺。她装作选购茶叶,把李泽打量好一阵。那是一个阳光的男孩,眉宇间现着自信与稳重。她放心了。

"妈,小学同学约我看电影。大片,《智取威虎山》,然后去唱歌。我走了,记着我的电脑。"苏殊风一样扑来,抓起自己挎包。

"早点回来,明天要乘长途车!"她高声叮咛。

"现在的年轻人啊!"欧阳嘉摇摇头。

吃过团年饭,欧阳明说他守灵,让欧阳晨和父亲休息。

"姐,前天到现在,你连家门都没进过。今晚你最好回去,不然苏哥要生气了。"欧阳明关心道。

"咸吃萝卜淡操心! 刚才你没听见? 人家喝酒去了。"她抢白一句,向父亲房子走去。

躺在床上,她虽然极其疲倦,心里却像装了太多东西,滚锅般翻个不停。她挂记着苏殊,忘了问她唱完歌回哪边,是回自己与苏宏志名义上的家,还是来这里？她还忘了嘱咐她，千万不能喝酒。一次，苏殊陪同学过生日，又是红酒又是啤酒，醉得吐了一床。她迷迷糊糊地刚要入睡，母亲又似乎站在床前，怜爱地注视着她。她一惊睁开眼睛，眼前一片黑暗，什么都没有。不知过了多久，她终于昏沉沉睡去。天快亮时，苏殊把她推醒，说要走了。她慌忙起床，帮她收拾衣物，给她煮汤圆。苏殊口里散着浓浓的酒味，说拗不过同学，喝了几小杯红酒。她责备几句，叫她到重庆后，第一时间挂电话。"晓得。"苏殊打着呵欠，"我又不是三岁五岁，还上幼儿园。"

送了女儿回来，她再无睡意，坐在灵棚发愣。欧阳明端来一杯牛奶。她有气无力地喝着。

"姐，不管你爱不爱听，有些话，我还是要说。你要注意同苏哥的关系，外面有些风言风语。"

"咋注意？我不出去打拼，苏殊哪来大学费用？"

"不是这意思。我是说，苏哥对人好。这些年，我有事找他帮忙，人家从不推诿。还有，他的纸浆厂的确困难，能帮，你就拉他一把。"

"你有本事你去帮。"她顶撞道。她还想再说几句，看到弟弟尴尬的笑容，硬生生地将话吞回肚里。她像父亲：鼻梁高挺，眉睫妩媚地上挑，不经意地露着英气。弟弟却像母亲：圆脸，眼神温和，随时荡着笑纹。看到他，她就想起母亲。

"我们的事，你最好别管。"她忽然感到伤感，说去外面走走。

大年初一的街面，车少人稀，冷清萧索。她漫无目的地走着。不知不觉，她来到建设路十字路口，左边小街进去，是蓬州中学；再沿土路右弯，就是自己曾经生活多年的平房宿舍。平房早已拆掉，变成气派的学校图书馆。除了五棵老黄葛树默默地见证岁月变迁，已没她熟悉的东西。她略一迟疑，仍然向左折去。

黄葛树撑着一片深绿。"蒹葭苍苍，白露为霜"几个字，歪歪扭扭地变大。背熟这首诗后，她感到它像淡雾遮掩的嘉陵江，有一种朦胧的美，却说不清美在哪里。一次,父亲无意中谈到,说它在讴歌对爱情的不懈求索。她想到自己,心情一下忧郁:虽然不怨不悔,但那种真正的爱情,可能永远也难得到。或许,这就是诗的灵魂——美在那道现实与理想的鸿沟,美在无奈而又执着的追求。

她转过头,望着图书馆墙角。她分明看见,自家小花圃里正盛开着浅红色的花毛茛、紫色和粉色的雏菊;黄色的报春花,沿着两尺高的栅栏,快活地扬着花蕊;白色、红色、黄色的虞美人,袅袅婷婷,随风摇曳……蓦然,她想起博卡拉那个下午。两层小楼的别墅酒店,宁静得微风都像沉寂。她住的房间后面,有个八九个平方米的小院,围着浅蓝色的木栏,里面的玫瑰鲜红似火。

她摸出手机,不假思索地发出短信:"我想博卡拉了!"很快,宁近水回复:"我也想!"

她定定地看着短信。恍惚,她走过古老的石板路,倚着费瓦湖白色的桥栏,眺望安娜普尔娜雪山……

为了开拓尼泊尔旅游线路,神州国旅组织考察。全省八九十个加盟店,只有10个名额,她是其中之一。

从加德满都出发,经奇旺、蓝毗尼,他们来到博卡拉。一路,沉浸于眼花缭乱的异域风情,她的心情格外舒畅。不料,到达博卡拉当晚,她却病了。

按照考察安排,第二天,他们先去萨兰廊特看日出,然后游览大维瀑布和湿婆神洞;午后,泛舟费瓦湖,参观小岛上的夏克蒂女神庙;再徒步攀登世界和平白塔,一览美得令人窒息的雪山风光。

"真倒霉!我头痛,身子软得像棉花,不要说登山,走路都艰难。"她苦笑着,对同房间王菡说。王菡也是加盟店的,来自绵阳。

"你太没运气了,只有抓紧吃药。后天去纳迦廊特,尼泊尔的高山度假胜地,你不能再错过。"

服过国内带去的感冒胶囊,又喝了两包板蓝根冲剂,她半倚半躺,懒洋洋的似睡非睡。轻风掠过高大的棕榈树,穿过半开的方格木门,送来阵阵清新。

她不由得想起蓝毗尼。在佛祖故乡,天蓝云轻,树绿花香,仿佛有一种凝重的气场,让人的灵魂霎时清澈,忘却喧嚣的物欲世界。

快到中午,她的头不那么痛了,肚子咕咕作响,发出饥饿的信号——昨晚,受不了尼泊尔菜肴怪怪的香味,她勉强喝了半碗白粥,今早也没吃饭。她插上电热壶,打算泡方便面。

门被轻轻敲响。

拉开门,她一怔:宁近水捏着两盒药,局促地望着她。

"挂着你的病。看了日出我就下山,到药店买药。一盒是阿莫西林,另一盒是感冒药,印度产的。"他将药递给她,"好些没有? 去不去输液?"

"不用,大概没啥了。"她感激地一笑,请他进屋。他稍一踟蹰,跨进房间。

看到撕开封盖的方便面,他皱皱眉头:"我也没吃饭。外面有一家小餐馆,看去还整洁。我们一起去?"

她想推辞,他已拔掉电热壶插头。她只好点头。

他操着流利的英语,对着菜谱又比又画,还强调般指指她。老板终于明白,用蹩脚的中文说:"好的,好!"

他为她点了豆芽肉圆汤、花菜,自己要了牛肉炒饭。闻着诱人的香味,她觉得饿极了,好像几天没吃东西。

她贪婪地喝着汤。

"慢点,我等你。"他关切地说。

她不好意思地笑笑。

考察前,她见过宁近水两次。一次是审查加盟资格。她在台下,自信地阐述经营理念。他在台上,一脸严肃,不时敲敲手提电脑。事后,公司小朱告诉她,那次答辩她得分最高,宁总对她评价很好。第二次,他带人下来检查工作。半小时里,他一句话没说。前 25 分钟,他听她汇报;后 5 分钟,他打量着店面设施,挑剔地用手在柜台拭摸。出门时,他极难得地微微一笑:"不错。"

在欧阳晨印象中,他严谨、刻板,总像拒人于千里之外。

"宁总,为了我这个感冒,你放弃游览,真过意不去!"吃过饭,她坚持自己付账。他说已经付了。她很不好意思,连声致谢。

"不用客气。我是领队,照顾你,是我的责任。"他淡淡道。

"就是说,考察团任何一个人生病,你都会买药、陪着吃饭,还要抢着付款?"她挑战地问。

"这,也许吧。"他饰掩般转开话头,"天气不错,去费瓦湖逛逛? 穿过马路就是。"

她欣然同意。她的头不痛了,步履也变得有力。明天,考察团回加德满都,如果不观赏费瓦湖,她一定后悔。

她想荡舟游湖。他反对,说她感冒,不能吹风。

"太美了! 每看一次,我都有不同的感受!"倚着白色铁栏杆,宁近水沉思着说,"我上次来,看到碧绿澄澈的湖水,湖里映现的冰峰,我惊叹得几乎不能呼吸,只有一个声音在轰鸣:美! 太美! 这次,这种美变得厚重而神秘。看到它,我就想起加德满都的印度教圣地——帕斯帕提那神庙,想起供奉在那里的湿婆神。如果永远生活在这里,多好啊! 可惜,我不过是一个尘世过客,无缘融入这种仙境……"他遽然住口,眼神变得落寞。

"宁总,你学旅游的吗?"

"不,哲学。"

"哲学?"她惊讶地张着嘴。哲学和旅游,风马牛不相及,她无法将它们联系在一起。

"毕业的时候,这个专业很难分配。我到了钢铁公司宣传处,待了20年。企业改制,我离开工厂,进了神州公司。"

"我也在丝绸厂干过。工厂倒闭后,我做过好几个职业,最后选定旅游。"共同的遭遇,使她生出共鸣。

"丢了专业,可惜吗?"她问。

“现在谁会关心精神？何况我要养家糊口，必须挣钱。”他抑郁地笑笑。

那天，他们在湖边待了很久。回去路上，他陪她逛商店。她看中一条浅紫色羊绒披肩。她换着花样试着，亲昵地问：“如何，好看吗？”

“好。”他眼里闪过惶乱。他躲避地转过身，望着远方锯齿般的鱼尾峰雪山。

回到锦都，为了感谢他，她挂电话请他吃饭。

“不用客气。公司最近事多，很忙。”

“忙得饭都不吃？你以为我在巴结你？”她不高兴道。

略一沉默，他答应了，说她请客，自己买单。

第二天傍晚，浣花湖幽静的小餐厅里，他们喝着红酒，留恋地谈着尼泊尔。

渐渐，他的话多起来。他说，以前他有过一个女友，大学同学，他们好了三年。一次聚会，她表哥带来一个香港商人。那人左手食指戴着一个大钻戒，开口罗马闭口巴黎。女友对他很有兴趣，不停地问这问那。她那钦羡的眼神，实在让人心碎。没多久，他俩就分手了。

“就为她的眼神？”她调笑道。

“对，那是她深藏的灵魂。她想要优裕的物质生活，想富有而幸福，这无可非议。我却无法给她。”

“她提出分开？”

“不，我提出的。”

他不想再谈这个话题，说起他的家庭：妻子在电影公司工作，几年前患了心脏病，又有美尼尔氏综合征，在家病休；女儿在北京读大学。

她也提起自己的经历，谈到独闯锦都的艰辛，谈到父母和女儿。

那晚他们谈了很多，分别时，都有些依依不舍。后来，又有过两三次约会，他们成为情人。对着他，她好像对着自己影子，能够无遮无掩地袒露心声。她深切感到，他俩的灵魂和肉体，在相互依赖中活着。

"前世五百次回眸,才有今生一面之缘。你想过我们以后吗？不要名分的女人,只有《聊斋》里才有,而且是狐狸变的。"一次,她开玩笑般道。

他艰涩地说:"我不敢想。太难,太残酷!"

"我们就这样下去,像见不得阳光的蝙蝠?"

"我……"

"我什么?"她尖刻地问。她想指责他的软弱,他的太多太多的顾虑。可是,情不自禁,她想起去他家的情景。

一个晚上,怀着思念和好奇,她借口汇报工作,突然来到他家。见到她,他紧张又惶然,还有无法抑制的兴奋。他从卧室扶出妻子,对她介绍。他妻子容貌清丽,脸色却很苍白。她衰弱地笑笑,坐到沙发上,再没说话。

"她经常头疼,怕光怕喧吵。"指着拉得严严实实的褐色窗帘,他苦笑道:"一天上午保姆出去了,她忽然晕倒,头碰着茶几,鲜血直流。幸亏我回家拿一份合同,正好遇上。我慌忙把她送进医院,额角缝了五针。保姆比较粗心。照顾她服药什么的,都得我留意。"

他说话时,他妻子温柔地望着他,眼中的深情和信任,让欧阳晨又感动又妒忌,还有锥心的羞愧。她装模作样地谈了几句,立刻告辞。以后,她再没去过他家。她清楚,他是他妻子的全部。如果他真的离婚,同她在一起,他俩永远都会受到良心的折磨。

手机响了,她的思绪被打断。

"一大早就出去,你在哪里?"苏宏志问。

"随便走走。有事?"

"还是那笔贷款。方少成没起什么作用,银行只展期一个月。我想用住房抵押,贷新款还老款,轮番周转。"

"不行! 如果有点闪失,连个窝都没有。苏殊回来住哪里? 你又住哪里?"她被激怒。交通局这套房子,90平方米,两室两厅。当初为交8000元房改款,她向母亲借了5000,攒了两年才还清。

"不可能到那种地步。见面再说。"苏宏志挂断电话。

清晨 6 点,大家手忙脚乱地收拾东西,准备赶往火葬场,抢在第一炉火化。欧阳明找了一辆小货车,专门拉花圈。方少成带着金龙大巴,一秒不差地准时赶到。他热情地让王光庭坐副驾位子,又主人般到处巡视,检查有无遗漏。苏宏志反像无事可干,站在一旁漠然抽烟。

欧阳嘉想起那副围棋,要把它带上。

"留着吧,或许还有用。"欧阳晨说。

火化时,大家聚在休息室,等待取骨灰。欧阳明拉拉她:"姐,就算贷款展期,苏哥还是还不起。你就帮帮他,同意用房子抵押。看,他又在找方哥。"郑建蓉挨他坐着,眼里也满是期求。

"我说过,你别管这事。"她疲软地回答。她突然羡慕弟弟。结婚以来,他同郑建蓉像一对恩爱的鸽子,脸也没红过。她一直觉得弟弟软弱,一切听老婆的,有些瞧不起他。现在看来,这也是一种幸福。她不由得望望苏宏志。

苏宏志又比又画,像解释又像乞求。方少成爱莫能助地苦笑,眼睛却扫着她。他俩目光一触,他立刻扭开头。

火葬场出来,天已大亮。她发动雅阁轿车。

"姐,20 多里路,苏哥开算了?"欧阳明说。

她没答话。

沿着小锣山边缘,开过一段坑洼土路,刚能望见白幔围绕的灵棚,鞭炮声猛然惊天动地。

"爸,都安排好了!"王光庭大儿子迎上来。

"回来了,我们王家大小姐回来了!"王光庭怆然长揖。接着,他一扫倦态,精神抖擞地吆三喝四,招呼大家进灵棚。

青翠的柏枝扎成拱门,两边各放一排花圈。几只长凳倒置地面,连成小桥模样,挂满太极图案黄符。阴阳先生身着灰衫,指挥欧阳明捧着骨灰盒,小心翼翼地走过板凳，说是过奈何桥。将骨灰盒放上灵桌，哀乐奏响。王光庭与欧阳嘉并排站着，向遗像肃然敬香。接着，欧阳晨等依次上前，跪下三叩首。

"那天在医院，我就安排老大搭灵堂。我还想请人唱围鼓，想到你们喜欢清静，就算了。"王光庭得意地说。他把阴阳先生叫到一边，问了几句什么。过来他一拉欧阳嘉，指指后面山坡："该上去了。"

大家走出灵棚。远处，一辆黑色轿车驶来。

"肯定找我们。哪个?"欧阳明停住步子。他捧着骨灰盒，走在最前面。

汽车越来越近。看上去，很像宁近水那辆丰田锐志。"他怎么会来?"欧阳晨的心轻轻一抖。

"总算没走错。这个地方我以前来过，幸好没啥变化。"郑建蓉弟弟跳下车。早上去火葬场时，欧阳晨叫他留下，照看丧仪公司清场。

欧阳晨已经看清，的确是宁近水的汽车。她脸上一阵发烧，借口忘了带供果，转身溜进棚里。

"姐，找你的!"郑建蓉唤道。

她慌乱地理理头发，装得诧异地走出来。

"你们店小周讲，你母亲去世。今天，同两个同学来看'百牛渡江'，顺道看望。"宁近水说。

"谢谢!"她介绍道，"这是我父亲。这是神州国旅宁总。"

欧阳嘉客气地笑笑。

面对遗像，宁近水点燃香，恭敬地三鞠躬。

方少成冷眼瞟他，那模样，像在拳击场上掂量对手。

"'百牛渡江'，搞错了吧?"苏宏志不阴不阳道。宁近水同学自嘲地说："是啊，一大早出发，白跑两三百公里。花钱买教训吧!"

"这是我那位。"她只得介绍苏宏志。她笑笑："'百牛渡江'夏天才有，你们也不问清楚。"

苏宏志不理不睬,毫不饰掩敌意。

宁近水寒暄一阵,提出告辞。走到轿车前,他摸出一个信封:"一点小心意,你一定收下!"

"我已经收下了——你专程前来,就是最好的心意。"她把信封丢到他驾驶座上。去年为买雅阁车,她一度资金紧张,门市租金拖着,工资也快发不出。他知道后,说可以帮她。她拒绝。从与他好上那天起,她就告诫自己,不能让金钱污染他们的感情。

"姐,该走了!"欧阳明试探道,"这个老总不错,专门跑一趟。"

她像没听见,快步走去。

墓穴旁,阴阳先生割破公鸡鸡冠,将鸡血洒入棺材形状的墓穴。他捧上一个瓦罐,里面装满锡纸做的金锭银锭,说是买路钱。放进骨灰盒,盖上水泥棺盖,鞭炮震耳欲聋地炸响。欧阳晨蹲在坟前,焚烧王光庭购置的阴间用品:面额上亿的冥币,纸扎的房子、轿车等,还有四个一尺高的纸人,两男两女。王光庭说,妹妹出身富贵,阴间也要有人服侍。做完这一切,欧阳晨腰酸背痛,累得直想睡到地上。王光庭催她快走,说在场上包了20桌。到了饭店他还念叨,王家丧事必须气派,做坟、设灵堂、包酒席等等,欧阳晨给的钱不够,他添了好几千。

王光庭高踞首桌,陪着几个老年亲戚。欧阳嘉不愿过去,与欧阳晨姐弟、苏宏志、方少成等同桌。

想到已同母亲天人相隔,欧阳晨毫无食欲。在郑建蓉劝说下,她勉强吃了几片菜叶。仿佛大山压着,桌上气氛沉闷。欧阳明不停地劝菜敬酒,大家才稍有兴致。

"宏志,刚才那人,你认识吗?"方少成低声问。

苏宏志没作声。

"真有心啊!跑这么远的路,难得!"方少成恰到好处地提高声音,既让欧阳晨听见,又不致引起他人注意。

苏宏志又恼又恨,脸拧得像要出水。

她看穿方少成用意,羞怒地问:"贷款的事,你办得如何?"

方少成一怔:"我嘴皮磨得起泡,行长说上边卡得紧,只展期一个月。"

苏宏志转转眼珠,又滞然定住。由于休息不好,他面容浮肿,眼里牵着血丝,似乎老了好几岁。

望着苏宏志,欧阳晨突然一阵不忍。她冷笑道:"没有翻不过的坎! 拿房子贷款,我签字。"

苏宏志大感意外,呆呆地盯着她。

"你看,欧阳一表态,事情不就解决了。来,喝酒!"方少成打着哈哈,表情颇不自在。

又是几杯酒下肚,苏宏志渐露笑容。他激动地起身:"欧阳,我敬你! 关键时候,还是你支持我。"

对着这真诚的眼光,她不禁心神激荡。她倒上半杯酒,一口喝干。很久了,遥远如同缥缈的梦,他也用这样的表情,对她说过这样的话。丝厂旁边江岸,他俩第一次约会。望着奔腾的一江春水,他眼里闪着灼灼光点:"欧阳,相信我! 只要有你的理解,我一定能不断进步。"

后来,也是这双眼睛,却燃烧着狂躁:"水平比我低能力比我差的人,居然当上副局长? 在科长这个位置,我整整干了 6 年,2000 多天啊,凭什么? 我要退职。我不相信,离开巴掌大的交通局,我不能闯出一番事业。"她劝他不要冲动,考虑成熟再说。他冷笑道:"成熟? 听到这话我就反感。啥叫成熟,睡进棺材才叫成熟。我的事不用你管。我决定了。"

以后几年,或许为了掩饰经商的失败,或许不愿直视惨淡的现实,他更加忙碌也更显高傲。他很少在家,就是回来也心神不安,挂几个电话就要出去。一次在家里,他与两个朋友一面喝酒,一面兴奋地谈修路工程,似乎几百万即将到手。晚上 10 点过,欧阳晨走出卧室,叫他们不要喝了,苏殊刚睡着,明天学校要开运动会。他一拍桌子:"我在谈正事。少管!"那晚,他们一直喝到深夜。她和衣倚着女儿，眼里噙着泪水。她几次怒火腾起，想不顾一切地冲到客厅，掀翻桌子，砸碎杯盘碗盏。但她没有。就在那晚，她的心彻底死了。

"如果生活像积木，能够推倒重来，多好！"打量着苏宏志，想到匆匆而去的宁近水，她的鼻子一阵酸涩。

方少成过来敬酒，将她拉回现实。

"欧阳，我们有些误会，应该好好谈谈。"

"不必了。"她冷淡地起身，端起橙汁向王光庭走去，"大舅，你辛苦了，我敬你！"

方少成难堪地愣着。

回到家，欧阳晨忙着收拾房间。擦完家具，拖净地面，她又将窗帘全部取下，丢进洗衣机。

她建议父亲出去游玩，换个环境："要不就去重庆，你的老同学多。还有那个唐阿姨，你们很谈得来。到了那边，或许心情好一些。"

欧阳嘉听出她的意思，正色道："欧阳啊，你想多了！大学时代，我对唐羽惠动过心，至今对她也有好感。不过，发乎情而止于礼。弱水三千，我只取一瓢饮。你母亲刚走，我不可能有其他想法。纸钱烧过'七七'，我想到乡下住一阵。"

她赧颜一笑，不再劝说。

苏宏志磨蹭着走来："我妈等我们回去。"

她没作声。她回来那晚，他母亲来过。借吊唁机会，她拐弯抹角提起还贷，还拉长三角脸嘀咕："女人，还是要有女人样子！"这几年，她对欧阳晨明枪暗箭，中伤不少。

"应该去。"欧阳嘉赞同。他拿出几盒蜂胶、两块王光庭送的老腊肉，叫欧阳晨带去。

她默默点头。

苏宏志欣喜地掏出手机:"妈,我们回去吃晚饭。抵押的事,欧阳同意了!"

苏宏志母亲异常热情,准备了一大桌菜,特地做了欧阳晨爱吃的小煎鸡。她问过加盟店收入,絮叨说:"运气,都是运气!就说我们宏志,20多岁就当团委书记,可惜八字没生好,就少那么一撇。苏殊说,你的房子100多平方米,三个人住,够宽敞的了。你那部汽车也好看,怕要几十万吧?唉,宏志早想买辆车,可惜没钱。我们呢,只有那点退休工资,卖血都买不起。"

"妈,你有完没得?"苏宏志不满道。

"欧阳,我妈就是这脾气,别同她一般见识。"从他妈家出来,苏宏志赔笑说。

"换一个层面理解,你妈的话一点不错。你想,你为啥运气不好?为啥想买车却没买?"

"我会反思的。"苏宏志连连点头,"我打了一份'抵押承诺书',我们都要签字。你看,是不是回我们那边?"

她略一犹豫,一打方向盘,向交通局宿舍开去。

母亲生病以后,回来她住父母那边,很少回这里。对这个家,她早已陌生。进门,房间的凌乱,大大超出她的想象:床脚扔着一堆脏衣服;洗碗槽里,挤满七八个脏碗……她放下挎包,一声不响地开始清理。

干了一会儿,她实在太累,坐到沙发上喘气。苏宏志殷勤地说:"剩下的我做。你去洗澡,早点休息。"

她知道他在想什么。她想拒绝,但陡然生出说不清的愧疚。她从挎包里拿出护肤品,慢吞吞地向卫生间走去。刚要刷牙,她想起苏殊没来电话,又回到客厅,挂通女儿手机。

"你烦不烦?我好不容易摆好姿势,电话就来了。我很好,好得不能再好。"连挂两次,苏殊终于接听。没容她开口,苏殊吵架般嚷了几句,立刻压了电话。

"这个鬼女子!"她无奈地哼哼。

"比原来懂事多了。以前逢上不高兴,几天都不同我说话。"苏宏志笑道。

手机响了,许晓玲挂的。

"泸沽湖太漂亮了! 水清得梦幻,天蓝得纯粹,简直是世外桃源。欧阳,说起你在搞旅游,真该来泸沽湖看看。"接着,她问起丧事的情况。

听到已经火化安葬,她说:"这几天你够累了! 来不来泸沽湖,我等你?"

"事情还多。"欧阳晨说。

"韵姗挂电话没有? 除夕那天,她同老张大吵一架。说来事情也简单。老张女儿过生日,她送了一个刚出的 iPhone 6,花了六七千元。她儿子生日,老张只买了一条领带。她又气又伤心,挂电话都在哭。她的脾气也犟,大年初一,一个人到峨眉山散心去了。哦,你不要问她。一问,她就知道是我讲的。"

放下电话,欧阳晨不禁为程韵姗担忧:这样过下去,有什么幸福可言? 仅是两边子女,都要把头搅晕。

小周又挂来电话:"欧阳姐,我晓得你忙,但没法,只有给你汇报。法国那个团的投诉,已经到旅游局了,说自费项目太多……"

"回来再说,我太累太累。"她有气无力道。

"挣钱实在艰难,大年初二都没法休息。"卫生间前,苏宏志感慨地说。他已帮她挤上牙膏,调好水温。

她很慢地刷牙、洗澡,又用了不少时间护肤。最后,她勉强上床。钻进被子,她连呼太冷,把自己裹得严严实实。

苏宏志的手,试探地侵入。她像没有知觉。

她一动不动地躺着,仿佛,宁近水在她眼前浮出,忧伤地注视着她;方少成飘过来,对宁近水怒目相视;接着,父亲发出低沉的叹息,母亲不放心地抚着她的手。她又想起那晚的梦,也许,它真的在预示什么。"蒹葭苍苍,白露为霜;所谓伊人,在水一方……"一个声音由远及近,悲戚地在耳边回旋。她觉得在什么挤压下,她的胸腔正在支离破碎。她像听到清脆中略带沉闷的骨折声,像儿时掰高粱秆。

泪珠掀开她的双眼,倏地翻出来。

"欧阳,你咋了?"苏宏志身体一下僵硬。他像明白什么,羞愧地说:"不要想那么多。有些事是我不好,我会努力的。"

"不懂,你一点不懂。"她哀哀地说。

苏宏志又动作起来。她的眼泪似乎给了他刺激,让他更加亢奋。

她陡然感到恶心,像要呕吐。她一把推开他,胡乱裹上睡袍:"太累了。我睡苏殊房间。"

他不知所措。

她头也不回,决绝地走出。

撕　裂

一

靳若川捧着水杯，雕像般望着窗外。厚重的阴云下，银杏树现着沧桑的金黄，像在图解一个悲壮的故事。半年多的跌宕经历，恍如飘零的落叶，在他眼前一一掠过。

2011年春节刚过，局里传开调整的消息。大楼空调吹出的暖风，也微妙得似乎黏稠，给人莫名的刺激。虽然只是普通调岗，但它无异于风向标，既能窥伺领导心思，还能推测个人前程。市国土局十几个处室，大致分作三个圈层：第一圈层是土地利用处、建设用地管理处、地籍处等。它们是全局重要节点，引人注目也颇具实权。在这里，办事员打个喷嚏，也能引发开发商感冒。执法监察处、矿产开发处、计财处等属第二圈层，权力虽大却较为隐蔽，不如第一圈层广为人知。政策法规处、纪检处、科技处等统归第三圈层，是局里"第三世界"，最多算默默奉献的幕后英雄。第一圈层和第三圈层的差异，除了业绩是否摸得着看得见，还直接关系仕途升迁。有人说得有板有眼，靳若川注定在第三圈层打转，到法规处担任副职。他表面不为所动，心里却似打翻调味瓶，很难说清滋味。大学毕业至今，从地矿局到国土局，他始终被边缘化，在工会、人事等部门颠来颠去。现在，他虽是研究室副主任，但像他这种资历的副处长，机关一抓一大把，除了打杂跑腿动笔杆，没人把你当回事。

那天上午，他拿着一份文件，去找局长苗大中签字。两扇酒红色的双开门,紧紧地锁着局长室。他的心蓦地一凉,腿也不由得变得滞重。他原打算乘与苗大中的单独接触中,试探一下局里安排。假如可能,他想去土地利用处、耕保处等一线部门,老与主流业务隔山隔水,说起来也窝囊。

下楼时,他遇到办公室主任宋跃。

"找苗局长吗?他在会议室,华新龙来了。"

"华新龙?"

"宁天县委新书记。听说能力很强,政绩突出。几年时间,就由处长到副区长、区长,再到县委书记。今天登门拜访,是卓副市长打的招呼。够可以吧?"宋跃淡淡地拉长腔调,嘲谑多于羡慕。宋跃与他是乒乓搭档,关系较好。

他的大脑像被什么一撞,现出一个空茫的黑洞。他牵动唇角,勉强笑笑。

回到办公室,他闷闷地坐到沙发上,电话突然响了。

"若川,你的党校同学来了,还专门问起你。"苗大中乐呵呵道。

"党校同学?"

"对,宁天县华书记。我们马上过去。"

他惶然放下话筒。"我有一流的观察力。只要见过,我不仅能记住对方姓名相貌,还能说出性格特点。"华新龙似乎站在面前,神采飞扬地说。

走廊传来杂乱的脚步声。他慌忙起身,将办公桌收拾一番。他知道华新龙烟瘾极大,一天至少两包,又从茶几下层找出烟灰缸,擦去霉斑样的积尘。

"若川,华书记看你来了!"推开门,苗大中话音刚落,华新龙已快步上前。他抓起靳若川的手,紧紧地一握,重重地摇摇:"老同学,数年不见,别来无恙乎?"他退后半步,目光炯炯地一打量,"眸正神清,儒雅俊朗,好!"他的声调很特别,每个字都如钢块掷地,斩钉截铁,铿锵有力。

靳若川拘谨地笑笑,请他们坐下。

"坐倒不必,见见足矣!"华新龙介绍他的随员:副县长程彬、县委办副主任彭小加。另一人靳若川认识,县国土局副局长蔡为力。文件柜前,华新龙停住步子:"不错,专业资料不少。"

"若川勤恳务实,口碑不错。"苗大中笑道。

"哦!"华新龙注意地挑挑双眉,像在判断什么决定什么。

告辞时,他意味深长地说:"若川,以后我们要打的交道不少,还望大力支持!"

华新龙的到来,像巨石滚进深谷,回音久久不息。党校学习时,华新龙是发改委处长,靳若川刚提副处级。华新龙有主见有魄力,给他留下很好的印象。一晃六七年过去,华新龙仿佛朝阳喷薄而出,自己却如黎明前的星星,无奈地黯淡直至消失。倍感失落的同时,也坚定了他干番实事的决心。临下班前,他再次上楼,去见苗大中。

"我正想找你,你倒像未卜先知。"苗大中诧异地一怔,"知道吗? 华新龙要你去宁天。他这人就是这样,说起风就是雨,不按常规出牌。他怕我推却,抓起电话就给卓副市长汇报。我还能怎样,只有同意。温绍初出事后,宁天一直没局长,我们正在物色人选。"

"这……"靳若川欲语又止。这个消息太突兀,让他难以置信。他的大脑像扑满水汽的玻璃,迷蒙又混沌,什么都难看清。一个念头忽然冒出:难道因为是党校同学,华新龙才会这样……

似乎看穿他的想法,苗大中淡淡地说:

"他要你到宁天,看似偶然,其实必然,想想就明白。不过,我推心置腹地说,一把手并不好当。一下进入旋涡中心,哪怕你游泳姿势再标准,避让技巧再高明,稍不小心,照样被卷到水底。表面看,国土法规一大堆,比着箍箍买鸭蛋,现实却大相径庭。不管你搞建设还是抓发展,没有土地,一切等于零。我国的耕地面积,仅占全球7%,却要养活世界22%的人口。所以,保护耕地和发展经济的矛盾,从没像今天这样激烈。不客气地说,我们好些地方财政,已经全靠卖地撑持,不然吃饭都艰难。《全国土地利用总体规划概要》提出:2020年,我国耕地保有量,要保持18.05亿亩。注意,这已逼近18亿亩'红线'。以我市为例,现有耕地仅有647万亩,其中600万亩,是铁定的基本农田。压力很大啊！所以，为了解决用地矛盾，各种违法案件层出不穷。外边说我们是高危行业，并非完全耸人听闻……"

靳若川略显惊讶地听着。平时，苗大中就像沉稳转圈的电唱机，很难明确表示观点。他担任局长以来，还是第一次对自己讲这么多。

大概感到有些失态，苗大中遽然住口，抿了一口茶："好了。你考虑一下，我尊重你的选择。最迟后天，你得给我答复。要不，华新龙那个性格，怕不一天催我三次。我再给你透点消息，党组初步议过，想调你去纪检处。"

靳若川感激地笑笑。他已下定决心，哪怕叫他当处长，他也情愿去县局。老在三线处室挪去挪来，就如一只飞不出笼子的小鸟——不是扑腾得奄奄一息，就是困在里面老去。他没马上表态。他担心苗大中生出误解，似乎他不安心本职工作，背后走了华新龙的门路。

晚上，他将妻子叫到书房，郑重地谈出今天的事："我有两点顾虑，一是我没业务经验，怕辜负组织信任；二是靳石面临高考，正是关键时候，我不放心。"

"想那么多干啥？局长有啥难当，依葫芦画瓢，领导咋说你咋办。你看你那些大学同学，经商的富得流油，做官的轿车出入。你与其不死不活待在局里，不如干脆沉到基层，可能还大有转机。"张欣菲坚决支持他下去。她举出一个个例子：某人丈夫在西曲县，走秘书长门路，当上市建委副主任；某人本是副处长，下去代职局长，没两年成了副县长。

"你没明白。我并非着眼官场，是想做点实事。"

"有区别吗？政绩与升官，像一个硬币的两面，你能把它分开？再说，有华书记这层关系，什么工作不好开展？我要有个同学当校长，我还是这个老掉牙的一级教师？"张欣菲愤愤道。她在清江中学教数学，几年都没评上高级职称，提起就满肚子怨气。

靳若川斟酌着词语，想把思路说得更透彻。这时，门铃响了。拉开门他不由得一惊：华新龙站在门外，神采奕奕地望着他。

"不约而至,不见怪吧?"华新龙矜持地笑笑,似乎很满意这种戏剧效果。他老熟人般跨进屋。一个模样像驾驶员的板寸头青年,恭敬地跟在后面,抱着一箱宁天特产红心猕猴桃、两盒明前毛尖。

靳若川刚想推辞,华新龙扬扬手,阻止他说下去。转头,他亲热地问:"是弟妹吧,我是华新龙。以后,我们见面就多了!"

张欣菲又惊又喜,不知说什么好。泡茶时她一不小心,竟将茶叶筒打翻。

稍一寒暄,华新龙直奔主题,问靳若川去不去宁天。

靳若川含糊地说:"我没在基层待过,情况不怎么熟悉。我们又是党校同学,担心影响……"

华新龙打断话:"内举不避亲,外举不避仇,不必顾虑太多。你说你没下过基层,健忘了吧? 到地矿局第二年,你挂职当过矿长助理。无须绕圈子,你的想法我清楚。不是你过多解读,就是你那敏感的自尊在臆想中受到伤害。我所以点名要你,不为别的,是因为你的人品和能力。你工作认真,不趋炎附势,更不以权谋私,我非常欣赏。我相信我的眼睛,更相信我的大脑。有个细节你可能忘了,我记得相当清楚。党校毕业那天,市里来了两个领导。班上同学,不是争先恐后地合影,就是要他们签字留念。你却远远避开,孤独地站在一边。当时我犹如触电,心猛地一震,觉得你这人很有意思。我坚信,只要你来宁天,一定能胜任工作。"

"若川,就凭华书记这番情意,好好干!"张欣菲说。

靳若川很轻地点点头。他生性内敛,不习惯说豪言壮语,有一股甩不掉的书卷气。但在应诺的那一瞬间,他蓦然感到,空气刹那变得沉重,大山似的向他逼来。

"好!"华新龙欣慰道,"若川啊,我不仅是给你换一个职位,而是在搭建一个舞台,一个上演威武雄壮一幕的历史舞台。人生如白驹过隙,能干一番事业的时间,屈指可数,轻掷如此宝贵的岁月,岂不可惜? 就这样。我协调苗局长,马上发文任命。这次虽是平级调动,但以后怎么安排,我心里有数。"

那天晚上,靳若川失眠了。在他紧绷的神经里,一种异样的不安,小老鼠样探头探脑。他一惊,警觉地四处搜寻,却连丝影子也没有。好几次,他像抓住了它冰凉的尾巴,嗅到它诡异的腐臭,转眼,它又水雾般在阳光下消失。怎么会有这种感觉?他觉得怪怪的。

二

靳若川的坎坷沉浮,与天师湖紧密相连。

"这里好啊!既有引人入胜的民间传说,又有得天独厚的资源优势。想当年,为保一方平安,张道陵在湖边鸣钟扣磬,一举诛杀六大魔主八部鬼帅。今天,我们全县 48 万人民,个个都是新时代的张天师。我们要以天师湖为抓手,带动宁天跨越发展,成为全市改革的排头兵……"站在一米多高的湖堤上,望着波光粼粼的水面,华新龙侃侃而谈。县长徐政扶扶无框眼镜,现出赞许的笑容。程彬望着摇曳的芦苇,神往地想着。

"老蔡,到这里做啥?"靳若川问道。

"你都不知道,我哪清楚?"蔡为力摊摊手。

"这个老蔡!……"靳若川颇感无奈。在市局时,他与蔡为力交往虽少,却绝无矛盾,遇见还能热络地聊几句。他到宁天后,蔡为力像变成了刺猬,表面温顺平和,但不时戒备地耸着硬刺。他能猜出原因:自己空降当上局长,蔡为力多少有些失落。

"若川,你过来!"华新龙唤道。

他快步上前。

手指湖面,华新龙说:"这里原是水库,大跃进时代修的。当时的初衷,是保证农业灌溉。毋庸讳言,它发挥过重要作用。现在,随着绿杨河的治理,岷江上游的水源已经解决了这个难题。天师湖的历史,应该掀开新的一页。闲置这种优质资源,等于犯罪。要让宁天超前发展,我们必须要像经营城市一样,最大限度地让它凸现价值。"

靳若川情不自禁地点头。

"你刚上任,就叫你来这里,你一定奇怪。可以这样说,开发天师湖,是你工作的重中之重。它好比一个支点,能够撬动全县增速发展。几年前,县上也想开发这里。我还记得当时的广告:蓝天白云,碧水青山,如梦如幻的都市后花园。可惜……你看那边,"华新龙嘲弄地一指远处,顺着他视线,一片片窝棚,像丑陋的伤疤,散落在空旷的湖畔,"那就是流拍的地块,150 亩。拆迁花了几千万,水泡也没冒一个。老程,当初你是建设局长,怎么回事?"

程彬小心翼翼道:"主要三个原因,一、就项目搞项目,缺乏整体发展思路;二、规划滞后,配套不全,医院、商场姑且不谈,就这天晴一把刀、下雨一团糟的黄泥路,修起别墅也没人买;三、参拍企业素质差实力弱,只想吹糠见米,赚一把就跑。"

"所以,坐等拍卖太被动,我们一定要汲取教训。怎么办呢? 一句话,要有超常规发展的战略思维。站高才能望远,想到才能做到。起点太低,不可能有大手笔。是吧?"华新龙掉头问徐政。

"对!"徐政赞同道。

"我的思路是,拿 1000 亩土地出来,分两期开发。第一期是别墅区,600 亩;第二期是天师湖公园、配套的酒店商场、学校医院等。同时,必须改造这条老路,让它在太平镇接上省道。这个设想,我同徐县长议过。若川,你动动脑筋,要打好这个硬仗,怎么着手?"

靳若川沉吟道:"首先是资金。以第一期 600 亩计算,除去已拆迁的 150 亩,还要征地 450 亩。征地补偿、人员安置、住房安置这三块,至少一亿出头。其次是统征指标,如此大动干戈,难度相当大。"

"做学问有一句名言,大胆想象,小心求证。我把它改一改,叫超常想象,无畏创新。只要多动脑筋,一切都能解决。"华新龙瞟瞟手表,转身一望,一辆甲壳虫般的黑色轿车,正沿土路颠簸而来。他不由得笑道:"说到曹操,曹操就到。那就是投资方,我们的上帝。所有拆迁的钱,全由他们垫付。下面的事,看你靳大局长怎么运筹了!"

似乎不敢逾越,轿车在车列后停下,一个戴眼镜男子钻出汽车,快步走来。

"华书记,这是可行性论证。"他奉上一本装帧精美的报告书。

"杜董怎么没来?"华新龙不快地问。

"辉煌广场奠基典礼,他无法脱身。"男子压低声音道,"丰副省长、卓副市长都在那里。"

华新龙不再说什么。他向来人介绍徐政等。他翻了几页报告书,脸色由阴转晴:"打造一个瑞士生态小镇,面向全世界招商,宜居宜业宜发展,一头牛身上剥三层皮。好!我们去渔庄坐坐,你谈谈开发理念。"

"那人是谁?"靳若川低声问。

"你没见过?"蔡为力淡淡地反问。

"我才来三天,哪里见过?"靳若川不悦道,"老蔡,你怎么总在打哑谜?"

"那是纵横集团魏总,我以为你认识。"蔡为力尴尬地笑笑,指指前面青瓦灰墙小院,"那就是映月渔庄,环境幽雅,味道不错。"似乎要弥补什么,他的话突然多起来。他说,芦花村是前任县委书记抓的点,渔庄是村委会办公用房,没修几年。绿化装修、电视电脑,花了几十万,号称宁天第一村。书记前脚调走,村上后脚就将房子变为渔庄。

"村委会呢?"

"看见那间小房子吗?水泵房,现在成了办公室,不过只是摆样子。书记、村主任一人兼着,揣上公章,哪儿都能签字。"

渔庄外,村支书黄德顺恭候已久。他又黑又瘦,却穿件白得炫目的衬衣,像根半截漆白的扁担。他受宠若惊地笑着,将客人迎进大包间。

包间临湖。推开小方格木窗,天师湖犹如巨大的绿镜,轻柔地映着波光。凉风徐来,让人神清气爽。

对着满桌佳肴,华新龙点上烟,猛吸一口道:"魏总,坐在这里的,都是县上的关键人物。特别是靳局长。他到任的第一个任务,就是启动天师湖项目。过几天你去国土局,协商用地问题。"

"靳局长,请多多关照!"魏总奉上名片。

"你们准备投多少?"华新龙问。

"总计10亿,第一期至少3亿。"

"10个亿!"华新龙咀嚼般重复,朗声道,"好!就冲这份豪气,我连干三杯!"

包间门被推开,黄德顺左手捏着两包中华烟,右手提着一瓶茅台酒,畏畏葸葸地走来。

"我正想找你。换了厨师咋的?凉拌鱼皮有苦味,清蒸鱼头呢,咸得满嘴是盐。"程彬不满地说。

"哪能呢?我叫他们重做。"黄德顺挤挤眼睛,难受得像要哭出来。他叫来服务员换菜,然后走到华新龙身边,谄媚地敬上一支烟。

华新龙像没看见,同徐政小声谈着。

"华书记!"他乞求地按燃打火机。

"去敬程副县长!"华新龙命令道。

他好似遇到大赦,忙不迭地朝程彬靠去。

靳若川瞟瞟黄德顺:"渔庄是村上办的?"

"不是。不过他算半个老板。没有他,渔庄哪来如此神通,列为县上定点餐厅?这里除了山珍海鲜,还号称编外县政府。"蔡为力说。

靳若川眉头一蹙,正想说什么,黄德顺讪笑着走来:"靳局长,我敬你一杯!"

靳若川说有胃病,滴酒不沾。

"领导还兴说假话?省城下来的局长,又不抽烟又不喝酒,糊弄我们乡巴佬?"黄德顺狡黠地转转眼珠,"我先干为敬!"他喝光酒,将杯底朝天,执拗地望着靳若川。

靳若川将眼转开。

"靳局长,咋说你都得喝一口。不然,你就是要我在书记面前丢脸,就是看不起基层干部。我求你了,我给你下跪。"说完,他膝盖一软,真的直挺挺地跪下。

靳若川哭笑不得,慌忙扶他起来。他硬着颈子,说要是不给面子,就跪一辈子。

"胡闹,给我起来!"华新龙厉声道,脸拧得出水,似乎雷霆风暴转瞬即至,唇角却依稀现着笑意,"若川,这个人属牛又属驴,就是一根筋。你还是表示表示!项目一动,好些事还要靠他。"

靳若川只得将酒干掉。

外面传来一阵吵嚷声,似乎有人找黄得顺,非要冲进包间,服务员死活拦着,不让他们进来。

"他咋不在?我孙娃子亲眼看见的。我一不要他救济,二不找他借钱,是要土地补偿款。我媳妇得了癌症,等这笔钱救命。"一个苍老嘶哑的声音,愤愤地高声说。

"怎么回事?"华新龙问。

"这个,这个人姓余,就一些鸡毛蒜皮……"黄德顺瞥着程彬。

程彬难堪地说:"华书记,是这样的,芦花村的征地补偿费,县上拖欠一些,村上又挪用一点。我们一定抓紧协调,尽快解决。"

"我去解释,我这就去。"黄德顺赔着笑脸,腰弯得像只大虾。

"没名堂!"华新龙脸一沉,将筷子一放。

三

国土局没有食堂,干部或就近回家吃饭,或在县政府搭伙。局机关所在的三元街,有一家餐馆专卖炖猪蹄,以肥而不腻、汤鲜味美著称。一只猪蹄15元,时令小菜如炒豆芽、煎青椒等,免费自取。只有七八张方桌的店面,每天客人爆满。靳若川喜欢吃猪蹄,常来这里。

这天中午,他又来到蹄花店。他刚喝了几口汤,门外忽然传来骂咧声。一听那吵架般的粗嗓门,他知道是统征办副科长小李。

"跑了几十趟芦花村,没见过姓黄的这副嘴脸。倒像我们是叫花子,上门找他讨饭?"

"是啊,别说泡茶递烟,客气话都没半句。补偿费没结果,咋向局长交代?"统征办小张说。

"你们是说黄德顺吧?我老婆就是村上的,我清楚他的德行。"蹄花店老板约40岁,壮实得如同一堵墙。他张罗着为小李调整座位,愤然说:"这个人,没当官属鼠,当了官变虎,啥都要张牙舞爪咬几口。听说,他把拖欠的近百万补偿费拿去倒药材了。"

"不说话你要变哑巴?"老板娘连忙制止。

黄德顺怎么了?"咔"地一下,靳若川的心像被什么堵住。出蹄花店时,他叫小李饭后到他办公室。

"黄德顺说,村上比丐帮还穷,吃顿苍蝇馆子都打欠条。只要账上一有钱,立马结清补偿费。"站在写字桌前,小李一脸无奈。

"你没问他,截留补偿费是什么性质?这是公然违法!"靳若川严肃地说。

"他说他把钱借出去,还不是想分点红,为村民谋福利。哪晓得生意做亏了,只有过苦日子,爬雪山过草地。"

"他到底啥时还款?"

"这,他说了,又等于没说。"小李忐忑地瞟着靳若川脸色,"他说反正纵横要土地,资金一到,他保证了清旧账。他还怪你不同纵横签协议,说你胆子太大,华书记的话也敢不听。要不,也不劳我们浪费汽油。"

"胡说八道!"靳若川愤愤道。他忽然有些奇怪:纵横集团签协议的事,局里也没几人清楚,黄德顺怎会知道?

从天师湖回来第二天，纵横集团魏总来了，说专程拜望，顺便签订用地协议。

"用地协议？不可能。要签，只能签垫资拆迁协议。"靳若川认真地说。

"不是这样吧？"魏总像被弹簧一撑，身子蓦地一挺，"华书记说过，给我们1000亩土地，第一期600亩，第二期400亩。"

"华书记没这么说，也不会这样说。国土法明确规定，开发用地必须公开拍卖，你应该清楚。"

"我当然知道。不过，不是不能变通。"

"变通？法律就是法律，不是玩魔术。红布一蒙，手臂一挥，眨眼让它无影无踪？"

魏总很深地剜他一眼，像怜悯又像不屑，像挑战又像惊异。他做作地挤出笑容："就是说，我只有回去，对杜董如实汇报？"

"那是你的事。"靳若川淡然道。

魏总的铩羽而归，像一片枯叶飘进山溪，无声无息地随水而逝。华新龙也像忘了这件事，再没提过天师湖项目。

没想到，拖欠补偿费和纵横的协议，竟被黄德顺活生生地拽在一起。那个老农样的面容后面，居然藏有这般心计。靳若川又生气又好笑。他忽然生出一种警觉，似乎一片白茫茫的大雾，裹挟着某种怪异的东西，正悄无声息地向他漫来。他定下神，过滤一遍近期工作，没发现什么疏漏。

"靳局长，该走了！"驾驶员小鲁走进办公室。靳若川这才想起，他要去南原乡，处理一起占地修路事件。他叫上蔡为力，匆匆下楼。

回来路上，他让汽车停在路边，说与蔡为力商量点事。他一直想与他沟通，但没找到合适机会。

走到一棵黄葛树下，他诚挚地说："老蔡，来了快一个月，琐事太多，也没同你好好谈谈。你知道，我没在基层待过，更没当过一把手。局里好些事情，就像这棵黄葛树的根，左盘右结纵横交错，一时半会很难理清。你是老国土了,我需要你的支持。我向你保证两点:一、不以权谋私,在背后搞小动作;二、在其位谋其政,我能负责也敢负责,决不揽功不揽过。"

似乎没想到开场白竟是这样,蔡为力局促地点燃一支烟:"靳局长,不管你怎么看我,我敬佩你的工作热情,也敬佩你的人品。空话废话不说,在我内退前,一定全力配合。"

"内退?"

搔搔黑白相间的发茬,蔡为力苦笑道:"30 岁时候,说我太年轻;40 岁呢,又说不成熟;一混到了 50 岁,年龄又大了。我不像你,市局下来的,又是华书记……"他意识到说漏嘴,倏地住口。

靳若川默然。从古到今,官场隐秘就像永恒的无线网,谁都喜欢来蹭热点。他不难想象,诸如他与华新龙是同学、又是华新龙点名调来等传闻,早已飞遍大街小巷。他不想分辩,任何解释只会越描越黑。他转开话题:

"芦花村的事,听说了吧? 明明是拖欠补偿费,黄德顺却硬将纵横搅和进来。这中间,有没什么背景?"

"靳局长,你还嫌麻烦不多吗? 擅自改变用地性质、流转地违规建房等等,亟待我们解决的,少说都有几十起。管他黄德顺怎么盘算,天师湖的事,书记、县长不问,我们就装聋作哑。这个项目风险太大,等于顶着高压线冲锋。"

"没那么严重吧? 反正,我按法律和政策办事,占补平衡,先补后占。何况我也有挡箭牌:征地权限在市局省厅,县局无权做主。"

"真有这么简单,温绍初就不会进监狱。"

"知法犯法,他也太胆大了! 为了 80 万元,竟将几十亩工业用地,擅自变为开发用地。"靳若川说。温绍初是前任局长,长得像尊弥勒佛,成天笑嘻嘻的。猛地一下,他铃铛入狱了。听到这个消息,靳若川很是惋惜。他有些疑惑:"这么大一件事,他一个人就能操作? 你们怎么不阻止他,看着他往法网里钻?"

"他两眼朝天,把谁放在眼里?据他交代,是某位县领导授意的,但又拿不出证据。国土部门的水,实在深不可测!"

"县领导?"靳若川敏感地想到程彬,想到前任书记和县长。

大概不想再谈,蔡为力说想上厕所,向不远处的小学走去。

已是黄昏,斜射的暮辉,如同一双双窥探的眼睛,在茂密的黄葛树上闪烁。一种难以说清的沉重感,雾霾样在靳若川心里扩散。"不想这么多,该干什么就干什么!"似乎要抵御某种不安,他凝望着远方竹林,坚定地对自己说。

他没想到,天师湖项目像烧红的炭团,转眼落到他手上,让他无法回避无法躲闪。

第二天一早,华新龙通知他到县委。

"这段时间,我忙着调整乡镇班子,没精力过问其他。但我时刻挂着天师湖,一分一秒也没放下。魏总给我挂过电话,对你颇多微词。我不关心过程,要的是结果。现在你告诉我,你打算怎样推进项目?"县委大院在正南街。古色古香的常委办公楼后面,一墙之隔就是宁天公园小湖。华新龙办公室在三楼,抬眼一望,就是一片优美的风景。似乎不愿分散注意力,他拉上白色窗纱,凝重地说。

"我考虑分两步走。第一步,拍卖这已征的150亩土地。照纵横的实力,他们完全有把握胜出。第二步,加快剩余土地摸底调查,尽快启动统征。同时,我准备向市局和省厅汇报,积极争取政策倾斜。关键是占补平衡指标,我们只有……"

"好了!关键的关键,是要摒弃小脚女人思维方式。"华新龙打断话道,"小脚走路也许是一种美,从容又稳慎,易辨方向,有转弯余地,不过我们不需要。套用象棋语言说,我们要像车一样勇往直前,马一样与时俱进,炮一样跨越发展。只要有这种执着,正面不行侧面上,悬崖也会闯出路。若川,我急啊!急得像油煎火烤,睡不好觉也吃不下饭。启动天师湖项目,是我到宁天的头板斧。接下来,扩建中心广场、开工绕城大道、拓展工业开发区等等。三年,我只要三年,宁天必将彻底变样……"

华新龙熔岩般奔腾的激情,让靳若川极为振奋。但是,一个巨大的难题,仿佛不可逾越的峭壁,陡然出现在他面前:那又需要多少土地,指标在哪里?……

华新龙犀利的眼光,烙铁样在他脸上一灼:"我清楚你在想什么,又是报批之类的吧?我在三水区时,以租代征,不是照样修了世纪化工城?直到今天,这个化工城效益惊人,不仅是利税大户,还拉动全区三个点的 GDP! 很多时候,为了工作,我们不得不改变甚至颠覆自己。怎么变?很简单,一切从政治着眼。当前最大的政治,就是把经济搞上去。所以,开发天师湖,绝非单纯地搞房地产,而是走活全县一盘棋的当头炮。没有纵横这几亿土地款,我拿什么撬动其他项目?若川啊若川,压力和困难就像一道激流,要么你去战胜它,要么它将你吞没。二者之间,绝无中庸可言。我们虽然地位不同,处境却都如此,无法选择也没有选择。"

华新龙这席话,像藏在棉花里的钢针,压上去软软的,但针尖却刺着你。靳若川无言以对。

"就这样。你主动找下纵横,把用地协议签了。至于指标、拍卖等等,走走程序就行,你应该有办法。"华新龙仿佛说累了,点燃烟急迫地抽着。

靳若川默默退出。此时此刻,任何解释都是多余。在华新龙眼里,什么耕地红线等等,一切都不重要,他关心的,只是他的雄心壮志。而对自己,则意味着步入法律雷区。为了稳妥起见,他打算双管齐下:一面加快拆迁准备,一面力争市局支持。至于所谓的用地协议,能拖多久算多久。

四

纵横集团大举投资宁天,除了开发天师湖,还包括扩建工业园、旧城改造、中草药种植等,几乎囊括县上所有重大项目。如此惊天动地的大手笔,靳若川却丝毫不知。签约仪式那天上午,他正在兴隆乡。而这件事,还是有些娘娘腔的莫乡长提起的。

一个叫宝成投资的公司,在兴隆乡流转了 300 亩土地,用于栽种红豆杉、银杏等珍稀苗木。县上规定,在流转面积 2‰ 之内,可以搭建简易工作用房。他们却修建了 18 栋别墅,面积高达 5000 平方米。国土局早就接到举报,一直没处理。在流转地上违规建房,全县共有十几起,宝成公司最严重。靳若川决心抓住这个案例,狠狠刹住这股歪风。限期拆除通知下发一周多了,莫乡长挂来电话,支吾着说情况复杂,有些原因只能当面解释。

为了解决这件事,靳若川昨晚没回锦都。今天一大早,他驱车前往兴隆乡。

"这是全县第一块规模流转土地,还开过现场会,各乡镇都来参观学习。如果现在动作太大,不仅挫伤投资者热情,还会产生一连串负面反应。我们的意见,是不是给点时间,让他们补办手续?"莫乡长理理花格衬衣领口,试探地问。

"这是基本农田。必须拆!"靳若川斩钉截铁道。

"那会出乱子的。几年前修建时候,政策法规还不配套,县上也没人过问。就这么一拆了事,损失怎么算? 他们是发展旅游,没搞房地产。附近村民也跟着沾光,土鸡蛋老腊肉卖得不少。把房子拆了,农民收入一少,不闹事才怪。"

"这些都不是理由。"靳若川拧开杯盖,气定神闲地喝口茶,摆出耗下去架势。

瞟着他的表情,莫乡长放低声音:"靳局长,还有个情况,我不得不汇报。这个项目是牟书记引进的。宝成公司老板,听说是他什么亲戚……"

"牟书记?"靳若川一愣。牟致平是前任县委书记,现任市人大副主任。

"今天县上同纵横集团签约,牟书记也要出席。你最好同他沟通一下。你们统一了,我们照着执行就是。"

"同纵横签约,签什么约?"联想到天师湖项目,靳若川不由得诧愕。

"你不晓得？哎,你是土地菩萨,掌着国土印把子,缺谁也不能缺你啊!"莫乡长夸张地叫道。

手机响了,是彭小加。

"靳局长,你们国土局那几层楼,爬得我腿都快断了。华书记要我通知你,参加今天纵横的投资仪式。哪知你一个跟头翻到兴隆乡。没法,只好给你挂电话。"像抱怨又像道歉,彭小加上气不接下气道。

"怎么不早点通知?"靳若川不满地抬起手腕:差一刻9点。

"这个,"彭小加顿顿,"我们工作疏忽,该检讨! 你快往回赶吧。大会10点开始,还来得及。"

"靳局长,今天逢场,路上人多车多,注意安全啊!"莫乡长讨好地说。

靳若川冷冷地一扫他:"最后期限还有20天。你们必须督促宝成公司,拿出拆除方案。如果再一味拖延搪塞,我只有依法强拆,同时层层追责。"

"你放心,放心!"莫乡长鸡啄米般点头。他不停地扫视着汽车,恨不得靳若川即刻离去。

现代越野车老牛般大口喘息,在蜿蜒的丘峦间爬行。眺望着绿色的远山,靳若川脑里忽如闪电划过:偏远的兴隆乡,也知道纵横签约,自己却连风声也没听到。既然华新龙吩咐通知,给彭小加一百个胆子,他也不敢疏忽,又哪能临时挂电话? 只有一个解释,有人不想让自己参加,后来又改变主意。这人是谁? 除了华新龙,谁敢这样? 看来,因为至今没同纵横签订协议,华新龙已经大感不满。他想通过这种方式,向自己发出警告。对,一定如此! 犹如寒风袭过,他的后心一阵发冷。

赶到县委时,刚好10点。可容纳两三百人的小礼堂,布置得简洁隆重。礼堂外摆满花篮,台阶铺着红地毯。"宁天县与纵横集团战略合作签字仪式"的横幅,带着扑面而来的喜气,老远就能看见。靳若川在会议桌间穿巡,找寻"国土局"座牌。忽然,他肩膀被谁一拍:"跑得够快,居然从兴隆赶回来了!"不用回头,听那大大咧咧的腔调,他就知道是财政局长闵开盛。

"你咋晓得我在那里？"

"牟书记回来了。我过去问候，恰好他在接兴隆乡电话。不知小莫说了啥，牟书记脸色一下变了，连我也不理。"闵开盛信口道，他指指搭着白色桌布的主席桌，"协议一签，纵横的钱一进来，我的日子就好过了。老靳啊，不是我说你，你拖着不同纵横签合同，简直把我害惨了。没有土地进项，我就是把财政翻个底朝天，也抠不出几个钱。我一叫穷，书记的脸黑得像包公，想把我拉去铡了。你啊你，不当家不知柴米贵！"

"不是我不签，按规定，征地必须……"

"好了，我对这些没兴趣。还是你好啊，市上垂直管理，大不了拍屁股走人。要是我也像你，事情拖着不办，还要唐僧样给领导念经，早把我贬到山旮旯头了。"闵开盛亲热地笑笑，转身同另一人打招呼。

注视着他的背影，靳若川不由得苦笑。

主席台上，衬着几篮色泽娇艳的蝴蝶兰，华新龙右边坐着牟致平、徐政和宁天县领导，左边是纵横集团董事长杜农、魏总等人。

程彬主持会议，徐政致辞欢迎。徐政热情洋溢地评价这次合作，赞誉它是宁天发展的里程碑，"政企双赢"的典范。杜农的发言，同他粗壮的身躯成反比。他低调地说一步一个脚印，事实是最好的证明。

最后是华新龙讲话。他威严地扫视着台下。靳若川感到，足有好几秒时间，他的眼光在自己脸上逗留，火辣辣的，像要烙进肉里。礼堂的气场也仿佛随之激荡，波峰般向自己压来。他本能地垂下眼睛。蓦地，他又倔强地抬起头。

华新龙从政治高度，将纵横的投资概括为三个"有利于"：有利于宁天的全面跨越发展，有利于推进城乡一体化，有利于构筑和谐社会。他慷慨激昂地宣布："这就是县委、县府的'一号工程'，要发扬革命前辈刺刀见红的精神，集中全县人力物力财力，坚决打好这一仗。"跟着，他话锋一转，矛头直指干部中的"推、拖、庸、懒"现象：

"以这次合作为例,我的同志们,险哪!由于个别人死抱条条框框,像戴着孙悟空头上的金箍,有事没事都吓得打滚,人家差点取消投资计划。我和徐县长三顾茅庐,恳切挽留,才有今天这份战略协议。我要问这些所谓的部门诸侯,你们的权力是谁给的?你们在怎样使用权力?你们的敷衍拖延,说轻点是不作为,是不在状态;说重些,是在阻挠县委、县政府的改革步伐,是把自己放在全县人民的对立面,是宁天改革发展的罪人。我要严肃警告这些同志,你们不过是国家机器里的一个零件,坏了锈了不能用了,我们会毫不犹豫地换下!……"

华新龙虽没点名,靳若川却意识到,他在指责自己,至少,自己是被指责者之一。华新龙的眼光,不时如冷箭向他射来。其他人也像了解什么,有意无意地扫着他。身后,地税局长邱金声小声嘀咕:"是嘛,巧妇难为无米之炊。没有这些投资,地税咋递增30%?"

靳若川现着僵硬的微笑,泥塑样一动不动。台上怎么签约,怎么开香槟庆贺,他像全然没有见到。一个汽笛般的声音,委屈地在他心里轰鸣:"我拖延了吗?法律不允许啊!……"直到热烈的掌声响起,程彬宣布仪式结束,他才恍如梦醒,迷茫地站起来。

华新龙陪着杜农,喜气洋洋地走出礼堂,迈向路边长蛇样停着的轿车。其他车辆一律未动,礼让领导先行。仿佛什么将他一推,靳若川疾步向前:"华书记,能不能耽误一下?我有事向你汇报。"

"今天没时间。"华新龙生硬地说。

"就一两分钟。"他坚持道。

"靳局长,改天谈吧!"徐政打圆场。

华新龙有些怒了。当着杜农的面,靳若川的举动,等于是无视他的权威。他威严地将眼锋一横:"我知道你要说什么。你把涉及天师湖项目的困难,写一份报告给我,常委会集体研究。"

华新龙的轿车缓缓驶动。靳若川失落地站着。他霎时觉得,那排气管喷出的尾气,灰白中现着几丝淡黑,犹如巨蟒向他缠来,让他呼吸也感艰难。

五

"靳局长,你写了这么多,是为我们叫屈,还是在责问县委?"看完《关于天师湖项目的请示报告》,蔡为力皱皱眉。

"我只是如实汇报。未报先征是什么性质,你比我清楚。这柄悬在头顶的达摩克利斯之剑,一旦落下,我们首当其冲,领导也难辞其咎。"靳若川忧心忡忡道。

"这份报告最好不交。你说的这些,他们都懂。"蔡为力望着电脑,像在打量一个不可战胜的对手,"正因为这样,他们才躲在后面,催我们冲锋。假如不小心引爆地雷,粉身碎骨的先是我们。"

"我们,他们,都是为了工作。如果我明知后果而不汇报,我就真成了宁天改革的罪人。华书记那天那番话,等于当众给我耳光。"

"我听说了。你知道外面怎么议论?大家纷纷赞扬华书记,说他对事不对人,拿自己的人祭刀。听说这次半年考核,我们得了 60 分。上边批评我们故步自封,跟不上形势。局里怪话也不少。有人说,以前出去很风光,现在一说国土局,对方就大有深意地笑笑,好像我们成了另类。还有人把矛头指向你,说搞僵了弄砸了,你倒能脚底抹油,大家往哪走朝哪调?听到这些,我又骂又诓又解释,嘴巴都快说起泡。唉,知你者谓你心忧,不知你者谓你何求。你能不能去找徐县长,先向他解释,再请他做华书记工作?"

靳若川涩然摇头。到宁天后,他不无惊讶地感到,华新龙变了:以前的坚毅果敢,变成目空一切的刚愎自用;党校时的真诚大度,也如过时的面具,不知废弃在哪个角落。以华新龙此刻的强势,绕开他去找徐政,结果可能更糟。而且,自己虽与徐政结触不多,但感到他城府颇深,脑子里面有脑子,眼睛后边有眼睛。他入封似闭般打通太极拳,就能推得一干二净。

"还有一个办法,拖,光打雷不下雨。你可以同纵横签约,反正土地必须拍卖,一纸合同也没多大用处。然后束之高阁,看事态发展再说。"

"我倒希望这样。但是,只要我们一签字盖章,纵横便会逼迫不舍,拆迁、交地什么的,绳索会越套越紧。"

"老靳啊,我理解你的苦衷。不过我敢肯定,这份报告一到县委,你的处境可能更难。"

"坐在这个位置,我必须尽责尽力。顾忌太多,等于放弃原则。"靳若川决然道。他又审视一遍报告,尽量将措辞放得委婉,删去几个尖锐的提法。他将文稿发给办公室,嘱咐立即打印,他亲自送到县委。

几天后,针对天师湖开发项目,县委常委会发出纪要。纪要回避了未报先征这个核心问题,突出强调项目的重要意义,责成国土部门积极协调,排除困难,限期在 7 月底,即 12 天后启动初始工作。

拿到纪要,靳若川犹如当头挨了一棒。他叫来蔡为力,郁闷地说:"什么都没回答,什么也没解决,反把我们逼得毫无退路。"

"不可能回答,更不可能解决。不过,只要有这份纪要,就证明事出有因。"蔡为力拿过纪要,认真地逐句推敲。看着看着,他的眉头越拧越紧,像挤满问号和惊叹号。他失望地抬起头:"滴水不漏,无懈可击。纪要没有特指性,不是针对我们报告下的,只是常委会的研究结果。"

"怎么能这样?法律法规清清楚楚,能够视而不见吗?就算我们理解错了,也该指明错在哪里。不行,我要找华书记。"靳若川越想越纠结,迅速拨通号码。

蔡为力想要阻拦,已来不及。

电话通了。"嘟——嘟——"的长音,如空谷惊雷,令人心悸。短短的几十秒时间,靳若川恍若等了很久,甚至有种心惊肉跳的感觉。终于,华新龙接电话了。

"华书记,我是靳若川。纪要我们收到了。我认为……"他尊重地站起,放缓语调说。

"这是常委会的决定。你只需要执行，不需要认为。"华新龙声音平静，似乎还荡着笑意。

"可是……"

"可是什么？又是那条条本本？简直没名堂！我早说过，如果不突破那些机械的教条，你永远不能化茧为蝶。行了，我在开会。"

事已至此，靳若川已没退路。他像一只陷入绝境的岩羊，前面是汹涌的江流，后边是高耸的峭壁，他只能跃入江中，在波涛中寻找生机。

签订用地协议那天，魏总讨好地笑着，不绝口地奉承靳若川，什么思路清晰、作风过硬等等。听着他的阿谀之词，靳若川感到滑稽。他挑战地说："虽然签了用地协议，你们垫付了拆迁款，不过土地必须拍卖。这块地最终花落谁家，还很难说清。"

"好的开始，就是成功的一半。"魏总笃定地扶扶眼镜，"走一步，离目标就近一步。首批款我们明天付来，3000万。另外3000万，进度过半时支付。来，我们以茶代酒，祝合作成功！"他端起茶杯，彬彬有礼地啜了一口。

靳若川疾风般行动起来。他成立了天师湖项目领导小组。他任组长，副组长除了蔡为力，还有副局长兼统征办主任冉军。他把工作分为三块：他负责与市局省厅衔接，争取政策支持；蔡为力协调县上相关部门，积极配合；冉军主管征地拆迁。他特别强调：既要抓进度，也要切实解决村民困难，绝不允许截留拆迁赔偿款。领导小组会上，他当场拨通苗大中电话，请他大力支持项目。

"好，好。"苗大中笑容可掬道。

下午，按照约定时间，他急匆匆赶回市局。他不仅没见到苗大中，还被宋跃抢白一番：

"要征地指标？你不是自讨苦吃？局长又不是孙悟空，扯根毫毛就能变出几千亩。他的难处，你应该清楚。说支持，岂不纵容你们违法；说不行，你又怎么干下去？还是摸着石头过河吧！只要农民不闹事，政策层面的问题，你们华书记自有办法。"

"我担心……"靳若川叹气道。

"担心啥？咸吃萝卜淡操心！三水区那个化工城，违规占了 800 亩，华新龙不仅没事，反而升了书记。"

说到这个份上，靳若川只有怏然而去。

他回家时，靳石正在客厅看电视剧《亮剑》。"你没走?"他一愣。高考结束后，靳石犹如扔掉枷锁，计划昨天去林芝，看南迦巴瓦的月亮。

"同学的妈妈病了，晚两天出发。"靳石两眼紧盯屏幕，突然问，"爸，李云龙这样的英雄，今天还有吗？"

"当然有，不过背景和经历不同。战争年代，革命前辈出生入死，为祖国和人民献出生命，他们是当之无愧的英雄。但在和平时期，那些无怨无悔，默默奉献，为民族振兴而勇于攀登的人，也能称为英雄。"

"有这样的人吗？"靳石不以为然道，"现在满世界想的，都是怎么走红怎么暴富。"

"能提出这个问题，证明你在成熟。不过不能太绝对。如果你用哈哈镜照东西，照出的影像自然扭曲。所以，无论看待什么问题，哪怕是那些阴暗面，都应该坚持主流价值观，进行客观分析。"靳若川肃然答道。他还想说下去，张欣菲推门进来。

"今天才星期二，你怎么回来了？"她奇怪地问。到宁天后，靳若川每逢星期三、五回家，颇有规律。遇上特殊情况不能回来，也会给个电话。

"到市局开会。"他随口道。

张欣菲在厨房忙碌。靳若川走来走去，心神不宁。他一会儿想着宋跃的话，琢磨着苗大中避而不见的背景；一会儿又担忧儿子的思想，想着怎么同他深谈一次。他困惑地走进厨房，没头没脑地问："欣菲，假如书上这样讲，校长又要你那样讲，你怎么办？"

"啥意思？"

"就是说,书上讲的肯定是对的,但领导非要你那样讲,你怎么解决?"他盯着妻子,像在等待重要结论。

"没有这种可能。对我们来说,正确的答案只有一个。至于寻求这个答案的途径和方式,可以也允许有多种。条条大路通罗马嘛!"张欣菲警觉地问,"遇到麻烦了?"

"随便问问。"

"你不是一个随便的人,也不可能随便问。假如有难处,你要多向华书记汇报。"张欣菲叮嘱道,她突然想起,"你说,我们是不是太倒霉? 市上要修干部住房,比市场价便宜一半。按职务资历,你应该分处长楼。可你下去了,会不会被漏掉? 一定要找找苗局长,再给华书记说说。"

"知道了。"靳若川心不在焉道。

窗帘拉得严严实实,月光却如一个身手敏捷的小偷,从帘布合拢的缝隙潜入,幽灵般微微晃动。张欣菲平躺着,呼吸恬适而有节奏。靳若川总觉得身上发痒,像有小虫子爬动。他不禁羡慕妻子。无论怎么不顺心,她最多发通牢骚,天大的愁闷也转身就忘。而自己一旦有事,心就像被铁板夹着,憋闷得透不过气。他翻身下床,轻轻走出卧室。

他先到靳石房间,给他搭好凉爽被,然后走进小书房,想把思路梳理一遍。

向苗大中求援,看来行不通了。宋跃说得虽然刺耳,但话丑理端。他能想象苗大中的神态——亲切而含混地笑道:"若川啊,具体情况我不是很清楚,你多向县里汇报吧! 不过,守土有责,你决不能违规征地。"华新龙那里,也压根没有申辩余地。或许话一开头,就会招来一顿训斥。唯一的办法,是在力争征地指标同时,想法打擦边球,走集体建设用地这条路,今后再设法转为征收。他强打精神,把锦都的十几个区县,在大脑里细细过滤,考虑怎么调剂指标。

夜里没休息好,他的头晕沉沉的。第二天一早,他强打精神,开车赶回宁天。办公室里,蔡为力同冉军已在等他。

"有事吗?"

"一点小问题。"蔡为力故作轻松地说,"昨天去芦花村,发现多出不少树苗,明显是新栽的,为的是多要补偿。言语之间,统征办同村民发生冲突,相机被摔坏,还惊动了警察。这些不难解决,实事求是,多做工作。要命的是,上批拆迁户来了,讨要拖欠的补偿费。我约他们10点对话,总得给个说法。"

靳若川的脑袋一下大了。这笔欠款就像火药桶,沾点火星就会炸开。他催过程彬几次,要他尽快解决。程彬扳着指头大倒苦水,说修桥扩路、整治街道等等,他的资金缺口四五千万,要凑这笔款,总得给时间。靳若川请他向华新龙汇报。他为难地说:"华书记忙得脚跟都不着地,顾不上这些。"靳若川无可奈何。蔡为力一针见血道:"偌大的宁天,哪儿都能挤出这笔钱,关键是上边缺乏积极性。这种为前任擦屁股、出钱费力又不出政绩的傻事,谁愿干?程县长人是好人,工作也尽心,不过只是拿青龙刀的周仓。华书记不点头,他只有装聋作哑。"

"村上挪用的钱呢? 黄德顺不是说,只要拆迁一启动,保准如数归还?"靳若川焦灼地问。

"一个硬币都没见到。要不,我们挪点拆迁资金,先把这盆火泼熄?"蔡为力建议道。

"不行。纵横就这么点钱,紧巴巴的勉强拖走。假如挪用了,影响拆迁咋办? 只有尽量解释,保证拆迁完成后支付。走,我们一起去芦花村。下午4点,程县长还要听汇报。"靳若川顾不上吃早餐,急忙向外走去。

<h2 style="text-align:center">六</h2>

水泵房改就的村委会外,挤满索讨补偿费的村民。外面田坝上,还聚集着不少人。靳若川的汽车刚一停下,便被村民团围住。

"我们找了乡上。胡乡长说他才调来,不了解情况。村上呢,黄书记总推钱没收到,把他炖了都没用。是不是要闹到省城去,你们才肯还钱?"一个中年妇女抱着孩子,泼辣地冲到靳若川面前。

"今天不把票子抱来,天王老子都说不好。大家搭把手,把这个乌龟壳掀了!"一个壮小伙一抒袖子,作势扑向汽车。

"蛮牛,不得乱来!"一个瘦削的老人喝道。

"这人叫余金水,上次来渔庄的就是他。"蔡为力悄声道。

"老人家,请你先讲。"靳若川说。

"我只有几句话。民以食为天,食以地为本。没了土地,补偿费该给吧?不然,用湖水填肚皮吗?像我家,至今还欠我们32000元。媳妇的病越拖越严重,你叫我们咋办?"

胡乡长同黄德顺等走来。

"闹啥?不就几个钱嘛!扰乱社会治安,破坏和谐稳定,这个责任,你们负得起吗?"黄德顺作腔作调道。

"好大的帽子!可惜我们脑壳小,承受不起。"余金水悲怆地说,"黄书记,你摸着良心说,我们找过你多少次,哪次你不是能哄就哄,能拖就拖?上次在渔庄,当着那么多领导,你叫我们回去,说不能抹黑县上形象,影响投资。你又赌咒又发誓,保证十天内补清欠款。我们听你的话,乖乖地走了。几个月过去了,我们见过半分钱吗?"

大家又愤激地吵嚷起来。

"有话好好说。靳局长刚来不久,以前的事并不清楚。"胡乡长赔笑道。

"事情明摆着,谁都清楚。"靳若川愧疚地说,"补偿费拖欠这么久,责任在我们。我代表国土局,真诚地向大家道歉!我保证,不管资金怎么紧张,三个月以内,一定把欠款分文不少地补给你们。如果没兑现,你们到国土局找我。"

"废话少说!见不到真金白银,我们不走。"蛮牛嚷道。

"好了!"余金水制止住蛮牛。他细细地打量靳若川:"你就是新来的局长？听说你办事认真，说话实在。好，当着各位乡亲，我们信你一次。"他转过身说："两三年都熬过去了，咬咬牙，再坚持一阵子。大家散了吧，别影响他们工作。不管咋样，总得相信政府。"

人群心有不甘地散去。

"老靳，三个月转眼就到，你拿啥钱给他们？加上县上挪用的，360万啊！"蔡为力很是担忧。

"放心！"靳若川胸有成竹道。他算过账，只要抓紧完成拆迁，纵横的资金一到，想法挤挪一下，能够偿还这笔欠款。

他叫上蔡为力等人，说去田里看看。

"这几百亩地，哪家栽的什么，有多少棵树，我们都核实过，做了详细记载。就这十来天时间，一下冒出上千棵树苗，还钻出几十座坟。到时一动，都要我们赔。"指着稀稀拉拉的小树，统征办小李气愤地说。

"你们没拍照摄像吗？"靳若川蹙眉道。

"安排村上办的，不过效果不好。这事怨我。一来工作较多，没分过心，二来没想到拆迁这么急。"冉军懊悔道。

"好了，回去再说。"靳若川向田边走去。

没过一会儿，天气说变就变，阴沉得如同黄昏。眨眼间，大雨倾盆而至。大家高一脚低一脚地踩着泥泞，向不远处茅草棚奔去。

没走几步，靳若川全身已经湿透。好容易跑到屋檐下，他突然一阵晕眩，眼前仿佛钢花飞溅，胃部也急剧痉挛，痛得身子不住紧缩。他扶着门柱，软软地瘫下去。

"老靳！"蔡为力慌忙将他扶起。

"啊，咋了？"这恰巧是余金水家。他焦急地倒来开水，又拿出一个小纸盒，翻弄出几颗药片。

"这是感冒药，没用。"蔡为力叫小鲁去开车，立即将靳若川送到医院。

"不要紧。昨晚没睡好，今天又没吃饭，有点虚脱。老人家，谢谢你了！"

靳若川强挣着站起。借着昏暗的光线,他扫视着房内:一张缺腿的双人床,床脚用砖头垫着;一个少了半边门的破衣柜;土灶旁边,一溜放着水缸和方桌。简陋的生存空间,展现出难言的不幸。他胸腔好像塞进乱草,心里一阵苦涩。

靳若川晕倒的消息,蔡为力向程彬汇报后,华新龙很快知道。他给省医院挂电话,要了一个单人病房。他又指示县医院,以最快速度赶往芦花村。国土局的车走到半路,救护车闪着应急灯,一路呼啸而来,无论靳若川怎么解释,他们急急地将他扶上担架,塞进救护车。

蔡为力要参加汇报会,冉军陪靳若川前往省城。

一番检查后,输了一个多小时液,靳若川虽感虚弱,但精神好多了。冉军殷勤地跑上跑下,又出去买水果茶叶、毛巾纸巾等。靳若川过意不去,叫他回宁天,说已给妻子挂电话,她马上来。

"没事。说句真心话,到局里一二十年了,像你这样实干苦干的领导,我还没见过。有机会为你分忧,再累也心甘情愿。"冉军说什么也不离开。

没多久,张欣菲心急如焚地赶来。一进病室,她就抱怨靳若川太不把自己当回事,在书房待了大半夜,一早又赶到宁天,居然还在田坝里折腾。哪怕是钢浇铁铸,久了也会生锈。唠叨一阵,她想起该吃晚饭了,又慌着上街买稀饭。

乘着病房没人,冉军磨蹭着过来,拿出报纸裹着的一叠钱:"靳局长,这是我的一点心意!"

"不,不!"靳若川急忙推却。

"就1万元,小意思。请你一定收下。"冉军满脸真诚,像要把心掏出。

"不能这样。你应该了解我!"靳若川脸色一沉。

冉军难堪地愣着,那神情,像偷东西被人抓住。他支吾着想说什么,华新龙忽然进来。

"若川啊,怎么晕倒了? 你也是,太不懂辩证法,没有身体哪有工作?"

"华书记!"冉军怯生生道。

华新龙的目光,像火焰喷射器喷出的烈焰,不动声色地在他脸上一烧,然后转向他后掩的右臂。

冉军嚅嗫几句,惶惶溜出去。

"既然来了,就不要急,该查的都查一遍。我们这个年龄,说是年富力强,其实外强中干,透支得差不多了,说不定啥时候,哪个零件就报废了。"

"没啥大问题,输点液就出院,事情还多。"

"最近你们搞得不错。就这样真抓实干,还愁工作干不好吗?"华新龙赞赏道,随即问,"刚才出去那人,是不是叫冉军,副局长兼统征办主任?"

"是他。"对华新龙过人的记忆,靳若川不得不佩服。他上任那天,蔡为力向华新龙介绍过冉军。

"他来看你?"

"他送我到的医院。"靳若川略一踌躇,"刚才他拿出 1 万元钱,叫我买营养品。我拒绝了,还批评他几句。"

"做得对! 我们不少干部,工作不怎样,就知道顺其心志投其所好,在领导身上下功夫。其目的,不外是跑官要权。这种风气像霉菌,会传染人害死人的。这个人表现如何?"

"精明能干,业务也熟,就是对职务看得太重。老蔡说,他曾四处活动,一心想当局长。"

"局长?"华新龙似笑非笑道,"国土局长的含金量多高,他清楚吗?"

靳若川无从回答,附和地笑笑。

"对了,兴隆乡那些别墅,暂时放放。我了解过,当时情况比较特殊。"

"那是违法建筑,影响很坏!"

"好了,照我说的办。另外还有一个难题,让我很头疼。县里投资项目不少,资金是个大问题。不突破这个瓶颈,跨越发展就是一句空话。天师湖二期虽没拆迁,但迟早会动。你把剩下的 400 亩办出国土证,落在城投公司名下,我叫他们设法融资。再不济,照三四十万一亩计算,也有一两亿。"

靳若川难以置信地定住眼珠。惊诧和疑惑，像绕过石缝的水珠，一点一滴地从他眼角渗出，最后在唇前凝住，变成欲哭不能的无奈。他明白华新龙的意思，要他办假证。

"怎么这种表情，没你想的那么严重。"华新龙轻描淡写地说，"无论土地是什么性质，也不管谁在使用，所有权是国家的，对吧？县里搞的这些项目，城市改造、绕城公路、工业开发区等等，哪一个不是政府的，哪一个不关系到国计民生？办证只是权宜之计。资金一宽余，把钱还了就是。"

"华书记，事情并不这么简单。那些地并未征用，更没拆迁。如果被人戳穿，后果可能相当严重。"靳若川委婉地说。

"这种应急办法，其他地方也有。你是真不清楚，还是假装不知道？"华新龙脸色一冷。

张欣菲左手拿铝饭盒，右手拎塑料袋，气喘吁吁地走进来。看见华新龙，她欣喜地唤道："华书记！"

"给若川买吃的？"

"给他端点稀饭小菜。我从学校忙慌张赶来，啥都没带，只有先去商场买饭盒碗筷，再去买饭。他胃不好，我怕医院饭菜不合适。"

"看我，差点忘了！"华新龙拨通手机，"把茶叶拿上来。"

很快，他的驾驶员小刘，提着一小提茶叶进来。

"普洱茶，养胃不错。这是黄印 7572，有 20 年了吧！"华新龙不无骄傲道，"等你习惯喝普洱了，我再送你一把山水楼阁纹铁茶壶，熬普洱最好，日本京都龙文堂出的。"

靳若川推辞不要，华新龙不高兴道："对我也客气？"

寒暄几句，华新龙告辞。走了几步，他回头叮咛："若川，我刚才说的，记着啊！"

靳若川坚持下床，同张欣菲一道，将他送出病房，华新龙执意不让再送，大步走去。

“华书记说啥,是不是干部住房的事?”张欣菲问。

“不是。”靳若川勉强答道。他蓦地感到无边的虚空,心像悬在枯井中,空荡荡的无所依附。“办假证?假证!……”他喃喃地在心里念着。这声音像挣扎又像反抗:先如春雷在天边轰鸣,然后越逼越近,狂潮般呼啸澎湃。他的大脑一片混沌,身心俱被这种巨响吞没。

对着茶叶包装,张欣菲耍弄着手机。她吃惊地一挑眼睛:“这个茶叶,网上卖 2500 元 1 饼,7 饼就是快 2 万元啊!华书记真有心,送这么贵的东西!”

靳若川失神地发怔。

七

靳若川像在地雷阵中穿行。

房屋赔付、村民过渡、青苗补偿等诸多问题,如环环相扣的地雷引线,稍不小心就会爆炸。对牵涉村民利益的任何事情,他都像排雷般小心翼翼,依照法规政策,尽量妥善平和地解决。黄德顺很不以为然,对小李说:“就你们靳局长那个迂腐样,进度快得了? 我叫他摆几桌酒席,请村上老辈子吃一台,再封几个红包,保证把事情搁平,他就是不听。这是乡坝头,不是城头柏油路,走正步行不通。”

为了督促进度,程彬如收音机报时般准确,每早 8 点半就到国土局。他对靳若川说:“我也不想当督战队,拿挺机枪在后边逼着。我头上悬着尚方宝剑,没办法。华书记见天来电话。我要说不出子丑寅卯,怎么对他交代?”

靳若川的办公室电话,几乎成了天师湖拆迁专线。电话沉寂时,他瞥着话机,心像悬在半空,总觉不踏实。但当话铃一惊一乍,他又一阵心悸,唯恐出什么乱子。

拖欠的那笔补偿费,一直压在他心上。为了追讨村上欠款,他派人查过投资合同,没找出什么猫腻。他又去找程彬,讨要县里拖欠部分。程彬大为烦躁:“你找我,我又找谁? 我就算是财神菩萨赵公明,这会儿也拿不出一文

SILIE
撕裂

半分。你说得不错,我手上有些资金,但都有名有姓。填了这边,那边就是窟窿。你非要把我架到火上烤吗?"

拆迁期限最后两天,房屋终于拆完。靳若川好像冲出枪林弹雨,长长地舒了一口气。他约上建筑公司,一起来到芦花村,计划用最短时间平场,再修一条简易通道。华新龙却如长了千里眼,一个电话打过来:

"若川啊,拆迁总算胜利结束,祝贺你们!我交代的那件事,该办了吧?"

"哪件事?"靳若川没反应过来。

"那400亩地的国土证。前段时间你忙,我没催你。"

"好,我马上打报告,请你签字。"

"签什么字,秋后算账吗?你是在侮辱我的智商,还是想挑战我的底线?"华新龙勃然大怒道,"靳若川同志,该你负的责,你负也得负,不负也得负!柏拉图说过,政治是必要的罪恶,你好好琢磨一下。行了,叫冉军接电话。"

靳若川将手机递给冉军:"华书记。"

"华书记!"冉军受宠若惊地连连点头,"是,是!我亲自到地籍科督办,保证明天完成。"

"靳局长,华书记还有事。"他讨好地说。

"办证的事交给冉军。你也别闲着,马上筹划土地拍卖。"

"拍卖?"靳若川傻眼了,"华书记,现在水、电、路都不通,场地也没平整,是否缓几天?"

"打破常规,一案一例。只有走完拍卖程序,纵横的后续资金才会进来。县里等米下锅。"

"好,好。"靳若川只得服从。

按照华新龙吩咐,土地拍卖那天早上,他来到县委,同华新龙、徐政商定拍卖底价。

华新龙一锤定音道:"拍卖的前提,是保证纵横拿到土地。鉴于同纵横的合作关系,县里决定:他们享受底价待遇;超出底价部分,以旧城改造名义,财政全额返还。"

"只有这样,纵横才能胜出。"徐政说。

这种"阴阳拍卖"方式,靳若川听说过。好些地方政府,既要引进目标投资商,又不得不通过拍卖,背地里还要兼顾各种纠缠不清的利益,大都这样暗箱操作。

"底价怎么定?"他问。

"每亩最多30万,不能高于拆迁成本。要招金凤凰,须有梧桐树。"华新龙说。

靳若川在心里迭声叫苦:征地补偿、人员安置、住房安置等加上,成本大约35万。如果每亩亏5万,450亩就亏2250万。这样一来,资金缺口怎么填补,不是又得拖欠村民?他提醒道:"底价低了,势必增大县上压力。到时,300多户安置款无法落实,各种矛盾再一集中,恐怕很难解决。按照拆迁安置协议,过渡期限最多两年。"

"顾虑太多,等于绑住自己手脚。我是土地领导小组组长,按我说的办。"华新龙断然道。

"你们的困难,我们不是不知道。只要纵横的资金进来,全县的棋就活了。"徐政安慰道。

"30万?太低了。前年那150亩,虽没拍出去,底价都是38万。"对着书记和县长的双双签字,拍卖中心主任朱世明很是不解。

"照此执行吧!"靳若川面无表情道。深秋的阳光,嘲弄地在他眼前晃动,像一汪加水的橙汁。他原本不想去拍卖厅,但听说程彬要来,只得进去,在最后一排坐下。

朱世明用诗一样的语言,激情地介绍地块优势、发展前景、文化内涵等等。随着他优雅的手势,几番竞价下来,每亩涨到45万。这时,魏总风度翩翩地举牌,代表纵横新注册的鸿雁开发公司,一口给出57万高价。全场为之愕然,大家眼中满是狐疑。朱世明连问三遍,敲槌宣布鸿雁胜出。程彬如释重负地吁道:"总算顺利完成了!"

"不,还缺一个完美的句号。"魏总春风得意地走来,脸上每一个毛孔,都像在得意地微笑,"我刚向杜董作了汇报,他让我再次表达感谢! 为了尽快启动项目,杜董说,下午就签出让合同。"

"这……"程彬有些为难。

"可以。"靳若川说。按照通常程序,出让合同一般在三至五天内签订,还应报徐政审查签字。他虽然有些戒备,不知纵横为什么如此着急,但根据协议,拍卖成功并签订出让合同后,纵横将付至土地总款的50%。就是说,按照底价,600亩地应付1.8亿,扣除预付的6000万,纵横还将再付3000万。有这笔钱,他不仅能渡过资金难关,还能支付那笔欠款。他一刻也没忘记,他承诺的解决期限,仅剩最后八天。他提醒魏总:"签订出让合同三天内,你们必须按协议付款。能够提前最好。"

"没问题,分分秒秒。"魏总语调铿锵,钢筋也能咬断。

以后两天,靳若川像在无尽的隧道里趔趄,他一遍遍地计算开支:过渡费应补多少,乡村经费怎么支出,还有应交的社保款等。不管怎样捉襟见肘,他决心挤出资金,将拖欠的补偿费一次性付清。他吩咐财务科,同银行紧密联系,如果纵横土地款到账,第一时间向他汇报。熬到第三天早上,什么动静也没有。他实在无法忍耐,干脆拨通魏总电话。

"靳局长,这么大一笔资金,我们总要筹措调拨啊! 到协议规定的付款时间,不是还有大半天吗? 放心!"魏总的答复,像一条滑溜溜的泥鳅,看得见而抓不着。

他悻然压下电话。如果这笔款项发生变化,所有的火星都会变成炸药。他觉得大地像在颤动,他坐不住也坐不下去。他决定向华新龙当面汇报,请他向纵横施压,迫使他们马上付款。

他正要出去,蔡为力急匆匆进来:"老靳,纵横是不是把地倒了?"

"倒什么地?"他一头雾水。

"天师湖那600亩,倒给广东粤星集团。建设局伍局长说,昨天下午,对方来了一个团队,考察房地产市场情况,还去了规划局,了解天师湖规划。怎么,你还蒙在鼓里,一点不知道?"

"不可能。款没付完,国土手续没办,怎么倒?"

"那还不容易,把鸿雁公司转让了就是,既避开税费又便于操作。他们左手同我们签合同,右手就收了粤星几千万,从中净赚差价。人家早有预谋,算计得分毫不差。"蔡为力气恼地说。他忽然一怔:"不对啊! 每亩地拍成57万,才卖45万,怎么可能蚀本?"

靳若川苦笑一下。他不能泄漏返还内幕。假如蔡为力所说属实,那么纵横分文不出,转手就赚近亿元。他又悲哀又愤懑,还有种欲哭无泪的沉重。

"听说,"蔡为力吞吞吐吐道,"陪同粤星考察的,是三水政府办秘书,一个姓方的年轻女人。"

靳若川听出弦外之音,事情同华新龙有关系,或者,华新龙知道内情。他颓然坐到沙发上,望着茶几上的文竹发呆。那云遮雾罩般的翠色,魔幻似的变幻,一会儿如层崖断壁,一会儿如漫天迷雾;一会儿是余金水那间破败的草棚,一会儿又变成华新龙威严的眼神;接着,魏总在骄横地狂笑,张开的大嘴,犹如一个黑洞……他冲动地抓起电话,挂通华新龙手机。

"华书记,我不得不向你汇报。签订出让合同后,纵横还应付3000万。今天已是最后期限,他们却分文未付。我还听说,他们已经将土地卖了。"

"大惊小怪! 人家就不能招商引资、联合开发? 我们有些干部,就是唯恐天下不乱,没风也要搅浪三尺。至于土地款,你放心,给他们一万个胆子,也不敢少一分钱。"

"我是挂着芦花村那笔欠款。我答应过村民,要一次性支付结清,现在只剩几天时间了。"

"好大的口气,谁批准你这么干的? 简直没名堂!"华新龙生气地压下电话。

"难啊!"蔡为力感慨地说,"看到你遇上这么多事,我心里真不是滋味。有时我问自己,假如我在你的位置,我该怎么办?恐怕,我早已走投无路,只有装病住院。没办法,我们只有耐心等候。老天保佑,不会再有什么波澜吧!"

手机忽然响起,小李挂的。深情优美的"大海呀故乡"旋律,让靳若川心惊胆战。他让小李去芦花村核实社保人数,没有紧急情况,他不会挂来电话。

果然,小李惶乱地说:"靳局长,村民围了黄德顺的渔庄,讨要补偿费,桌椅板凳都掀了。我们咋都劝不住,小张多说几句,还差点挨打。"

"补偿费不是发了吗,怎么又要?你说清楚!"

"是拖欠的那笔。刚才,魏总陪人下来看地。他们刚走,后边就炸开锅,说纵横把地倒了。那个余金水挑头起哄,说地再一改姓,找政府就更难了。我反复解释,说靳局长说话算数,期限不是没到吗?他们根本不听。这次征地的农民,也跟着起哄,闹些鸭棚猪圈的鸡毛蒜皮。我们被围着,根本脱不了身。"

"黄德顺呢?"

"早就溜了,说去乡上报告。"

"我马上来。"靳若川匆忙道。

"我也去。"蔡为力说。

下楼的时候,不知怎么,靳若川想起一句话:"当你在远远地凝视深渊的时候,深渊也在凝视着你。"这句话是谁说的,在哪里看到的,他记不清了,但他印象极深,想起就有一种说不清的寒意。

汽车向着芦花村疾驰。靳若川先给乡上挂电话,要他们务必做好村民工作,不能扩大事态,然后又给程彬汇报。

程彬语调沉重道:"没办法,成常态了。只有多做解释,就地化解矛盾,再争取一些时间。"

"要想从根本上解决,只有还清补偿款。"他乘机谈出自己想法,用纵横的土地款清偿欠款。

"这,看看再说吧!"程彬模棱两可道,"纵横的钱不到账,一切都无从谈起。"他要靳若川给魏总下最后通牒,责令马上付款,否则后果自负。话一出口,他立刻叮咛:"要注意说话方式。人家是投资者嘛,是上帝。"

靳若川正想通知魏总,他的电话先挂过来。他一反以往谦恭,气势汹汹地嚷道:"靳局长,你们怎么搞的? 我们陪一个财团下去看地,村民不问青红皂白地围上来,说不把补偿费还清,任何人也休想进场。真是千奇万怪! 你们欠的补偿费,与我们有什么关系? 影响了项目进度,经济损失谁负责? 几千万每天多少利息,你算过吗?"

"这些以后再谈。我问你,你们的款付出没有?"靳若川冷冷道。

"这么一闹,还谈得上付款吗? 我们的大把钞票,不能扔在地里烂掉。"魏总耍起无赖。

"你……"靳若川刚想痛斥几句,魏总却挂断电话。他咬牙切齿地连拨几次,对方已经关机。

距芦花村还有十来里路,电话又惊心地响起,小李说:"靳局长,村民找了一辆卡车,到县上去了。"

"你们怎么不阻挡?"

"我们正在渔庄与他们对话,有人来找余金水,说他媳妇不行了。他一着急,竟抬着他媳妇,说找政府解决。我估计,他们到国土局来了。"

"掉头,回局里,快!"靳若川喝道。接踵而至的突变,像巨大的榨汁机,已将他的血肉挤干。他衰竭般瘫在座位上,一个字都不想说。他蓦地想起,在赵家坝转弯时,有一辆载满人的大卡车,从他们车旁飞驰而过。

"老百姓是很实际的,见不到钱,把死人说活都没用。"蔡为力叹道。

靳若川没有答话。他的脑子像拨动的算盘,默算着国土局资金。几个账户都没什么钱,只有耕保科账上,整整躺着 600 万元——纵横的土地整治保证金,他们要在清水镇整治 2000 亩土地。那是华新龙抓的点。他为此下过死命令:这笔钱专款专用,不准挪用一厘。

"假如……"靳若川艰难地想着。

八

这么来去一折腾,回县城已近中午。程彬火烧屁股样挂来电话,说村民在县政府,叫靳若川快去。

政府大门外,面对几十个激愤的村民,一排保安挽手筑成人墙。徐政站在人墙后面,声嘶力竭地说着什么。看见靳若川挤进人群,程彬慌忙把他拉到一边:"嘴巴说破也没用。那个姓余的老头说,是你答应偿还的。你也不通通气,搞得我们很被动。我给华书记汇报,他说如果事态无法控制,考虑出动警力。"

"这样不好吧?我去做工作。"靳若川紧锁眉头。

徐政冷漠地扫他一眼,转头对农民说:"大家的要求,我已经完全清楚。现在国土局靳局长来了,他最了解情况,由他解决大家的问题。"

"解决屁的问题,我们只要钱!"蛮牛怒冲冲骂道。

余金水颤巍巍地说:"靳局长,我们实在没办法!我媳妇是子宫癌,医院说再不抓紧手术,扩散就没救了。可我拿得出钱吗?那次躲雨你到过我家,你说那屋里有啥?今天我把媳妇抬来了。与其回去等死,不如死在这里。"

靳若川这才看见,树荫下放着一副门板。发污的被子上端,露出一团蓬乱的头发。

"子宫癌?"他下意识地走过去。

"我儿子要说亲了,给不出彩礼钱,未必逼我断子绝孙?"

"我前年就想盖房子,到今天了,连匹砖钱都不给。"

"我们不要钱,还我们土地房子!"

人群乱纷纷地闹起来,潮浪般包围着靳若川。徐政脸色阴沉,转身就走。

程彬稍一迟疑,对蔡为力说:"你陪陪老靳,我还有个会。"

靳若川在门板前蹲下,轻轻地揭开棉被。浮现在面前的这张脸,惨白如同死尸,嘴唇却在急促颤抖,大口大口地呼气。

"送医院!"他焦急地说。

"靳局长,我们不求你施舍,更不是赖你啥的。你把欠款补给我们,是生是死,听天由命。"余金水悲愤道。

"余大伯,救人要紧。老蔡,叫医院派救护车。"靳若川痛心地吐出一口粗气,"请大家静一静!补偿费的确欠得太久,我是国土局局长,应该承担责任。我向领导请示,一定给一个满意的答复。"

"鬼的个答复,我们只要票子!"蛮牛吼道。

靳若川将蔡为力叫到一旁,同他商量怎么办。

"关键是没钱。要是纵横把土地款付来,哪有今天的事?太可恶了!还是给华书记汇报吧!"蔡为力也一筹莫展。

靳若川急忙给华新龙挂电话。他希望华新龙会果断决策,立即想法解决欠款。可是,电话响破也没人接听。

"恐怕在开会,调成静音了。"他无奈道。

"半边县城都闹开了,他还静得下来?"蔡为力指指街口的警车,"你看那些警察,正在劝阻围观者。华书记不点头,谁能调动公安?"

电话蓦地响了。靳若川如获救星般接听,却是程彬。

"华书记正在陪领导,不方便回电话。他让我转告你:一、务必做好上访村民工作,请他们相信县委、县政府,一定会妥善解决问题。二、立即疏散群众,让他们回去。在县府门口吵闹,还有起码的法律意识吗?假如被外商看见,对宁天会产生什么影响?三、不能因为个别历史遗留问题,干扰甚至破坏天师湖项目的推进。对这个事件,要提升到政治高度认识……"

靳若川麻木地望着天空,铅灰色的云团,恍如重若万钧的铁山,正在头顶缓缓地集聚。

远处,传来救护车的警报声。

"怎么了?你说话啊!"程彬大声唤道。

靳若川压了电话,艰涩地说:"只有一个办法,动用那笔整治款。"

"整治款?"蔡为力很快明白,诧异转瞬变成忧虑,"华书记下过严令,那笔钱谁也不能动。而且牵涉到纵横,你要慎重考虑。"

"还有别的办法吗?"靳若川脸上的肌肉,似被千斤锁链锁住,挣扎似的现出一丝苦笑,"你送病人到医院,费用局里垫着。其余的事我来处理,我一人负责。"

"不,共进共退,一起承担!"蔡为力决然道。

靳若川感激地笑笑。他立即给农行许行长挂电话,说要支付芦花村补偿费,国土局马上来人衔接,考虑到农民急需用钱,他要银行准备部分现金。

"靳局长,你可真会出难题。现在还在午休,好些人还没上班。"

"农民到县政府上访,听说了吧?这是关乎社会稳定的大事,不得不急。再说,我也在给你拉储户啊!好了,款子我马上给你转去。"

紧接着,靳若川又给局财务科挂电话,通知转 360 万到银行。

"这是整治保证金,要是……"财务科长朱云芳嗫嚅道。

"按我说的办!"靳若川厉声命令。跟着,他又通知乡上,让他们做好准备,现场支付拖欠的补偿费。

"有钱了?"胡乡长一下来了精神,"我们的工作经费,总得再付点吧?"

"到时候再说。"靳若川未置可否。

救护车到了,救护人员忙着抬病人上车。

"余大伯,我们帮着办入院手续。你同大家一齐回去,领补偿费。银行的人马上到。"靳若川走过去,温和地说。

余金水愣住了。

"哄鬼吧,又想把我们骗走?"蛮牛骂道。

"真的。我同你们一起下去。"蔡为力说。

靳若川愧疚地说:"补偿费拖至今天,是我失职,没有尽到责任。我代表国土局,再次真诚地向你们道歉! 请你们相信党,相信政府,一如既往地配合我们,做好后续征地工作。"

"靳局长,你是好人啊!"余金水如梦方醒,"扑通"一声跪下。

"不,不!"靳若川慌忙地将他扶起。一股电击般的羞愧,刹那传遍他每一根神经:多好的群众啊! 这些钱是他们的,早该付清,却被拖延两年之久。而今,他们没有怨言,反而声声感谢,这如此沉重的谢意,自己能够承受吗?

看见靳若川脸色苍白,不时用手紧压胃部,蔡为力坚决不让他去芦花村,叫他休息。汽车发动后,蔡为力又不放心地跳下车:"假如华书记知道了,咋办?"

靳若川抿紧嘴唇,没有回答。自从做出这个决定,他就横下心,不管面对怎样后果,他只有这么办,别无选择。

回到办公室,他疲惫地靠在沙发上,等待华新龙或程彬发落。依照华新龙通常做派,要么通知他去县委,要么挂电话质询,两者结果都一样,雷霆般震怒。目无县委、狂妄自大、挪用专款等等斥责,会如急风暴雨般袭来。他不想为自己辩解,准备接受任何处分。他怔怔地凝视着文竹。文竹似叠云舒展,在他瞳孔里越变越大。他仿佛置身无际的森林,大口吸着清新空气。他的心情渐渐平静。他倒了一杯开水,吃了两颗胃药。

华新龙一直没有动静。

下午6点,蔡为力挂来电话,说补偿费如数补清,一切顺利。

那晚,也许是过于疲劳,他睡得格外香甜。

九

第二天一早,程彬来到国土局。他神色冷峻,目不旁视。彭小加跟在后边,忐忑地垂着眼。

靳若川正在走廊给文竹浇水。看到程彬,他像知道他一定会来。他平静地走进办公室,给沏好的茶续上开水。

程彬很深地叹息一声。

"程县长,你找我?"蔡为力走进来。

程彬点点头,从公文包里拿出一份文件,严肃地说:"我代表县委、县政府宣布,鉴于靳若川同志违规挪用整治保证金,责令其停职反省,深刻检讨。停职期间,由蔡为力同志主持工作。"

靳若川神情淡定。

"程县长,那是迫不得已!昨天你也在场。你说,不给补偿费,村民会离开吗?要说靳局长犯了错误,我也有责任,应该一起停职。"蔡为力愤懑地说。

"蔡为力,你还是不是一个共产党员?还把不把县委放在眼里?"程彬严厉地问。

蔡为力愤然坐下。

程彬放缓语气道:"若川,你到底怎么了?一不请示二不汇报,竟敢挪用几百万?华书记让我问你,你在作秀扮清官吗?宁天这么多干部,就你一个人知道百姓疾苦?你这一搞,置县委、县政府威信于何处?徐县长也很不满,说真看不出,他靳若川还会演戏,一演就是一出《陈州放粮》。好了,该说的我已说了,我还有事。"

程彬的脚步声在楼道响远,蔡为力激怒地一拍茶几:"不问青红皂白,一棍子将人打死。我不干了,马上内退。"

"不能这样。这么多工作,你放得下吗?至于我,"靳若川略略一顿,"不管什么原因,我的确违规了。我不是不懂纪律,也想过向县里请示。不过我能猜到结果,除了那些正确的废话,不会有实质内容。那种情况下,我有一种无法抑制的冲动,心想就是豁出命,也要把这笔欠款还了。"

宋跃挂来电话。他紧张地压低嗓门:"若川,农民上访的事,局里知道了。不知哪个将视频挂到网上,还说起因是倒卖土地。苗局长相当生气……"好像有人过来,他一本正经地提高声音,"苗局长通知,下午2点,请你回局里。"

"该来的都来了!"靳若川落寞地说。

"你是为县上解决老大难,又没装个人腰包,能说你什么?"蔡为力安慰道。

"老蔡啊,这段时间我想了很多。我们的体制问题,的确值得深思。"望着眼前虚空,靳若川咀嚼般说,"首先,是城乡分割的土地制度。土地一经政府垄断,农民不能'同地、同权、同价',这就是问题的根本。低价征用的土地,变为城市化和工业化的驱动器。土地出让收入,成了地方财政的主要来源。这不仅损害农民权益,有碍社会稳定,还隐藏着巨大的财政风险。其次,是我们的管理体制。以我为例,我受市局垂直管理,但这种管理,仅限于对我的任命。我的党务关系、工资、业务范围等等,统统在宁天。这种'脑袋在上,肚子屁股在下'的体制,势必形成一种撕裂,产生难以调和的矛盾。一方面,按照中央到市局的要求,你必须'守土有责';另一方面,地方轰轰烈烈地追求经济发展,又迫使你不得不触碰红线。也许,这就是我们犯错误的主要原因。"

蔡为力郁闷地吐着粗气。

"我有种感觉,这次一回局里,恐怕回不来了。我是 2 月 16 号到的宁远,今天是 11 月 14 号,一晃,9 个月了。可惜,我多数时间陷进事务,没能做多少实事。我不甘心啊!"

"若川,你千万别想太多!"蔡为力伤感道。

靳若川判断,宁天县对他的停职决定,不可能不与市局通气;苗大中叫他回去,应该与挪用整治款有关。可是,苗大中明显对此不感兴趣。他淡淡地问了几句,话锋一转,提到违规征用 450 亩耕地问题:"法律和理论我不多讲,你了解得不比我少。我只问一句,动这么多耕地,你怎么不向市局汇报? 谁给你这么大的胆子?"

靳若川沉默着,目光盯着自己鞋尖。

"这件事局里早有耳闻,正想下来调查。网上那些消息,也牵涉到违规征地问题。省厅责成我们严肃查处。你把前后经过写出来,实事求是,不要有什么顾虑。组织上会公正处理的。"

临出局长室,苗大中又唤住他,客气地说:"停职几天也好,乘机休息休息。"

路过局办公室,宋跃叫他进去。关上门,宋跃一股劲地埋怨:"你真是属牛的,一条道走到黑,竟敢动用几百亩地? 土地整治款倒没什么,麻烦的是违规征地。你那么聪明一个人,不会挺起刺刀应付一下,并不真去冲锋陷阵?"

"能够应付吗?"靳若川谈出征地经过。

"有常委会纪要就好。至少,你是执行县委指示,没多大责任。"宋跃松了一口气。

"不过纪要很空洞,只叫我们推进项目实施,连征地、拆迁的字眼都没有。"

"其他证据呢,比如县领导对征地的签字、电话录音等等,难道都没有?"
靳若川摇摇头。

"这就难办了。要是他们推得一干二净,你说得清楚?"仿佛被人扎了一刀,宋跃很痛般叫道。

"实事求是,我问心无愧。"

刚进家门,张欣菲迎上来。她担忧地扫着靳若川:"回来也不挂个电话。"

"回局里学习,正好调养几天。"

张欣菲难过地说:"还瞒什么,你的事,连在南京的靳石都知道了。他昨晚挂来电话,说在网上看到,你拖欠农民补偿费,还有人给你下跪。他说就是把他打死,也不相信你会这样。你今天回来,是不是因为这件事?"

为了不让妻子担心,他只得讲出事情始末。对违规征地情况,他只字未提。

"你啊你,就是这么莽撞! 补偿费又不是你欠的,关你什么事? 农民找你,你就给华书记汇报。他说咋办你就咋办,逞什么能?"

他淡然一笑。昨天的事带来的冲击和震撼,几个月来所经历和思考的,他没法对妻子说明白。他习惯性地走进书房,摊开笔记本。

他首先想到华新龙。半年多来,从市局机关到宁天县,从接手项目到纵横拿到土地,他始终像一枚棋子,被动地让华新龙挪来挪去。华新龙为什么这样?仅仅是急功近利,追求政绩吗?他难道不知道这么做的后果?不,靳若川摇头否定。他想起外面一些飞短流长:华新龙妻儿都在国外、红颜知己不少等等。他不相信这些传言。华新龙精明干练,很有气魄和决断力,是个典型的工作狂。除了嗜好抽烟品茶,他廉洁得如同透明的玻璃。自他上任后,宁天的确也有巨大变化。但是,纵横的事又怎么解释?此时,华新龙那不怒而威的面容,犹如天神魔鬼,双面人般在他心里变幻。他迷茫了。他感到他的身子他的心,正被什么活生生地撕裂。

三天后,靳若川写出两份检查。一份交给宁天县政府,检讨挪用整治款问题。交给市国土局那份,他如实写出违规征地经过,深刻痛责自己犯了错误。

到局里交检查时,他突然感到,大家对他有些躲避,窥看他的眼光,也显得颇不自然。又出什么事了?他打算找宋跃打听。宋跃不在办公室。他想挂电话,又转念一想,人正不怕影子歪,怕啥?

他开着自己的捷达车,来到宁天县,将检讨交给徐政的秘书。走出县政府,他倏地想起文件柜里的乒乓球拍,又赶回国土局。乒乓球拍是他大二时买的,"红双喜"牌,已经用了二三十年。他曾精心做过改进:正面是颗粒胶面,反面是倒贴颗粒面,用起来很顺手。到宁天时他特地将它带上,可惜一次也没用过。

他刚走进办公室,蔡为力脚跟脚过来。关心几句后,他讷讷地说:"若川,有些事情我不该说,但我绝对相信你。这几个月的风风雨雨,可以说我最清楚。为天师湖这块地,你受的委屈,付出的辛劳,比任何人都多……"

"老蔡，有话请直言，我扛得住。"靳若川镇定地笑笑，联想到市局干部的异常神态。

"也不知哪里冒出的妖风。有人说，你仗恃华书记做靠山，得了纵横不少好处，所以才拼命抓拆迁。为了纵横的下一步运作，你又挪用整治款打发农民，以免他们闹事。至于你对纵横的强硬态度，不过是在演双簧，迷惑和欺骗县委……"

"颠倒黑白，天方夜谭！"靳若川再也忍不住了，一团火球，仿佛从他脚下一腾而起，猛烈地燃烧着撞击着，想要突破身体的桎梏，他狂暴地抓起茶杯，向地上摔去，"我有错误，但我决不会犯罪！我要找华书记，把一切问明白。"

蔡为力赶紧抓住他："冷静！小道消息，又不是组织结论。你这一去，更会弄得一塌糊涂。"

他神思恍惚地点点头。

一个月后，宁天县国土局召开干部任免会，程彬和市局吴副局长参加。吴副局长宣布：免去靳若川局长职务，任命冉军为局长；免去蔡为力副局长职务，同意其提前退休，享受副处级待遇。

靳若川未被通知到场。县局开会的同时，宋跃代表市局，向他传达处理决定：免职，行政记大过，降为副科级，调退休管理中心。宋跃痛惜地说："没想到竟会这样。上边要给你党纪处分，田局长坚决不同意。国土行业你也清楚，重中之重，领导亲管。有些方面，田局长也没办法。其实宁天的事，只要华新龙出面，捅破天也能补上。不知为什么，他连半句公道话也没有。你们是老同学，我建议你去找找他，认真检讨一番，可能还有转机。"

"谢谢！"靳若川淡定道。他想过这种结局，甚至想得更严重。回想这些年的经历，他生出沧海桑田般的感慨。或许，他的理想化色彩和遇事较真的性格，注定了他悲剧性的归宿。

一年后，因为政绩突出，华新龙升任市长助理，徐政接任书记，程彬成为县长。

三年后，因涉嫌严重违法违纪，卓副市长、华新龙相继接受组织调查。不久，徐政也被调到市政协。外面传闻，华新龙的好些事，都牵涉到徐政，但他同流不合污，所以保留原级别待遇，坐冷板凳喝清茶。最幸运的是程彬。他表面心直口快，却颇具政治智慧。对华新龙的决断和指示，只要稍有风险的，他都偷偷记下，时间、地点、背景一样不少。纪委找他几次，他都能软着陆。蔡为力说，因为清水镇土地整治问题，冉军也惶惶不可终日。

"天网恢恢，疏而不漏！这些'老虎''苍蝇'，总算受到清算了。走，我陪你去国土局，要他们给个说法。至少，也该还你一个副处长。"张欣菲愤然不平，要靳若川去找田大中。

"说法？副处长？这些就那么重要？"靳若川好笑道。

"当然。换成我，死都想不通，早就上访告状了。你倒好，像啥都没发生。"

"小时候，你妈打过你吗？"靳若川冷不丁地问。

"还挨得少吗？有一次为偷擦她的口红，她把我绑在长条凳上，鸡毛帚都打断了。咦，你问这做啥？"

靳若川没回答。

"我懂你的意思。但不管咋说，我就是转不过这个弯。"张欣菲闷闷地长吁短叹。她突然问："假如你没去宁天，今天会怎样？假如你一切顺着华新龙，说不定早是副县长了，现在又是什么结局？唉，不想了，想起就头痛。干脆你提前退休算了，好歹有三四千块钱，吃得起饭，省得伺候那些五老七贤。"

"那是我的工作，我的战场。冲锋陷阵是战斗，坚守阵地也是战斗。你难道要我当逃兵？"靳若川揶揄道。

"你啊你，几十年了，就这么固执，一点不改变。但不知为啥，我就喜欢你这种个性。套句老话，嫁鸡随鸡，嫁狗随狗，嫁个螃蟹横起走。这辈子我认了。"

靳若川感动地笑笑。

110

望着妻子头上隐隐的白发,他陡然感到深深的愧疚。这么多年来,妻子打理家务,照料儿子,默默地奉献着青春和生命。从小学到高中,靳石的补课培训、学奥数强化英语等等,全靠妻子操劳。她同样也要上班,同样也有她的事业和追求。而自己呢,始终像一个陀螺,在工作的惯性下永远忙碌。无论儿子多么渴盼,却连一次家长会也没去过。自己不是一个好丈夫,不是一个好父亲,但是,能算一个好干部吗? 他想起华新龙来市局那天的情形。那时,他能想到这万花筒般的莫测变幻,想到今天这种结局吗?

蓦地,他涌起难以抑制的激动,想立即飞到天师湖。清如明镜的湖水,那么温馨、熟悉,像能嗅到淡淡的鱼腥味;那历经寒冬凋敝的芦苇,正在无边春意中随风摇曳……

魔　方

一

这是一宗荒诞的官司。

1992 年,云海市的房地产泡沫已到最后的疯狂。二三十万人的海滨小城,聚集着上千家开发商,他们带着海潮般汹涌的资金,制造出一个又一个暴富神话。这种背景下,B 公司购买了 A 公司 600 亩土地。地块位于规划中的"绿色食品产业园",距市区 10 多公里。每亩地单价 12 万元,总计 7200 万,首付 20% 即 1440 万,余款在国土手续办完前付清。购地合同附件,一是政府设立产业园批文,二是产业园管委会与 A 公司的供地协议,三是一份蓝线图。几天后,B 公司照搬合同条款,每亩加价 3 万,将土地卖给 C 公司。经过击鼓传花般的炒卖,地价已达每亩 30 万,到 G 公司却戛然中断:中央强有力的宏观调控,使无数投机商梦断黄粱。云海的房地产市场,犹如海啸后的海滩,一片狼藉和惨然。为了解救被套的 3600 万资金,G 公司以未能按约办理手续为由,将上家 F 公司告上法庭,要求退还首付款,承担利息和违约金。F 公司则将 E 公司列为第三人,要求 E 公司退款和赔偿。于是,新一轮击鼓传花开始了,一直追索到产业园。不过这次传的,是导火索吱吱作响的炸弹。法庭上,产业园辩解道:供地协议和蓝线图,只是相关规划的确认,不具备法定意义。何况,对方从没付过一分钱。经办人是原管委会主任。因涉嫌贪污受贿,他已于半年前自杀。所以,应由 A 公司承担责任,退出土地款,再依序退下去。A 公司法人代表石永昌大叫冤枉，说他只是挂个虚名，每月领 1 万元补贴，其他的一概不知。问到谁让他挂名，他说是龙哥。再问龙哥姓名住址、身份职业，他茫然摇头，只知鲲鹏公司是龙哥的，而龙哥是他的老镇长、已经自杀的管委会主任介绍的。案情顿时扑朔迷离，庭审陷入僵局。面对这个文盲加法盲、活脱像个老渔民的石永昌，法院需要重新取证。如果向 A 公司索款无门，B 公司自然被推到风口浪尖，成为殉葬者。不幸的是，B 公司法人代表乔东浩，正是厉天的姨父。而厉天受乔东浩之托，即将远赴云海，代表被告出庭。

讲述这场诉讼，是 1999 年深秋，在远浩实业公司办公室。距乔东浩签订买地合同，已经过了 7 年。

"够魔幻吧？堪比马尔克斯笔下的故事。听说过他吗？加西亚·马尔克斯，哥伦比亚作家，拉丁美洲魔幻现实主义代表人物，诺贝尔文学奖获得者。一年多前，朋友送我一本《百年孤独》，马尔克斯代表作。我看得如痴如醉。好像我就生活在马孔多小镇，置身那个诡异的世界。我还记得那段名言：过去都是假的，回忆是一条没有归途的路，一切以往的春天都无法复原，即使最狂热最坚贞的爱情，归根结底也不过是一种瞬息即逝的现实，唯有孤独永恒。"

乔东浩两眼平视，表情僵硬，好像对着虚空自语。夕阳射过窗纱，投下一束庄严的橙黄。迷离的光影中，无数尘粒悬浮着，在他左边脸庞飞舞。他清癯的面容、线条柔顺的鼻梁，忽然变得厚重，像一尊雕塑。

"什么时候了，还有心思高谈阔论？"厉天在心里嘀咕。他从来认为，姨父属于多血质，教教语文，发表几首小诗，或许是他最好归宿。11 年前，因为评聘职称，他愤而掷下教鞭。他原以为，论学历资历，比业绩口碑，高级教师非他莫属。哪知校长情人却逆袭而上。他勃然大怒，找校长理论。他激动地比画着水果刀，不料误伤校长左臂。为此，学校取消他评聘资格，予以记过处分。他视作奇耻大辱，一怒辞职下海。没多久，他居然买下商品房，全家搬到省城。厉天还记得那时的姨父:西装革履,意气风发,谈笑间,像能支配整个地球。或许,姨父天生就有经商基因,只是他肚里的锦绣诗句,淹没了他运筹帷幄的风采。往事如烟,面对这个棘手官司,谈文学也许是一种解脱。

"厉天啊,我是不是脑袋进水了? 我,乔东浩,一个情商智商都优秀的成功者,居然借来大把钞票,心甘情愿地跳进陷阱。"乔东浩颓然地说,"那种背景下,不仅我疯了,所有的淘金者都疯了。打造第二个深圳、打通大西南出海口等等,这些极富煽情的宣传,不由得让人热血沸腾。事业、资本、权力、荣耀,男人梦寐以求的一切,恍若甘露从天而降,伸手就能得到。说来你可能不信,我到云海仅仅一周,顺手炒了几套房子,轻而易举地赚了 200 万。一年后,冰火两重天。每平方米上万的房子,跌至五六百元也没人过问。真是梦啊,让人心惊胆战的噩梦! '人生只似风前絮,欢也零星,悲也零星,都作连江点点萍。'王国维这首《采桑子》,恰如我眼下心境。不说这些了,伤感无益,还是面对现实吧!"乔东浩长叹一声,从抽屉里拿出卷宗,"这是全部诉讼资料。案子的关键是找到龙哥,追回我付的 1440 万。不然,我这些年创下的家业,全部赔上也不够。"

"姨父,这个决定命运的官司,难道还没校庆重要?"厉天不满地问。乔东浩找到他,说自己要去重庆参加校庆,让他帮忙跑趟云海。他无法推却这个苦差:因为工厂破产,他拿钱走人,刚好在家闲着;律师秦行渐是他发小,是他介绍给姨父的。秦行渐竭力撺掇他去,说有事好商量。自己母亲也不停絮叨:"你姨父这种处境,不找你找谁? 未必眼睁睁看着他倾家荡产?"最后,厉天虽然勉强答应,但心里不无芥蒂。

"你以为我在逃避? 校庆是半年前定的, 10 月 22 日。哪知云海开庭也在这天,我怎么办? 我之所以去重庆,还有一个重要原因。校庆期间,要参观考察、同相关部门座谈,其中不乏政府要员和央企高层。如果我能抓住机遇,必将成为重大转折。相信我! 就是风,我也要抓一把回来。"乔东浩两眼放光,冷却的血又开始燃烧。

厉天不便再说什么。他理解姨父的心情。一个在绝望边缘挣扎的人,不会放过任何生机,哪怕是缥缈的影子,也会当成救生的天梯。乔东浩思维敏锐,又有背水一战的决心,或许真能创造奇迹。

看过案卷,厉天认为,如果找到龙哥,一切迎刃而解。秦行渐没这么乐观。他审慎地说:"假如龙哥子虚乌有,怎么办?就算龙哥浮出水面,他已将钱挥霍一空,又怎么办?纵然抛开龙哥,认定鲲鹏公司应该负责,但公司仅是空壳,无财产追索,又如何应对?""既然如此,我们还去云海干啥?"厉天没好气道。秦行渐并不生气:"我只是假设。我还可以假设,要是找到龙哥,追回土地款,我们就大获全胜。所以,无论成败怎样,我们必须去云海。"

到了云海,他俩像福尔摩斯一样,抓住一切蛛丝马迹,努力搜寻龙哥线索。石永昌说,龙哥好像姓王,是个大块头北京人,据说父母是大干部。管委会工作人员说,签订供地协议时,他们见过龙哥一面,身材高大不假,却是湖南口音。银行职员说,一次提走上千万现金,至今也不多见,所以他们印象深刻。签字办手续的是公司法人,一个干瘦的本地老头;取款人虽讲普通话,但尾音拖得长长的,像广东人。石永昌说,只要来云海,龙哥都住富丽华酒店——当时云海最豪华的酒店。他俩到酒店一了解,住宿协议是鲲鹏公司签的,留下的是石永昌的身份证复印件。酒店方面回忆,龙哥衣着考究,颇有气度。至于口音,他们肯定是四川话。因为店里四川客人不少,容易听出。乔东浩曾对他们描述,龙哥身高1.80米,体态壮实,湖北口音,举止彬彬有礼。综合这些情况,秦行渐画出一张线索图。可惜,除了身高可以确认,其他全是一团乱麻,有的甚至自相矛盾。他们绝望得快要崩溃。

"我当了10年律师,听过见过很多案子。我敢肯定,这是一个早有预谋的诈骗案。看来,你姨父恐怕在劫难逃。"秦行渐忧心忡忡道。

"鲲鹏公司卷款跑人,姨父也是受害者,难道要他承担责任?"厉天愤然地说。

秦行渐凝视着自己手心,仿佛它是能够预言的水晶球,不带感情色彩地说:"法律就是法律。合情合理的东西,不一定合法;合法的东西,有时又不合情理。但愿是我想得太悲观。"

开庭结果正如秦行渐分析,管委会强调,供地协议违法违规,属无效合同,应予撤销;因为并未收过土地款,不存在退款问题,应由鲲鹏公司承担全责。但是,鲲鹏公司款项去向不明,有待查清。法院宣布休庭,择日再审。

"退款加上利息,已经 2000 万出头,姨父哪来这么多钱?"厉天惊得目瞪口呆。

"只有据理力争。就是法院判下来,我们还可以上诉、申诉,走法律程序。不过,我对结局并不看好。这样,给你姨父挂电话,听听他的意见。"秦行渐说。

乔东浩的反应,并非厉天所想:先像一头被激怒的公熊,龇牙咧嘴地咆哮;然后像落败的狼,哀号着缩紧尾巴;最后如无奈的蜗牛,将头藏进自己壳里。秦行渐按下电话键,对着庭审要点,逐字逐句读完,又谈了自己的看法。乔东浩静静地听着,遇上不清楚的地方,叫重复一遍。他淡定地说:"对这个结果,我有思想准备。你们辛苦了!放松放松,玩两天再回来。案子嘛,照小秦意思办。如果判决不利,就上诉。就算不能扭转乾坤,至少能帮我争取时间。对了,我这边相当顺利,物色到几个大项目,正在思考运作方案。我过几天回去,锦都见。"

"你姨父真是大将之才。面对如此困境,居然视同等闲,令人敬佩!"秦行渐由衷赞道。

厉天不以为然地笑笑。依他对姨父的了解,越为自己裹上坚实的铠甲,内心就越是空虚和惶然。就连他轻松自如的语调,也像受潮的古琴,发出的声音让人别扭。

二

2004 年 9 月,法院做出一审判决:"一、园区管委会与鲲鹏公司的供地协议,违反国家相关法律法规,属无效合同,予以撤销;二、一年内,鲲鹏公司退还远浩公司土地款1440万元,承担银行利息;三、一年内,远浩公司退还C公司土地款1800万元,承担银行利息。"拿到判决书,姨父一眼看出,这盆烧红的炭球,最终落在自己头上。他叫秦行渐提起上诉,强调远浩公司负债累累,只有收到鲲鹏公司退款,才能退还C公司。鲲鹏公司也提出上诉,说石永昌只是挂名,实际控制人龙哥携款潜逃;且石永昌年老多病,住房属子女所有,无力承担这笔巨款。2007年4月12日,这桩马拉松似的冗长诉讼,终于尘埃落定。法院终审维持原判,但考虑到还款压力,将偿付期限延长至2010年。面对如此结局,秦行渐也一筹莫展。就是申诉,判决也得执行。姨父硬气地惨笑:"输,也要输得有尊严!"他卖了写字楼,卖了给女儿准备的电梯公寓,筹集了1000万还款。至于他口中的重庆项目,很快就销声匿迹了。厉天背地里问过姨妈。她苦笑道:"现在不比从前。没有资金,等于水桶没底,啥都打不起来。"

命运就像太阳雨,道是无情又有情。姨父的黑色星期四,恰好是厉天的幸运日子。他在建设路开了一家自助餐厅。一个电子科大教授,常来这里就餐。这天,教授偶然谈到指纹自动识别,说在国内几乎还是空白。厉天顿如醍醐灌顶。他敏锐地意识到,这是他的绝佳机遇。这段时间,他除了饥渴般查找资料,还常去教授家请教。他打算盘出餐厅,集中资金研发指纹识别技术。他已成功说动教授,为他当顾问。

正当他如拧紧发条的陀螺,雄心勃勃地转动时,一则开大学同学会的短信,忽如狂风暴雨般袭来,将他的心彻底搅乱。几天来,他魂不守舍,时而亢奋时而颓丧,什么也难激起兴趣。眼前飘来掠去的,总是况舒的影子——那是他的初恋。毕业前她悄然离去。14年了,他从未见过她,也没她的任何信息。这次她会来吗?如果来了,又该怎么面对?

同学会前夜,他在床上翻来覆去,总睡不好。谷雨时节也着实烦人,盖上被子热,伸出手脚冷。"怎么,在想明天吧?久别重逢,肯定思潮万千!"妻子卢筱敏调侃道。"没那么严重。"厉天淡淡道。"她会来吗?""你是指……"
"揣着明白装糊涂。况舒。"厉天苦笑说:"我咋知道,我又不是神仙。这些
年,她像从人间蒸发,没人清楚她在哪里,在做什么。"妻子不作声了,望着墙
上蒙娜丽莎画像出神。谈恋爱时,厉天如实交代情史:有过一个女友,况舒,
大学同班同学。想不到,儿子都已小学二年级了,妻子还记得一清二楚。"睡
吧,太疲倦了!"他长长地打个呵欠。蒙眬中,况舒又在眼前浮出。不是那白
皙的瓜子脸,也不是眼中的似水柔情,而是流畅圆润的肩颈线。她的颈子白
而细长,肩峰微微凸起,给人以灵动的美感。那时,厉天总爱抚摸她的锁骨,
如痴似醉,万般珍爱。

第二天上午,厉天提前来到望江公园。秀竹翠柏,挑出崇丽阁的雕梁画
栋。他的心像禁锢太久的小鸟,恋恋地向前飞去;双腿却越来越重,挪动一步
也艰难。这里的一草一木,都在他心里刻得太深。他同况舒在这里定情,又
在这里分手。

那天,归鸟在鎏金阁顶啼叫,蟋蟀在草丛轻鸣。对岸的灯光亮了,一点又
一点,萤火虫样飘闪。

"知道吗,为什么是你?"况舒问。

"我……"厉天赧然摇头。中午下课时,况舒疾速塞给他一张纸条:"傍
晚7点,崇丽阁下。密!"厉天面红心跳,又惊又喜。班上几个家境优越的男
生,追求况舒已达癫狂,鲜花、巧克力、名牌香水……甚至用血书宣称殉情。

况舒轻吁一声:"其实,我也无法说清原因。也许,全班男生,就你没给我
写过情书,反倒激起我的好奇。也许,那些被人忽视的细节,始终浪潮样在我
脑里翻腾。记得去年去峨眉山吗?才到雷洞坪,大家累得一屁股坐下,说宁
肯跳崖,也不想再走。只有你,拄着竹棍默默前行。我忽然生出羞愧,起身催
促大家快走。那严厉的口吻,自己也感到吃惊。另一次,我在班上讲演。男
生的眼光,大多在我胸前打转。你却头也不抬,专心做笔记。这些小事,让我
开始注意你。表面看来,你木讷少语,落落寡合。你的眼神告诉我,在你冷漠

的表象后面,藏着一颗滚烫的心。"

这番话,像一把柳叶刀,剖开厉天的内心。工程师父亲的严谨,已经融入他的血脉。不管做事还是说话,他都力求完美。这种性格最大的负面效应,就是他孤傲不群,让人难以接近。况舒则相反。她热情洋溢,多才多艺。系里文艺会演,她琵琶独奏《阳春白雪》,那流畅轻快的旋律,赢得雷鸣般的掌声。学校文学内刊《丁香树》,不时刊登她清新优美的诗句。在厉天心里,况舒恍若他不敢仰视的朝阳,自己只是一缕寂寥的云。能够拥有这样的女友,是他做梦也不敢想的奢求。

"相信我! 我会永远珍惜你,爱你!"厉天激动得声音颤抖,脸上现着深沉的坚韧。

就这样,他俩开始热恋。况舒看似一汪清泉,映着蓝天白云,实则如同一潭幽水,藏着不少秘密。最让厉天蹊跷的是,每到星期五下午,她就离开学校,周日晚上才回来。她家在剑阁,没听说锦都有亲戚。"你究竟去了哪里?"厉天忍不住问。"母亲一个同学家,她对我很好。"况舒轻描淡写道。厉天半信半疑。一天,厉天说父母想见她,约她星期六去家里。她羞怯地答应。星期五下午,她忽然说母亲同学生病,她要去照顾。厉天大为不快:"这不是简单的做客,是父母对我们的认可!""好了,你帮我解释解释。"况舒拍拍他,像诓哄孩子。"她怎么了?"厉天决心查个水落石出。下一个星期五,又到了况舒离校时间。借着梧桐树掩护,他偷偷地尾随她。走出西川大学校门,况舒乘人不备,迅速上了一辆黑色奔驰轿车。霎时,他如遭雷击,呆若木鸡。星期天晚上,他守在女生宿舍楼下。况舒快步走来。他从浓荫下闪出,要她说清到底在干什么。"你母亲的同学,居然还有豪华轿车?"他眼里布着惨淡的血丝,妒火燃烧地讥刺。"我卖给你了吗,啥都要对你汇报? 我累了,想休息。"况舒不耐烦地扬长而去。

市场经济的滚滚洪流,在校园泛起阵阵沉渣。崇拜金钱和追求享受,瘟疫般四处横行。况舒始终紧跟时尚,像有花不完的钱。她的衣着打扮和护肤用品,在学生中首屈一指。她对厉天解释,虽然父亲已经去世,但他经商留下的财产,足够母亲和她开支。厉天21岁生日,她送了一只新款"飞亚达"手表。"太贵了,好几百吧?"厉天一怔。"差点2000元。"她轻松地说,好像面对廉价电子表。摩托罗拉折叠手机刚问世,她很快有了一部。这种手机近3万元,一般人既买不到,也买不起。"这也是你家里买的?"厉天怀疑地问。"对,我妈说方便联系。"她坦然回答。厉天压根不相信,认定手机来历不明。

一天,他去图书馆还书,恰好遇到梁怡。梁怡来自贵州山区,矮小瘦削,家境穷困,大家背后叫她"校草"。令人不解的是,她像追随堂·吉诃德的桑乔,与况舒好得形影不离。他俩恋爱的事,只有梁怡知道。厉天正想打探况舒情况。他还没开口,梁怡扑哧笑了:"简直看不出,你厉天还真会买东西。藕粉是正宗西湖牌,炼乳是新西兰原装,就连蜂王浆也是野生的。""你怎么知道?"厉天脸一红。最近,他发现况舒有些憔悴,就买来这些营养品。"我在享受,当然清楚。她不喜欢甜的,怕长胖,你忘了吗?"梁怡戏谑地致谢,还叫他再买一些。他像偷东西被人察觉,狼狈地离去。那段时间,犹如遭受地狱炼火焚烧,他神思恍惚,做什么都无法专心。况舒的秀雅清丽,使他一往情深,但愿永相厮守。但她的种种疑点,又像狰狞的黑夜向他逼近,转瞬就会将他吞没。他不敢再追问什么,因为不仅没有结果,还可能让他失去爱情。他企盼有那么一天,况舒会主动吐露一切。

厉天清楚地记得,论文答辩后那个周末,况舒主动约他见面,到杜甫草堂旁一家宾馆。她说母亲同学家来了亲戚,她在这里暂住。那天她兴致很高,还坚持要喝红酒。几杯酒后,她双颊酡红,端着酒杯喃喃地说:"我爱你,爱你!"厉天感动得全身震颤,痴痴道:"我也爱你,永远!"然后,她把他带回房间,主动解开衣服。那天夜里,好像面对生离死别,她情绪异常,时哭时笑。一会儿,她像蛇一样缠在厉天身上,一秒钟都不愿分开;一会儿,她冷冰冰地翻身下床,站在窗前发呆。厉天以为,女人的第一次,是对自己的颠覆,情绪都会跌宕异常。他对她发誓,说今生今世,只要还有一口气,都会对她好的。

"不,你最好把我忘了!"她像受惊的松鼠,躲到墙角掩面抽泣。

第二天黄昏,变故陡然发生。

不过分开大半天,况舒就像变了一个人。她默默地倚着江栏,默默地看看厉天。昨夜的一切激情,好像只是虚无的梦幻。她眼里的冷漠和决绝,让厉天心惊胆战。她突然说:"我们分开吧!"

"分开?"仿佛子弹射进心脏,厉天瞬间失去知觉。

"对,分开!"

"为什么? 总有原因啊?"

"没有原因就是原因。我不适合你,真的。我要走了,去很远很远的地方。也许,我们从此不会见面。保重!"况舒遽然转身,头也不回地走了。

犹如天崩地塌,太阳在天边坠落,崇丽阁变成万千碎片。厉天呆如泥塑,眼前一片黑暗。不知过了多久,他像死去又活过来,痛苦地吐出一口长气。女人就是这么极端,爱你和抛弃你,都不需要理由。爱因斯坦发明原子弹,却说女人是世界上最复杂的动物。他还抱着最后希望:或许,这只是她心血来潮,明天的太阳照样灿烂。

第二天,况舒不辞而别的消息,仿佛飓风袭来。大家震惊地打听:"况舒怎么了,毕业典礼也等不及?"厉天绝望地去找梁怡。梁怡薄薄的双唇,倏忽变成坚固的城门:"你都不清楚,我咋晓得?"厉天好话说了一大堆,终于将她嘴巴撬开一条缝:"况舒的离开,自然有她离开的道理。她叫你保重,你就好自为之!"

晚上,躲进自己房间,厉天用枕头捂着,心如刀绞,泪如泉涌。那一刻,他觉得整个世界都变得灰暗,人生再没什么依恋。而他,不过是一具行走的僵尸。冷静后,他一遍遍回顾当时情景,从况舒说的每一句话,到她稍纵即逝的每一丝表情。是她有了新的恋人,还是她要躲避什么? 是她家庭突发变故,还是她面临不幸? ……任他想破头想烂心,况舒的突然离去,像斯芬克斯之谜,死死地纠结在他心里。

"往事已矣!"厉天迷乱地叹道。看看时间差不多了,他向公园大门走去。

感谢神奇的互联网,全班同学,居然到了三分之二。大家相互问好,感慨着岁月沧桑。厉天两眼却如机警的猎鹰,在人群里反复搜寻。就像知道他的心思,身着石榴红套装的梁怡,默契地对他点点头。"况舒要来!"一阵激动,恍如流星划过天空。但很快,光影消失,一切依旧。"她来不来,关我什么事?"年近不惑的厉天,青春萌动已是明日黄花,除了解开当年谜底,早没什么非分之想。

距人群不远,一辆轿车平稳地停住。"保时捷!"有人惊羡道。一个中年汉子跳下车,恭敬地拉开后座车门。一只精巧的深灰色短靴,展示样从车内伸出;接着,是一只牛仔裤紧绷的细长腿,一头瀑布样的长发;最后,一个内着白色T恤、外穿高腰牛仔夹克的女子,灿若桃花地对大家微笑。"况舒!"不知谁欣喜地呼道。同学拥上去,兴奋地问这问那。

厉天一脸落寞,站在原地不动。况舒浅浅笑着,不经意地扫扫他。他脸上一热,惶乱地垂下眼睛。大家众星捧月似的,拥着况舒走进公园。一个保姆样的中年妇女,牵着一个小女孩,不疾不缓地跟在后边。

同学会的套路,翻来覆去都差不多。先喝茶叙旧,再共进午餐,然后分散活动,唱歌打牌什么的。热情洋溢的问候之后,就是含着惆怅的回忆。没多久,新奇的浪潮渐次退去,同学依据原有圈子和现在职业,不约而同地分成几堆。与厉天同寝室的黄成,是省上某厅处长。他与几个在机关工作的同学,正在议论当前热点事件。黄川海在锦都大学教书。他扶正宽边黑框眼镜,唇角浸出轻微不屑,对红遍中国的《百家讲坛》主讲人品头论足。有几个同学,从《无极》侃到《武林外传》,一人一段恶搞语录,笑得前仰后翻。听着,应着,寒暄着,厉天兴趣索然。他走到池塘边,对着幽幽的睡莲出神。不远处,一群女同学围着况舒,麻雀样喳闹不已。有的问她这些年行踪,有的向她讨要保养秘诀,还有人不依不饶,非要她说出老公姓名,保不准,是胡润富豪榜上大佬。假山旁几个女生,以前就对况舒不以为然。敌意的冷言冷语,不时如讨厌的苍蝇,嗡嗡地在厉天耳边打转:"南方经商,天晓得用啥经商?""豪华轿车、司机保姆,门面越堂皇,来路越肮脏……"厉天越听越反感,不由得冷冷地一瞪她们。

脚步声渐渐响近,厉天知道是况舒。热恋时候,他常躲在树后,凝神捕捉那轻快的跫音。

"你还好吗?"况舒悄声问。

"还好。"厉天漠然答道,心却狂跳不已。睡莲在他眼中晃动,幻化出他平淡的经历:大学毕业到省标准件厂,当过科员和副科长;企业破产下海后,开过广告公司、承包过旅游门店,现在开一家餐厅。人生的天平,一端是跌跌碰碰的打拼,一端是妻子和儿子、温馨的两室一厅。

"你过得怎样?"

"很好!"况舒微微一笑,笑得优雅而自信。对现实的满足和陶醉,像山涧清泉,从她眼角眉梢不断溢出。厉天本想再问,那年,她为什么提出分手,又为什么离开学校? 面对这高高在上的优越,他突然失去追问的兴趣:寻出真相又怎样? 一切都如江水东逝,永不复归。

"对你的伤害,我不想解释,也不想乞求原谅。那时,我的确有苦衷……"况舒正想说下去,"妈妈——"欢叫声中,小女孩向她跑来。"小心,别摔倒!"保姆慌忙追上来,拉着孩子的手。她警觉地瞥瞥厉天,又扫着况舒。

"大家快一点,照合影!"谁在高呼。

"走吧,照相。"厉天说。走了几步,他回头望望保姆,觉得她神色怪怪的,像在监视什么。"咸吃萝卜淡操心,关我哪门子事?"他郁闷地抬起脚,将一块石子踢得老远。

三

"在我认识的精英中,顾先生绝对是一个传奇。他反感称他什么董什么总,让人叫他'先生'。可就是这个隐士般低调的先生,公司的总部设在维京群岛,资产上百亿。"

"知道'国华电子'股票吗?他以每股2元价格,一口气吃下500万股。三年后公司上市,股价高达80元。堪称史诗级经典。"

"20多年前,他当驴友去鹰愁谷。山民家里,他用300元,买下一个元青花香炉。去年在佳士得拍卖,竟然拍到1900万。"

"龙头堰爱心小学,是他捐资建的,花了400万。有趣的是,他还送去1000个魔方,全校师生人手一个。"

只要提起顾先生,狄可名疲怠的眼里,蓦地像钢花飞溅。他是厉天初中同学,创投集团办公室副主任。因为工作关系,他认识好些商界名流。他表面谦恭,实则自负,少有人入他法眼。唯独对顾先生,他敬若天神。

一个突发变故,使厉天想到狄可名,想到他常常提到的顾先生。

三年多前,厉天创办了"飞扬科技有限公司",研发指纹自动识别系统。虽然公司经营惨淡,但已取得2项发明专利、9项实用新型专利。现在产品设计已经完成,即将进行小试。如果研发成功,市场效益不可估量。不料就在这时,他租用的楼房被法院查封,所有租户限期搬离。

这栋灰色四层小楼,邻近沙河,租金较低。厉天租下二楼整层,400平方米。房东将小楼抵押,贷款炒期货,谁知连遭惨败,干脆一跑了之。法官告诉厉天,他要么买下小楼,要么搬走,没有其他选择。厉天欲哭无泪:买,无异天方夜谭,他账上资金,凑拢不过10多万;搬,物色房子、搬家、工商税务变更等等,无端耗费多少精力?而此刻,正是研发关键阶段,他折腾不起。更头疼的,那个教授家在附近。如果搬远了,他工作一忙,很难顾上这边。思来想去,他决定去找狄可名,请顾先生帮忙。以顾先生能量,挂个电话写张纸条,或许就有转机。

星巴克咖啡厅里,透过轻纱掩映的玻璃窗,街道五光十色,人流熙熙攘攘。狄可名要了大杯摩卡,厉天要了卡布奇诺。"道可道,非常道。名可名,非常名。"狄可名品了一口咖啡,悠然念道。厉天知道,这是《道德经》开篇名句,狄可名的名字,就是取自其中。"无名天地之始,有名万物之母。故常无欲以观其妙,常有欲以观其微……"念着念着,狄可名戛然住声,郁郁地打量窗外。

"不念经了?"

"再怎么超脱,也还是一个草根。这个 2012 年,开头就乱七八糟。一切都在其次,重要的是你有没有个可拼的爹。苹果砸中牛顿几百年后,换个马甲席卷全球。有人一掷万金,去买五代苹果,而有人却买不起五袋苹果。表叔、房叔,北京特大暴雨,全乱套了!"

"这么多牢骚,遇到不顺心的事了?"

"能顺心吗? 精神上我是贵族,物质上等于乞丐。不说了。你今天约我喝咖啡,不会只为显摆情调吧?"

"的确有些麻烦。"厉天说出困境,提出请顾先生帮忙。

"为这些小事,我无法开口……"狄可名为难道,他忽然想起,"你姨父呢,叫他买下小楼。"

"他? 泥菩萨过河,自身难保。云海那个土地官司,他赔得不少,至今还欠几百万。这个忙,你帮还是不帮?"厉天不快道。

"如果顾先生出手,那是分分秒秒的事。他虽已移民澳大利亚,但他的战场依然是锦都。投资几十亿的财富广场,占地 8000 亩的维多利亚别墅,这些大项目后边,都有他的手笔。不过,我怎么对他讲呢?"迟疑片刻,狄可名有了主意,"你不是在搞指纹识别吗? 以这个作为切入,他或许会有兴趣。他对新事物特别敏锐,常常能点石成金,化腐朽为神奇。"

"好,那就拜托了! 事成之后,一定请你喝酒,人头马、茅台任选。"

"我们还用客气? 不过,你得多给我点时间,顾先生不轻易见人。"

"顾先生什么来头? 你又怎么认识的?"笼罩着神秘光环的顾先生,让厉天相当好奇。

"顾先生叫顾非野,麒麟集团董事长。年轻时候,他好像当过公务员,后来下海拼闯,在沿海淘到第一桶金。他与我们公司老总很熟。一次老总请他赴宴,商量一个矿业项目。我也去了,帮着跑腿打杂。酒宴结束,他将魔方忘在包间。哦,他特别爱玩魔方,据说已达专业水平。老总给他挂电话,吩咐我把魔方送去。这样,我才有缘与他单独接触。他的公司在金座大厦顶楼,近千平方米。员工区域最多一半,剩下的归他独用。办公室、休息室、影视间、红酒屋等,外面还有花园喷池。我印象最深的,是他桌上的《孙子兵法》,上面用红、蓝铅笔,画着各种记号。还有墙上的一幅肖像,他说是德国哲学家费希特……"

"费希特?"

"对。当时我不敢多问,后来在网上查了。约翰·戈特利布·费希特,德国古典主义哲学代表,康德和黑格尔之间的桥梁。他推崇自我意识,认为精神自我的创造性活动,是解释经验的唯一源泉。其实《道德经》中,也有类似观点:'天下之至柔,驰骋天下之至坚。无有,入于无间……'"

"打住,我耳朵都听起茧了。还是谈顾先生。"

"我就坐了几分钟,能谈什么?走时,他送我一条'九五至尊',一两千元一条。他说他偶尔抽抽雪茄,香烟是为客人准备的。"

心荡神驰之余,厉天不由得想到小楼的事。自己与顾先生素昧平生,他会出手相助吗?

"放心,我知道怎么说。"仿佛窥破他的心思,狄可名安慰道,"那以后,我又去过几次。只要他在公司,一般都会见我,对我还算客气。也许因为,他也喜欢《道德经》。'道可道,非常道。名可名,非常名……'"狄可名又开始刷存在感。

"行了!"厉天好笑地推推杯子。

焦渴地盼了十来天,厉天终于等来消息:顾先生同意见他。地点是顾先生定的,希尔顿酒店 19 楼咖啡厅。为了这次至关重要的见面,厉天在办公室关了半天,认真写下谈话要点。甚至对自己衣着,他也做了精心考虑:既要沉稳从容,又不能过于老成。

"有些谈判范儿!"狄可名笑道。厉天自嘲地扩扩胸:"很久没穿西装,胳膊都像被绑住了。"狄可名说:"顾先生已经到了,紫罗兰包间。他还有其他事,只给我们一小时。"厉天倏忽紧张起来,下意识地理理领口。

顾先生身材高大,城堡样坚实。他敞着马鞍黄休闲装,一件别致的蓝底白点衬衫,整齐地扎在裤腰。他礼貌地笑着,请狄可名和厉天坐下,又为他俩叫咖啡。

捏着镀金小匙,顾先生从容地搅动咖啡。在他咖啡杯旁,放着一个魔方。他虽没说话,但那傲然的气场,足以统治整个房间。最让厉天惊叹的,是他的手指,白皙而肥胖,几乎看不见指骨,像洗净的新鲜葱头:手指弯曲时,却又柔软而富有弹性,仿佛在演奏乐器。

厉天拘谨地望着魔方。

"我喜欢玩魔方。"顾先生拿过魔方,娴熟地拧动着说,"魔方又叫鲁比克方块,匈牙利厄尔诺·鲁比克教授发明的。这个小小的三阶魔方,玄奥无边,神秘莫测,有 4300 多万亿变化。我玩了这么多年,拧坏上百个魔方,甚至得了腱鞘炎,还原时间才 16 秒,勉强挤进业余门槛。去年的世界纪录,是单次 5.66 秒,平均 7.64 秒。"

"太厉害了!我试过,20 分钟都没法还原。"狄可名啧啧称奇,他似有所悟道,"顾先生,魔方、兵法和哲学一样,对你都有帮助吧?"

"对。玩魔方,不仅需要灵巧的手指,更需要智慧的脑子。就如十三篇《孙子兵法》,今天的商场无不适用。至于哲学,是帮我解决一个前提:做什么样的人,做什么样的事,如何去做。费希特有一句名言,说得相当精辟:'信仰绝不是知识,而是使知识有效的意志决断。'我对可名谈过,宇宙的道义就是物竞天择。同样道理,每一个齿轮都有它存在的意义,也应该发挥它的最大价值。这些问题,三两句话说不清楚,还是请厉总谈吧!"

"不敢,叫小厉、厉天都行。"厉天诚惶诚恐道。他依据准备的要点,谈出公司现状和窘境。

"沟通法院,缓期搬出?协调拍卖,照旧租用?"顾先生右手中指,思索地轻击桌面,"这些问题说易不易,说难不难。你不愿搬走,是因为你的项目?可以讲讲吗?"

"好,我简单介绍一下。"提到自己倾尽心力的项目,厉天从紧张中解放出来,从容自信多了,"指纹自动识别系统,是采用计算机技术、模式识别技术、网络技术等高科技手段,对指纹图像及相关信息进行处理、存储、对比和鉴定的计算机应用系统。这种依靠人的身体特征,从而进行身份验证的技术,统称为生物识别技术。人的指纹,只有50亿分之一的重复概率。依靠指纹的唯一性,可以准确验证其真实身份。20世纪60年代,美国联邦调查局和法国巴黎警察局,就开始研发这种系统,并在20世纪90年代投入运用。我国的生物识别技术,还处于初始状态。西部地区研发的,最多不超过5家。相比而言,我们稍稍领先。"

"研发还需多长时间?"顾先生问。

"假如一切顺利,最多半年。"厉天不好意思地笑笑,"小公司,手长衣袖短,难处太多。"

"市场前景怎样?"

"前景广阔,商机巨大。凡是需要验明身份的地方,都能用到这个系统,如幼儿园、银行、海关等。我们的价格,不到国外同类产品一半,竞争优势很强。下一步,我们还将研发面部识别、语音识别。"

"不错!"顾先生一顿指头。

厉天的目光,像一只不安的蟋蟀,在顾先生面部和手指间,期盼地跳来跳去。他有种强烈的预感,顾先生一定会帮他的。

狄可名对他眨眨眼,暗示有戏。

"我是这样想的,搬迁本身无足轻重,重要的是你的项目。"顾先生抿口咖啡,沉吟着说,"小厉,我欣赏你的创业精神。只要敢用生命去拼,就一定精彩。要想项目成功,离不开三个要素:一、符合国家产业政策;二、充足的资金;三、与之适应的运作策略,包括必要的人脉资源。我不怀疑你的顽强执着。但是,从研发到打开市场,再到实现经济效益,这条路相当漫长。你想过失败吗?"

厉天频频点头。顾先生的精辟分析,让他大为叹服。

"我愿意支持你。我有一个不成熟的想法,我们三人合作,共同做大这番事业。"

"我听顾先生的!"狄可名惊喜地说。

"合作?"厉天不解地问。

"对! 我可以勾出路线图:第一步,不需什么协调沟通,我把那栋楼房买下。然后,我们重新组建公司也好,就用你现在公司也罢,总之,是一个实力雄厚的新公司,全力投入研发。你担任法人代表,全权负责运营。可名呢,我想法将他借出,担任副总经理。第二步,不知你们是否注意,今年8月初,证监会已经表态,决定扩大非上市股份公司转让试点。热议已久的新三板,即将现出庐山真面目。所以,在研发推广同时,我们要抓住时机,让公司在新三板挂牌。第三步,进,争取转板,上创业板或主板;退,转让股份套现。无论怎样,我们获得的经济回报,绝对是几何级数的剧增。我说的这些,完全能够实现。不管做什么,我的原则是不能失败,不能成为丛林法则的弱者。就像摆弄魔方,虽然我仅仅是玩,不过也有目标,需要成就感。我已近耳顺之年,钱再多,对我只有数字意义。我想帮助你们,让你们尽快实现梦想。"

"好!"狄可名像中了头彩,激动地叫道。

难以想象的意外诱惑,忽如金色朝阳,使厉天眼花缭乱。顾先生展示的宏图,是所有创业者的极致追求,但它犹如直插云天的峰巅,无数人在攀登中夭折。要真如此,不仅眼前难题得到解决,发展前景更是辉煌……

"厉天,你发啥蒙? 说话啊!"狄可名嚷道。

"让他想想。"顾先生笑笑,示意狄可名打开电视。

电视正在播放新闻。省委一名副书记,因涉嫌严重违法违纪,正在接受组织审查。

"他刚刚当选候补中央委员,咋一下就倒了?"狄可名诧愕得眼珠都快落下。

厉天也大为震惊。这位副书记,曾在省城主政多年,传闻即将出任省长。倏忽之间,他跌下高高的神坛,成为全省首名倒下的部级高官。

狄可名的慨叹,顾先生像没听到。他目不转睛地望着电视,神情陡然变得紧张。不知什么时候,魔方从他手上悄然滑落,孤零零地躺在地毯上。

"顾先生,我想好了,照你说的办。"厉天肃然道。

"你说什么?"顾先生迷茫地转过头。他很快醒悟:"好,好。"

厉天还想说什么,狄可名示意他告辞。

"命中注定,顾先生是我们大写加粗的贵人!"走出酒店,狄可名兴奋不已,想去酒吧畅饮。厉天推说公司有事,要赶回去。不知怎么,今天出乎意料的顺利,反让他感到不踏实,像在云团间飘浮。他想独自冷静一下,如动物反刍,细细梳理思路。

四

"谈什么风格论什么独特,说实话在我眼里全是有的没的撒哈拉。名相的造作心识的困惑,还有多少人尝试侧耳倾听自己的呼吸和脉搏……"苍凉而清新的歌声,在奥迪 A4 灰色的空间回旋。厉天喜欢苏戈的歌。那内敛又慵懒的唱腔,独特的装饰音声线,像有一种魔力,不知不觉让人陷入沉想。可是此刻,他的思绪像狂风中的云片,刚聚拢就被吹散,无法进入歌的意境。他脑里沉来浮去的,老是刚才同顾先生的见面。

母亲挂来电话,说她订的螃蟹到了,正宗的阳澄湖大闸蟹,叫他回去吃晚饭。厉天说去不了,自己有事,卢筱敏陪儿子补奥数。母亲的声音忽然游移,断线的风筝般飘飘欲坠："你姨父要来，说想找你。""又出什么事了？"厉天的心，顿时像崩直的钢丝。

这些年来，姨父的生活，几乎集中在两点：筹款还账，寻找龙哥。他又去过几次云海，一次次延长还款期限。法院理解他的压力，将石永昌的房子强制执行，拍卖了几十万元。但这只是杯水车薪，解决不了什么问题。找不到龙哥，就无法追回那笔巨款。情急之下，姨父要秦行渐起诉龙哥，控告他诈骗罪。秦行渐说缺乏证据："与你签合同的，是鲲鹏公司石永昌；银行取款，也是石永昌亲笔签字，龙哥怎么诈骗？何况，龙哥的真实身份，你一无所知，如何起诉？再说，石永昌已患肝癌去世，连个证人都没有。"

"姨父今天找自己，难道想借钱？"这个念头一冒出，厉天立刻否定。姨父性格孤傲，纵然落魄，面子上还是撑着。逢年过节亲人聚会，姨父谈笑风生，口吐珠玉，不是"天生我材必有用，千金散尽还复来"，就是"回首莫问风吹雨，功过自有日月知"。似乎他从来就是一介书生，从未沾过金钱的铜臭。只有姨妈忧郁的眼神，折射出他们心上的沉重。对，一定是云海的事。他抓过电话，给妻子说去母亲家，然后又开始听歌。

"洁洁离婚了！"厉天刚进家门，母亲惶然地说。

"离婚？……"厉天蒙了。乔洁是他表妹，今年 36 岁，丈夫是电脑城主管。平时他俩很是恩爱，怎么会突兀离婚？

"他们昨天办的手续。你姨妈说，好像小齐瞒着洁洁，在网上赌球啥的，欠了人家几十万。洁洁气得大哭，当即写下离婚协议，叫小齐签字。你说啊厉天，这到底怎么回事？要是先给父母讲讲，或许还能劝和。现在木已成舟，为时已晚！你同筱敏没啥吧？夫妻之间，不要藏着掖着，凡事都要沟通。"母亲的目光困惑而担忧，像她颈上细线系着的白玉菩萨，随时都会掉下摔碎。

晚饭时候，姨父姨妈来了。姨妈拉上母亲，在卧室说着什么。虚掩的门后，传出轻轻的啜泣声。姨父拧着眉头，闷闷地大口抽烟。大闸蟹端上桌，父亲拿出一瓶"古越龙山"："20 年陈的，还可以吧？"姨父的眼光，死死地盯着酒瓶,像要嵌进去。"我不喝这个,喝白酒!"他赌气地说。"东浩,心情不好,白酒容易醉!"姨妈哀怨地劝道。母亲拉拉父亲袖子,让他顺着姨父。

接连三杯"五粮液"下肚,姨父双颊潮红。他颓然一蹾酒杯:"对洁洁的婚变,我倒不觉得伤心。说句真话,我从来就看不起齐志远,素质差,没追求。我气不过的,是他居然说,想挣钱帮我还债,才动了赌球念头。真是无耻至极!欣欣出生后,无论我怎么艰难,孩子的幼儿园费用、奶粉钱、营养费等等,哪一分不是我给的?想来想去,还是怪我。假如没有云海这场横祸,假如我没被逼到如此地步,假如我多花点精力呵护洁洁,她绝不会有这段婚姻,当然也没今天的离婚。"姨父越说越激愤,往常那种强装淡定的面具,好像被他丢到脑后。他抓过父亲面前的黄酒瓶,惨笑道:"同龙哥签合同那天,喝的就是这种花雕,'沈永和'20年陈。龙哥啊龙哥,你把我害惨了!我今天所有的所有,全都拜你所赐。不找到你,我死不瞑目!"

气氛蓦然沉重。大家像被大山压着,憋闷得快要窒息。鲜美细嫩的大闸蟹,嚼在嘴里也似乎苦涩。厉天不敢直视姨父的眼睛。因为缺乏睡眠,他双眼浮肿,眼膜满是血丝;眼睛深处,直射出惨烈的光。

母亲给姨父拿去一个螃蟹:"不提那些了。你看,听说你要过来,厉天立马就到。"

"姨父,你有事找我?"

"还不是那笔阎王债!我卖光资产还钱,还欠人家340万。现在除了住房,我一无所有,彻底的无产阶级。但是,欠账还钱,天经地义。我想请你陪我跑一趟,同那边公司协商,再给我一点时间。这个月底,又到偿还期限了。他们已经放话,不行就强制执行。没有住处我不怕,不过当着小区邻居,活生生把我从家里赶走,我们还有脸面吗?本来我想一个人去,可遇上洁洁这件事,我的情绪很不稳定,你姨妈也不放心,就想到你。"

厉天作难道:"事情凑到一块儿了,我刚谈了一个合作项目。这样,我挂电话问问。"厉天走到阳台,挂通狄可名手机,说家里有急事,要耽误三五天。

狄可名一听就急了："顾先生刚来电话，叫我起草合作协议，明天给他过目。你这一走，协议怎么签？不签协议，下边的事怎么办？"厉天想想说："那就尽快签协议，两全兼顾。"

回到饭桌，他说可以去云海，三天后出发。

"好，谢谢！"姨父抓起他的手，怆然地摇着，"'艰难苦恨繁霜鬓，潦倒新停浊酒杯。'我最后能够依靠的，还是自家人啊！"

对这次云海之行，厉天知道是苦差。欠着人家一大笔钱，涎着脸皮央求宽限，除了说尽好话受够冷眼，还能得到什么？他压根没想到，他们不仅一切顺利，还差点抓住龙哥的尾巴。

姨父将酒席订在侨港镇。他说那里多是越南归国华侨，所以叫侨港。现在经过打造，成了中越风情一条街，颇有异国情调。

C 公司老板姓陈，50 多岁，偏瘦，人却很精神。几杯酒后，姨父窘涩地谈到主题，说月底实难还钱，请求再宽限一年。陈老板淡淡道："乔总，你的处境我大致清楚，就是我点头认可，你又从哪里筹款？"

"在锦都教育培训界，我多少算是元老。我帮过两家培训中心，有一些干股。我把股份转让出去，有一两百万。如果不够，我再卖掉住房。"

"姨父还有股份？"厉天诧异地瞥瞥他。从那躲闪的目光中，厉天看出他在撒谎。

陈总的律师想说什么。陈总制止住他："一年后依然如此，怎么办？"

"无话可说，悉听处置。陈总，我姓乔的是条汉子，既知法律法规，也懂礼义廉耻。如果竭尽全力仍未了清，那是老天绝我。我以命相抵！"姨父悲愤地说。

"我们只是要债，拿你的命干什么？"律师不悦道。

"不说了。乔总，我信你，就一年。欠款还完，我们还是朋友。"陈总将酒干掉，感慨道，"有时回头一想，人生也没多大意义。当年那些纵横驰骋的老熟人，还有几个风光依旧？破产的破产，隐居的隐居，不然就英年早逝。那个蓝天集团张总,狂傲得天老大他老二,结果下场更惨,开煤气自杀。老乔啊,事情弄到这般境地,我们谁也没想到。我要认识那个龙哥,就是挖地三尺,也要把他揪出来,让他把骗你的那笔巨款,连骨头带肉全部吐出。"

律师说:"那时我正读初中,对那种疯狂,还有一点印象。一块土地,就凭协议炒来炒去,真是难以想象。"

陈总手机响了,他抱歉地笑笑,出去接电话。返回包间,他为难地说:"有个朋友找我。我叫他过来,不见怪吧?"

"没关系。"姨父应道。

没多久,一个肤色黧黑的中年人进来。陈总为他介绍时,他诧愕地望着姨父:"你是乔总?""你好像姓张,龙哥的司机?"姨父也认出对方,欣喜地同他握手。

"你们认识?"陈总问。

"在龙哥那里见过乔总几次。"张司机道。

"就是说,真有这个龙哥?我一直怀疑,没准这个藏而不露的高人,纯属杜撰。这人躲在哪里?他把乔总坑惨了,把我也拖苦了。"陈总愤愤道。

张司机苦笑一下:"我帮龙哥开车,最多就两三个月。后来我想自己搞,就离开了。法院曾经找过我,调查龙哥的来龙去脉,我的确不清楚。那时的房地产公司,大多是老板雇个司机,再加两三个打杂的。老板不讲的事,下边人谁敢多问?不过,龙哥还算重情义,我辞职时,他出手就给2万元,整整2扎啊!"

"你怎么认识龙哥的?"姨父想追出线索。

"石永昌是我亲戚,他介绍的。"

"龙哥当年接触的人,你还知道哪些?"

"一个也不知道。你来过公司,所以认识你。龙哥出去谈事,只叫我开车接送,别的不要我参与。"

姨父彻底失望了,对着桌子发呆。

"这个龙哥啊,心机真够深沉!"不知是褒是贬,陈总叹道。接着,他同张司机谈起红木生意。张司机有一批越南花梨木,想卖给他。

"对了,六七年前,我见过龙哥。"张司机忽然想起。

"真的?"落落寡合的姨父,像压得太久又陡然松开的弹簧,蓦地来了精神。

"那年也为红木生意,我在海口见过他。他从格林大酒店出来,我认出他,同他打招呼。他寒暄几句,很快上车走了。那辆车是宾利,深棕色的,我记得相当清楚,只是没注意车牌号。"

姨父兴奋得两眼发光:"格林大酒店,好!他要么在那里住过,要么去那里找人,不管怎样,不可能不留下线索。我要去海口,明天就去。"

"这么多年了,你还能认出他?"陈总问。

"烧成灰都认得!"姨父咬牙切齿道。

"真希望你能找到他。一来让我开开眼界,这人到底何等神通,卷钱跑了这么多年,居然一直逍遥法外;二来呢,我们之间债务,自然也能了断。"陈总一面说话,一面对律师使眼色。

律师会意地点点头,委婉地说:"乔总,祝你马到成功!不过,延期的事,请你写一份承诺书,保证明年底一定还款。如果到时未还,承担30%罚金。"

"30%,太高了吧?"姨父不满道。

"只是一个程序。把款还了,不就什么都没有?"陈总打着圆场道,"我借高利贷时候,利息是每天千分之二,还要利滚利,真是吃人不吐骨头。前些年D公司逼我还钱,我一时凑不够,用办公大楼做抵押,违约金是40%。我这样做,算是给你乔总面子了!"

"好吧!"姨父只得答应。

仅凭虚无缥缈的一句话,就想通过酒店找到龙哥,无异于大海捞针。厉天反对去海口。乔东浩衰颓地说:"哪怕有万分之一可能,我都要抓住不放。要不你先回锦都,明天我坐船去海口,睡一夜就到。"

话已至此,厉天不得不去。他心里明白,此行必然毫无结果。但是,假如姨父不去试试,这条线索足以将他逼疯。事情正如厉天所料,任他们费尽口舌,酒店大堂经理只是微笑:"我们是超五星级酒店,无权泄露客人信息,对不起!"姨父提出看监控。一个小姐笑得很甜,眼里却含着鄙视,把他们当成刚进城的土包子:"几年前的视频,现在怎么会有?我们的监控,最多保留一个月。"后来,实在被他们缠得没法,酒店查了六七年前的入住登记,没有一个姓龙的,名字含"龙"的也没有。姨父呆滞地转过身。走几步他又停住,坚持要去地下停车场。"张司机说,龙哥乘的是一辆宾利,深棕色的。"他失神地念着。厉天鼻子一酸,不忍再说什么。到停车场搜寻一阵,仍然一无所获。

走出酒店,姨父像陡然老去几岁。他绝望地倚着电线杆:"天啊!……"两颗大大的泪珠,从他双颊缓缓流出。

厉天惨然垂眼,不知怎么安慰他。

五

顾先生的慨然加盟,恍如带来一种魔力,增资、更名、加快产业化、证券公司辅导等等,一切都在疾速运转,每天都有新的突破。他的大手笔高效率,无所不能的人脉资源,令厉天深感佩服。他不禁想起魔方。那个边长57毫米的小方块,白黄红、橘蓝绿,五彩斑斓,幻化无穷,像能变出任何奇迹。

魔方在炫目地转动。顾先生用800万元买下厉天租用的小楼,均价每平方米5000元,比市场价低了一半。他将小楼作为投资,再加1000万现金,准备注入飞扬公司。他提议对公司资产合理作价,重新划定股份比例。这时,厉天和狄可名——两个从无龃龉的老朋友,第一次出现意见分歧。

"其他好办,照折旧净值。不过项目和专利,最好进行评估。"厉天委婉地说。

"评估?你当真是学管理的,太会精打细算。"狄可名不屑道,"何必花冤枉钱?评估低了,你不答应;估价高了,我怎么交代?假如顾先生也像你,把小楼拿去评估,起码能评 1600 万。但他没有。他对得起我们,我们也要对得起他。你大概算算,项目加上专利,你实际用了多少,略略上浮就行了,算辛苦费。"

"不能这样算。鸡蛋不值钱,把蛋孵成小鸡,再把小鸡养大,肯定不是蛋的价格。"

"蛋变成鸡了吗? 我们应该着眼的是一个宏大的事业,一个改变我们一生的壮举。这么针尖削铁样算账,有意义吗?"狄可名睥睨地一仰头,"你报个价!"

厉天不悦地瞟瞟他,不知啥时,他成了顾先生的代言人。不,他比顾先生还顾先生,那不可一世的口吻,顾先生也自愧不如。厉天粗略算算,申报专利费用、电子科大教授报酬、相关项目支出等,大约用了 40 万。他想想,断然说:"120 万。""什么?"狄可名惊诧地望着他,似乎他忽然变成外星人。厉天解释说:"我的确上浮了一些。不过就是转让专利,也不止这个价。""好吧,我给顾先生汇报。"狄可名怜悯地皱皱眉,拿出手机发短信。很快,顾先生回复过来,就一个字:"好。"狄可名胜利地一扬手机:"顾先生真是非常道、非常名之人,你说多少就是多少。我可没你走运,眨眼就成百万富翁。我倾家荡产,最多能拿 50 万,当一个芝麻股东。"

厉天一脸茫然,没注意他说什么。得到答复那一刹那,他的心像被钢锥一刺,痛得急剧收缩。120 万! 就为这笔钱,他居然把自己卖了。同时卖掉的,还有他热血沸腾的追求,无数个奋进的日夜。他迷惘地扫过办公室:电脑、银边红面饮水机、沙发上午睡的薄被,这一切的一切,恍然已经被人夺走。

"起草协议吧! 顾先生说,时间是金钱,更是生命。"狄可名的话,将他从惆怅中拉回,他机械地点点头。

回到家里,他草草地吃了一点饭,躲进房间。他想着下午签的协议,想着顾先生的巨额投入,想着狄可名自得的笑容。儿子在客厅看电视,声音开得稍大。他拉门出去,不耐烦地呵斥几句。"你今天怎么了?"卢筱敏柔声问。

"我也不知道,只觉得烦躁。"他苦笑着,讲出签协议经过,"公司不只是我的精神支撑,还是我生命的一部分。此刻它由别人掌控,就像活生生剜走我的血肉。"妻子娇嗔道:"你啊,就喜欢多愁善感!四五十万投入,换来三倍多回报,正是对你拼搏的肯定。当初办公司时,你说假如以后能上市,死了也值。现在,有顾先生这个背景,又有狄可名协助,离奋斗目标不是更近?"厉天压抑地摇摇头:"你的话有些道理。不过……"他不愿说出那些缥缈的预感:顾先生太强大,高山般巍峨,自己不过是他脚下一粒石子。他轻轻吹口气,自己就会粉身碎骨。"好了。你今天累了,去浴缸泡泡吧!"妻子体贴地说。她突然想起:"中午姨妈来电话,说洁洁辞去工作,到广西去了。好像是一个网络公司,每月收入两三万,她同学介绍的。"厉天奇怪道:"她不是要考公务员吗?还说哪怕屡考屡败,就要一条道走到黑。怎么眨眼去了广西?"妻子不安道:"我也有些疑惑,又不好多问。姨妈说,洁洁刚离婚,换个环境也好。还说她一心想挣钱,帮姨父还债。"厉天叹道:"还得清吗?难啊!"想到姨父,他的心情更加沉重。他抓过手机,没头没脑地发出微信:"有谁知道出卖自己的感觉?"很快,朋友圈来了几条回复:"能卖就好,证明还有价值。""卖的钱呢?谁数钱谁幸福。""傻瓜!干吗卖自己?卖别人好了!"狄可名则回了三个问号。厉天怕他误会,连忙挂电话,解释是为姨父的事。

夜里没睡好,早上起来较晚,厉天赶到公司,已近10点。办公室里,狄可名同一个男子谈着什么。那人黑西装黑皮鞋、灰衬衣灰领带,一副职业经理人派头。"这是洪总,远望证券业务总监。顾先生介绍的,辅导我们上'新三板'。"狄可名不无炫耀道。厉天客气地同他握手,奉上自己名片。

看看名片,洪总含蓄地笑道:"这张名片将成历史。厉总未来的头衔,应该是飞扬股份有限公司总经理。"

"洪总,下一步怎样运作,交交底吧!对证券方面门道,我们还是门外汉。"狄可名说。

"好。'新三板'的挂牌要求,虽然比'创业板'宽松,但也有几个必不可少的条件。比如,公司存续期必须满2年、主营业务明确、具有持续经营能力等。首先我说存续期。通俗点解释,是指公司成立并正常经营的时间。如果新组建公司,2年后才能申请挂牌。厉总的公司2008年12月注册,如果整体变更,存续期可以从有限公司成立之日计算。所以,整个步骤,我们分两步走:第一步,飞扬公司增资。根据你们的出资协议,顾先生的小楼折价800万元,再投入1000万现金;厉总的项目作价120万,加上公司净值30万,共投入150万;狄总投入50万元现金。股本共是2000万元,其中,顾先生占股本总额的90%,厉总占股本总额的7.5%……"

"请稍等!"厉天问,"除了这栋楼房,顾先生再投入1000万现金,有必要吗?"

"当然。一旦拉开产业化大幕,绝对需要雄厚的资金。"洪总戏谑地笑笑,"厉总不会以为,以你那几十万,就能上'新三板'吧?"

厉天脸一红,像落败而逃的公鸡。

洪总点燃烟,吐着烟雾道:"增资完成后,第二步,公司按账面净值折股,整体变更为股份有限公司。然后,我们作为主办券商,将会同律师事务所、会计师事务所等,对公司的主营业务、治理机制做必要完善。关键的关键,要将产品迅速投放市场,用不凡的销售业绩,凸显公司的高成长性。"

"研制虽然成功,但以现在条件,无法规模生产。"厉天面有难色。

"放心,有办法的。"洪总说。

"那要等到啥时候啊?"狄可名嚷道。

"心急吃不了热豆腐。干我们这一行,既要金戈铁马大刀阔斧,又要凝神静心飞针走线,还要剑走偏锋弯道超车。只要公司一挂牌,政府补贴、合法转让、定向增发、转板上市等等,操作空间无法想象。你们的财富,会像火山爆发般迅猛增值。"

"'道常无为而无不为'。好!"狄可名惊喜道。

"还有件事,我通通气。顾先生建议,厉总任法人代表和总经理,狄总任副总经理。为了便于运作,他挂个董事长虚衔。他特别强调,一切围绕项目产业化展开。这是我拟订的进度表,请你们看看。"

洪总拉开棕色公文包,将表递给厉天。

"尽快完成公司变更,着手规模生产;抓紧项目鉴定,申请政府资金;沟通媒体,营销造势……"念着,厉天不由得抽口冷气:这里任何一项工作,对他都有相当难度。

"这……"他欲言又止,望望狄可名。

狄可名犯难道:"生产厂房可以租,媒体的事也不难。项目鉴定、政府资金等等,我就摸不到谱了。"

"只要舍得投入,太阳能从西边升起。顾先生的 1000 万,不是已经到账了吗?"洪总说。

"对,顾先生肯定有办法。明天我去找他。他怎么说,我们就怎么做。"狄可名说。

"这就说到点子上了。有顾先生这棵大树,没有什么不可能。"洪总笑道。

第二天中午,厉天正准备叫盒饭,狄可名挂来电话,说事情大有眉目。他在沙河桥头新酌酒楼,叫厉天赶快过去。"莫非,顾先生已筹划好一切?"厉天敏感地想。

"你的直觉很准。顾先生不仅给出路线图,还做了大量铺垫工作。来,先干三杯,听我慢慢道来。"狄可名神色飞扬地说,"幸亏我昨晚预约,不然他已去了香港。所有问题都不用我们操心。厂房他联系好了,高新区那边,两三千平方米;鉴定会和政府资金,也已初步谈妥。不过公司要在那边注册,人家支持才名正言顺。还有,晨彩电子科技公司,国内一流的人脸识别系统销售商,已同意提供美国芯片。我们只要招些工人,培训一下就可生产。"

"美国芯片?挂羊头卖狗肉,还叫什么自主研发?"

"只是暂时措施。你啊,枉自还在商场打拼,怎么像个老古董?"狄可名奚落地两眼一翻,"我问你,那么多知名电器、汽车,哪一个不是先进口组装,再消化吸收,最后创出自己品牌? 如果慢得像乌龟,等到形成规模,黄花菜都凉了。还想上市,上牛市马市海椒市吧!"

一顿抢白,呛得厉天灰头灰脸。他压下反感情绪,咀嚼一番狄可名的话,觉得不是没有道理。

狄可名胜利地瞟瞟他,夹起一片干拌牛肉,津津有味地嚼起来。嘴巴刚停下,他又悠然喝了一口酒,抑扬顿挫地吟道:"凡战者,以正合,以奇胜。故善出奇者,无穷如天地,不竭如江海。终而复活,日月是也。死而更生,四时是也……"

"你对《孙子兵法》也有兴趣?"厉天笑道。

"你没发现,它对我们很有启发。说到兵法,顾先生简直出神入化。他又出了一个主意,叫我们成立一个销售公司,与飞扬公司签协议,做全国总经销,这中间的奥妙,你明白吗?"

厉天摇头。

"其一,表明我们产品有专业销售渠道。销售公司再一宣传,签下几十个区域经销商,哪怕一套没卖,但能成功势态。其二,我们生产的产品,全部卖给销售公司,有多少卖多少。这一来,飞扬公司的销售收入、现金流、利润等等,肯定如导弹发射直上云天。财务报表好看,上市才有可能。其三,销售公司卖不出去怎么办? 没关系,了不起放放。一旦局面打开,不愁没有销路。其四,销售公司哪来资金? 我想过,将顾先生投来的1000万,拿几百万到其他地方一转,然后借给销售公司。这样周而复始地循环,一年绝对销售几千万。"

"这是顾先生的主意,还是你想出来的?"厉天听出他的意思,一句话,就是弄虚作假。

"不谋而合。顾先生只提到销售公司,其余是我突来灵感,抽丝剥茧想出的。"

厉天根本不相信。以他对狄可名的了解,就是给他十个脑袋,也想不出这些歪门邪道。

"这种做法的后果,你清楚吗?"他沉下脸问。

"得了!那些套话空话,我听厌了。我们只是为了做大收入,不得已采取的迂回策略。何况,还白交那么多税。能安多大罪名?"

"假卖假买的事,我坚决不做。"

"你看你,火药味又出来了!好,责任我担,罪名我背。那个销售公司,我来负责。你飞扬公司把产品卖给我,我卖不卖、怎么卖与你无关,行了吧?"

"事情没你想的那么简单。上有证券公司督导,下有会计师、律师参与,这种两个衣包倒来倒去的把戏,人家一眼就能看穿。你以为这些吃专业饭的职业经理,个个都是傻子,几杯酒就能封住嘴巴?"

"错!这是洪总的主意。昨天他刚提到这个话题,你就进来了,他没往下说。好,就算你的观点正确,我请教一句,照你的判断,我们的销售收入啥时能上千万?那些买回的芯片,是放在库房睡大觉,还是降价卖出去?没有业绩的企业,就像挣不到钱的男人,休想有出头日子。"

厉天语塞。

"'道可道,非常道;名可名,非常名。'厉天啊,你这人啥都好,就是迂腐有余,变通不足。要想成就一番事业,肯定要有风险意识、牺牲精神。要是只图轻松,我不如不出来,守在国企混日子。"

"我想想,想想。"厉天涩涩地说。

"不谈这些了,喝酒!"狄可名将手一挥。

六

烛火深情地跳动,彩灯梦幻般闪烁。低沉的萨克斯旋律,如泣如诉,像在讲述一个缠绵的故事。莫奈西餐厅里,厉天含笑端杯:"为我们幸福美好的明天,干杯!"

"我不喝。"卢筱敏嗔怪道:"啥事这么高兴?电话里不讲,还非要吃西餐。"

"应该庆祝!漫长的寒冬挣扎,终于迎来灿烂的春光!告诉你一个好消息,今天上午接到通知,我们的指纹识别,已被政府列入重大创新项目,准备给公司100万扶持资金。同时,我们申报了高新技术企业,正在准备资料。照这种发展趋势,一两年内,公司完全可能登陆'新三板'。对我个人而言,也算攀上人生一个高峰。"厉天踌躇满志地说。这段时间,顺利得有如天助。整体变更完成后,接着就是产品鉴定。与会专家的好评,描绘出令人眼花缭乱的金山一角,让他兴奋得不知所措。然后,他们向精心挑选的几所重点小学,捐赠了指纹自动识别系统。随着报纸电视的狂轰滥炸,飞扬公司一跃成为科技先驱。通过巧妙的移花接木,公司销售直线上升,上月竟然高达200万。厉天心里清楚,这令人咋舌的成功背后,离不开顾先生的行云布雨。恍若他那白皙而柔软的手指,正在娴熟地拧动魔方。

"奇迹,真是奇迹!我也给领导建议,买一套你们的系统,安在我们档案馆,肯定大有用处。"卢筱敏欣喜地说,将切好的牛排叉给厉天。

"再等等吧,完善一些更好。"厉天含糊道,他心上飘上一团阴云,"芯片是买的进口货,却谎称自主知识产权;所谓的销售,不过是瞒天过海的鬼把戏。"这些内幕和担忧,他丝毫没对妻子透露。

卢筱敏一蹙眉头:"听来听去,老是这首《昨日重现》,有些压抑。放《回家》吧。"

"我觉得没啥,更能无穷回味。"厉天笑道。他和妻子都喜欢萨克斯曲子,对相关经典名曲,他们如数家珍。

卢筱敏的手机响了。她一看:"你妈的电话,一定有事。"

厉天这才想起,手机已被调成静音。公司出名后,他便成了苍蝇云集的鲜肉。每天从早到晚,理财的、炒股的、贷款的、卖房的、管理培训建网站的,等等,骚扰电话络绎不绝。他赶紧抓起手机。果然,五六个未接电话,全是母亲挂的。

他抓过妻子手机:"妈,我同筱敏在外边吃饭,没注意。有事吗?"

"厉天啊,出大事了!你姨父他……"母亲呜咽道。

"他怎么了?"

"他,他跳楼自杀了!"母亲失声恸哭。

恍如霹雳炸开,厉天两眼一黑,大脑一片混沌。倏地,他醒悟过来,急急地说:"妈,你不要着急,我们马上过去。"

"什么事?"卢筱敏焦灼地问。

"外边说。"厉天一把拉起她,慌忙刷卡付账。走出餐厅,他忍住悲痛,低沉地说:"姨父自杀了!"

卢筱敏一个惊颤,脸色变得苍白。

"我估计,还是那笔债务。还有洁洁的事……"厉天的声音像一块石子,在喉管里碰撞着,艰难地翻滚出来。他怨怪自己只顾工作,没去看望姨父。甚至表妹被解救回来,他也仅仅去过一次。两个多月前,洁洁受同学欺骗,说到南方挣大钱,结果落进传销黑窝。她给厉天来过电话,鼓动他参加什么"世纪网络工程",交 12000 元会员费,每年可分 1500 元,5 年后返利 100 万。厉天相当警觉,问她是不是在搞传销。她反唇相讥,说他像个木乃伊,不懂新生事物。在厉天严词追问下,她支吾几句,压了电话。厉天再挂过去,她已关机。厉天给姨妈讲后,姨妈这才恍然大悟。"传销,典型的传销!她怎么如此自甘堕落!"姨父拍桌大骂。在厉天建议下,他们急忙到公安机关报案。上月,那个传销组织被打掉,洁洁终于脱离魔窟。厉天见到她时,她表情呆板,眼光空洞,神经都像出了问题。

"唉,怪我!姨妈家没多的人,洁洁又是那种状况,我该多去看看。"坐在出租车后座,望着一掠而过的楼房,厉天自责地说。

卢筱敏温柔地向他靠靠,抚着他的手。

姨妈将沙发等挪挪,布置出简洁的灵桌。黑纱白花簇拥着姨父遗像:身着深蓝条纹西装,浅绿领带系得一丝不苟,傲然眺望前方。姨妈说,这张相片,是姨父去云海前照的,那是他人生的辉煌时期。以后,他几乎从不照相。有时全家出去郊游,打算拍几张合影,他也能躲尽量躲。"你看那时,他多精神多意气风发,却落得这般结局。都怪那场土地官司,把他毁了,把我们也毁了!现在人也走了,看他们怎么上门逼债?"说着,姨妈眼圈一红,眼泪又成串滚下来。

厉天把她扶到沙发上坐下,问她怎么回事。

"洁洁回来前几天,云海来了两个要债的。他们扮相斯文,不骂不打不砸东西。他们住在附近旅店,每天一早就来家里敲门,问你姨父怎么还钱。东浩赶他们出去,他们也不动气,就去楼下守候。东浩出去买菜、散步,他们一步不离地跟着。你姨父一辈子要强。这么一来,不等于当众揭他伤疤,比要他的命还残忍?他只得把他们请到家里,又泡茶又递烟,请求再缓些日子。那两人不答应,说收不到钱就不回去。东浩怕给你们添麻烦,叫不给你们讲。我们为了还账,能想的办法都想了。就连这套住房,原来打算留给洁洁,也拿去抵押贷款。这不,命都没了,你姨父还在顾及脸面。他曾经说过,债没还完,死了也没脸见人,要我不设灵堂,不摆花圈,不出讣告⋯⋯"

"这么说,姨父早有这种想法?"

"虽然他只是说说,我却相当警觉。洁洁一回来,他的情绪更像坐过山车,一会儿高一会儿低。他要么把自己关进房间,吃饭都不出来;要么就念着洁洁名字,说自己害了她。那两个要债的,也发现苗头不对,每天只来露下面,不再跟着他。这几天,我心里总在发慌,后心冷汗直冒,像要出什么大事。我把他盯得特别紧。就是他下楼买烟,我也寸步不离。哪知道,就那么一眨眼工夫,我在厨房炒菜,他转身就跳下去了。15 楼啊,看看都吓人,不知他怎么狠得下心。看吧,这是他的遗书,床头柜上发现的。我估计,他写完就从阳台跳下去,不然字迹不会那么潦草⋯⋯"姨妈抽泣着,从衣包里拿出一张信笺。

厉天展开,上面只有几行字:"万念俱灰,大限已至,唯有一了百了。惠如,我对不起你,对不起女儿! 这些年,我一共写了12封上访信,可惜终无结果。信在书柜第三格放着,蓝色文件夹里。记住,一定要我到龙哥,还我一个公道。乔东浩绝笔。"写遗书时,姨父可能情绪过于激荡,笔尖几次划破信笺,还把找到的"找",写成我们的"我"。这对教过高中语文的他,是不可能出现的错误。

"厉天啊,我知道你很忙,但你姨父的事,你要记在心上。只要有可能,就要查出那个龙哥,给你姨父一个说法。"姨妈抚住厉天肩头,泣不成声道。

"我会的,一定!"厉天坚定地说。

"洁洁呢?"他问。

姨妈向小房间一努嘴:"在里面,不想见人。东浩跳楼后,邻居慌忙挂电话,没一会救护车来了,警察也来了。那个血肉模糊惨状,吓得我全身打抖。我怕洁洁受到刺激,把她反锁在屋里。直到殡仪车把人运走,我才放她出来。见我一直哭泣,她也呆痴地流泪,听到你们敲门声,她赶紧跑回房间,再没露面。"

"怎么不见欣欣?"厉天母亲问。

"齐志远接走了,说他妈想欣欣。提到他,我就一肚子怒气。洁洁落到如此地步,东浩出这种事,他都有不可饶恕的责任。"姨妈越说越伤心。她用手绢捂住嘴,不让自己哭出声。

厉天母亲转开话题:"欣欣该上幼儿园了。她又活泼又聪明,要好好培养。上次我来,她拿她的画给我看,真还画得不错,像那么回事。"

姨妈苦笑道:"幼儿园肯定得上,再苦不能苦孩子。只是在哪儿上幼儿园,一时还难确定。我想把这套房子卖了,还清银行贷款,重找住处。一进这屋,看到这一切,我就想起东浩,心里就像刀割火烤。从这里搬走,对洁洁的恢复也有好处。"

"找啥房子,到我那里。三室两厅,我们只占了一间,住下你们绰绰有余。"厉天母亲说。

"对！搬过来,大家也能互相照顾。"厉天父亲赞同道。

"不!"姨妈摇摇头,"心意我领了。我打算租房住,找个空气新鲜的地方。只要洁洁好起来,一切都能重新开始。医生说,她受了很深的精神刺激,只要坚持静养,辅以药物,最多两三个月就能正常。欣欣上幼儿园后,我也想找点事做。我是学音乐教育的,或许还能发挥余热。还有,哪怕吃糠咽菜,我也要把云海的账还完。不然哪天到了地下,我怎么对东浩交代?"

"小妹啊,你太要强了!"厉天母亲哽咽道。

望着神色坚毅的姨妈,厉天油然生出崇敬之情。在这个家里,姨父像挺立的青松,她只是树下一株小草。姨父的才华和成就,掩盖了她身上所有的光辉。她默默地奉献着,协助姨父渡过一道道难关。厉天将眼光投向遗像,暗自发誓道:"姨父你放心,纵然千难万险,我一定要找到龙哥,要他偿还这笔血债。"

七

一切都是假的。掩耳盗铃的销售业绩,李代桃僵的创新成果,瞒天过海的财务报表,犹如烟花在夜空绽放,五彩缤纷令人惊羡。夺目的光华一旦逝去,留下的只是无边的黑暗。看着报表上的串串数字,厉天就像面对无形的魔鬼。它阴险地越逼越近,想要撕碎他的身体,吞噬他的血肉。他无法躲避,无力挣扎,只得麻木地闭上眼睛,等待命运的最后一击。

他清楚地知道,他签过字的每一份报表,都是无法推脱的铁证,都对应着严峻的法律责任。商海沉浮这些年,他打过工做过老板,开过店铺搞过公司。虽然没做出什么成就,但他挣的每一分钱,都敢在阳光下晒出。那些诡诈的发财伎俩,他了解不少,也懂,但没想过仿效。当狄可名拿着资金流向表催他签字,说证券公司要得很急,他终于忍不住了,愤愤地把笔一扔:

"我不签! 这些胡编乱造的东西,我受够了。"

"你是法人代表,又是总经理,你不签谁签?"狄可名眼里闪过嘲弄,"这段时间你怎么了,动辄就做脸做色? 是为你姨父的不幸,还是同筱敏关系有问题? 不要牛肉吃不到,鼓上报仇。"

厉天耐着性子说:"可名,你想过没有,我们等于在悬崖边上跳舞。只要一失足,就是万劫不复。为了饰掩一个谎言,我们不得不炮制三个谎言。这样下去,哪天才是终结?"

"现在不是很好吗? 洪总透过口风,有财团想同我们合作。只要保持这种势头,年底开通'新三板'后,我们肯定第一批挂牌。"

"年底? 还有整整 5 个月,能支撑到那天吗? 顾先生投来的 1000 万,除去销售公司划走的 600 万,购芯片及开鉴定会、广告费等,开支了 250 万。加上政府补贴的 100 万,我们只剩两三百万,至今,一分钱没赚到,还亏损 100 多万。我粗略算过,照现在状况,我们拖不了多久。"

盯着桌上的黄杨木笔筒,狄可名的眼光像要嵌进去——那朵悠然盛开的荷花上,似乎藏着什么秘诀。笔筒是他送给厉天的。那年,飞扬公司刚创办,办公室简陋如窑洞。他拿出笔筒,鼓励地说:"是火种就会燃烧,看荷花终将怒放。"

"曙光出现前,黑暗无法避免。你提的问题,我向顾先生汇报。他的事太多,不是非常紧要,我不敢惊扰。这个字,你先签了再说。"

"我可以签。但我郑重声明,再这样自欺欺人,我决不承担责任。"

狄可名是否找过顾先生,顾先生又是怎么说的,狄可名没讲,厉天也忘了问他。一周后,厉天正对着电脑发呆——洪总要飞扬公司发展规划,他壮着胆子,将未来三年销售收入报作 2000 万、3000 万、4000 万元,每股收益也由 0.25 元增长到 0.40 元,洪总还说保守了,成长性不够。这时,会计师事务所赵所长来了。

赵所长儒雅地笑着,从房价涨跌、中东战乱谈到十八大后的反腐形势,就是不提来意。

"赵所长,有事请直言?"厉天忍不住问。

"物流公司有个咨询会,顺便来你这儿。事情呢,的确有一点儿,还请厉总不要多心。"赵所长取下金边无框眼镜,用纸巾细心擦着。待他重新戴上眼镜,他的表情变得严肃:"下面有人反映,你们资金往来不大正常。你们借了600万给银地投资,银地又把钱借给宏业公司,再用这笔钱购买你们的产品。蹊跷的是,宏业的老板不是别人,恰巧是你们公司狄总。其间原因,你心里有数。直白点说,你们的产品还在库房,根本没卖出去。所谓的销售收入,不过是在资金和票据上倒腾。"

"不可能!"厉天一口否认,他讷讷道,"银地投资的控股方,是我们大股东。关联企业之间,相互支持很正常。至于宏业是否向银地借款、与狄总关系等背景,我不大清楚。宏业暂未提货,是想节约运输费用,将产品直接发给分销商。这样,我明天就去查问,一定把事情搞明白。"

"如果真是这样,我就放心了。目前监管很紧,压力大啊!要是出了问题,你我都要承担法律责任。现在有这么句话:法人法人,就是准备吃法律官司的人。我们最好谨慎小心,遵纪守法。"

像是为了调节气氛,赵所长谈起过去,自己好好地在大学教书,却被名利蒙住眼睛,出来当个劳什子所长,现在进退两难。然后,他彬彬有礼地告辞。

送走赵所长,厉天像扔开一个空麻袋,颓然地把自己丢在沙发上。赵所长那些话,霹雳般在他脑里翻腾。他还没想出头绪,手机响了。他一看来电显示,是政府创新办杨主任。"又是什么事?"他有些诧异。报送资料、办理扶持资金等等,都是狄可名负责。

"杨主任你好,我是飞扬公司厉天。"他尊敬地说。

"有个情况,想向你核实。"杨主任的广东腔普通话,往日听来软绵绵的,此时突然变成冷硬的钢块,"有人举报,你们产品芯片是进口货,不是你们研发的。假如这样,问题就严重了。这是公然作假,骗取政府资金,我们不得不采取紧急措旋。你们申报的省重点创新企业、申请的'新三板'扶持补贴、政府保荐函等,已经全部停下,调查清楚再说。"

"不是这样的。"厉天慌忙解释,"研发阶段,为了借鉴参考,我们买过几套进口货。不过所有产品用的,都是我们自主研制的芯片。你派人下来,一查就清楚了。"

"是吗?我不敢不作为,更不敢乱作为。你们不是送了一套样品吗?找个时间,我请几个专家,当着你们面拆开,不就真相大白?当然,我还是相信你们的。你们能在'新三板'挂牌,也是我们的业绩啊!"

厉天似乎包了一嘴黄连,吞不下也吐不出。创新办那套样品,安装的恰是美国芯片。狄可名说,样品在创新办展示,既可提高知名度,又能获取政府支持。哪知惹出天大麻烦,反成为蒙骗铁证。

他假装回忆,疑惑地拖长声音:"我们送的样品……对,这件事是狄总办的。好像他说过,安装进口芯片,性能好一些。究竟怎么回事,我了解后向你汇报。"

"好吧。查清楚后,你们写个情况。你是法定代表人,必须签字盖章。厉总,事关重大,请你务必抓紧。三天时间,你看够不够?"

"够了,够了。"厉天惶然点头。

杨主任的电话,让厉天后心阵阵发冷,恍如无数冰凉的小虫,肆无忌惮地在他背上爬动,想拼命挤进他的胸腔,把它变成阴冷的洞穴。对方虽不像赵所长,明白谈出法律责任什么的,但他代表政府,代表国家的权威和力量。他只要努努嘴,就像坦克碾压玻璃,飞扬公司就将灰飞烟灭。厉天忽然想到狄可名。按照分工,狄可名主管营销和公关事务。他这才发现,两三天来,狄可名影子也没出现,甚至电话也没一个。他愤然抓起手机,正想给他挂电话。蓦然,办公室门被重重推开,洪总门神样站在门外。

"哦,请坐!"厉天的心像个铅团,猛地向下一坠。作为主办券商,创新办和会计师事务所情况,他不可能不知道。他在这个节骨眼上现身,一定是来兴师问罪的。

洪总的脸色冷得像要结冰:"我奉命通知,我们合作关系到此终止。书面解除合同协议,我明天派人送来。"

"怎么了? 洪总你别急,坐下说。"厉天赔笑道。

"赵所长找过你,对吧? 还有,律师事务所通知我,说你们项目水分太重,他们决定退出。最要命的,是杨主任那边。如果政府不出保荐函,一切都是竹篮打水。事已至此,我们还怎么合作,合作什么?"

"洪总,进口芯片和销售收入的事,我们是不得已而为之。你也说过,不仅要突出高成长性,还要形成轰动效应。"厉天拖着哭声说。愤慨和绝望,使他恍如天旋地转。

"对。要想首批挂牌,这是必备前提。但不等于弄虚作假,违法违规。如果你在影射我知情,请出示证据。不然,就是对我的污蔑陷害。好,话已至此,请自重!"洪总态度激烈,连说带训。他不屑地瞟瞟厉天,转身就走。

狄可名,狄可名呢? 厉天脸色苍白,颤抖着拨通电话:"你在哪里?快来!"

他话音刚落,一转身,狄可名鬼魅样站在面前。

厉天一惊:"你是从地下钻出,还是从窗外飞来?"

"我来一会了。听到洪总在里面,就在隔壁等着。"

"就是说,洪总谈的什么,还有赵所长、创新办那边的事,你都清楚?"

"他们昨天同我谈过。我让他们别找你,一切由我解决。他们说你是法人代表,必须走程序。"

"那你怎么不讲? 多一个晚上,我们还能设法应变。这几天呢,你又做什么去了?"厉天勃然大怒,压抑已久的愤懑和怨气,如开闸的狂流一泄而出。

"昨天没讲,一是怕你担忧,二是想跟顾先生汇报。可他关机,没办法。今天一早,我总算与他联系上了。他说他在澳大利亚,短期内不会回来。这边的事,他说……"狄可名的声音像录音带翻面,"咔"一下断了。

"他说什么?"

"事情比较复杂。"狄可名压低嗓音说,"听说,与顾先生关系密切的几个领导,都被'双规'了。他避到国外,可能怕受牵连。所以他说,他不想沾惹麻烦,要退出飞扬公司。"

"退出?"

"对。他打算收回小楼,退掉租赁厂房,将公司歇业。"

仿佛什么轰然倒塌,厉天眼前一黑。一旦这样,就像点燃烈性炸药,飞扬公司将被炸得荡然无存。自己为之倾注心血的一切,也将化为流水。不!他不能接受这种结局。他乞求地望着狄可名:"你劝劝顾先生,只要挺过眼前难关,一切都会好起来的。"

"难啊!政府那边盯上你了,不弄个水落石出,绝不会轻易放手。我们就是病急乱投医,也要有医可投啊!"

"盯上我了?……"厉天紧蹙眉头,慌乱地左右看看,好像警察瞬刻就会从天而降。忽然,他眼睛一亮,想出一个主意:"我辞去法人代表和总经理,由你接任,不就可以应付?"

"这倒是个办法。不过,"狄可名愁眉苦脸地分析,"第一,我不懂技术,没这个能力;第二呢,只要你还在公司,他们就会咬住你不放。那些报表资料,统统是你签的字,你才说得清楚。所以顾先生说,与其让别人查去查来,不如自行了断。唉,我做梦也没想到,我们会如此惨败!"

厉天好像在同自己较劲,将指关节掰得咯咯作响。只要他一息尚存,公司绝不能就此终结。他的眼神由迷离、痛苦而逐渐坚毅,似乎在做重大决定。他长叹一声,艰涩地说:"无论怎样,飞扬公司必须存在,项目必须搞下去。我退出公司,你们继续经营。我一走,你最多写张检讨,将事情推到我身上。到时候,顾先生再出面说几句,就能大事化小,小事化无。"

"不行!这对你太不公平!"

"那你说怎么办?我还有别的选择吗?杨主任限我三天写出汇报。洪总相逼更急,明天就要终止协议。现在,顾先生又萌生退意。我不退出,不但公司就此夭折,我个人也会惹上麻烦。我何尝愿意这样?公司就像我的孩子,从它出生到成长,一步步做到今天,太多艰难太多坎坷。不说了,就这样。你尽快同顾先生联系,看我的股份怎么处理。"

狄可名难过得像要流泪:"厉天,你的自我牺牲精神,让我打心眼里感动。鱼和熊掌,二者无法兼得。或许只有这样,公司才能软着陆。但是事关重大,你还是慎重考虑。要不你把股份留着,人暂时离开,风平浪静了再回来?"

"瞒得过去吗?好了,我先走,想静一下。"厉天悲怆地说。

离开公司后,厉天来到秦行渐那里,讲出今天发生的一切。大板桌后,秦行渐眉头紧皱,不断抽烟,似乎要从迷茫的烟雾中,发现什么抓住什么……

"这件事等下再谈,先说点高兴的。今天你不找我,我也会找你。从你给我的上访信中,我终于抓住龙哥尾巴。"秦行渐兴奋地说,从抽屉里拿出几份材料,"你看,这是当年的一份调解记录,云海一个叫焦作明的律师,参加了这次调解。几年前出席一个法律论坛,我恰好与他同房间,关系不错。只是那时,我没把他与你姨父联系起来。这次我找到他,请他帮我查找线索。他还记得这桩炒地案。听到你姨父被逼自杀,他不胜唏嘘,答应全力帮忙。刚才他挂来电话,说终于打听清楚:龙哥所以认识那个管委会主任,是他们省政府一个副秘书长介绍的;副秘书长虽已退休,但还记得这件事,是他们省政协副主席引荐,说龙哥想在云海投资;他肯定地说,龙哥是锦都人,满口地道的锦都口音。可惜的是,那位政协副主席去世了,无法再追下去。"

"又让他溜掉了。"厉天大为沮丧。

"我有种预感,我们离他越来越近。也许要不了多久,他就会浮出水面。"秦行渐自信地说,转而苦恼地一捻烟头,"让我无奈的是,就是找到他,又能定他什么罪?签订土地合同,取走银行巨款,都是石永昌签的字。而石永昌早成骨灰,死无对证。这个龙哥,绝对是教父级诈骗高手。所有的人,特别是你姨父,不过都是他局中的棋子,无一不被算计……"

听着听着,厉天没了耐心:"姨父那边的事,我们换个时间讨论。现在我已火烧眉毛,你认为我该怎么办?"

"这正是我要说的。站在律师角度,伪造财务报表、骗取政府资金等等,你已经触犯法律。如果有股东会或董事会书面授权,那另当别论。不用说,肯定没有。这种状况下,你不退出,我也建议你斩断是非。令人怀疑的是,事情毫无预兆,都发生在今天上午。恰巧在这大难临头的时刻,顾先生又宣称退出?这所有的一切,都像是在做局,要将你逼出公司。"

"不会吧?"厉天困惑地说,"如果这样,他们的目的又是什么?公司现状我相当清楚,举步维艰,一直亏损,近期毫无盈利可能。而且,别说'新三板'年底才开通,就是开通了,也未必能够挂牌。"

"是啊,这的确让人费解!"秦行渐也觉迷惘。

卢筱敏回家时,厉天已做好饭菜。当他如同变戏法,将凉拌黄瓜、干煸四季豆、青椒肉丝、西红柿蛋汤端上餐桌,卢筱敏吃惊地愣住。她扫扫香味四溢的菜肴,又望望厉天系着的围裙,诧异地问:"今天怎么了,太阳居然从西边出来了?"

"这种奉献,今后多的是。"厉天落寞道。

"出什么事了?"卢筱敏倏然紧张。

"没啥,我退出公司了。"厉天讲出今天的事,他抑郁地说,"筱敏,我是不是太脆弱?从公司出来,不管在秦行渐那里,还是回到家中,也不管我说什么做什么,装得多镇定多坦然,我心里却一直空空的,有种欲哭不能的感觉。我甚至有些后悔,觉得我太草率了。"

"不,退出是正确的。你刚才讲的时候,我的心像被什么揪着,害怕得出气也艰难。什么报表作假、骗取资金等等,哪一样都把我吓得半死。厉天,我们不求大富大贵,只盼平平安安。没有过不去的坎,但有过不完的坎,姨父就是一个例子。假如当初他急流勇退,会有以后那一切吗?你明天就去找狄可名,不管股份算多少钱,把该办的手续办了,以免节外生枝。然后你好好放松,休息一段时间。至于儿子的未来、我们的晚年,你不要想得太多,给自己添加压力。别说我还有工作,我们多少还有些积蓄,就是吃糠咽菜,我也永远陪着你。"

厉天心里,顿如腾起一股暖流。他望着妻子,重重地点点头。

八

初冬的雨,竟然也不依不饶,从清晨下到午后。雨珠打在窗台,滴滴答答响着,像在敲击键盘。厉天坐在电脑桌前,时而望望迷蒙的窗外,时而专注地搜寻资料。他打算开一家网店,专营"新、奇、特"小家电。查阅信息时,他发现一条重磅消息:国外的生物识别系统,已从指纹识别、面容识别升级到眼纹识别等。德国新近面世的发音识别,可辨认几十种不同语言。于是,他又有了浓厚兴趣,准备再度进行研发。这时,手机忽然轻轻振动。谁的电话?他望望挂钟,恰好下午3点。离开飞扬公司后,他的电话陡然减少,时间节奏也随之放慢。在他心灵的王国里,他就是至高无上的主宰。

他懒洋洋地拿起手机:"喂,哪里?"

"听不出我的声音吗? 我是梁怡,还记得吧?"

"哦,你好你好!"他有些慌乱,奇怪她怎么找自己。

"老同学,找你真不容易! 转了几大圈,才要到你的手机号。我想约你聚聚,小范围。时间嘛,今天太急,后天又难确定,明天怎样? 下午6点,一相逢酒楼,吃顿便饭。"

"有事吗?"直觉告诉他,况舒就在旁边。梁怡操作手机,况舒指挥梁怡。

"如果说没事,你就乘机推托;要是说有事,你一定追问。我想想再回答。"大概梁怡捂住手机,厉天听不到半丝声音。稍停,她调侃地笑道:"爱来不来,随你。20年前你的疑问,或许明晚揭开谜底。"

挂断音短促地响着,厉天还在发呆。"没有原因就是原因,其他的都不重要。"况舒冷绝的声音,像射向靶心的利箭,干净利落,毫不犹豫。她又幽怨地吁道:"那时,我的确有苦衷……""对你只是苦衷,对我却是永远的伤痛!"厉天愤然地在心里说。这几年太忙,他很少想到况舒。偶然想起,最多也如秋空的云影,寂寥地渐飘渐远。"去!"厉天决定道。仅仅为了还自己一个公道,他也一定要去,而且还要沉稳淡定,不卑不亢。"那,穿什么衣服?"他迟疑起来。对衣着的选择搭配,他有着女人保护容貌般的苛求。他的皮鞋总是擦得锃亮,衬衣或 T 恤的胸扣,永远扣得中规中矩。他不喜欢西装,厚厚的垫肩、细长的衣袖,把身体箍得犹如木偶,灵魂也像受到绑架。他这才想起,好几年了,他没买过像样的衣服。特别近两月来,除了偶尔上街,他天天待在家里,睡衣拖鞋成了标配。他决定买一件商务夹克。前几天电视报道,新开业的时代购物中心,正在展销男式服装,折扣颇大。

他要了一辆"滴滴",来到时代中心。他那辆奥迪 A4,已经随着股份转让。卢筱敏叫他买一辆车。他说不急,用钱的时候还多。走进人流如潮的大厅,他像小船躲避礁石,绕开那些珠光十色的黄金翡翠、名牌手表专柜,径直走向自动扶梯。忽然,"厉总!"谁在后面唤道。脆铮铮的声音,像弹响钢琴高音键,留下悠长的回声。他回头一看,是飞扬公司财务部长丁婕。

"哦,真巧!"他惊讶地打量着她。今天是星期二,她应该上班。她却穿得相当休闲:宽松飘逸的白外套,膝上现着窟窿的牛仔裤,时尚的椰子鞋。

"我离开公司了。不,财务一律下课,我只有走人。人家花 8000 万买下公司,当然要用自家班底。不过还好,给了我双倍补偿金。"丁婕解释道。

"公司卖了? 8000 万?"仿佛目睹公鸡下蛋、六月飞雪,厉天一下惊住。

"是啊,好像狄总还有点儿股份。新东家是阳光集团,重点国企,财大气粗。人家看中的,是指纹识别项目,哪在乎钱? 我们还私下议论,说厉总比杨白劳还冤,苦干那么多年,一点零头就把他打发了……"丁婕突然停住话头,畏缩地转开目光。厉天越来越阴沉的脸色,愤怒得像要燃烧的眼神,让她感到胆怯。"厉总,我没说什么,我啥都没说……"她嗫嚅几句,蓦地转身,在人群中消失。

"这所有的一切,都像是在做局,要将你逼出公司!"秦行渐的分析,炸雷样在他耳边响起。他猛然一阵晕眩,头痛得像要裂开。恍如冷风吹过,顾先生浮现出来,手上依然玩着魔方。令人炫目的斑斓中,魔方越变越大,越变越多,最后变成数不清的钢锭,遮天盖地般向他砸来。"先生,你的包掉了!"一位女士提醒道。他从沉想中惊醒,惶然笑笑,捡起自己的手包。他无心再上楼买衣,只想回家,把一切从头想想。走几步他又站住:"狄可名呢?在这场阴险狠毒的绞杀中,他又扮演什么角色,受蒙骗者还是帮凶?"他拿出手机,愤懑地拨去电话。

"可名吗,我凑巧逛到沙河边上。有时间吗?我们见见面。"他放缓语调,装得没事似的。

"好啊!新酌酒楼旁边,新开了一家餐馆,专卖小龙虾。我请客。还是你悠闲啊,有雅兴欣赏河景。我简直烦死了,比猪还苦比牛还累。咦,你忽然找我,有事吧?"

"没事就不能找你?幸好,你还没成大人物。"

"说得精辟。我天生就是裤衩命,什么屁都得接着。好,待会儿见。"

到了餐馆,狄可名张罗着点菜要酒。厉天阻止住他,开门见山道:"可名,公司是不是卖了?"

"你怎么问这个?"狄可名刚将茶杯凑到嘴边,右手慌乱地一抖,茶水溅到胸前,像一团脓污。

"你回答我。"

面对厉天,就似阳光射过玻璃,狄可名灵魂像被看穿。他心虚地垂下眼睛,讷讷道:"说卖不准确。我的 2.5% 股份,还像死去的曲鳝儿,缩在那儿动都不动。顾先生把他的股份,转让给阳光集团,说他们北京有人,上创业板都有可能。至于卖了多少钱,顾先生没说,我也不好问。阳光集团的人讲,转让款是 8000 万。不过内幕到底如何,我不清楚。"

"你觉得对我公平吗?当时迫于无奈,也为了公司发展,我将我的 150 万股,作价 100 万让出,每股仅合 6 角 6,我亏了三分之一。短短两个多月,公司一切依旧,每股却卖到4元1,是我转让价的6.2倍。中间的秘密,你难道一点不知?"

"我也有过疑惑,想想又觉释然。顾先生的背景和神通,能将煤灰变成黄金。再往深处说,他有那么多资产,犯不着同我们玩心眼。"

"未必吧?"厉天冷笑道,"一个上午的时间,会计师事务所、证券公司、政府创新办,突然一齐上阵,对我轮番碾压。这般心机、如此手笔,怎么解释?"

"这个,可能是巧合。洪总后来解释,那段时间,的确查得很紧。"

"后来他们查过吗? 你们又是怎么应对的? 算了,我不想深问,问得再多,你也能够敷衍。"厉天嘲讽地拖长腔调,"我只是奇怪,作为顾先生的超级粉丝,你怎么不追随他,把你的股份也卖掉?"

"我当然想。照转让价折算,我能到手200多万。有这笔钱,我可攻可守,能进能退,做啥都可以。但是,顾先生叫我暂时稳住,配合一段时间。如果公司上了创业板,翻一二十倍都有可能。"

"这就奇怪了! 他为什么变现走人? 你又凭啥相信他的话?"

"顾先生说,他的境外项目急需资金。另外我听说,有些官场案件牵涉到他,可能要留退路。这几个月,他一直在澳大利亚,转让股份时回来过,签完字就匆匆离开。"狄可名的声音越来越疲软,倏地,他像打了强心针,冷哼道,"厉天,你大可不必挑拨离间。你的意思很清楚:一、想要一笔钱;二、妄图抹黑甚至加害顾先生。我可以明确告诉你,办不到! 对顾先生,我敬佩得五体投地,决不做任何于他不利的事。"

"你错了,大错特错!"厉天不怒反笑,"首先,我的股份已经转让,能反悔吗? 其次,说我想对顾先生怎样,我既没这个动机,更没这个能量。我只想找出真相。倒是你中毒甚深,得了斯德哥尔摩综合征。"

"这是什么病? 没听说过。"

"去网上查吧。虽然,你的生命或是其他什么,并未受到顾先生威胁,但你知道,你不能得罪他,否则你将无路可走。于是,在他施以小恩小惠后,你的思想被他洗脑,主动沦为帮凶。可悲啊!"

"从假设开始的推理,不能说明任何问题。"狄可名讥诮道,"说够了吗?如果没有更新鲜的,我不想听了。"

"好。我真诚地希望,你不要像我,成为他手中的魔方,任由他肆意玩弄。"

"你说得还不够。准确点讲,我们每一个人,有谁不是命运的魔方,能由自己吗?"

"还有件事。我想请你写一份材料,说明我转让股份的前后经过。"

"你想干什么?"狄可名警惕起来。

"只是一段人生小结。一切实事求是,无须过多解读。可名,几十年的老同学了,这点忙都不帮?"

"不可能!"狄可名断然拒绝,警告道,"你千万不要意气用事。雪崩时,没有一片雪花是无辜的。你那些签过字的报表等等,如果被人翻出来,恐怕绝非好事。"

"你在威胁我?"

"不敢,只是提醒。"

"看来,我们没什么可谈的了。你好自为之。"厉天深叹一声,遽然起身离去。

"奇奇怪怪!"狄可名沮丧地嘀咕。

回到家里,卢筱敏已经做好饭菜。她边放碗筷边埋怨:"到哪儿散步去了,吃饭都不回来?正想给你挂电话,结果你……"她倏地住口。从厉天茫然若失的表情中,她知道一定有事。

没待她问,厉天愤激地讲起来:"太坑人了!你做梦都猜不出,姓顾的把股份卖了多少钱?8000万啊!我的150万股,只得了100万元;照他转让价格,我该得600多万。就这么几十天,我就整整少了500万!不然,我会帮姨妈还清所有债务,何止只给她40万。下午得到消息后,我去找了狄可名……"

"是啊,好几百万!我工作几辈子,也挣不到这么多钱。"静静地听厉天讲完,卢筱敏不胜感慨地说。她为厉天端来茶杯,自己也倒了半杯凉开水。抚着水杯,她思索着说:"钱这个东西,既能让人上天堂,也能让人下地狱。远的不讲,就十八大以来,不过一年左右,你看查了多少贪官?以我们省为例,省委副书记、前副省长都落马了。这些人所以违法违纪,有一个共同标记:贪。其下场,必然锒铛入狱。飞扬公司价值几何,你非常清楚。8000万天价后面,一定大有猫腻。哪天东窗事发,或许悔之不及。你别再找狄可名了,说不定节外生枝。"

"我想让他写个经过,今后或许有用。"

"好了。这边下雨,那边必然放晴。你不想被雨淋湿,就走远一点,重新寻找阳光。"卢筱敏温存地笑笑,为厉天添上饭。

注视着妻子侧影,厉天不由得为她点赞:平时,她操持家务,照顾儿子,就像标准的家庭妇女。可是到了关键时候,她就有如哲人般的智慧,简单几句话,就能切中要害,让人豁然开朗。

扒了几口饭,厉天突然想起:"明晚我不在家吃饭,有同学约。"

"同学?大学同学,还是小学、初中、高中同学?好几年的同学会,你不都推了吗?"

"大学同学,叫梁怡。"

"没听你提过。是个女同学吧,她为什么约你?"

厉天不自然地垂下眼睛:"她同况舒很要好。我估计,是况舒叫她约的。我也不知道什么事。"

"既然约了,不妨见见。"卢筱敏意味深长地笑笑,"反正你心情不好。老同学的安慰,说不定是仙丹妙药,保准能……"她还想调侃几句,看见厉天不快地停住筷子,连忙把话咽回去。

九

厉天猜得不错。偌大的包间里,况舒坐在沙发正中。梁怡和一个面相和善的男人分坐况舒两侧。梁怡介绍男人是她老公,廖阳生,在建筑设计院工作。

"老同学,一切可好?"况舒迎上几步,优雅地伸出右手。她的手指如蜻蜓点水,轻轻一挨,立刻惊乱地移开。触到她指尖的刹那,一股透心的冰凉,电流般袭向厉天。犹如阳光与黑暗,她脸上灿若春天的笑容,与手上的温度恰成反比。

况舒自嘲道:"男人四十金娃娃,女人四十霜中花,无法比啊! 看你,气色红润,风采依旧,想必境遇不错?"

"不是希望的那么好,也没想象的那么差,一般般。"厉天应道,下意识地抚抚领口。昨天没心思买衣服。今早起来,卢筱敏却想到这事,叫他去选购一身衣着。"既不摆谱炫富,也别太显寒酸。"她嘱咐道。厉天懂得她的意思。男人的衣着打扮,不仅显现妻子的贤淑,还能折射家庭处境和夫妻感情。女人就是这样,有时比男人还在乎面子。于是,厉天又到商场,买了这件玳瑁色休闲西服。

"阳生,我们出去点菜。"梁怡起身道。出包间时,她暗示地对厉天点点头,轻轻拉上门。

凝视着茶几上那篮蝴蝶兰,况舒塑像般一动不动。几支红、黄、白错落有致的花朵,似乎将她带到脑空最遥远的星辰。厉天局促地望望窗外,雨又开始下了,淅淅沥沥,像春蚕啃噬桑叶。枯燥单调的声响中,他觉得自己的心,也仿佛被什么咬着,不痛,却酸涩。

"我要走了。今天约你,算是最后告别。"像从冗长的梦中醒来,况舒神情恍惚地说。

"走了,去哪里? 最后告别,什么意思?"厉天生出不好的预感。

"我想回老家,找个寺庙了却此身;或者走得远远的,永远不回这座城市。今天请你来,是有件很重要的东西,想让你帮我保存……"

厉天定定地看着她,想弄清什么意思。

况舒幽幽地说:

"我给你讲个故事,听完,你就会明白。在我出生的那个小城,有这样一个女孩。她多才多艺,清纯可爱。她父亲开了一家电器行,母亲是小学教师。家境的优裕和父母的宠爱,让她像童话中的公主,从不知道什么是忧愁。没想到,她13岁那年,父亲因车祸突然去世。债主上门时她才清楚,父亲竟然欠了几十万元。噩梦从此开始。一夜间,她由公主变成灰姑娘。她母亲自尊而坚强,白天教书,晚上辅导学生,用日渐增多的白发和皱纹,一面还债,一面将她养大。女孩记得,不管家里何等艰难,母亲宁可不吃不喝,也不让她受任何委屈。18岁生日那天,她想请同学吃西餐。县城刚开了一家西餐厅,价格贵得令人咋舌,一份布丁30元,相当于母亲半月工资。母亲答应了,早有准备似的,掏出三张百元大钞。后来她才知道,这钱,是母亲向同事借的。从她母亲身上,女孩深深地明白:只有依靠自己,才能改变命运。

"后来,女孩进了大学。她有了男朋友——她的同班同学,她唯一的真爱。这段刻骨铭心的爱情,仅仅延续一年,便如琴破弦断,戛然终止。因为,犹如一阵狂野的北风,另一个男人闯进来。从此,潘多拉盒子就被打开。

"同学和老师都不知道,为了减少母亲压力,女孩偷偷在外走秀。她做得很巧妙,周末就请假外出,说是去城西母亲同学家,周日晚又赶回学校。几个月后,她在圈内小有名气。每场收入,也由100元升到500元。在她常去的罗马风情酒吧,她遇到一个男人。这人四十上下,低调而有教养。逢到女孩上场,他总是痴情地凝望着她。他出手阔绰,每次都送上千元的花篮,里面全是盛开的玫瑰。一次他邀请女孩吃夜宵,女孩不忍拒绝。那天晚上,坐在锦江宾馆9楼包间,伴着神秘的满天繁星,这个男人向女孩求爱。他说他已离异,是房地产商人,在锦都和沿海都有项目。他拿出一张100万元的存折,上面写着女孩名字。他说，就算拒绝他的深情，也请她收下这份礼物。因为他朋友恰在剑阁，知道女孩家庭情况。女孩虽未承诺什么，也没收下那笔钱，但那巨大的诱惑，已经让她难以把持。这笔天上掉下的巨款，不仅能偿清家里债务，还能让母亲不再辛劳。做出决定前一个晚上，女孩主动约出男朋友，向他献出自己最珍贵的东西，既是诀别，也是赎罪。然后，她悄然离开学校，随那男人去了香港。为她送行的，只有一个她视为姐妹的同学……"

况舒刚一开始讲述，厉天立刻清楚，故事的主人公是她自己。只是他没想到，在她清纯的笑容后面，还有如此凄怆的过去。"如果那时多关心，或许……"他痛恨当年的粗疏，只知吮吸爱情的甘露，忽略了她眼中深藏的阴影。他的心仿佛被人撕碎，一片片，一丝丝，洒着鲜血随风而舞。霎时，他又生出半分侥幸："也许那个女孩不是况舒，只是她的一个亲戚，一个同学。"

"那个女孩，就这样跟他走了？"他颤抖着问。

"对，我跟他走了。我永远记得那家酒店，尖沙咀洲际酒店。推开窗户，就是蔚蓝的天空、美丽的海景……"况舒梦游般说，她表情木然，如同榨尽汁水的甘蔗，"就在那里，我像精神被迷茫撕裂的浮士德，将灵魂卖给魔鬼。不久，在巴厘岛最美的梦幻海滩，我们举行了奢华的婚礼。我曾想忘掉过去，也忘掉你，全心全意做一个好妻子。但是，我的幻想很快破灭。这么多年，无论在海口、澳大利亚还是回到锦都，我都像被软禁的囚徒。为了打发光阴，我学会了花道、茶道、刺绣。一幅'神女峰'十字绣，竟然花去我一年时间。记得吗，那年在望江公园，你看见的司机和保姆，就是他的心腹。他俩是夫妻，住在我家里。只要我外出，他们就一步不离地跟着，名曰照顾，实则监视。我终于明白，对他而言，我只是一个精致的花瓶，一只美丽的金丝雀，或者是他手上的魔方……"

"你说什么，魔方？"厉天蓦地想到顾先生。

"对，他很爱玩魔方，还原速度堪比专业选手。怎么了？"注意到厉天的失态，况舒问。

"没啥。"厉天饰掩地端起茶杯。

"我无法忍受这种生活。再多的金钱,也换不来心灵的自由。与魔鬼共舞,只会收获罪恶。我在痛苦中彷徨了很久,决心同他离婚。"况舒眼里,闪过决绝的火焰,瞬即又变得黯淡,"就在这时,我怀孕了。我舍不得将孩子做掉,更不忍让他出生就是单亲。我向命运妥协了。心想有了小孩,我好歹有个安慰,不至在沉闷中窒息。我为他生了两个孩子,一儿一女。上次你看到的,是我小女儿。就这样,我把心思寄托在孩子身上,行尸走肉般混着,直到两个多月前……"况舒双手掩面,两肩急剧地抖索。指缝间渗出的泪水,展露着她的绝望和悲伤。

厉天叠好几张面纸,递到她手上。

"谢谢!"况舒凄然笑道,"那天的事,就像俗不可耐的狗血剧。一个妖娆的女人找上门,带着一个七八岁男孩。她说是他的合法妻子,骂我是小三,强占了她的家产。司机夫妇大概认识她,一面慌乱地将她劝走,一面回头张望,唯恐我忽然走出。我站在卧室窗帷后面,目睹了整个过程。几天后,大概因为这件事,他从国外回来。他轻松地对我解释,那女人同他朋友有感情纠葛,因他力主他们分开,所以女人挟怨滋事。我装作恍然大悟,相信了他风马牛不相及的搪塞。然后,我在网上找到一家私人侦探所,给出 80 万元高价,让他们帮我打探他的一切。上周,他们根据我提供的线索,基本查清他的情况。我做梦也没想到,他从来就没离婚,妻子也在锦都。除此之外,海口、上海等地,他还有四五个女人。我从照片认出,到我家的那个女人,就来自上海。这个装得如同圣人的伪君子,竟然骗了我 20 年。就连我的结婚证,法律给我的唯一依靠,居然也是假的……"

"那,孩子怎么上户口、读书?"厉天愕然道。

"以他的神通,这点小事算什么。我叫侦探所继续努力,重点查他的公司。我相信,里面一定藏有许多秘密。谁知,侦探所百般推却,宁肯放弃余款。我从他们躲闪的神态看出,他们已感到某种威胁。"

门被推开,梁怡走进来。

"快 7 点了,上菜吗?"她瞥着况舒,关切地问。

"看我,只顾啰唆!"况舒笑笑,叫梁怡要一瓶红酒。

"早醒好了。老同学见面,怎么也得喝一杯。"

"就我一人在说,你的情况怎样?"服务员摆放凉菜时,况舒问。

"我么,像一杯白开水,平淡又平常。这几年,一直做一个电子产品。同合作者有分歧,刚退出。"厉天心不在焉地答道。他的思绪,还沉浸在况舒的讲述中。

"下一步,你准备怎么办?"他问。

"先同他分开,冷静一段时间再说。孩子的事,我也需要认真考虑。儿子在英国读书,可以暂且不管。女儿还在读初中,我放心不下。"

"你提到那个上海女人。就是说,除开他妻子和你,他同别人还有小孩?简直匪夷所思!"厉天摇头道。

"一个正常人的生活,对他反而不正常。无以复加的贪婪,早就扭曲了他的灵魂。为了满足自己私欲,再邪恶的事,他也可能做出。"况舒厌恶地说。

"好了,谈点别的吧!这家酒楼的名字很有意思,'一相逢'。我想起秦少游的《鹊桥仙》:'纤云弄巧,飞星传恨,银汉迢迢暗度。金风玉露一相逢,便胜却人间无数……'"为了不使气氛过于压抑,梁怡抑扬顿挫地吟道。她大有深意地瞟瞟况舒,又望望厉天。

厉天佯作不懂,专注地凝视着酒杯。

况舒落寞地说:"我倒想起另一首词,唐琬的《钗头凤》:'……人成各,今非昨,病魂常似秋千索;角声寒,夜阑珊,怕人询问,咽泪装欢。瞒,瞒,瞒!'"

厉天顿觉伤感。他去过绍兴沈园,知道这个凄怨的爱情悲剧。唐琬原是陆游妻子,后因陆母原因,被迫与陆游分开。几年后,陆游独游沈园,遇到唐琬和丈夫赵士程,不由得万般感叹,写下著名的《钗头凤》。唐琬看后失声痛哭,回家后写下此词,不久便郁郁而终。

"看你,搞得我都要流泪了。况舒,拿出你当年的女强人风格,就当这一切都没发生,你又回到20年前。"梁怡豪气地一放筷子。

"回不去了,永远!我已经被他毁了。"况舒呆滞地说。

廖阳生叹气道:"我在设计院工作多年,接触的开发商不少。我侧面打听过,麒麟集团颇具实力,一般都投资大项目。对顾先生,他们说很有背景,相当神秘……"

"什么,麒麟集团,顾先生?"厉天像遇见山魈鬼魅,惊诧地望着廖阳生。

"对。维京群岛天马集团董事局主席、锦都麒麟集团董事长。类似的金光闪闪的头衔,还有一大堆。这就是他,顾非野——一个装得像天神的魔鬼,一个巧取豪夺、疯狂敛财的人渣。怎么,你也知道他?"况舒讥刺地拖长腔调。

"岂止知道。他就是化成灰,我也能将他认出。"厉天冷笑道。

况舒正想追问,梁怡说:"送况舒走时,我见过他。他叫我称他'龙哥'。他给人的感觉,还是挺绅士的。"

"龙哥!顾非野就是龙哥?他在云海搞的公司,是否叫鲲鹏公司?"厉天急不可待地问。他有种石破天惊的紧张感,心像擂鼓样咚咚作响。

"他小名叫龙哥。不过这些年来,很少有人这样叫他。他在云海没搞多久,公司好像叫鲲鹏什么的。他相当迷信,崇尚这些祥兽瑞禽。你怎么了?"况舒不解地望着厉天。

"我终于找到他了!这个骗子、杀人犯!"厉天吐出的每一个字,都充满深仇大恨,从齿缝里冷冰冰地迸出。

"他怎么了?"况舒惊恐地睁大眼睛。

厉天用手支着额角,竭力让自己平静。他低沉地说:"我也有两个故事,一个是我姨父的,一个是我的。两个故事的元凶,都是那个龙哥,那个道貌岸然的顾先生……"讲完姨父及自己遭遇后,厉天惨笑道,"20年前,姨父被他骗去千万巨款,最后跳楼自杀。大概也是那时,他遇到你,又毁掉我的爱情。巧啊,太巧了!"

厉天的诉说像一股寒流,无声地在包间肆虐。坟墓样的死寂中,空气也仿佛惊悚地凝冻了。梁怡呆呆地怔着,不敢相信这是真的。廖阳生吐着长气,默然摇头。况舒脸如死灰,凄哀地念叨:"原来这样! ……"

"就是这样。在法律的照妖镜下,该让他原形毕露了。对着姨父遗像,我立过重誓,只要有一丝可能,我一定要把他揪出来,绝不让他逍遥法外。不仅我在找他,我姨父的律师在找他,云海法院也在找他。况舒,你怎么办,你自己决定。但是,我知道我该做什么。好,谢谢你们的盛情款待,我走了!"厉天肃然起身。

"厉天!"梁怡慌忙指指况舒,示意他安慰几句。

"况舒,请保重! 无论以后如何,我希望你像大学时那样,正直善良,对生活充满希望。对了,"厉天忽然想起,"你不是说,有东西让我保存? 那是什么,很重要吗?"

"哦,是的。那东西是……"况舒支吾道。

"是什么?"厉天倏地警觉,那东西一定与顾非野有关。也许,里面还有那宗诈骗案的证据。

"是一些资料……"似乎况舒想说出什么,但一种无形的力量压迫着她,不让她说,迟疑片刻,她涩声说,"是一个优盘。自认识以来,他不让我沾边公司,也不准打听什么。前几天,我破解了他的密码,从电脑中复制出一些资料。有些东西很奇怪,明明是记载某个项目,却有一些隐秘的字母。我猜,它可能意味着某种秘密,甚至是背后黑幕。我复制资料的目的,是想抓住他的把柄,一为自保,二来也为孩子的权益。"

"是否给我保存,由你决定。重要的是,你不能忘了一个人的良知。我相信,你会做出正确抉择的。再见!"厉天凝重地转过身。

"厉天,给我一些时间,让我想想……"况舒的声音,像落叶在寒风中作响,听去那么软弱,那么无奈……

厉天没回头,大步走出包间。雨还在下,一滴滴,一声声。他站在酒楼台阶上,摸出手机,给秦行渐挂去电话:"我知道龙哥是谁了。我们马上见面。"

"真的吗?"秦行渐惊喜地问。

秦行渐还在说什么,厉天已呆滞地垂下手。他曾经无数次设想,如果有一天抓住龙哥,为姨父洗清冤屈,他该何等激动何等兴奋。可是此刻,他的心像这淅沥的雨夜,除了萧索和冷清,还有一种说不出的悲愤……

躁动的田野

一

"受贿？这,咋会呢?"冯举凡接受调查的消息,炮弹般在王庆义耳边爆炸。他死鱼般半张着嘴,胖乎乎的脸上,肌肉蓦然变得僵硬。

"还没下结论,暂时保密。不知你们村怎么了,一下冒出这么多事。我看,所有的矛盾都集中在土地流转上。众口难调,众佛难拜啊!稍稍不慎,几点火星,都会惹出大祸。"写字桌后,蒋建奎不快地说。朝阳射过滴水观音,硕大的阴影,将他罩进一团迷茫。他苦笑一下:"张书记去市里学习,我才全面负责几天,就被推到风口浪尖。王书记,官话套话我不说,黄土村的工作,拜托了!"

"镇长放心,我晓得,晓得!"王庆义连连点头,察看着蒋建奎脸色,"冯伯儿的事,会不会同至诚公司有关?"

"你说呢?你们村什么病症,你比我清楚。"

"要不,就是冯兆华把他告了。为他婆娘胡巧巧,他把冯伯儿恨得要死。"

"别瞎猜了。你的工作重心,就是贯彻落实十八大精神,抓好经济发展,保持稳定。所以,第一,要团结班子成员,真抓实干,大干苦干;第二,要处理好拆迁问题,不能让事态恶化。"

王庆义忙不迭地称是。

"我本是卧龙岗散淡的人,论阴阳如反掌保定乾坤。先帝爷下南阳御驾三请,联东吴灭曹威鼎足三分……"走出办公室,王庆义哼着川剧《空城计》,钻进自己旧抹布样的小车,轰大油门开去。

从镇上到黄土村,只有 10 来分钟车程。短短时间,他的大脑犹如计算机,已经想好对策。首先,他要稳住冯兆华。村上一二十个企业,攀西钛钒矿最赚钱,每年分红近千万。没有这笔财源,村委会主任位置,怎么坐也是刺猬窝。其次,他要笼络副书记陈汝贵,把他当镀金菩萨供着。至于拆迁的事,能拖尽量拖,他冯举凡拉的屎,凭啥自己去擦屁股?开到村口,他向右一打方向盘,驶进连排别墅样的新村。他将车停在一道木栅门前,重重地按几下喇叭。

"来了来了,惊抓抓做啥?"随着俏生生的声音,灰色防盗门拉开半边,一个女人探出头来左右望望,看见只有王庆义,神情顿时变得懒洋洋的,"哦,王书记,稀客稀客,有事吗?"

"没事就不能找你?进去说。"

走进客厅,王庆义大马金刀地一坐,点上一支烟:"巧巧啊,亏你沉得住气。听到没有?打雷了!"

胡巧巧疑惑地看看他:"哪有雷声,你神经了吧?"

"真的!"王庆义一脸认真,毫无开玩笑的意思。

每年春分前后,村里都会滚过惊天动地的霹雳。雷声先在十里外观音山回旋,若有若无,时断时续,发出猛兽被扼住喉咙样的低号。接着,它仿佛崩塌的山岩,碰碰撞撞地挤出二道河,一步步逼近村子。正当人们凝神等待,它却倏地无影无踪,天地一片沉寂。大家长气还没舒完,它蓦然在头顶炸开,让人魂飞魄散,惶然不已。

"装神弄鬼!说,是不是他喊你来的?"胡巧巧看了又听,听了又看,不由得将脸一板。

"笑话!把黄土村筛个十遍八遍,能够支动我王某人的,恐怕还在他妈腿肚子里。是县城那边打雷——他被隔离审查,成'小苍蝇'了。"

"他？哪个？"

"你说呢？"

恍若抹上两团胭脂，胡巧巧的脸心虚地一红。两道精心勾描的柳眉，也惊乱地颤动几下，像奄奄一息的小蚯蚓。她很快镇定下来，满不在乎地撇撇嘴："我们这些小老百姓，只关心油盐柴米醋，哪敢操心政府的事？"

"那就好，那就好。"王庆义似笑非笑道。他忽然一抽鼻孔："哟，好香！在炖团鱼？"

"昨天在村口买的，说是野生团鱼。我给你盛点尝尝。枸杞炖团鱼，大补。不过，你讲讲县城打雷的事，让我开开眼界。"

吃了两块软腻的裙边，喝了大半碗汤，王庆义乐呵呵地擦擦嘴："好久没听你唱川戏了，来段《秋江》如何？你唱陈妙常，'君去也，奴来迟，两下相思各相知'。我唱艄翁，'秋江河下一只舟，两旁撒下钓鱼钩'。"

"好多年没唱，嗓子早哑了。"胡巧巧忸怩地说。早前，她是远近闻名的票友，经常登台演出。

"那就怪了！前些日子，我亲耳听到你在唱戏，细声细气的，比画眉叫得还好听。兆华不在家，你女子又在你妈那边，唱给鬼听吗？"王庆义故作诧异。

"要么说正事，要么屎壳郎开路——滚蛋！"胡巧巧冷冷地道。

"你生气的模样，比笑起还好看。好，我说，你千万保密。上边找我谈话，说有人告他受贿。他胆子也太大了，十八大召开一年多了，居然还不收手！唉，人这一辈子，祸福难测啊！今天我来，有三层意思：第一，我同他搭档多年，他现今栽了跟斗，我比哪个都难受，我不敢对别人表露，只有找你说说；第二呢，这事也怪你，去年中秋，你要不去美容院惹事，搞得半边县城看热闹，没准他正坐在这儿，团鱼汤喝得滋滋润润的。"

胡巧巧大叫冤枉："我哪儿是针对他？我是气不过姓柳的狐狸精，把他的魂都勾完了。看到这些小三小四，我就恨不得把她们剥皮抽筋。"

"人家是小三，未必你是原配？"王庆义好笑道，"你同冯伯儿走得太近。

村头有人说,你们兆华嘴上不提,心头给你记着呢。"

"他？迷着那边小寡妇,早把我打进冷宫了。"

"所以,第三呢,我给你说句掏心窝子的话,只要你们听我的,过去的事一笔勾销。"

"你真这么想?"胡巧巧怀疑地一转眼珠,"前年你没当上村主任,不是把冯伯儿恨得要死,还要找我们算账?"

"打胡乱说！那些长舌头女人的话,你也当真？冯伯儿当主任兼书记时候,我是副书记副主任。后来党政分开,他当主任,我当书记。意见不同是有的,我们啥时翻过脸？真是嘴巴两张皮,越说越稀奇。至于兆华嘛,只要他站在我这边,啥都好办。"

一提到换届选举,王庆义就像被揭去帽子的癞疤头,满肚子都是羞恼。那不堪回首的一幕,恍惚又浮现出来。他向冯举凡讷讷表示,想竞选村委会主任。冯举凡捧着紫砂小壶,在花梨木太师椅上稳稳坐着。他身后的国画上,一只色彩斑斓的下山虎,张着血盆大口,像要对人扑来。国画两边是对联:"一声长啸伏众兽,万里雄风惊群山。"昏黄的灯影中,对联上的点点泥金,透着诡异的碎光。客厅外,那只叫"黑狮"的藏獒,狂吠着想挣脱铁链。"没事,它比人还懂规矩。"冯举凡双眼如锋利的刀片,淡淡地向他刮来,"竞选？我们都是一个洞的狐狸,少给我扯那些'聊斋'。黄土村的家,不好当啊！我拼打这么多年,别的不说,这家家户户的新房、睡在银行的存款,就像观音山一样立着,二道河一样长流。老兄,想法太多,脑袋要胀破,不要鸡飞蛋打一场空,多得都赔进去。"他拖着脚步,垂头丧气地离开冯家。那种不甘再当傀儡的梦想,被黑狮的怒吼震得粉碎。

"哎哟,说起换届,你的脸就黑得像锅底。不说了。"胡巧巧眉头一皱,"说他受贿,哪个告的?"

"镇上没讲。我想过,也没理出头绪。"

"难怪！他老说胸闷心烦,腰酸腿软,肯定听到啥了。我买到团鱼就挂电话,总挂不通,原来他被关起来了。"

"我说嘛,我哪来这种口福?人家是哪个,是冯主任、黄土企业公司董事长,是比人家老汉儿高半截的冯伯儿。我算啥?瘸子赶马——望尘莫及。"王庆义没好气地回答。

胡巧巧讪讪地垂下眼。她倏地抬头,脸上罩着一层寒霜:"我晓得了。他收的那些钱,肯定给柳晶晶了。美容院给她就算了,还想要电梯洋房?我哪天去县城侦察,看她究竟住在哪儿。"

"够了!再听这些臭事,不倒霉都要倒霉。"王庆义牙疼样哼哼,正想训斥几句,突然,外面传来一阵叫骂:

"哪个吞了熊心豹胆,敢栽赃陷害冯伯儿?是个裆里带把的男人,就给老子站出来!

"老子是喝了酒,咋样?酒醉心明白。哪个龟儿子在搞鬼,老子一清二楚。当真粑伙吃来撑起了,还想抓实权。只要老子没进棺材,就少做他妈的春秋大梦!"

这些话,像一个个手雷,扔在王庆义脚下。

"是二胖。咋上午就在喝酒?"胡巧巧惊慌地窥着门外,"他像在骂你。快走吧!他要冲进来,再对兆华一挑唆,我浑身是嘴都难说清。"

"怕啥?今天的黄土村,我当家!这个冯二胖,枉自披张治保主任的皮,简直是条疯狗。这阵我有事,下来再收拾他。"王庆义愤愤地说,又隐晦地笑笑,"巧巧,屋檐水点点滴,一点一滴自分明。只要站在我这边,我肯定另眼相待。不信你看,过几天我就提拔兆华,让他兼任黄土公司副总,再开一份工资。"

二

夏至像关在笼里的鸡,躁乱地在房里转来转去。

他像想起什么,立即启动电脑。前几天,他把自己流转土地的经历,改名换姓挂到网上,说是一个朋友的惨痛教训。网友回复大都愤慨,劝他向相关部门揭发,打掉这些不正之风。个别网友超脱地劝他,存在就是合理,既然现实无法回避,那就只能适应。揭发? 适应? 他茫然地急敲键盘,打出一连串问号和惊叹号。这些符号密密排着,像阴森的迷林。

"怎么会到这一步?"他对着屏幕发呆。

石油公司的日子,平静如一条小溪。有过起浮的沉渣、是非的风雨,但没有商海的惊涛骇浪,更没有这种如临深渊的战栗。"我们还讲这些客套? 好好干,来日方长嘛!"总经理笑得像尊弥勒佛,婉拒了他送去的月饼,眼里的信任和诚意,足以融化千年坚冰。踏着满地月光,他的脚步轻快有力。他坚信,这次中层干部选拔,凭他的业绩和能力,一定会去掉前面那个"副"字。半个月后,他的下属,一个张扬得像热气球的纨绔子弟,意外地逆袭而上,坐上营销部经理位子。他终于听说,这人送了总经理全套红木家具。一怒之下,他愤然辞职。妻子劝他冷静一点,别浮躁。"你说什么? 浮躁?"他沉静的目光,刹那间宛似炽烈的火焰。他挺直身子,一字一句地说:"如果远离小人就是浮躁,我宁愿如此。丢了铁饭碗,我照样干一番事业!"妻子哀哀地吁着气,不敢多说一句。她太了解自己丈夫了:一旦认准什么,火车也难拽回。

今年元旦,大学同学聚会。酒入愁肠,他郁郁地讲出辞职原因。陈江沉吟着问:"下一步,你做何打算?"

"进,搞一个投资顾问公司,大学那些财经知识,我还没完全还给老师;退,期货炒股开网店,单枪匹马也能闯片天地。"

"我倒有个项目,看你感不感兴趣。搞好了,还可以要点开发用地,做做房地产。不过老同学,我想劝你几句,理想固然美好,不要大而化之。"

这样,通过陈江,再通过宁天县统计局丁局长,夏至见到冯举凡。第一次见面的情形,深深地刻在他脑海,仿佛昨天才发生。

"黄土村?"走马观花考察一番后,县城一家酒楼包间,他翻来覆去地看着名片。

丁局长骄傲地说:"名字土得掉渣,其实是泥巴裹着的金蛋,叫黄金村更合适。老书记调到市上前,这个村是他抓的典型。现在定点联系村上的,是我们的常务副县长。村里有十几家企业,每年销售近亿元。村民人均收入,在全县也数前几名。前年为山区小学捐赠,他们出手就是300万。刚才你也看了,他们的农民新村,清一色的三层别墅。那环境,那气派,比起欧美也不逊色。"

"当初我妹夫想做点什么,我请丁局长帮忙。谈得差不多时,我妹夫炒黄金亏了,只得作罢。这个项目不错,冯主任更是能人强人。"陈江插话道。

"对!冯主任不仅能力强,还特别重感情。像我这种清水衙门,只要有事找他,没有不帮忙的。冯姓是村里大姓,他辈分又高,他在屋里哼几声,外边野草都要打抖。"丁局长笑道。

夏至将视线投向冯举凡。他方脸,浓眉,双眼炯炯有神,高挽的袖口下,露出黝黑壮实的小臂。一个精明能干、淳朴热情的乡村干部形象,蓦地在他脑里定格。

"每亩地租金多少?假如我流转300亩,拆迁赔偿等等,一共需要多少钱?"

"租金按大米市价计算,每亩一年800斤。所有费用算尽,顶到天,400万搞定。签完流转合同开始,拆迁时间三个月。项目启动后,只要符合条件,还有各种优惠政策。"冯举凡胸有成竹地回答。

夏至沉吟不语。他想到表哥的云梦农场。站在白墙红顶小楼上,南渡江像一条碧带,轻盈地在山峦间飘缠;一望无际的草地上,羊群悠闲地徜徉,如团团白云;清风拂过椰林,送来草木的清香。前年休假,他与妻子到海南旅游,去过表哥那里。表哥的农场很美,当地人称"小瑞士"。表哥是广州人,一直在海南发展。他曾经流露出把农场复制到全国的想法。"让表哥过来投资!"夏至眼睛一亮。

当晚,他给表哥挂去电话,隆重推出这个项目。听到以后还给开发用地,表哥兴趣十足,第二天就飞到锦都。站在窄窄的田坎边,他"青龙白虎,朱雀玄武"地念着,高兴地说:"好风水好地方! 行! 不过这边我不熟,我们都担一点风险。总计投资 500 万,我出 400 万,你出 100 万。你不会说,100 万你都没有? 姑妈讲过,你在石油公司的收入,胜过全家工资。土地交给我后,100 万退你,仍然算你 20% 股份,农场也给你打理。"夏至兴奋地答道:"好! 只要资金到位,最多三个月,让你大展宏图!"

夏至旋风般行动起来,筹款、租房、注册公司。至于助手,他想到赵淳。赵淳是达州人,当过小包工头,帮夏至搞过装修。夏至想在阳台修个水池,防水没做好,才试水一天,水滴就从楼下沁出。赵淳二话不说,把工人一顿臭骂,免费重做防水。从那以后,他俩成了朋友。他找到赵淳,谈出这个项目。赵淳爽快地说:"夏哥,你这是看得起兄弟。没说的,干! 我也不想几七几八,只要能有房子首付,爬雪山过草地都行。杜小妹经常逼我买房,说没有窝的爱情,早迟要成流浪狗,哪个扔骨头,就跟哪个走。"

在丁局长的协助下,夏至与村上签了协议。冯举凡颇讲义气,为他提供一间办公室,分文不收。望着田间一片片庄稼和树木,夏至要赵淳一一记下,以便计算赔偿金额。抚抚刮得泛青的下巴,冯举凡傲然道:"我的眼睛就是摄像机,脑袋就是计算机。没哪个敢搞虚的假的,在老虎嘴上拔毛。"农户的流转合同,他根本不要夏至费神。他指令冯二胖,五天内必须签完,办完奖励 1 万元,办砸了倒罚 2 万。看到冯二胖身着没有警衔的制服,威风凛凛地吆五喝六,夏至舒坦得像被熨过。他觉得天特别蓝,风特别柔,脚下的土地,也似乎坚实了许多。

签完流转合同那天,赵淳拿出一张请柬,说冯二胖送来的,冯举凡做 50 大寿。"中央三令五申,他还敢大摆酒席?"夏至有些诧异。"山高皇帝远。乡坝头嘛,就兴这些。我们是不是表示一下? 今后申请政府补贴、争取农业产业化资金,哪样都要找他。他属兔,我们干脆多出点血,送个金兔。"夏至想想,只有同意赵淳建议。他买了一个金兔,86 克,连同发票一起,叫赵淳送去。

拆迁终于开始。搬迁过渡、房屋赔偿、青苗补偿等等,一切轰轰烈烈地进行。随着钱如水一般流出,五个院落总算拆完三个。在这紧要关头,已经支付青苗补偿的土地上,忽然冒出一大片银杏树苗。它们挺直瘦小的躯干,似乎在自豪地宣布,它们才是这片土地的主人。还没搬迁的两个院落,也魔术般变出草席、编织袋等搭成的猪圈狗舍、鸡棚鸭窝。

夏至傻眼了,只有去找冯举凡。

冯举凡愤然骂了几句,把手一摊:"我也没法。这阵不比从前,不敢硬来。"

夏至抱怨道:"你不是说,没人敢乱栽多报?"

"我又不是神仙,啥都能管。"冯举凡不耐烦起来。

"只要尽快解决,可以稍稍加点费用。"想到表哥随时来电询问,夏至不得不让步。

"放上桌面谈,估摸要百把万。背后商量嘛,少说六七十万。"冯举凡轻描淡写道。

"那么多?"夏至痛苦地嘘口冷气,仿佛身上肉被剜掉。他一瞪冯举凡,扭头就走。

他刚走出村委会,赵淳鬼影般从树后溜出。他说,冯二胖收了中华烟五粮液,居然还不知足,想要一辆摩托车。"简直是狗,仗势欺人!"夏至讲出同冯举凡的谈话。"六七十万?"赵淳惊得两眼发直。"没有退路了,找镇上解决。"夏至恨恨地说。

听完他们陈述,蒋建奎当即表态,一定加强协调。"不过,"他话头一转道,"你们的流转合同,是与农户签的,政府不能强行干预。你们还是找村上,请冯主任多做工作。"这个矛盾,皮球样在他那里一触,又弹回黄土村,落到冯举凡身上。

"如果这么僵下去,对你表哥咋交代?"走出镇政府,赵淳焦灼地问。

　　夏至呆滞地望着天边。铅块似的乌云,缓慢而阴沉地移动,似乎转眼就将压在头上。

　　赵淳讷讷道:"早晓得,我带个摄像机,把它龟儿的全摄下来。我们是不是送些钱,让冯伯儿把事情搁平?"

　　"他?"

　　"只有找他。你想,看到我们大把投资,他不想乘机捞点儿?"

　　"这不比送个金兔什么的,他敢收吗?"

　　"有啥不敢?'老虎'镇住了,'苍蝇'照样飞。他绕那么多弯子,不就想整口肥的?"

　　"唉,太烦了!真盼有那么一天,我们能一门心思干实事,不搞这些歪门邪道。"

　　"那不晓得猴年马月。听兄弟一句,还是去找冯伯儿。送他的这笔冤枉钱,就当为买房子,我向你借的。事情办好则罢,假如泡汤了,卖血卖命我都还你。"

　　"把我当成啥人了?我是担心,一旦陷入这个怪圈,只怕磨难更多。"夏至不满地说。犹豫一阵,他也想不出更好的办法,只有考虑送钱。送多少呢?少了办不成事,多了又实在冤枉。他再三权衡,忍痛取出 30 万现金。赵淳将三捆百元大钞装进旅行袋,然后给冯举凡挂电话,说有急事汇报。冯举凡让他去县城,到了再联系。开上夏至的凯美瑞轿车,赵淳疾驰而去。

　　两个多小时的等待,夏至像过了很久很久。他的心恍如悬在半空的气球,每秒钟都可能炸开。

　　赵淳总算回来了。

　　"他约在宁天宾馆停车场他的奥迪上见面。我把旅行包递给他,说一点土特产。他拉包看看,没说话。我开了手机录音,结果啥也没录下。"

　　"你没提加快进度,解决那些乱七八糟的事?"

　　"还用提吗?他是老江湖,懂得起。"

第二天,冯举凡的积极举动,彻底打消夏至的疑虑。上午,他将几户村民叫到村委会,当着王庆义和夏至的面,又是威逼又是利诱,限令他们把树苗移走。至于那些狗窝鸡舍,他一发话,冯二胖几脚踹去,将竹架、编织布踢了一地。冯二胖的叫骂声,老远都能听到。

夏至终于舒了一口长气,绊脚石解决了,项目又能向前推动了。他怎么也没想到,他的噩梦并未结束。拆到槐树院坝,土地只剩二三十亩时,阻力又像冰雹袭来:已经赔付的地块上,出现十几座坟堆,有的还立着字迹模糊的墓碑;院坝外面,也多出两个棚席搭着的大坑,浑黄的泥水中,隐约可见蠕动的黄鳝,几只小乌龟缩在坑边一动不动,好像老僧入定。村民说,坟在这里几十年了,先前被荒草遮没,不起眼,现今要离开了,总得把它亮堂出来,再给老祖宗烧几支香。至于鳝鱼和乌龟,计算时漏掉了,得照市场价算钱,该多少就多少。夏至同村民理论一阵,最后犹如斗败的公鸡,沮丧地去找冯举凡。

冯举凡坐在大板桌后,慢条斯理地品着茶:"难度大啊!补偿文件说不具体呢,又细致到晒坝、粪坑咋算;说它明码实价吧,又没说黄鳝、乌龟咋赔。我再去大包大揽,没有猫腻也有猫腻。村民咋说?班子其他人咋想?镇上、县上又咋看?还是协商解决为好。"

"协商?拆迁期限已经到了,我怎么向股东交代?"

"我也没法。村上几百口人,上下那么多事,我不能只围着你打转。要么你追加投资,最多一两百万;要么冷一阵子,我慢慢做工作。"冯举凡不软不硬道。

夏至无奈,只得垂头丧气而去。

赵淳讲了一个重要情况。为了推动拆迁,他有意同村上几个游手好闲的人套近乎,不时请他们喝喝小酒,打打小麻将。一个叫王胜德的透露,胡巧巧放话说,海南老板别的没得,就是有钱,不要白不要。他分析,这些鳝鱼乌龟等等,是冯举凡搞鬼。

"胡巧巧?"

"对。她与冯伯儿有一腿。她想把水搅浑,让我们去求姓冯的。"

仿佛全身筋骨被人抽去,夏至身子软得像要瘫下。他骇然发现,冯举凡就像深谙商道的计算机专家:他既扩散病毒,又更新杀毒软件,周而复始,贪得无厌。而自己,已经落进陷阱,身不由己。

回到锦都,由于心情恶劣,他俩去酒吧买醉。

"说穿了,冯举凡就是变着法子要钱。我也是,自以为精明能干,却一头栽进苦海。现在都如此艰难,今后怎么经营? 账上还有 50 来万,我给你一半,你解决房子首付。我呢,哪怕家破人亡,决不向姓冯的低头。表哥那边,我自会负荆请罪。"

"夏哥,你太小看我了! 不敢说同生共死,但敢说祸福同当。"赵淳豪爽地一蹾酒杯,"干脆来个鱼死网破,我去告他受贿。如果把他扳倒,没了拦路虎,项目自然顺利。假使出了问题,我一个打工仔,又能把我咋样?"

"这……"

"天塌下来,我一人顶着。"

犹豫再三,斟酌再三,夏至将心一横,同意了。

第二天,夏至写出揭发材料。赵淳赶到宁天县纪委,实名举报冯举凡。不料半个月过去,纪委方面毫无动静。冯举凡照样耀武扬威,流转项目照样搁浅。夏至心里如同十五个吊桶打水——七上八下。为了避免与冯举凡见面,他索性不去黄土村。他让赵淳住在镇上,每天到村上逛逛,有事向他汇报。

"难道我就这样,好像等待死刑判决?"夏至犹如压得太久的弹簧,从电脑椅上一撑而起。就在这时,手机响了。赵淳激动地告诉他:"村上已经闹开,冯举凡进去了!"

"好,我马上出发!"夏至仿佛打了鸡血,一把抓起汽车钥匙。

三

通知下午 2 点开会,快 3 点了,村干部还没到齐。陈汝贵来得最早。他坐在会议桌左侧,打坐样双手抱胸,微闭双眼。

"老陈,这个会一开,你就要加担子了!"王庆义讨好地笑笑。

"计划生育、村民调解、学习十八大精神等等,不沾权不沾钱的事,我管得还少吗?"陈汝贵淡淡道。

"咋回事,这些人还不来?"扫着空了大半的会议室,王庆义有些挂不住脸面。平时开会,只要冯举凡在场,没谁敢迟到。他定下规矩,迟到 1 分钟,罚款 100 元。时间未到,他就撸起袖口,瞥瞥金灿灿的劳力士手表,再虎视眈眈地望望门外。看见这阵仗,进门的人心虚地赔着笑脸,兔子样溜到角落坐下。

"想眯一会儿,哪晓得睡着了。"冯二胖喷着浓浓的酒气,一步三晃地走进来。

王庆义正愁没地方发泄,冷笑道:"黄泥巴还没洗干净,开啥洋晕?我管你午睡早睡,开会绝不能迟到。"

"吵架咋的?唱啥正气歌?"冯二胖回道。

王庆义瞪他一眼,没吭声。

人陆续进来。看见到得差不多了,王庆义威严地干咳一声:"现在开会。首先,我宣布一件重要事情。由于冯举凡同志,也就是冯伯儿,被县上抽派出差,短期不能回来,镇上决定,由我代理村委会主任。"

"出差?到哪儿出差?啥时回来?少在那儿耗子别左轮——起打猫心肠。怕是冯伯儿流年不利,小鬼作祟吧?"冯二胖带头发难。

村干部不安地交头接耳。上午冯二胖一闹,大家都听出了其中的端倪。

"哪个想弄明白,去问镇上,我无权回答。"王庆义倨傲地将脸一沉,"我宣布第二件事:从今天开始,村上所有开支,通统由我审批。"

"抢班夺权哪!"冯二胖拖长腔调道。他把肥胖的身体一扭,用后背对着王庆义。

"冯二胖!"王庆义忍不住了,猛地一拍桌子,"你到底想干啥?你借酒发疯的事,蒋镇长听说了。他让我问你,是不是这个治保主任当腻了?还想担两分半公事,就给我懂点儿规矩。"

看见冯二胖被镇住,他轻松地抓起玉溪烟,给每人丢去一支:"现在进入第三个议题,研究村上工作。这些年,我主要抓党务工作,对行政事务、企业状况了解较少。希望我们齐心协力,把黄土村搞得更好。大家说说吧!"

众人有的低头抽烟,有的漠视窗外,有的专心耍弄手机,会议室静如死水。

"冯家富,你们一组征地的事,办得咋样了?"连叫几遍没人应声,王庆义只得点名。

"明摆着的,哪个都清楚。县上开发观音山,修路要占几亩地。赔付款不拨下来,我们咋整?上次冯伯儿挂电话,财政局说马上给钱,可就一分钱也没见到。"冯家富不满地搔搔光头。

冯二胖假笑道:"皇帝不急太监急,你操啥心?只要王书记,不,王代主任一发话,银子立马就到。王代主任,给财政局挂电话吗?我这儿有李局长号码。要不,你干脆找鄢县长,他一发话,哪个敢推三阻四?"

"还是催催镇上。"王庆义没理他,把视线转向陈汝贵,"老陈,调整企业班子的事,你说说情况。"

"其他好办,就攀枝花那边棘手。对方发来公函,说冯兆华不懂经营不懂技术,要我们换个总经理。这个钒钛矿,人家占52%股份,总得尊重吧!要我说,冯兆华的确不靠谱,挥霍公款,吃喝玩乐,早该把他撤了。上次'两委会'开会,我就提出换人。冯举凡把脸一黑,你们吓得屁都不敢放。说来也怪,冯兆华像长了千里眼顺风耳,散会后我刚回到家,他脚跟脚挂来电话,说他挖了我祖坟咋的,啥事得罪我这么深。还说每年挣回几百上千万,他没功劳也有苦劳,没苦劳也有疲劳,不弄个子丑寅卯,打死他都不回来。有人揭发,说他同一个小寡妇打得火热,居然挪用公款,给那个女人买房。"

"管天管地,还管人家裤裆?"冯二胖冷冷道。

"这事放一放,过段时间再说。"王庆义打个哈哈,"还有其他事吗?"

"家具厂收不回货款,发不出工资了。"企业公司副总经理李余中说。

"催啊!"王庆义将眼一斜。

"脚杆跑断都没用,人家只认冯伯儿。"李余中说。

"合作社的猕猴桃堆成山了,再不想办法,一烂,损失就大了。"

"昨天三组打起来了。万大娃怀疑他婆娘偷人,从东莞赶回来,口口声声要杀来摆起。不是我们去得快,没准已出命案了。"

大家七嘴八舌地诉苦。

"猫不在了,才晓得耗子多!"冯二胖阴阳怪气道。

"够了够了!"王庆义苦着脸说,"这些鸡毛蒜皮,该找哪个找哪个。说了这么多,你们漏了一件大事,就是要研究的第四个问题。至诚公司的流转,已经卡壳这么久了,大家说咋办? 冯二胖,你在协调拆迁,咋回事?"

"款儿不到位,就是飞机上摆龙门阵——空谈。"冯二胖不屑地点上烟。

"我咋听说,有人向至诚公司递话,要人家送辆摩托车?"陈汝贵逼视着他。

"逮不到拉屎的,把放屁的抓来问斩。"冯二胖气冲冲地一推椅子,"这事好办,只要你陈副书记一声令下,我立马砍树推坟。不过要是闹出点啥,与我无关。"

"坐下! 要是冯伯儿在这儿,你也敢这样?"王庆义喝道。

"对了,我正想问,到底哪个在栽赃陷害? 有本事告阴状打黑枪,咋不敢把事情端出来? 老子县上有人,啥都清楚。"

"冯二胖,这是研究工作,你当在酒馆耍泼?"陈汝贵愤然站起。

会场气氛顿时紧张,犹如导火索吱吱作响,炸弹瞬间就会爆炸。王庆义反像置身事外,神态悠然地望望冯二胖,又瞟瞟陈汝贵。

"哦,开会?"会议室门被推开,夏至跨进来,又连忙退出。

"等等!"王庆义叫住他,"正说到流转问题,我们一起商量。"他从容地把笔记本一合,"饭要一口口吃,事得一件件做。今天就到这里,散会。老陈和二胖,你们留下,说说拆迁的事。"

"王书记,流转合同是 3 月 26 日签的,三个月交付土地。今天已经 8 月 22 号,拆迁还不死不活地瘫着。我们又是规划又是设计,签了一系列配套合同。如果违约,要赔一大笔钱,责任谁负? 姑且不说经济损失,这种一拖再拖的办事效率,实在让投资者寒心。"夏至顾不上寒暄,软中带硬地大倒苦水。

"这个项目,一直是冯主任在抓,具体情况我不清楚。老陈,你看问题出在哪儿? 咋解决?"

"又不是瞎子聋子,总会看到听到吧!"陈汝贵话中带刺道,"一句话,我们没有尽到责任,让个别人钻了空子。我们必须统一思想,分头下去,做好村民工作。"

夏至赞同道:"陈书记的话,说到点子上了。敦请村上采取强有力措施,尽快完成拆迁,将土地交给我们。"

"你的意思,要我们锄头撬棍一起上? 那是犯法,要进牢房的!"冯二胖夸张地张大嘴巴。

"好了好了!"王庆义烦乱地说,"我们先算算账,把这些问题全部解决,还要花多少钱? 二胖,你说说。"

"冯伯儿算过,不多,两三百万。"

"两三百万?"犹如当头一棒,夏至一阵天晕地转。他定下神,激怒地一冲而起:"中国是法治国家,如果再一味拖延,我别无选择,只有通过法律解决。"

"法律?"冯二胖哼哼,"去啊,没人拦你。"

"夏总,你给我一点时间,让我把情况摸实。现今我在主持工作,没的翻不过的坎。"

夏至惨然摇头,无话可说。

四

"夏哥,我们总得想个办法啊!"在村上提供的办公室里,赵淳愁眉不展地问。

夏至阴沉着脸。笨重的绿漆文件柜,倏忽变作冯举凡壮实的身躯,骄横地向他逼来;臃肿的黑皮沙发,也如冯二胖张开的大口,正在得意地狂笑;空荡荡的实木衣架,畏葸地缩在墙角,仿佛王庆义在唉声叹气。他忽然想到陈汝贵:"陈书记这人如何?"

"接触不多。有一点可以肯定,他比较正直。端午节时,我给村干部送红包,每人600,还有点儿盐蛋粽子,其他人收了,就他和冯伯儿不要。"

"等等!"夏至暗示地指指隔壁,"这个空调,把人头都吹晕了。我们出去走走。"

村委会宣传栏前。观音山像巍峨的城堡,在天边现出模糊的轮廓。银杏树上,懒蝉"知了,知了"地叫,让人烦躁异常。

"我怕有人偷听,说吧。"

"送红包时,虽然他和冯伯儿不要,但态度大不一样。冯伯儿嘴上说不必客气,眼神却冷得像冰,像在挖苦我们打发叫花子。陈汝贵呢,他不仅不要,还问我为啥送礼。我应付几句,放下东西就走。后来听说,他把东西全部交给王庆义,搞得王庆义灰头土脸的。"

"但愿他能主持公道。"夏至怀着希望说。

"难!"赵淳摇摇头,"第一,他没实权,叫不动冯二胖这些人。第二,牵涉到拆迁户个人利益,说白了就是票子,人家听他的吗? 第三,他性格倔强,为干部大吃大喝之类,树敌不少。我们这件事,他起不了多大作用。"

"那,只有靠王庆义了。"夏至弱弱地说,声音轻飘飘的,像一缕游丝。他像在茫茫大海里挣扎,纵然指头大小碎片,也把它当作救生圈。

"他?他同冯举凡是双头蛇,你咬我一口,我啃你一下,身子是连在一起的。他要的是权,并非想做实事。流转问题解决了,他的功劳;弄砸了,原来的祸根。"赵淳入木三分地分析。

"真看不出,你把他摸得这么透。"

"这些年东飘西荡,正经知识没学到,江湖经验还有些。"赵淳不好意思道。

"新官上任三把火,他总得出点政绩吧?"

"恐怕艰难。干脆,我给那些钉子户塞点钱,把事情摆平?"

"不能这样!按照协议,拆迁赔偿统由村上出面。如此一来,他们就会乘机推脱责任。还有,我们一示弱,说不定,钉子户更要狮子大开口。如果其他村民都跟着起哄,事情不是更加复杂?"

"妈哟,在小小的黄土村,居然还会翻船!"赵淳无处泄恨,狠狠一脚,向一块石子踢去。

"等!我们唯一能做的,就是等待!"夏至强作镇静道。夕阳似火,烧透西边半个天空。金色的光斑,不停地在树梢闪烁,像鲜血凝结又淌开,淌开又凝结。一种崩溃的感觉,电流般传遍他全身。他默默地转过身,不愿让悲观情绪传染赵淳。

一周过去,事情毫无进展。坐立不安的日夜中,时间变得漫长,恍如永无尽头的隧洞。夏至挣扎着在洞中趔趄,担忧着随时袭来的坍塌。又过了几天,他实在没法熬下去。本能告诉他,期盼项目顺利推进,无异于公鸡下蛋麦苗结瓜。一天上午,他决然来到君泰律师事务所,找到高中同学杨春明,打算走法律途径。

"流转合同的签订主体,是黄土村92户村民。你要起诉村委会,法律上讲不通。"看完他带去的资料,杨春明说。

"这份委托拆迁、补偿协议,是我同村上签的,上面有完成期限,能说他们没有责任?"

"协议的意思,是按你与村民的合同约定,三个月完成拆迁补偿,并非村委会承诺。"

"那怎么办?"

"看来,姓冯的是个厉害角色。他精于算计,既写三个月让你放心,又能回避法律后果。以我的经验,牵涉这么多农户,不要说胜诉,立案都困难。你找找县上和镇上,请他们加大协调力度。"

夏至愤懑地垂下眼睛。

杨春明思索着说:"任何问题都像水晶球,角度不同,画面自然相异。村民栽树堆坟,不外乎想多要补偿。最直接的方法最有效,你找他们单独沟通。多花点钱,总比僵持下去强。"

一丝苦笑,悄悄爬上夏至唇角。他不能也不愿说出他的困境:他没多少钱了,已被逼入死角。

走出律师事务所,手机响了,是赵淳。铃声惊悚而执拗,像丧钟长鸣。夏至憎恨甚至恐惧地打量着它,不知又将发生什么。终于,带着慷慨赴死的决绝,他重重地滑动接听键。

"夏哥,我同冯二胖打起来了。老子非要弄死他!"赵淳咬牙切齿地嚷道。

电话仿佛通电的导体,夏至感受到了那灼人的怒火。"慢慢说!"他喝道。

"冯二胖带了两个土鳖,一个杨兴旺,一个冯猴子,冲进办公室就扔东西。说他总算查到了,是我们在整冯伯儿。他打我几拳,我拿椅子砸去。不是陈汝贵拉开,不知打成啥样。哼,哪怕死,我也要把他弄了。我喊了一群兄弟,要他们带上家伙,马上打的赶来。"

"你千万不要冲动,我马上来。"夏至心急火燎地挂断电话,驱车直奔黄土村。

他神思恍惚地开着车,好几次差点追尾。一个个疑问,如急浪不断袭来:举报的事,冯二胖怎会知道? 谁如此胆大,竟敢通风报信? 泄漏的背景是什么? 后果会怎样? 他的心沉重如同铅球,一股劲地往下坠。

村委会会议室里,赵淳左额沁血,脸上红一块青一块,闷闷地坐着,王庆义垂头吸烟,烟蒂燃尽也不知晓。夏至扇扇呛人的烟味,将空调关了,推开窗户。

陈汝贵推门进来,愤慨地说:"冲到村委会行凶,简直给黄土村抹黑。我们不能放任不管,非要处分!"

"算啰,你当他是条疯狗,那天咬我,今天又咬小赵。人被狗咬了,总不能去咬狗吧?"王庆义哼道。

"话不能这样说。"夏至神情冷峻,牙咬得像要迸出火花,"第一,我们是投资者,而且是遵纪守法的投资者。冯二胖这种行径,不仅影响村上形象,还在破坏宁天大好的改革形势。第二,就算如他所说,我们向县上举报贪腐,那是公民应有的权利和责任,谁也无权干涉。第三,他如此胆大妄为……"

"我求你了,让我清静下吧!"王庆义愁眉苦脸地说,"真是怪了! 我一代理村主任,矛盾就齐普普地钻出来,咋都解决不完。就说拆迁吧,我好话讲了一箩筐,下边不是装聋作哑,就是吵得像爆胡豆。唉,乱了,全都乱了! 连我签字报点儿钱,会计一会儿要镇上下文,一会儿又推账上没钱。夏总,你们的事,我实在没法子。哪个把你引来的,你找哪个解决。"

"那好。"夏至气极反笑,"请王书记明示,冯举凡在哪里?"

"我咋晓得? 找不到他,你们找镇上县上。我胃痛,要去医院,不能光顾工作,命都丢了。"

"赵淳,走!"夏至鄙夷地将头一昂。

陈汝贵站起身,想叫住他们。看到王庆义一脸漠然,他只得怏然坐下。

五

回到锦都,夏至将赵淳送到医院。好在是外伤,医生说敷点药,过几天就没事。夏至叫赵淳专心养伤,天垮下来都别管。赵淳犟着要喝酒,说不让酒精麻醉,怒气会把肚子胀爆。夏至只得迁就,找了一家饭馆。他要开车,一滴酒都不敢沾,落寞地吃了点菜。赵淳要了三瓶"江小白",仰头就是小半瓶。

"夏哥,我们就这么窝囊,人家想咋样就咋样?"赵淳悲愤地一抹嘴唇。

夏至怆然无语。能想到的对策,他已经用尽。他曾希望表哥追加投资,解决这些乌七八糟的麻烦。表哥一听就急了:"一寸土地不交,还一天一个变!要不把钱退回来,我另找项目。"夏至连连解释,表哥才没继续发作。

"我不相信,他们永远都这么猖狂。"夏至低沉地说。他决定最后一搏,将投资过程写出来,向省市相关部门呼吁,再通过网络、媒体公之于世,寻求社会支持。

"没那么复杂,用道上办法解决。我找几十个兄弟,先镇住闹事的村民,再踏平那些坟包树苗。警察来了也不怕,是他们违约。"赵淳跃跃欲试道。

夏至坚决反对,说这样一来,有理也成无理。

"你是老板又是哥,随你。"扫扫觥筹交错的食客,赵淳咧嘴笑道,"想多了,头发白得快。管他的。青春不朽,喝点小酒。醉了,醒了,天就亮了。"

第二天,夏至尽量放平心情,开始写情况汇报。写到一半,他的心像被石磨压着,沉重得几乎窒息。一年多来的坎坷,像风暴在荒原中肆虐,扼杀掉所有生命的新绿。他怎么也难想通,自己的拼搏之路,为什么越走越窄?

手机忽然响了,陌生号码。他以为是炒股、购房之类骚扰电话,厌烦地压了。没一阵,电话又示威般挂来。他抓过手机,刚要开口呵斥,对方从容地说:"是夏总吧?我是三合镇蒋建奎。请你明天上午 10 点来镇上,商量你们的流转工作。"他喜出望外,恍如枯木逢春。

"今天请你来,是受上级委托,向你了解一些情况。不瞒你说,县上来了巡视组,对你们流转中发生的问题,他们相当重视。"办公室里,除了蒋建奎,还有镇办公室主任。蒋建奎掩上门,神态凝重道:"一、目前流转陷入僵局,症结到底是什么? 二、你给冯举凡送过金兔吧? 在项目推进中,你们还给哪些人送过礼? 三、你们公司的赵淳,举报冯举凡受贿,说送了他30万元。这又是怎么回事? 请你实事求是,有什么谈什么,不要有顾虑。"

除了赵淳送钱的事,夏至如实谈出一切。

"看来,根子就在冯举凡身上。可能你已听说,他正在接受调查。他的问题,历来都有举报,但能查实的太少。那个金兔,他说在天意金店买的。假如是你们送的,有证据吗? 比如发票、刷卡凭证、鉴定证书之类。"

"我付现金买的。发票和鉴定证书,随包装盒一起送他了。"

"就是说,你没任何物证。"蒋建奎蹙蹙眉头,"赵淳向冯举凡送钱,你清楚吗?"

"不清楚。"

"这就怪了,他一个打工的,哪来这么多钱? 就算他有金矿,为啥要为公司破费?"

夏至嗫嚅道:"我答应过他,给他一套小户型。为了兑现承诺,我给了他30万。"

"说来说去,钱是你的。他把你给他的钱,拿去帮你送人? 真要这样,你俩倒是重情重义。好,请你写个材料,尽快交给我。你也知道,受贿是犯罪,行贿也是犯罪。赵淳这种行为,不管动机如何,法律绝不允许。"

夏至诺诺称是,脸上红一阵白一阵。

"对于冯举凡的问题,我代表镇上表态,一经查实,严惩不贷。至于目前阻力,主要是个别村民栽树堆坟,索取二次甚至三次补偿。陈汝贵前天来过,专门作了汇报。这类麻烦我遇得不少,既不能大动干戈影响稳定,又不能熟视无睹任其蔓延,只有棉花团里藏钢针,软硬两手都上。我原打算今天下去,不巧王书记病了,一大早就住进医院。这事只有稍缓,等他出院再说。"

夏至唯有苦笑。王庆义何时出院，出院又怎么解决，全是一串鱼钩样的问号。他带着抵触情绪，反映冯二胖砸办公室和打人，吁请镇上严肃处理。

"陈汝贵也谈了这件事。冯二胖这种行为，党纪国法绝难容忍。我已责成村上，让他停职反省，深刻检讨。"蒋建奎叹口气道，"不过，这事顶到天说，是人民内部矛盾。从你们项目发展考虑，最好不要激化矛盾。"

谈话结束时，蒋建奎要他转告赵淳，近期不要外出，相关部门可能找他。

"受贿是犯罪，行贿也是犯罪。"蒋建奎的话，利剑般向夏至逼来，他感到一股凌厉的杀气。如果赵淳受到连累，他怎么对得起朋友？随后还会发生什么？自己又将怎样？他越想心越乱，胸腔里好像冒出无数刺丛，触到哪里都很灼痛。他决定去医院看望王庆义，从他嘴里摸摸底。

他买了两罐蛋白粉、一篮水果，找到王庆义病房，略一寒暄，讲出蒋建奎同他的谈话。

"你们的水太深了，又是金兔又是钱，我八辈子都摸不透！30万啊，叠起怕有两尺高。我说嘛，老陈为啥老盯着他，封山育林、河滩治理、水土保持等等，咬定他贪得不少。"雪白床单映衬下，王庆义脸色发灰，说话哼哼哈哈，没病也像有病。

"王书记，情况你都清楚，我们是被逼到这一步的。如果县上了解情况，请你实话实说。"夏至低声下气道。

王庆义哭丧着脸说："我这个胃啊，好的时候呢，钢浇铁铸；一翻病，就烂成西瓜瓢子。没个三五月，怕是难以恢复。人心比人心，好比粪土比黄金。我为大家累成这样，还有人巴不得我死。"

"你是村上一把手，总要主持公道吧！"夏至焦躁地舔舔嘴唇，正待进一步劝说，蓦地，冯二胖闯进来，后边跟着一男一女。夏至认识那女人，是胡巧巧。她经常打扮得花枝招展，在村委会穿进穿出。男人年龄四十上下，体形单薄，神情阴鸷。

"兆华回来了，啥时到的？"王庆义撑起身。

"昨晚。"那人回答。

"病房还可以吧,单间,方便你说事。好在跟冯伯儿这些年,我在上边混了个眼熟。不是我请鄢县长出面,你能有这种待遇?"冯二胖挑衅地一扫夏至,走到病床前,从挎包里摸出两小盒东西,"一点虫草,你补补身子。"

"二胖,这位是……"冯兆华打量着夏至。

"夏总,大老板。没有他,好端端的黄土村,哪会又打雷又下雨?"冯二胖充满敌意地说,"我腿上的伤,就是他手下砸的。"

"说话要讲道理,是你先出手打人。"夏至正色道。

"好了好了,这是医院,不是你们公司。"胡巧巧不耐烦地说,"夏老板,请你回避,我们说点家常事。"

"他听听也好。二胖是村干部,我呢,不大不小是个总经理。我们说的,同他大有关系。"冯兆华冷冷道。

"对,就是要让有些人晓得,啥叫疯狗咬月亮,不知天高地厚。"胡巧巧将嘴一撇。

"王书记,我今天来,一是专程看望你,二是谈些公事。"冯兆华从拎包里拿出一个信封,估计装有好几千元,不由分说地塞到枕下,"来不及买东西,表表心意。"

王庆义正要推辞,冯兆华把手一挥:"我先说美容院那次冲突。有人造谣,说巧巧同冯伯儿不清不楚,所以找姓柳的滋事。错了,她们不过是美容纠纷。"王庆义刚要辩解,冯兆华制止住他,"我还听说,前几天你们开会,有人诬蔑我在攀枝花怎么怎么。我郑重声明,这些都是栽赃陷害。换句话说,我有相好的又怎样?民不告官不管。我的家事,与外人毫无相干。"

"是嘛,听到风就是雨!我说你想打我的主意,你信吗?"胡巧巧来劲了。

冯兆华斜瞪一眼,她悻悻地住口。

王庆义大叫委屈,说有人挑拨,要查个水落石出。

夏至觉得无聊。他安慰王庆义几句,打算离开。

"等等,下面谈的,你绝对感兴趣。"冯兆华努努嘴。冯二胖拿出几页村委会用笺,递到王庆义面前:"这是村民的联名担保书,要送到县委、县政府。听说有人诬告冯伯儿,大家想不通,死也要保他出来。村组干部都签了,就缺你和陈汝贵。"

看着密密的签名和指印,王庆义难堪地迟疑着。

"天地良心!冯伯儿对你咋样,你心头有数。你不把名字写上,住院都不安稳。"胡巧巧摸出笔,强塞过去。

夏至冷眼旁观,已明白怎么回事。他轻蔑地笑笑,转身就走。身后传来冯二胖骄横的骂声:"鸭子死了嘴壳硬,摆啥臭架子?也不称二两棉纱纺纺,黄土村是哪个的天下?"

六

表哥突来电话,说已到锦都,要夏至去宾馆。夏至的心犹如绷紧的琴弦,随时可能断成两截。表哥以前过来,除了提前告知,还发来航班号和起飞时间。这次他一反往常,摆明是兴师问罪。夏至绞尽脑汁,想着怎么应对。

每次来,表哥都住锦江宾馆。站在落地玻窗前,凝视着缓缓流淌的锦江,表哥一面感叹锦都的巨大变化,一面亲热地拉着家常。今天他却背对窗户,泥塑样坐着。看见夏至,他像面对透明的空气,眼珠也不转动。

"早说,我到机场接你。"夏至讷讷道。

表哥毫无表情,像没听见。

"锦都太热了,预报有雷阵雨。你上次说,想去文殊院拜佛。你安排时间,我陪你去。"夏至没话找话道。

恍如火山爆发,表哥冷冰冰的质问熔岩般铺天盖地涌来:"请问,项目究竟怎么了,土地哪天给我?是不是因为我在海南,就可以任人糊弄?我再请问,你们锦都遇到这类麻烦,该向哪一级投诉,市委还是市政府?"

夏至尴尬地赔笑,如实说出目前处境。

"他们还有没有王法？摸爬滚打这么多年，我政界商界朋友不少。去年，你们一个副市长来海南考察，我全程接待，相处不错，要不要我去找他，请他过问过问？"

"暂时不用。我找过镇长，他说尽快解决。"

"尽快是多久，一天还是一年？"表哥不满地拖长腔调，脸色不那么冷了，"我给你一个月，最后一个月！要么交地，要么退款。说实话，我的日子也不好过。股票套得倒死不活，房地产陷了不少钱，银行又在催贷款。建成这个生态农庄，后续资金少说还要 4000 万。我正在找朋友合作。人家不会像我，眼睁睁看着钱烂在土里。"

夏至信心十足地保证，一个月内，保证交付土地。

从宾馆出来，他双脚像灌满铅，拖动一步都艰难。想到表哥的最后通牒，他决定再去找杨春明。他已站到悬崖边上，除了起诉和寻求社会支持，他别无办法。妻子挂来电话，问他回不回家吃晚饭。他说等会再说。

没几分钟，手机又催命似响起。

"我说了，有事！"他以为是妻子，烦躁地嚷道。

"吃炸药了，这么大脾气？"陈江好笑道。

"我以为……"他歉意地叹气。

"丁局长来了。他说，你那个项目一波三折，或许他能帮忙。一起吃饭如何，我做东。"

"好，好！"他喜出望外。

按照约定地点，他来到浣花溪旁一家鱼庄。这里绿树环绕，古朴幽静，颇有点世外桃源感觉。

客套几句后，丁局长单刀直入道："情况我大致清楚。村民贪图补偿，栽些树苗搭点棚子，哪里都会遇到，不稀罕。但这只是表象。关键问题，你们同村上沟通不够。"

丁局长的话，像各打五十大板。夏至不以为然。他简短讲出事情经过，但刻意避开冯举凡。

"你讲的都是事实。如果你们投资不到位,项目不可能启动。假如资金青黄不接,不是捅个马蜂窝?冯举凡被审查的事,知道了吧?"

"听说了。"

"听说?"丁局长意味深长地剜他一眼,"这个项目,是陈江托我介绍的。你是他的老同学。我同他除了工作交集,也是多年朋友。我可没贪你金兔什么的。我是既为县里做贡献,又为朋友帮忙。今天就我们三个人,有些话,如果我说得不对,你左耳进右耳出,当没听见。"

夏至肃然点头。

"现在王庆义住院,冯伯儿接受审查,三个主要村领导,就剩陈汝贵一人。这个陈副书记呢,物种稀罕,属于那种一根筋的犟牛。也不知咋回事,他咬定冯伯儿不松口,贪污挪用、索贿行贿、男女关系等,说了一大摊子事,就是没有证据。他这么一上纲上线,黄土村就乱了套,什么工作也没法开展。不言而喻,你是最大的受害者。拆迁拖得越久,问题越多,损失越大。"

夏至像被点到死穴,脸色一变。

丁局长悲悯地叹口气:"真到那一步,结果是几败俱伤,对县上改革发展也没好处。我个人呢,可以放弃招商引资那点微薄的奖金,可以忍受跟踪不力的责难。但我觉得害了朋友,尤其愧对你夏总。因为我的推荐,你才到黄土村投资。所以,我有一个想法,或许能够破解迷局。"

夏至一下来了精神,感激地给他斟酒。

"我不瞒你,巡视组下来后,对冯举凡比较关注。摆在桌面的线索,最大的就是那30万。当然,他坚决否认。好,我知道你要辩解,说与你无关,这不重要。"丁局长扬扬手,阻止夏至说话,"解铃还须系铃人。要扭转这种被动局面,只有从冯举凡入手。"

夏至疑惑地望着他。

"夏总,你是真不明白,还是假装糊涂?"丁局长无奈道,"好人恶人,我都当了吧！我受县上主要领导委托,出面协调这件事。原因很简单。这么多年来,冯举凡是全县的红旗,他要倒了,等于打县委、县政府耳光。冯伯儿现在也很后悔。他的意思,只要你们配合,他出来后,保证按照你们要求,解决所有矛盾。即使他不在位了,也会全力支持你们。要是你们想退出,他把项目接过去,投资款如数奉还,外加 10% 利息。而且,你们所有的开支,他都愿意承担。"说到"所有的"三个字时,丁局长顿顿,含蓄地加重语气。

"怎样配合?"夏至隐约猜到下文。

"就几句话。你叫赵淳出面,说他怀疑冯伯儿作梗,一怒之下,泄愤所为。"

"赵淳的确送了钱,这是事实。"

"一个咬定送了,一个说是诬告,福尔摩斯也难查清。好,就算铁证如山。赵淳公然行贿,又该承担什么责任?你夏总怕也要受牵连。明眼人一看便知,赵淳不过是个打工仔,哪来的 30 万?又为什么帮你行贿?"丁局长语调虽然平缓,但话锋环环相扣,步步紧逼。

夏至愤懑地吐着粗气。

丁局长扫扫陈江,示意他说几句。

"丁局长的建议,不失为一个解决办法。冯举凡判个死缓无期,对你有什么好处?项目就会顺利开展?投资款就能收回?再拖个一年半载,你对表哥怎么交代?假如冯伯儿出来了,你在黄土村还能立足?夏至啊,你好好想想,不要太书生气了!"陈江劝道。

"夏总,你权衡一下利弊,三天内给我答复。今天是星期四。星期天下午 6 点,还是在这里,我等你回信。我相信,赵淳是你的员工,自然听你的。我可以做些工作,不追究他的责任。年轻人嘛,做事冲动,法律意识淡薄,最多是教育问题。"丁局长打个哈哈,"来,尝尝这浓汤江团,既有藤椒的清香,又有原味的鲜美,很不错!"

夏至夹块江团,机械地嚼着。他眼前恍如万花筒,变幻着冯举凡等人的面容。一会儿,表哥伸出右手食指,钢柱般一动不动:"我给你一个月,最后一个月!"一会儿,冯举凡傲然扬头,嘲笑地打量着他。一会儿,赵淳悲愤地一抹嘴唇:"夏哥,我们就这么窝囊,人家想咋样就咋样?"

火锅的氤氲中,他紧蹙双眉,沉思着。渐渐,万千波澜在他心里平静。他的眼神,由迷茫变得镇定,现着凛然的决绝。他好像冲出迷雾的小舟,已经找到自己航向。

这些细微的表情变化,没有躲过陈江眼睛:"夏至,怎么一声不吭? 想什么呢?"

"太闷热了。预报有雷阵雨,老是下不下来。"他答非所问道。

"真要雷鸣电闪,狂风大作,这顿火锅,还能继续吃吗?"丁局长敏感地扫扫他,"下不下雨,是老天爷的事,谁也管不着。不过,我们饭还得吃,事还得做。对吧?"

"对。"他点点头。他已下定决心,他不会像个木偶,随着丁局长的节奏起舞。他要争取主动,做自己该做的事。

七

第二天,夏至把自己关在家里。他在电脑上细细搜索,查寻《刑法》中针对行贿的界定。然后他又拉出清单,计算家里有多少资产。晚上,他把妻子叫到书房,说有事商量。在灯光的映衬下,窗前的黄杨盆景虬枝盘曲,如龙腾空。望着那片翠绿,他如实说出当前处境。

"怎么这样呢?"妻子顿时慌了,犹如大难临头,"你准备怎么办?"

他深思熟虑地说:"哪怕赔得精光,不能失掉尊严。要不,我不会离开石油公司。我仔细想过,我可能面临两个后果:第一,法律后果。30 万是我叫赵淳送的,我必须承担责任。或许,我会受到法律惩处,但可能性太小。我查过相关条文,我既没谋取不正当利益,又是为了合法推进项目,被逼无奈才送钱的。何况,如果我主动去找纪委,多少有点儿自首情节。第二,经济后果。

如果拆迁仍然不死不活,表哥又非要退出,我们不能对不起他。毕竟是我把他拖进来的。我算了一下,我们出租的那套公寓楼,加上我账上的股票,如果全部变现,可以凑到400万。丁局长约在星期天见面,听我的答复,我会准时赴约。我要当着陈江,光明正大地说出我的想法。星期一,我就去找县纪委和巡视组,彻底讲出一切。"

"就没别的办法吗?家产折腾完了,你没正常收入,女儿又在读书,就我一个人工资,怎么办?"妻子唉声叹气道。

"有脚有手能吃苦,怕什么?我们结婚时候,不也是一无所有?放心!"他轻松地笑笑。

星期六早上,他叫上赵淳,一块儿去黄土村。他那间小办公室里,锁着相关协议、合同、转款依据等。他准备把它们带回锦都,整理后交给县上。

"夏哥,你是不是脑袋进水了?就听丁局长的。让冯伯儿先拿几百万出来,我再去纪委,承认我诬告他。我无所谓,了不起吃几年牢饭。"对于他的决定,赵淳坚决反对。一路上,他喋喋不休地抱怨。

"这不是钱的问题,是做人的底线。"夏至心平气和地开导他。说也奇怪,自从做好最坏打算,那些瞻前顾后、难以割舍的烦恼,好像刹那间随风而去。他的心境,又变得坦然平和。

村委会门外,停着一辆黑色雅阁。赵淳一眼认出,那是蒋建奎的车。"今天是周末,他怎么来了?"夏至停住脚步,犹豫着进不进去。在这个节骨眼上,他不想见到蒋建奎。他正在迟疑,村组干部三三两两出来。看见他和赵淳,冯二胖头一耷,肩膀一缩,灰溜溜地走过去。

"冯二胖咋的了,成落水狗了?"赵淳调笑道。

"可能出了什么事。"夏至也感觉蹊跷。

"夏总,我们正想通知你。请你来一下。"蒋建奎站在大门前,对他招手。

"我就不进去了。我到茶铺逛逛,那儿的小道消息,保不定更有含金量。"赵淳挤挤眼睛。

会议室里，蒋建奎一脸严肃，对夏至说："我们刚开完会，内容很重要。根据县委、县政府指示，我们调整了黄土村'两委会'班子：一、撤销冯举凡村党委委员、副书记职务，免除他的村委会主任及所有兼职，具体手续按程序办理；二、王庆义同志住院期间，由陈汝贵同志主持工作；三、针对你们的流转项目，县上已组成调查组，即将下到村上。镇上也下了决心，不管阻力多大，一定要尽快完成拆迁。夏总啊，"蒋建奎歉疚地笑笑，"我要向你检讨！由于原则性不强，政治高度不够，对你们反映的问题，我顾虑多了一些，处理得不尽如人意，请你原谅！陈书记，你看，有什么补充的？"

"我就一句话，坚决执行县上镇上指示，做实事，见实效。"陈汝贵用力一抿嘴唇，又蓦然放松，干练地说，"我打算集中村组干部，分户包干，限期完成。该付的钱，人家早付清了。找些葱姜蒜苗的事拖着，说轻点是贪小便宜，说重些是给村上镇上抹黑。事情传出去，哪个还敢来宁天投资？"

蒋建奎果断地把手一劈："对个别顽固分子，不行就强拆。到时候，我通知派出所、国土所配合。对了，冯二胖的事，你们抓紧办，先把他的治保主任免了，其他违法问题，该怎样就怎样。"

听着听着，夏至像做梦一样，不知道该说什么。一切发生得那么突然，令人难以置信。堵住他人生通道的堰塞湖，仿佛顷刻就将一泄而尽。

"夏总，不管现在还是以后，有什么困难，你随时找我。我们镇党委、镇政府的大门，对你永远都是敞开的！"蒋建奎站起身，含笑伸出右手。

夏至忙不迭地同他握手，向他致谢。

送走蒋建奎后，夏至双眼如雷达，探寻地望着陈汝贵。

"我晓得你想问啥。我知道的，都是公开的秘密。"陈汝贵凝重地说，"昨天上午，鄢兴勇被'双规'了。他是我们常务副县长，也是冯举凡的后台。"

"哦！"夏至有些明白了，"他的问题，牵涉到了冯举凡？"

"哪个牵涉哪个，还不清楚。蒋镇长刚才给我交底，巡视组移交的贪腐线索中，他和冯举凡都有份。别的我不敢乱说，有一件事，肯定有鬼。前年，村上捐赠300万元，支援西曲山一所小学。我们这儿一个村民，恰好那边有亲戚。一次喝酒，小学校长对他亲戚说，真有300万就好了，校舍推倒重修，电教室、图书馆应有尽有。可惜，人家半道倒拐了，少了一大半。他亲戚追问咋回事，校长把话支开，再不漏一个字。那次捐赠，是鄢县长牵的线，他老家就在西曲县。"

"简直是肆无忌惮，利欲熏心！"

"我这人生性耿直，看不惯就要说。后来，我给镇上张书记汇报，建议悄悄查一下。张书记魂都吓掉了，说我胆子太大，竟敢怀疑鄢县长。我只有压下这股气。没得真凭实据，我能做啥？这阵好了，巡视组出面，肯定要查个水落石出。算了，不说这些，谈你们的事。我打算花半个月时间，司刀、令牌一齐上，做钉子户工作。哪个还敢耍赖皮，那就强拆，一天搞完。"

"如果需要我们配合，你尽管吩咐。"

"这是我们的事，放心！我不陪你了，办公室有人等我。"

收拾好需要的资料，夏至走出村委会。

"东风吹，战鼓擂，现在世界上，究竟谁怕谁？不是人民怕冯伯儿，而是冯伯儿怕人民……"树荫下，赵淳放开嗓门唱着，手舞足蹈地跑来。

"小声点！"夏至扫扫周围，把他拉到宣传栏前。

赵淳眉飞色舞道："太爽了，比喝50年茅台还爽！夏哥，我打听来的内幕，你在会议室绝对听不到。我在茶铺找到王胜德，就是我提过的那个游手好闲的人。一碗'碧潭飘雪'，一包'硬中华'，就把龟儿的套得差不多了。他说，村上都晓得，姓鄢的副县长一垮台，姓冯的必进监狱。冯伯儿每年给他进贡的钱，少说几十上百万。昨天下午，纪委同检察院一起，从姓鄢的家头和办公室，抄出好多个存折，加起两三千万。还有高档手表、翡翠、金条，装了一大箱。对了，冯二胖他们以为是人精，搞了一封担保信。结果呢，反而惹火烧身，脱不了爪爪。那封信上的签名，大都是假的，人家根本不晓得。"

夏至困惑地拧拧眉心："我想了又想，还是有疑问。鄢县长受到'双规'，冯举凡怎么没有动静？就凭我们那 30 万元,他也早该'升级'了。"

"我差点忘了！王胜德说,冯伯儿真正的靠山,是县上原来的书记,好像姓华。老书记早升官了,当市长助理。他在宁天时候,黄土村是他抓的点,冯举凡是他一手扶起来的。关键时候,老书记挂个电话,姓冯的问题再多,也会大事化小,小事化了。现在的书记、县长,都是老书记提拔的。老书记的话,他们不敢不听。"

一片阴霾,倏地飘上夏至心空。他恍然大悟道:"原来这样！难怪冯举凡这么嚣张。"

"到哪个坡,唱哪个歌。往后的事,到时再说。蒋镇长找你,是不是说冯伯儿事情?"

"对。还谈了拆迁。看来,镇上这次不是'假打'。"夏至讲出刚才经过。

"我猜也是这样。冯伯儿一栽跟斗,冯二胖就像死了爹妈。那些钉子户,也变得蔫不溜秋的了。"赵淳瞟瞟夏至手上资料,"夏哥,我们总算吃了定心丸。房子一拆完,土地一接手,下面的事,该你表哥施展拳脚。纪委那边,你就不去了吧,何必抓屎糊脸?"

夏至认真地说:"不！县上那边怎样,是县上的事;我应该如何,是我的事。不把送钱的事说清楚,我胸口就像梗着什么,吃饭睡觉都不安心。"

"夏哥啊夏哥,你这人啥都好,就是书读多了,成了迂夫子！"赵谆叹道。

手机响了,陈江挂来的。夏至晃晃手指,示意赵淳别说话。

"夏至吗?是我。我刚接到丁局长电话,他说明天的约会取消。"陈江似乎精神不好,声音有气无力。

"取消?原因呢?"夏至假装惊讶。他意识到,丁局长的突然变化,一定与宁天的反腐态势有关。

"这个,可能他有事吧！"陈江迟疑一下,吞吞吐吐道,"他只是说,他好心给县上招商引资,哪知惹来这么多麻烦。你们的事,他不介入了。还有,你清楚的,你那个项目,我除了介绍一下,连边也没沾过。"

　　"究竟出了什么事,你们这么紧张?"夏至追问道,想获悉更多的情况。

　　陈江压断电话。他立刻挂过去,陈江根本不接。

　　"是你同学吧,装神弄鬼的。他说啥了?"赵淳像是听出什么。

　　夏至笑笑,没回答。他展开双臂,惬意地扩扩胸,连做几个深呼吸。他悠然地眺望着观音山:"刚才有雷声,听见没有?"

　　"没有啊!"赵谆愕然抬头:天空一碧如洗,云影也没几片。

　　"的确打过雷。"夏至感慨地说,"这里的雷就是这样,先滚动几下,然后不声不响,暗中聚集;当你以为它已经消失,却突然在你头顶炸开。你想,对于渴盼急风暴雨的人,这意味着什么?"

　　赵淳眨眨眼睛,琢磨着夏至的话。

这样的云，这样的风

楔　子

或许，自从归莹出现，就注定要发生以后的一切。好像一枚硬币，当你看到这一面，那一面必然不同，也必然存在。

八个月后，应忆影已天人相隔，归莹也如惊鸿远去，原力文来到北海大墩海滩。十二年前，就在这里，他与应忆影相识。橙灰色的天际，早潮如从地心涌出，千军万马般扑来。潮声恍若胡笳，雄浑而低沉，激昂又悲壮。他的心蓦地一震：一种深沉的悲哀，漫过岁月的堤岸，在他胸腔呼啸奔腾。这一刻，他突然发现他错了。先入为主地放纵所谓感觉，等于理智被偏执绑架，就像组合弧形钢轨，最终成为弯曲的铁路，将人带到错误的尽头。

那天，他在海滩站了很久。无遮无掩的海风中，他感到自己像在消融。那烙在灵魂上的伤痛，却无法随光蒸发，随风远逝。它们凝成一摊沙粒，影子样伏在脚下。

一

椭圆形会议桌，双曲线墙布，水晶吊灯如蛋糕倒置，就连窗帘装饰罩，也像优美的贝塞尔曲线。去年装修会议室，原力文忽来灵感，想起建筑大师高迪名言：曲线属于上帝，人类只有直线。

翻着简历，他无奈地摇摇头。公司招聘一名策划主管，已经面试十人，来的不是职场混混,就是刚学飞的菜鸟。虽然还有两个应聘者,想来也不会有奇迹。一个咸蛋,吃了大半都是涩的,没有理由非要吃完。他正准备离开,恍若火焰卷来,应忆影出现在门口。

"你怎么来了?"他一怔。樱桃红风衣,香蕉黄皮裙,懒懒地拎着的香奈儿手袋。她这身装束,与庄重的招聘气氛颇不协调,像流畅的乐曲中窜出杂音。

"逛完商场,顺道看看。"她灿然笑笑。

"今天是星期五,小越要学琴。"

"李姐去学校接他,先上钢琴课,再吃麦当劳。"

"又是那些垃圾食品。"原力文在心里嘀咕。公司步入正轨后,他让应忆影辞职回家。她却一头扑上麻将桌。接送小越、照顾作业、学钢琴等等,大都由保姆代理。

"应姐,几天没见,越来越年轻了。乍一看,还以为是来应聘的。"副总经理罗维中起身让座。

"四五十岁了,半边脸!"应忆影笑道,她扫扫座位,"哎,我哪敢坐这儿!"她走到一旁,掏出手机玩起来。

"原总,你看……"罗维中问。

"继续。我去下卫生间。"

上完厕所,又到办公室抽了一支烟。估计招聘该结束了,原力文回到会议室。一个清瘦的女子背影,倏地扑进他眼帘:随意披着的几束飘发,像岩壁上的涓涓山泉;墨绿色外套袖口,露出一圈白玉镯似的毛衣。她正在叙说履历:"……上海期间,任浦江文化公司总裁助理。去年回来后,担任红帆公司广告总监……"

"相比自述,你的简历太粗略:只说大学文化,没说专业,职务业绩也一概不知。当然,我相信你的解释。网上报名嘛,不得不谨慎。这些毕业证原件,也足以说明一切。"罗维中说。

原力文走过去。

"归莹,还可以。"他悄声道。

"你学中文,第二学位是产品设计。哦,你在国企、外企、民企都干过?"原力文翻弄着证件。

"你到红帆公司才几个月,为啥辞职?"罗维中问。

归莹稍一迟疑:"个人原因,与工作、待遇无关。"

"个人原因?"罗维中还想追问,原力文示意他打住。

"假如我们聘用你,你打算怎样工作?"原力文问。触到归莹的目光,如同电流传过,他一惊。那是什么? 静如秋水的忧郁,晨雾飘绕的迷惘? 烟雨深处,又隐约可见燃烧的虹霓……

"公司价值取向明确,很有发展前途。同这会议室一样,充满新颖和活力。如果我被录用,将是我的机遇和挑战。我将从零开始,力争成为跳跃的点,勾画出更新更美的曲线。"归莹局促地盯着鞋尖,轻快的声音,像夜雨击打新荷。

应忆影抬起头,眼光像匕首,在她身上不停晃动。

"就是她了!"几乎不假思索,原力文下了结论。他有一种强烈的预感,归莹能够开拓出一片蓝天。

"两天之内,请等候通知。"他欣然道。

"看来,你们对她颇有兴趣。"应忆影凑过来,拿过归莹简历,挑剔地看来看去。

"罗总,最后一个,你面试算了。"原力文准备回办公室。应忆影在他座位坐下,调侃地说:"我也过过官瘾。"

十分钟不到,罗维中敲门进来。看他漠然的表情,原力文知道没戏。应忆影却连声赞道:"龚刚,名牌大学毕业,留美硕士,阳光坦诚,毫不做作。比起刚才那些,他最优秀。"

原力文听出,她在影射归莹。"你觉得如何?"他问罗维中。刚才在走廊,他与那人擦肩而过。那人发型类似南非"刀锋战士"皮斯托瑞斯;牛仔服,紧身裤;腰身下面,现着围裙样的绒衫。仅看这副打扮,他就有几分不屑。

罗维中轻轻摇头。

"是不是除了归莹,哪个都不行?"应忆影讥讽地问。

"应姐,我没啥,听你的。"罗维中慌忙赔笑。

"要么全不要,要么就用龚刚。对那个归莹,我感觉不好:眼神浮,颧骨高,一看就有心机。"应忆影说。

"原总,你决定。"罗维中将矛盾推开。

"什么时候你成看相的了?! 说到感觉,忆影,你不是经常表扬我,说我感觉很准? 还有维中,你刚才都看好归莹,怎么一下成了钟摆?"原力文嘲谑地说,试图冲淡气氛。让他为难的,不是录不录用归莹,而是怎么平息应忆影的无名怒气。虽说自己可以一锤定音,但是,妻子谈点不同看法,就当着外人将其否定,情理上说不过去。

"力文,我既没发烧,也不是神经病,不会糊涂到害你害公司,还要害我自己吧?"应忆影将脸一沉,上纲上线道。

见势不妙,罗维中圆滑地说:"原总的意见有道理,应姐的看法也不错。干脆两个都聘用,试试再说。"

应忆影没作声,默认了罗维中建议。原力文悻然。

"那就这么定了。"罗维中转开话题,"原总,绿野康养策划书来了,请你审定。"

应忆影说:"我去找尹琳,有点事请她帮忙。力文,新光路开了一家素食馆,我们等会儿去尝尝。"

应忆影清脆的脚步,像宣告胜利的钟声,一下下砸在原力文心上。他扫扫罗维中:"你怎么了? 一到关键时候,就习惯抹稀泥。"

"难不成非要你们顶起来? 应姐的个性,你比我了解。女人都是这样,总爱排斥同性。龚刚如果不行,炒了就是。"

　　"既然试用,到时再下结论。我不相信,我的感觉出了问题,你的判断也有偏差?"原力文说。

　　事情果如所料。归莹与龚刚被录用后,为了测试他们能力,原力文拿出绿野康养策划书,让他俩分别修改。这份策划书,是大昌集团委托做的。他们打算在西曲县投资养老项目。近年来,广告市场很不景气,一条小鱼,三只猫争抢,还有一群猫虎视眈眈。为此,原力文指派罗维中带人下去,对风土人情、周边环境、相关政策等做了摸底。他对归莹和龚刚说,策划书框架已成,但内涵和外延挖掘不够,文字也较粗疏。他给他们半个月时间,可以在家里修改,也可到西曲县实地考察。

　　一周后,龚刚退回策划书,同时交上辞职报告。策划书一字未改,标点符号也没动过。

　　"我的强项是跑外面,偏好有挑战性的工作。"龚刚难堪地搔搔头。

　　"是吗? 只有上亿的项目,你才会动动笔?"原力文嘲讽地笑笑。对龚刚的铩羽而归,他不意外,只是没想到这么快。从内心讲,他看不起那些海归硕士,好些是为了镀金和躲避高考,并没多少真才实学。

　　"不是这意思……"龚刚急了。虽然才过惊蛰,他额上竟沁出汗珠。

　　原力文不想啰唆。他收下辞职报告,给他结了半月工资。

　　归莹则完全两样。接下任务后,她要公司开证明,打算去大昌公司走访,再到西曲县待几天。

　　"哦?"原力文有些意外。

　　"不了解大昌的企业文化、产业方向,我无法写出他们满意的东西。另外,我对西曲县的发展规划等,更是一片空白。原总,你给了我一张试卷,不希望我不及格吧?"她自信地笑道。

　　归莹的缜密思维,让原力文暗暗佩服。隔着大班桌,他装作沉吟,偷偷地打量她。严格讲,归莹谈不上漂亮,她下巴太尖,嘴唇显薄,鼻梁也不那么挺;颧骨硌得过高,把双颊压得更瘦,像等腰三角形。但是,如同负数与负数乘除,结果肯定为正。这种不完美的组合,显现出另一种完美,看上去,她有种雕像般的庄重秀雅。特别是她的眼睛,凝眸时如幽静的深潭,转动时像轻飘的雾纱,总像在诉说什么。大概,这就是应忆影所说的"浮"。

"原总,我的想法不对吗?"在原力文的注视下,归莹不好意思地问。

"很好!"原力文回神道。

离开公司后,归莹像石沉大海,没有一点消息。第十四天下午,罗维中坐不住了。这份策划书,他精心做过润色,认为已经成熟。原力文把它作为实战考核,他并无异议。凭这两个刚进公司的新人,不可能有什么石破天惊的突破。但这么一耽误,影响了完成期限。

"我挂电话问问?"他挂通归莹手机,关机;又挂归莹留下的家庭座机,空号。"咋回事?"他狐疑地转转眼珠,"不会不辞而别吧? 龚刚离开,好歹来说了一声。"

"不可能!"原力文否决道。但是,轻微的不安,蚂蚁样在他心上爬动:他给归莹挂过电话,也是关机。

"只有等,反正只有一天了。"罗维说。

第二天早上,原力文刚进公司,前台礼仪小胡说,归莹来了,在会议室等他。

"怎样?"原力文劈头问。

"但愿不辱使命。"归莹拿出优盘。

原力文唤来罗维中,叫他也看看。归莹坐在沙发上,忐忑地垂着眼。

"思路清晰,很有创新!"原力文高兴地说,"我特别欣赏这两点:一、结合大昌集团药业优势,将单一的康养,向中药种植体验、观光休闲延伸;二、融入西曲县发展规划,打造以道家养生为特色的旅游度假区。"

归莹羞涩地拂拂发丝:"大昌的项目和西曲县规划,就像两根线,只有找出交叉点,项目才能成功。"

"不错。"罗维中点点头。他两腮的肌肉,像被什么拧动,勉强挤出几丝笑容。

"罗总,还请多多指导! 没有你们的辛勤付出,我不可能完成这个任务。"归莹敏感地说。接着,她疲倦地打了一个呵欠。

"你怎么了?"原力文这才发现,她眼眶发青,人也显得憔悴。

"为了策划书,昨夜几乎没睡。没事。"她挺挺背脊,做出精神饱满的模样。

"你回家休息,明天正式上班。"原力文说。归莹走到门口,他又叫住她,要她保持手机畅通,有事好联系。

"人倒比较优秀,不过……"罗维中欲言又止。

"不过很有性格,是吧? 平庸是创造的天敌。大凡才干出众的人,都有些独特。"原力文不以为然道。他理解罗维中此刻心情。这个策划书,罗维中改了好几天,除了个别提法和错别字,他毫无突破。面对归莹的成绩,他脸面有些挂不住。

二

公司共有四个业务部门:广告部、策划部、综合部、新媒体部。综合部是重点部门,原力文直管。员工都想到综合部,提成高,能得重用。原力文考虑再三,决定让归莹到综合部。对他的决定,罗维中表情平静,似乎在意料之中,尹琳却坚决反对。尹琳是综合部总监,公司元老。她不满地扶扶眼镜:"这怎么行? 她虽说有些资历,但毕竟是新人。要来综合部,除了经验和能力,还必须要有韧性和弹性,把不可能变成可能。"原力文耐住性子,给她讲了策划书修改过程。她矜持地说:"文字上的花拳绣腿,算不上多大本事。当然,你是老板,你决定。"

两天后,归莹找到尹琳,说已基本熟悉情况,请她安排工作。"好啊,我正想找你。"尹琳亲热地笑道,"有一个大项目,天信集团二十周年庆典,是个难啃的骨头。我们做了很多工作,至今仍僵持未定。怎么样,敢不敢接手?"

"我试试吧!"归莹一口答应。

听完她俩的汇报,原力文迟疑不决。天信是公司老客户,这些年的广告宣传,大都由公司代理。这次庆典,天信预计投入 300 万,精美画册、媒体宣传、模特表演、庆祝酒会一样不少。为了拿下这个项目,原力文约请天信两次。对方始终虚与委蛇,并不接招。他找大学同学周建帮忙。周建是工商局的一个处长,为公司办过不少事。这一次,周建怕与"反腐"沾边,避之唯恐不及。让归莹接手这个项目,无异于蚍蜉撼树,谈何容易! 尹琳这么安排,说是测试归莹才干,实则是想看她笑话。

"原总,既然项目很重要,就当是个考验吧!"看见原力文老在沉思,归莹主动请战。

尹琳隐晦地笑笑。

"小归的确能干。"罗维中一本正经道。

"好吧,试一下!"原力文勉强同意。

晚上看电视时,应忆影双眼盯着屏幕,突然问:"那个归莹如何?"

"才来,看不出结果。"原力文随口道。他倏地有些警觉,归莹刚接下这个刺头活,应忆影就问起她。应忆影提过两次归莹。第一次是龚刚辞职那天,她鄙视地说:"这些人,全是成精的老油条。哪怕说得花儿朵朵开,动辄就拍屁股走人,一个都不能相信。"原力文心里有数,她明说龚刚,暗指归莹。第二次是破格提前录用归莹,她又不阴不阳道:"出水才见两腿泥,时间还长。公司走到今天,是真刀实枪干出来的,不是做文章编出来的。"这次她问到归莹,一定有人泄露了什么。

"你听到什么了?"他蹙蹙眉头。

"你是力博公司老板,谁敢说三道四? 今天为小越请家教,尹琳来过微信,顺便提到归莹。我说,人要有自知之明,逞能不要紧,不要砸了公司牌子。"

"忆影,我总觉得,你对归莹有种偏见。新员工也好,老同事也罢,我们都应一视同仁,激励他们努力工作,创造更大的经济效益。否则,最终遭受损失的,是我们自己。"原力文正色地说。

应忆影没有吭声,眼神柔和下来,默认了这番批评。

一周后,归莹向原力文汇报,说天信真正当家做主的,是董事长前妻的弟弟——副总经理曹甦。十多年前,董事长离婚不久,前妻便患癌症去世。为此,董事长把对前妻的愧疚,转化为对曹甦的绝对信任。只要曹甦点头,他无不同意。至于总经理余一朋,碍于是公司元老,挂个虚名给足待遇,把他像菩萨样供着。归莹说,她已另起炉灶,写出庆典策划纲要,打算直接找曹甦。

"你怎么弄清的?"原力文问。犹如电影镜头掠过,他想起一些细节:每当谈到关键问题,余一朋就打着哈哈,模棱两可地搪塞;曹甦却神色阴沉,像在戒备什么。

"我一个闺密,恰好在天信的开户银行工作。通过她,我约出天信财务总监,没几句就探出内情。"

"明白主攻方向,事情就好办了。余一朋那边,也不要掉以轻心。他喜欢国画,我送他一幅名家画作。"

"最好不要这样。最直接的办法最有效。如果相信我,请静候结果。还有一点,也请原总支持。我同天信的任何接触,对外对内一律保密。理由嘛,"归莹的表情蓦地凝重,"避免节外生枝,确保项目成功。"

"好吧!"原力文同意。他清楚她是指尹琳。尹琳嘴快,喜欢耍小聪明。如果她了解底细,说不定会捅出娄子。

过了几天,归莹汇报说,她在曹家连守两个晚上,终于见到曹总。他们谈得很好,曹总说三天内答复。原力文大喜过望,迭声叫好。

原力文对归莹的器重,像石头击进湖面,打破公司固有格局。针对归莹的妒忌和敌意,涟漪一样悄然荡开。

一次,公司办公会上,罗维中说:"归莹不知在干什么,想来就来,要走就走。说是跑天信项目,半丝反馈也没有。叫她写个互联网+探索方案,两三天了,一个逗号也没见到。听说为些小事,她与同事关系很差。"

尹琳说:"原总,知道吗,归莹有个雅号,'星期六'。"

"啥意思?"原力文不解道。

"《鲁滨孙漂流记》里,有个正在开化的野蛮人,叫'星期五'。归莹是女人,所以叫'星期六'。这个绰号是杜方取的。我细细一想,倒还符合她的做派。比如她在电脑上忙碌,谁要凑过去,她立刻退出页面,仿佛别人要剽窃什么。就是接电话,她也躲得远远的,把大家当贼防着。还有就是部里活动,不外是凑份子,下班后吃顿火锅打场麻将,也是为了沟通感情,搞好工作。请了她两次,她总说有事。脸色冷不说,还做出一副高傲样子,好像她是阳春白雪,我们是下里巴人……"

静静地听完,原力文话中带刺道:"花有百样红,人与人不同。我们不能用个人喜好,作为评判人的标准。更不能武大郎开店,只准矮个的进来。说到'星期五',我倒喜欢这个人。他真诚善良,聪明勇敢,知恩图报。这些优点,恰好是文明人应该具备的。"

尹琳讪笑一下,无趣地转开话题。

归莹终于拿下天信项目。对方庆典的所有活动,包括纪念品选购、篝火晚会等等,全部交给公司代理。签订合同时,天信预付了100万元。原力文很是兴奋,他叫上罗维中和尹琳,去蓝月酒楼庆祝。尹琳推辞不去,说晚上有安排,她堂兄生日。

显得空荡的包间里,对着满桌潮州美味,原力文端起红酒杯:"为天信项目的成功,为归莹的旗开得胜,干!"

"干!"罗维中满脸笑容。

"谢谢原总,谢谢罗总!"归莹浅浅笑着,将红酒喝掉。

为了今晚酒会,归莹做了精心打扮:紫罗兰色的束腰风衣,勾勒出她窈窕的腰部;弹力牛仔裤、运动鞋,洋溢着青春的风华;惬意披着的长发,前面两绺飘逸欲飞,沿双颊垂到胸前;颈上的蜜蜡吊坠,鸽子蛋大小,现着神秘的光泽。

几杯酒后,罗维中半开玩笑道:"归莹,可以请教一个问题吗?在红帆公司时,你职位不低,怎么辞职不干了?上次我问过,你说是个人原因。"

归莹为难道:"如果我再回避,罗总肯定认为我矫情。是这样的,我已经离异。进公司时,我没说实情。红帆一个高层,想象力太过丰富,总给我制造麻烦。"

罗维中还想再问,原力文制止住他,已经猜出怎么回事。

"好了。归莹,再次祝贺你!与天信的对接跟进,全权由你负责。广告宣传、印刷画册等,交其他部门办理,我全力督促。另外,根据公司规定,你有10%的业务提成。我已通知财务部,你明天去领。"

"谢谢!"

"这是你该得的,不必客气。"

"有功必奖,是公司的一贯原则。不过,我百思不得其解,这个项目我们都没拿下,原总亲自出面,对方也云里雾里地敷衍。你到底施出什么高招,一下就让他们乖乖就范?"罗维中大有深意地问。

原力文脸色一冷。罗维中话中有话,暗指归莹凭借色相。天信的进展过程,他尊重归莹建议,连罗维中也没谈过。他转念一想,罗维中不知内情,自然会有疑问。

"我懂罗总意思。实事求是地回答,我所以能签下合同,无非做了两点:第一,公司的信誉和新颖的策划构想;第二,能够融化坚冰的诚意。为了寻求面谈机会,我碰了一鼻子灰。我索性带上策划纲要,去曹总门前等候。第一天,我从黄昏等到晚上 11 点,他没回来。第二天我又去,从晚饭后等到 10 点,他终于回来,同意与我交谈,限定 15 分钟。头天等他的事,我没说,是他保姆讲的。后来,他主动挂电话,约在他们公司详谈。事情就这么简单,不复杂不离奇,无须过多解读。"

"我没别的意思,你别误会!"罗维中连忙解释。

归莹眼角斜挑,目光浸出寒意。罗维中阴沉着脸,手指不快地轻击桌面。

对抗的气氛,尴尬地在包间弥漫。

"项目能够拿下,首先是信息准确,其次是锲而不舍的努力,还有打动对方的策划理念。这三点,归莹都做得很好。对了,维中,归莹的进展情况,她给我谈过。我疏忽了,没跟你通气。"原力文轻松地笑道。他既肯定了归莹的成绩,又把责任拉到自己身上,让罗维中借以下台。

罗维中的手机响了。他一看,诧异地望望原力文:"应姐的电话。"

原力文这才想起,下午考虑电子广告招标,为避免被打扰,他把手机调成静音。他忙拿出手机,有应忆影的三个未接来电。

"静音没调过来,这才看到。有事吗?"

"没什么,就是突然想吃海鲜。你在哪里,我们去蓝月酒楼如何?"应忆影的话里字间,淌着轻柔的甘甜。

"蓝月酒楼?我恰好在这里,不过快结束了。我们改日吧?"

"我就在附近,马上过来。"应忆影压了电话。

"这么巧?"原力文转过头,不快地望着罗维中。蓝月酒楼订包间的事,只有他知道。

"帮你开车时,我碰见尹琳。她问我到哪儿庆功,我顺口提了一下。唉!"罗维中自责地叹气。

归莹盯着酒杯,好像什么也没听到。

没一会儿,应忆影神态自若地进来。她冲罗维中笑笑,对原力文说:"要喝酒,也不挂个电话,我来帮你开车。"

"没事,找个代驾。"原力文起身,叫应忆影坐在自己旁边。

"应姐!"归莹唤道。

原力文解释说:"天信庆典拿下了,大家高兴一下。"

"应该。为这个项目,你们心都操碎了。"接过罗维中递来的红酒,应忆影笑道,"小归,我敬你!"她仰头将酒干掉,转而一瞥桌上,"力文,怎么不点鲍鱼?这里的浓汤鲍鱼,全市都有名气。"

应忆影兴致很高,不停地敬酒喝酒。刚倒上,她说几句话,立即就喝干。酒不够,她叫罗维中又要一瓶。罗维中瞟瞟原力文。她甜甜地一笑:"力文知道,我就喜欢红酒。"

她对归莹特别亲热,似乎从未有过任何龃龉:"小归,祝贺祝贺!谁说女人难成大事?我们真要做点什么,保准他们愧不可及。想起成立公司时候,为租写字间办执照,我跑了好几天,艰难啊!拼搏那么多年,转眼就要老了,所以我得对自己好点,不然太对不起人生。我对力文说过,他负责挣钱养家,我负责貌美如花。这套钻石吊坠和嵌戒,就是他给我买的。漂亮吧?差点5克拉,花了26万⋯⋯"

原力文有些难堪,觉得她在有意显示:她才是高高在上的星辰,没谁有资格同她争辉。他不安地望望归莹。应忆影的雍容华贵和强势谈吐,恍如无形的搅拌机,空气在紧张中激荡。归莹平静的微笑,渐渐变成沉闷的拘谨。她一会儿挪挪手臂,一会儿拉拉椅子,一会儿又不停地晃动酒杯,好像什么在蜇她,让她很难坐定。

没一会儿,归莹提出告辞。

"喝了点儿酒,有些头晕,我也走了。"罗维中想乘机开溜。

"刚有兴致,你们就要走,扫兴!"应忆影说。

"奇怪!今天你恰好没牌局,又恰好想吃海鲜,还恰好走到蓝月?"等待埋单期间,原力文闷闷地问。

"我是股东,当然该关心公司。"应忆影傲然道,"没什么我不知道的。就连办公室飞进几只苍蝇,也休想瞒过我一丝一毫。"

"越说越离谱!拿下项目,大家庆祝一下,很正常,没啥瞒不瞒的。"

"怎么不给我讲?为啥单请归莹?"

"她谈成的项目,不请她请谁?再说,维中不也在场?难道公司的每一件事,我都要向你早请示晚汇报?"原力文反驳道,感到她不可理喻。

应忆影冷笑一声,抓过挎包,头也不回地走了。

三

橙色的灯光,透过水墨纱罩,送出一片温馨。灯影像胆怯的小猫,在落地灯后缩成一团。偌大的客厅,应忆影孤零零地坐着。墙角的红木立钟,用单调的声响,点缀着令人窒息的寂静。

一进家门,原力文径直走向书房。

"今天几号?"应忆影幽幽地问。

"4月15日。"他漠然道。

"十二年前的今天,记得是星期二,我们在北海大墩海滩。那天,海水静得像碧镜,天空蓝得如琥珀。这是你说的,我至今没忘。"应忆影的声音,缥缈而遥远,像从茫茫夜空传来。

他停下脚步。一阵混杂着苦涩的甜美,顿似急浪翻涌。他默默地走过去。应忆影雕塑般一动不动,秀美的脸上,滚着两滴水晶样的泪珠。

他的心蓦地一痛,像扎进一根坚刺。

"十二年了,真快!"望着窗外闪烁的灯光,他迷惘地叹道。

潮水带着弹性的张力,节奏分明地扑打海岸。万千晶亮的水珠,仿佛弹雨袭来。"怎么办?……"站在沙滩上,原力文呆滞地问自己。

半个月前,通过熟人介绍,他认识了一个姓容的老板。对方名片赫然印着:北海黑珍珠集团董事长、首席执行官。一番觥筹交错,容老板耿直得像要把心掏出:"只要有路子,生意好做的啦!我给你200部笔记本电脑,转手就是钱啦!"原力文不禁两眼一亮。市面上,一部索尼笔记本电脑,至少15000元。容老板给的虽是水货,却只要8000元。保守点估计,这笔电脑生意,起码能赚80万。这笔天文数字般的巨款,不断在他眼前放大,最终成为无法抵御的诱惑。他需要这笔钱,他必须要赚到这笔钱。他所在的曙光电器厂,虽经整体改制,但曙光未现,艰难依旧。为使企业走出困境,厂里决定兴办商贸

216

公司。担任计划科长的他,毅然接下总经理担子。公司除了三间办公室、六七个人,只有60万流动资金。一年多来,无论怎么鞠躬尽瘁,还是亏损10多万元。假如有容老板这条渠道,利润不是唾手可得?原力文的心,在未来的辉煌中陶醉。为谨慎起见,他飞到北海亲探虚实。风姿绰约的接待小姐、装修豪华的办公室、停在楼下的奔驰轿车,彰显着容老板的雄厚实力。他深信不疑地签下合同,预付40万元定金,提货时交清全款。

当他凑齐货款,带着会计前去提货,容老板手机成了空号,写字楼现着被洗劫似的凌乱。报案后他才得知,这是一个精心挖下的深坑,像他这样的傻瓜,跳下去的不止一人。

那晚,他痛不欲生,喝了一斤海蛇酒,才将大脑麻醉。第二天起来,会计为让他宽心,将他拖到大墩海滩。

那天恰逢赶海。游客三三两两,左手拎小竹筐,右手拿小铲,起劲地在沙滩上寻找螃蟹、蛤蜊。为了甩开身旁喧嚣,原力文木然地向海里走去。海水渐至小腿。他浑然不觉。突然,他胃部一阵痉挛,昨晚喝下的酒,翻江倒海般涌上喉咙。他弯腰正想呕吐,不料潮浪涌来。他身子一斜,趔趄着倒下。"有人被淹啦,快救人!"女子惊呼声中,他强撑着站起。一转身,几乎与那女子脸碰脸。"我没站稳。谢谢!"他狼狈地致谢。"没事就好。你只顾朝前走,我还以为……"女子羞涩地笑道。望着她柔美的眼睛,再打量自己湿透的衣裤,他尴尬地挪动几步,与她拉开距离。

就这样,他同应忆影认识。那年,他32岁,她刚满30。后来他才知道,因为丈夫太花,离婚后,她独自来北海散心。她正在移民,打算去温哥华投奔父亲。

"每年这一天,我们都会在一起,庆祝我们相识、相爱。就是有了小越,也从不遗漏。可是今天……"应忆影哀哀地说。

原力文挨着她坐下,轻轻搂过她:"是我不对。最近事太多,我忘了。"

"你的确忘了,什么都忘了！这么多年,我们怎么走过来的,怎么到的今天?"应忆影甩开他的手,捧起酒杯,一动不动地凝视着。

"可能吗?"原力文苦笑一下。应忆影的质问,像巨锤撞击心扉。岁月的苔藓,年华的斑痕,刹那成了飞散的碎片。他不可能忘记过去。只是,过去是座大山,沉重得难以承受。

北海回来,原力文向厂里提出,所有损失由他负责,分期偿还。厂长冷冷地白他几眼:"你就千把块工资,还到何年何月?厂里如此困境,我怎么向大家交代?"职工说得更玄乎:"姓容的老板?真有这人,保不准内外勾结,早把钱分了;40万,平摊下来,每人要赔一两千,凭啥?还说他能干,这种能干法,车间的瓦都要亏完。"各种冷言冷语,让他实难忍受。他与妻子柏勤商量,打算卖房赔款。他有两套房子,一套是房改宿舍,一套是父母留下的老平房。他想卖厂里房子。柏勤难受地说:"卖老房算了。那边没厕所没天然气,离玫玫的幼儿园又远。"

那段时间,他与应忆影天天见面。音乐学院钟楼前,锦江河畔绿影中,应忆影的安慰和柔情,像一江春水,荡走他的苦闷和烦恼。他说:"我一个学数学的,有过宏伟抱负,也能开拓奋进,竟然落到这一步。"应忆影说:"跌倒了,站起来就是。只要有这种坚韧,太阳就会永远升起。"谈到妻子,他说柏勤在果品公司工作,贤惠能干,就是婆婆妈妈,两人少有共同语言。"我需要的,不是世俗的卿卿我我,而是灵魂层面的融合。假如那样,我将充满拼搏的勇气,敢于征服一切。"他眼里燃着灼灼火点,语调激昂地宣布。应忆影云淡风轻地一笑:"男人,应该有事业心。我那空有其表的前夫,缺的就是这种精神。"听说原力文在卖房还款,应忆影说她有一笔钱,父亲留下的,可以给他。他拒绝了。他是男人,纵然天塌地陷,也该自己承担。

还清赔款,他高傲地交上辞职书。世界这么大,他要去闯闯。选择创业方向同时,他用卖房剩下的几万元,试着开始炒股。尽管有背水一战的悲壮,也不乏一往无前的斗志,他同应忆影的关系,却如断壁耸立,让他无法迁回。

"如果你不能离婚,尽管我相当痛苦,但只能各奔东西。"应忆影的话,像利剑刺着他的心。不,他不能失去应忆影。他俩像天雷撞地火,狂风遇海啸,爱得那么狂热,那么决绝。她是上天慷慨的赐予,已经融进他的血脉。但是,他又怎么面对柏勤和女儿? 对爱的渴盼和对家庭的不舍,冰火般针锋相对,在他心里残酷厮杀。

他终于狠下心,打算对柏勤坦白一切,提出离婚。好几次,他鼓足勇气刚欲开口,玟玟天真的笑脸、妻子温顺的眼神,瞬间变成恐怖的深沟,让他畏而止步。那些日子,他神思恍惚,坐卧不安,精神濒临崩溃。只有来到证券大厅,投身数字海洋的潮涨潮落,他才感到又活过来,生命又开始勃动。

一天,应忆影突然来到他家。

那是傍晚,他正在书桌前忙碌。中午,他偶然遇见大学同学周建。听到他近期遭遇,周建沉吟片刻,建议他办一个广告公司,自己在工商局工作,或许还能帮忙。他兴奋得如同打了鸡血,脑里飞出灿烂的希望。回家,他拿出笔记本,一条一条地细细规划。

门突然敲响。他没理会。不是收电费水费天然气费,就是有小孩找玟玟。自从他辞职后,极少有人找他。柏勤走出厨房,前去开门。

"你是……"柏勤怔怔。

"我找原力文,也想找你。"

听到这轻柔的声音,不用回头,他就知道是谁。他惶然迎上去:"你怎么来了?"

"路过,顺便来看看。"应忆影坦然一笑,像是老熟人。她拿出一个包装精美的礼品盒,对玟玟说:"电子芭比娃娃,能说话,还能唱歌。喜欢吗?"

玟玟迟疑地望着她。原力文鼓励道:"阿姨送你的,收下吧!"

"谢谢阿姨!"玟玟欣喜地说。

柏勤疑惑地扫着应忆影:"她一直想要这种娃娃,太贵了,我没买。"难堪地沉默一下,她说留应忆影吃晚饭,起身要去厨房。

"谢谢,我坐会儿就走。我要谈的事,与我们都有关系,请你也听听。"应忆影恬然笑道,"力文说,你比我大一岁。我叫你柏姐,不介意吧?我叫应忆影,在外贸公司工作。由于一个偶然原因,我同力文在北海认识。时间虽然不长,但我们感情发展很快。直说吧,我爱他,他也爱我。"

仿佛被惊雷击中,柏勤一下蒙了。应忆影出现时,她虽然有所警觉,但她绝没想到,真相竟会这么赤裸裸地被揭开,不给她丝毫躲闪余地。她的脸色蓦地变得苍白,所有的光泽和红润,倏忽间像被什么吸尽。她抖索着嘴唇,无助地望望应忆影,又看看原力文。

"该来的,终于来了!"原力文垂下眼睛,惨然地在心里呼道。他想起玟玟还在里屋,慌忙进去打开电视,又返身出来,将门紧紧拉上。

"你们……真的吗?"柏勤强忍住打转的泪水,双肩绝望地轻轻战栗。她的表情,像溺水者不甘沉没,还在做最后挣扎。

原力文耷拉着头,恨不能钻进地下。

"真的!我知道你也爱他,更爱这个家。但是,你并不理解他。你们之间,更多的是世俗的契约,绝非灵魂的辉映。柏姐,请原谅我的冒昧。我们无须争吵,更不必彼此侮辱。我们让他选择。力文,你回答,你爱我吗?"

柏勤转过头,惊恐地看着原力文。

原力文像被两座大山夹着,无路可逃,无缝可遁。他终于狠下心,很轻地点点头。

犹如筋骨被人抽去,柏勤软泥般瘫在沙发上,眼泪大颗大颗地滚下来。

"该说的都说了,我该走了。"应忆影凄然苦笑。

那天夜里,玟玟在房间熟睡,柏勤在客厅抽泣,原力文在厨房阳台抽烟。他一支接一支,抽得口苦舌僵,大脑麻木。在尼古丁的侵袭中,他也像一支香烟,血肉正在渐渐耗尽……

"我不可能忘记过去。仅仅为离婚,我就像遭受凌迟,死去活来好几回。"原力文倒上一杯红酒。他忽然觉得,那鲜血般殷红的液体,就是那段痛苦的真实写照。像是决然摒弃什么,他猛然举杯,将酒一饮而尽。

"离婚的痛楚,许多人都有过。相比我们创业的艰难,算不了什么。"应忆影叹道。

"那时你没孩子,当然没牵挂。我呢?"原力文想反驳,看到她幽怨的模样,心中顿时不忍。她说得对,创业路上的千难万险,并不比西天取经容易。刚办公司那会儿,一次他开着奥拓,去西曲县谈一笔业务。恰逢修路,汽车只能从山区绕行。回来已是黄昏,汽车忽然坏在山顶。等待救援车的几小时里,他同应忆影又冷又饿,全靠几个巧克力充饥。他记得,那晚天空特别黑,枯枝在寒风中摇晃,野猫在山谷凄叫。"力文,我有点害怕……"应忆影颤声说。"有我!"他搂住她,沉声道。又一次,公司资金链断裂,面临倒闭危险。他四处奔波均无结果。回家,他打开一瓶白酒,垂头丧气地喝着。蓦然,他一头伏在桌上,像受伤的野兽低声哀号。"怕啥,没有翻不过的坎!"应忆影豪气地一拍桌子,为他拭去满脸泪痕。想着想着,原力文不由得奇怪,无数次残酷的商场竞争,好几回公司的沉浮起落,忽然成了闪跳的光斑,很难完整地抓住什么。只有这些微小的细节,像沙滩上银色的贝壳,总在脑里闪闪发光。

"对。我们能走到今天,太不容易了!"扫视着别致而舒适的客厅,原力文深有感慨。

应忆影没吭声,但脸上的冷意逐渐消融。她柔声说:"我网购的酱香鸭舌、潮州烧鹅到了,你都喜欢。我陪你喝一杯。"

"你喝得不少了,算了吧!"看到她已显醉意,原力文劝阻道。

"我再喝一小杯,就一点儿。"应忆影坚持道。看到酒瓶已空,她从酒柜又拿出一瓶。

喝着红酒,聊着儿子等家常。应忆影又提到公司:"维中谈不上水平多高,但对公司忠诚,大可放心。尹琳呢,虽然依仗丈夫是官员,有些官太太派头,不过确有能力。前年那个韩国明星演唱会,不是她,我们肯定拿不下来。财务部的人,我了解不多,但从她们说话做事判断,也还算老实。只有这个归

221

莹,让人难以放心。"

"说到归莹,你就一肚子成见。莫名其妙！对公司员工,我只认业绩,不讲亲疏。就说天信这个项目,你知道赚多少吗？告诉你,除去所有开支费用,净赚 120 万。"

"我没说赚钱不对。我是说,对她的其他方面,你要有所戒备,拉开距离。"

"其他方面,哪方面？我们只是工作关系,拉开什么距离？"

"我是女人,一个曾经受过伤害的女人。我对什么最敏感,你应该清楚。男人嘛,大多用感官思考。你敢说,在一些特殊情况下,你绝对能够把握自己？"

"你想得太多了！"原力文羞恼地一蹾酒杯。应忆影的话太过险恶,在影射他俩的相识。他不想与她争吵,说疲倦了,朝楼上走去。

"但愿如此！"应忆影冷冷一笑。直到原力文躺到床上,那声音还像幽魂,在他耳边纠缠不已。

四

一天上午,余一朋挂来电话,说想请原力文吃午饭,顺便沟通一些细节。原力文欣然同意。因为是天信的项目,归莹必不可少。可是,再叫谁参加呢？那晚同应忆影谈话后,他不动声色地疏远归莹,避免与她单独接触。应忆影加了公司好些人微信,说不定些许风吹草动,也会引来狂风暴雨。

他叫来归莹,告诉她余一朋的邀请:"这种深化双方信任的机会,当然要抓住。不过为了组建子公司,罗总和尹琳去了重庆。你看再叫谁去？当然,你我足以解决问题,不过多去一人也好。"

"这个项目,与其他人没多大关系,去干什么？"归莹不解地问。随即她像明白过来,含蓄地笑笑:"原总是否有其他顾虑？要不我给曹总挂电话,说我回老家有事,不能赴约。或者我说税务检查,你无法脱身,我独自去？"

"不!"原力文摇头道。这些借口,他都觉不妥。他轻松地笑道:"算了,就我俩去。我只是想,多个人在场,或许能跑跑腿。"

11点10分,原力文叫上归莹,上了自己的沃尔沃轿车。天信约在三环路外翠屏酒楼,开车要半个多小时。这种聚会,去晚了不礼貌,去早了也无聊。主人未到,客人先来候着,有点卑躬屈膝的味道。原力文把时间拿捏得恰好,就是遇上堵车,也差不多正点到达。

车刚开出地下车库,电话忽然响起。他一看来电显示,是柏勤,心不由得一沉。柏勤极少与他联系,就是女儿有什么,一般都发短信。"一定出了什么事!"他有种不祥之感。

手机铃声终于沉寂。稍停,又执拗地响起。音量大小虽然一样,原力文却觉得,响声更急促更猛烈,他的心一阵惊悸。

"原总,电话。"归莹提醒道。

原力文抓起手机,柏勤衰弱的声音,立刻飘浮般传来:"力文吗? 我腹部绞痛,恶心呕吐,简直像要死了。医生说是胆结石,要动手术。我不想惊动你,就叫我妈来,不晓得她磨蹭啥,现在都没影子。我一个人,走路都艰难,没法办入院手续。"

"哪个医院?"他的心往下一坠,紧张地问。

"三院。"

"我马上来。"他挂断电话,下意识地瞟瞟归莹:翠屏酒楼在南边,三医院靠近西一环,转不了多少路。但是归莹在车上,他不想让她了解这些。如果叫她下去,正值高峰时段,未必能打到车,而且,又怎么对她解释?

"原总,你忙你的。我这就下车,先赶过去。找不到出租,我乘公交,62路转184路,下来走不了多远。"归莹并没追根究底,体贴地催他停车。

"那咋行? 这样,我们一起到医院。你在车上等等,我耽误一下就来,时间来得及。"归莹的善解人意,反让他不好说什么。他一踩油门,加速向前驶去。

到了医院,他左转进停车场。路边停着的一辆出租车,车门突然推开,差点碰到他的后视镜。他探出头正想责问。下车的老太太看见他,不满地说:"力文,你咋才来? 柏勤一会儿一个电话,我又要照顾你爸输液,又要买菜煮饭,忙得像打仗一样。"他解释说公司事多,太忙。看见老太太探询地盯着归莹,他只得叫她下车,介绍是公司同事。乘老太太不注意,他尴尬地说:"小归,今天的事,一定替我保密,我不想让其他人知道。这是我前妻的母亲。我同前妻离婚的事,她不清楚。"

归莹很轻地点头,丝毫不显吃惊。

他没对归莹撒谎。当年,顾及女儿太小,他同柏勤约定,隐瞒他俩离婚事实。他们统一口径,对女儿说他在外地工作,所以很难回家。玟玟一直似信非信。这些年无论再忙,他每周都要去看女儿。为了避免别人指指戳戳,他叫柏勤卖了宿舍,在城北买了一套电梯公寓。柏勤父母先还牢骚不断,抱怨他不管女儿不顾家,后来好像知道什么,索性不理不闻。对自己的父母,原力文说出一切。父亲恼怒地摔了酒杯,转身冲回房间。过了好几年,他的脸色才逐渐变暖。母亲则断然宣称,就算仙女下凡,她也只认柏勤。结婚后,原力文带应忆影回过家。父母的不冷不热,让应忆影很是难堪。她虽不说什么,但春节等家庭团聚,她总找理由推却。原力文夹在中间,无奈地充当磨心。

急诊室里,柏勤脸色蜡黄,说话像游丝。她说见她孤身一人,护士帮她办了入院手续,下午才能住进去。没说几句,她叫原力文快走,不要误了工作。原力文问玟玟咋办? 她说没办法,只有去父母家。原力文拿出一沓钱给老太太,叫她请个看护,再给柏勤买些营养品。他安慰柏勤几句,说抽时间再来,然后逃跑般匆匆离去。

"其实,柏姐多可怜的!"原力文怅然若失地开着车,归莹忽然说。

他苦涩地笑笑,无言以答。

"原总,我冒昧地问一个问题:这么多年了,柏姐为什么不结婚? 是没有合适的,还是因为你们女儿,你不希望她安家?"

"我有这个权利吗？我想，对她来说，惯性作用和传统观念，或许都是原因。"他含混答道。提到柏勤，他就有一种永远的痛。办完离婚手续后，柏勤凄楚地说："我答应离婚，是为你着想，怕她把你逼上绝路。总有一天，你会回来的。我们不能没有你，你也不能没有我们。"他郁郁无语。他既感激柏勤的宽容，又无法面对她的真情。更多时候，他认为她这番话，只是特定环境中的情绪宣泄，时间一长，她自然会面对现实。没想到，十二个寒暑交替，她却依然如旧，一点也没改变。

"托尔斯泰说，幸福的家庭家家相似，不幸的家庭各个不同。各人头上一片云，都有一本难念的经啊！"原力文叹道。

归莹没有答话。她静静地注视着窗外，眼里含着轻微的忧伤。

吃完午饭，余一朋说："原总，反正酒后不能开车，不妨放松放松。网球、嗨歌、麻将，一切随你。"

原力文有些作难：他没心情娱乐，想去医院看柏勤；如果婉拒，又显得不近人情。

归莹得体地打圆场："余总发话了，原总肯定留下。我呢，麻将不会玩，唱歌是'莎士比亚'，打网球总摔跟斗。我先告辞。"

原力文乘势下台："那就打麻将吧！"

打牌期间，恍如雾中观花，他几乎没有感觉。他连点两个"杠上炮"，又赔了一次"麻胡"。余一朋是大赢家，笑得像弥勒佛，说这辈子只认力博公司，其他人门都没有。曹甦有些心不在焉，几次提到归莹："小归思路敏捷，精明强干。有这种手下，原总大可放心！"待到牌局结束，已将近6点，代驾已等了一阵。刚上车，原力文接到归莹短信，说她借口公司委派，去了医院，柏勤已住进外科病室，情况稳定。他大感意外，急忙挂去电话，对归莹深表感谢。他叫司机不去三院，直接回桐梓林小区。今晨应忆影胃痛，要他早些回家。

柏勤动手术那天，恰逢重庆客户来公司考察。原力文急得像热锅上的蚂蚁，想到医院又无法脱身。这是重庆公司第一单业务，意义重大。要是他如实说出原因,罗维中等人怎么想?假如应忆影知道,又会引出多少疑心。对于柏勤现状,应忆影淡淡地问过几次。开始是关心,继而是不安,最后是怀疑。柏勤始终单身,让她感到潜在的威胁。每次原力文看了女儿回来,她的目光像带刺的问号,在原力文脸上睃来巡去,像要剜出什么秘密。原力文很不舒服,但又无从发泄。

"原总,柏姐下午2点手术。你要接待客人,我去。"归莹来到办公室,轻声说。

"你咋知道?"原力文大为惊奇。

"我留了电话,医生给我发的短信。"

"好,太感谢了!"一股暖流,倏地在原力文心里翻滚。他定定地望着归莹,突然想一把搂过她,在她脸上重重地亲吻一下。归莹仿佛有所感觉,羞涩地垂下眼帘,双唇现出丰腴的潮红。原力文紧咬牙关,压制着这疾如流星的躁动。他不自然地转开眼光,讷讷道:"你给柏姐说,一定要用镇痛泵。"这时,门被推开,罗维中跨进来。看见归莹,他敏感地想要退出。

"有事吗?"原力文叫住他。

"重庆客人正在停车,马上就到。"

"我们刚好谈完。天信的画册,设计得比较粗糙。我找小归交换意见,叫她通知修改。"原力文神色自若道。像一盆冰水从头淋下,他清醒过来。虽然隐隐有种挫败感,但更多的是欣慰的庆幸。假如这步跨出去,那将是一条雷鸣电闪的不归路。他怎么面对应忆影,怎么面对小越?

归莹敷衍几句,告辞走了。走到办公室门口,她回过头,很深地望望原力文。她的眼神错综复杂,除了薄雾般的哀怨,还有难以说清的怅惘。

柏勤顺利出院了。她告诉原力文,动完手术后,归莹又到过医院。一次带去一锅虫草鸭、一盒月饼,说中秋节快到了;另一次,为玟玟带来一套中考复习资料,厚厚几大本。"你补钱没有?"原力文问。他听归莹提过,三个月前那场"股灾",她亏掉所有积蓄。"她坚决不要,说是你安排的。"柏勤说。

原力文未置可否。这两件事,归莹都没提过,甚至没有一点暗示。归莹去医院照料柏勤,像被铅桶密封的核物质,一丝一毫也没泄漏,成为他俩的一个秘密。他除了对她充满感激,更多的是信任和欣赏。柏勤又说,归莹爽快真诚,却又很有分寸。柏勤问到公司情况,提起应忆影。她微微一笑,说她才来公司,了解不多。"你怎么想到派她来?"柏勤困惑地问。"其他人知道太多,或许惹来不必要的麻烦。"原力文说。柏勤知道他在影射什么,眼里飘出几丝哀伤。

一个星期六的上午,坐在宽敞的阳台上,原力文一面欣赏精致的水景,一面悠闲地品茶。小越穿戴一新,小鹿样蹦跳着过来,催促他快走。前两天,小越拿回一张纸条,说老师让买两本钢琴谱。原力文同应忆影说好,今天带孩子去书城,顺便逛逛街。应忆影昨天打麻将,深夜才回家,睡了七八个小时,也该差不多了。原力文看看座钟,上楼叫她起床。应忆影睡眼惺忪,一边抱怨自己忘了这事,一边无奈地说,昨晚已经约好,上午 11 点,要去做美国超声刀美容。"那咋办? 小越催了几次,不去太扫兴了!"原力文不快道。"怪我怪我! 我给他解释,说妈妈有急事,爸爸陪他去。"原力文只得答应。

到了书城,老师指定的钢琴谱集,只买到一本汤普森的《浅易钢琴教程》。营业员说,车尔尼的《钢琴流畅练习曲》早已断货,建议他买威尔的《世界儿童钢琴名曲集》。他问小越如何。小越心不在焉地应着,双眼却粘在旁边大屏幕电视上——恐龙踩翻一部汽车,正在凶狠地朝天怒吼。原力文买了谱集,拉着小越欲走。小越舍不得离开,乞求说再看一会儿。原力文没法,只好在附近闲逛。他一掉头,水晶专柜引起他注意。"简直搞活了,电器、书画、茶具应有尽有,居然还卖水晶!"他饶有兴趣地走过去。一串红色碧玺手链,忽地跃进他眼里。串珠颜色由浅到深,彩虹般绚丽多彩,每颗珠子大小相当,圆润均匀。

"12000 元,太贵了。打折吗?"他叫营业员拿出手链,爱不释手地问。应忆影有一个碧玺吊坠,鹌鹑蛋大小,是非常少见的蓝色,买成 3 万元。她很珍惜它,重大日子才佩戴。原力文想买下这串碧玺,送给归莹。她连跑几次医院,他过意不去,总觉得欠她什么。

一番讨价还价,营业员又拿起手机,煞有介事地请示老板,最后以六折成交。付完款,刚将手链放进拎包,小越冷不丁地蹿过来:"爸,买的什么?"

"没啥。"他敷衍道。

小越疑惑地望望他,又扫扫琳琅满目的水晶柜。

星期一上午,他将归莹叫到办公室。他郑重地拿出手链,说送给她,感谢她照顾柏勤。

"太贵重了,我不能要。你抽不出时间,我帮你跑跑医院,也是为公司工作。"归莹婉拒道。

"这是我一点心意,请你务必收下! 这串碧玺,很适合你的气质。碧玺与'避邪'谐音,也有吉祥平安的寓意。"他恳切地说。

"礼物我不收。如果你愿意,能不能帮我一个忙,我们就算扯平?"归莹稍一踌躇,不好意思道,"同学给我介绍了一个男友,视频聊天还满意,可见面后,又觉得缺点什么。说来他相当优秀,理科博士,形象气质都可以。今晚6点,锦里三国文化街入口,我们约着见面,你帮我参谋参谋。你不用过来,在旁边观察就是。"

他点点头。不知为什么,他心里一涩,像潮水卷过黑暗的大堤,又疾速退去,留下一片鱼虾腥味。

整个下午,他老挂着这件事。他后悔答应,想找借口推掉。人家约会,自己小偷般在旁窥视,算什么? 而且仅凭瞄上几眼,能做怎样判断? 但他又实在好奇,想看看这个男人究竟怎么优秀何等光彩? 最后他说服自己:就当还归莹人情,既然答应了,还是去。

下午5点40,他停好车,站到路边梧桐树下。他装作等人,双眼却扫视着锦里大门。差十分6点,归莹款款走来。她还是上班那身装束,上穿白色圆领T恤,下着梅子青长裙,简约清新,像亭亭玉立的新荷。看见他,归莹会心地一笑,在锦里门外站定。那个男人呢? 原力文左右环顾,在人流中费劲搜索。他想提前确定目标,迎上去近距离观察。这时,犹如幽魂,应忆影从他身后冒出。

"还看什么,她在那边!"应忆影讥刺地指指。

"你……? 唉,吓我一跳。我约了周建,到锦里看店招设计。"他慌乱地说,像偷东西被人抓住。

"是吗? 或许你还准备了礼品,可以参观吗?"应忆影好整以暇地笑笑,忽然一把抓过他拎包,拿出装有碧玺手链的小绸盒。"走吧,我陪你送过去!"她一把抓住他的胳膊。

"干什么? 你误会了!"他提高声音,希望归莹听到。他紧张地一望,一个男子走来,同归莹说着什么。大概归莹也发现应忆影。她挽起男子手臂,迅速走进锦里。

"好啊,还敢给狐狸精报信?!"应忆影勃然大怒。

"忆影,真的是误会。我们回去谈。"他低声下气道。他内心阵阵懊恼:这下可好,黄泥掉进裤裆,不是屎也是屎。纵然一切坦白,可这种单身女人隐私,为何归莹要对他讲,他又为啥答应帮忙? 如果说出实情,牵扯到柏勤,问题更加复杂,比数学难题黎曼假设还难解决。

"我会走的!"应忆影古怪地笑笑。她拿出碧玺手链,充满仇恨地一扯,狠狠摔向地上,转身大步走去。

瞬间,天空似乎黯淡,云团变成铅山,黑沉沉地向原力文压来。他顾不上去捡碧玺,慌忙追上去。

五

原力文一面开车,一面沮丧地梳理思绪。他决定这样解释:手链是他买的,作为公司对归莹的奖励;交谈中,归莹说处了一个男友,不过拿不准,他没考虑太多,说帮她参谋。这个理由破绽虽多,但没牵扯柏勤。他祈求应忆影能够相信,哪怕是半信半疑。

回家,应忆影不在。保姆刚接小越回来。保姆说,应忆影没去打牌,三四点钟才出门。"难道她守在公司楼下,见我出去,就尾随跟踪?"原力文心里"咔"地一下,好像找到答案。手链呢? 又是怎么回事? 他叫过小越,问了几句学校表现,话头一转道:"买的钢琴谱,妈妈看过吗?"

"看了。我还说你买了水晶,想给她一个惊喜。"小越得意地睁大眼睛。

原力文心中叫苦不迭。他强笑道:"小越真聪明! 你啥时讲的?"

"前天下午,她做了美容回来,你在睡午觉。"

一切都清楚了! 原力文责怪自己太粗疏,低估了小越的机灵。就是说,从应忆影知道到刚才,整整两天,她却装得若无其事。以她强势的个性,如此藏而不露,可能早有对策。想到这,原力文更是惶惶不安。

他躲进书房,给应忆影挂电话。挂通几次,都被压了。他发去微信:"忆影,我以人格发誓,你误解了! 手链是我买的,用作嘉奖归莹。她今天见男友,让我帮她看看。我没对你讲,是我的错,恳请原谅!"五分钟过去,十分钟过去,手机像摆设的模型,没有半丝反应。他又给应忆影挂电话,响几声后仍被压掉,再挂,她已关机。

"她还在气头上,冷静下来就好了!"原力文只得自我安慰。他忽然想到归莹。她是无辜的,不应该受到伤害。他挂通归莹手机。"小归,今天,唉……"他忐忑地说。"我看见应姐来了,估计你们有事,没敢打扰。"归莹平静的语调,荡走他不少疑虑。放下手机,他将归莹的话一琢磨,发现大有玄机。以归莹的干练和精细,应忆影突然出现,不可能是巧合。若不顾及什么,她怎会匆忙避开? 霍金能看透宇宙本质,却说女人对他是个谜。原力文越想越头疼,索性不想了。

晚上10点左右,应忆影还没回家。原力文坐在客厅,心神不安地看电视。连换几个频道,不是狗血得令人喷饭的抗日神剧,就是娘娘腔的卖萌摆酷。他换到新闻频道。多国联军的精确制导导弹,如天外来客,鹰隼样扑向恐怖分子据点。巨大的爆炸声和浓烟,稍稍缓解他紧崩的神经。手机忽然响起,欢快的音符,霞光般在眼前展开。他迫不及待地抓过电话。不是应忆影,是罗维中。

"原总,我们在滨江路威尼斯酒吧,应姐也在。她已经醉了,还在喝,根本劝不住。"

"喝这么多酒,她怎么了?"

"她没说,我们也不好问。"

"好,我马上来!"原力文匆忙道。应忆影在酒吧不奇怪,几次他俩发生矛盾,她也这样买醉消愁。罗维中怎么也在酒吧?他口中的"我们"又是谁?

滨江路酒吧一条街上,彩灯璀璨,人影如潮。低沉的轻音乐,飘荡过觥筹交错的喧嚣,在灯影摇曳的江面沉寂,凝为一片清冷的月光。老远他就看到,闪烁的霓虹灯下,靠着青石护栏,应忆影手握话筒。拉开几步,坐着罗维中、尹琳及办公室的吴妍。

罗维中疾步迎来,紧张地压低声音:"应姐给我挂电话,说她在酒吧。听到语调不对,我估计出了什么事,就通知尹琳她们一起过来。我们到时,她已喝完一瓶红酒,又叫了一瓶。劝她别喝,她不听。问她到底啥事,她不说,只是不停地唱歌。"

"深深的海洋,你为何不平静?不平静就像我爱人,那一颗动摇的心……"灯影辉映下,应忆影脸色苍白,泪眼蒙眬,如同一尊大理石雕塑。

"忆影!"原力文走过去。

她毫无反应,甚至眼睫也没颤动。她一首接一首地唱着:《山楂树》《大约在冬季》《托赛里小夜曲》《红河谷》,全是老歌。这些歌,他俩都很喜欢,不止一次唱过。接着,她又唱起《几时再回头》:"别离后时光悠悠,我和你未曾聚首,我的心里多么忧愁,两行热泪流向心头。你不该你不该移情别恋,你不该你不该抛弃我走。啊,负心人,负心的人,可爱的人儿,可恨的人儿,几时几时才回头?……"她声音嘶哑,像裂了缝的吉他。唱到尾音,已是颤抖的哭声。

凄婉深情的歌声，像一只看不见的巨手，猛地撕开原力文的胸腔，掏出他的心，狠狠地摔向地面。随着鲜血飞溅的，还有那些甜美又酸涩的记忆……

"原总，我们……"罗维中走来，欲言又止。

原力文苦笑一下，示意他们可以离开了。走过身边时，尹琳眼角一斜，浸出冷冷的谴责。原力文明白，他们什么都已知道。

"忆影，不要再唱了！"他哀求道。

应忆影视若无人，又开始唱另一首。

"你冷静点儿好不好？"原力文一把夺下话筒。应忆影像失去知觉，嘴唇嚅动着，右手斜放胸前，仍然保持着唱歌姿势。

他要了一杯柠檬汁，端到她面前："忆影，不管发生什么，你绝不能这样伤害身体。相信我，一切都将过去，明天太阳照样升起。何况，不过是一场误会。"

应忆影像死去又活过来，眼里卷过狂热的决绝："我亲眼所见，会是误会？"

"有时候，眼睛也会欺骗理智。能让我解释吗？"原力文点上烟，苦恼地猛抽一口。

"我不听。偶然？误会？我们也是这么过来的。也许，这就是宿命。"应忆影擦去泪珠，神情变得异常冷静，"你有两条路可以选择：一是离婚，女儿归你，财产对半分割。我成全你，去加拿大。二是你必须辞退那个人，提她的名字，我怕脏了嘴。而且从今往后，断绝同她的一切联系。"

原力文抗拒地沉默。他对应忆影太了解。仅仅凭她高傲的自尊，她的决定也不可逆转。如果还试图辩解，无异于火上浇油，让事态更加不可收拾。

"怎么，舍不得了？"应忆影倏地站起，唤服务员埋单。望着黑沉沉的夜空，她冷冷地说："事已至此，多说无益。明天下午6点，我静候你的决定。"

"我们一起回去。"原力文急忙扶她。椅子一绊，应忆影险些摔倒。

她甩脱他的手:"放心,我不会怎样,会活得好好的!"

原力文尾随着她。见她上了出租车,他也叫来车,一路跟着。

回到家里,应忆影将卧室反锁,任他轻敲低唤,她压根不理。害怕吵醒儿子,原力文只有下楼,躺到客厅沙发上。

空寂的黑暗,像无数面容狰狞的魔鬼,从墙角、天棚顶,从看不清的各个角落,阴森地步步逼近。它们重叠着变幻着,钢浇铁铸样困紧原力文,像要让他窒息。仿佛在最后挣扎,他猛然跃起,抓过火机和香烟。火焰腾起的刹那,鬼影倏忽消失,幻化出归莹含笑的眼睛。

他犹豫着,给不给归莹挂电话。已是半夜 12 点,她可能还没入睡。她说过,她常在电脑上折腾,夜越深越有灵感。他憋了一肚子委屈和痛苦,想对人诉说。他最渴求的倾诉对象,就是归莹。至少,她知道事件的上半部。他按出她的号码,又断然压掉。他能说什么? 是说因为她,自己同应忆影发生误会,还是说应忆影的最后通牒,暗示她可能成为牺牲品? 不能! 他没有权力这样做。但是,苦闷的大网越缚越紧,吐出难忍的胸中块垒,是他冲出捆绑的唯一武器。蓦地,他挂通罗维中电话。他抱有一线希望,假如罗维中出面调和,事态可能还有转机。

罗维中像在等他。铃声一响,他立即接听。原力文让他到小区对面时光匆匆酒吧,不见不散。

冰凉的啤酒,沁着心中积郁,让大脑多出几分冷静。原力文如实陈述。从天信赴宴到照顾柏勤,从买碧玺手链到参谋男友,再到应忆影的最后表态。罗维中静静地听着,唇角现出隐约的笑容。理解、奚落,还是高高在上的宽容? 原力文生出轻微的反感。

"这就是全部真相。如有编造,天打雷劈!"说完,他衰竭地朝沙发一靠。

罗维中用指头轻击桌面,敲敲,又停住,像打出一串问号。

"你不相信?"原力文落寞地问。

"我绝对相信。不然,你何必扯到柏姐,使问题更加复杂?"罗维中回答。

他见过柏勤。两三年前一个晚上,他俩有个应酬回来,恰好路过城北。原力文将车停在小区外,说有点事,马上出来。后来,他从梧桐浓影中看见,原力文挽着一个女孩,亲热地走出小区,后边跟着一个女人。看见他迎上来,原力文一怔,只得介绍:"这是公司罗总,这是玟玟的妈妈,柏姐。"上车后,原力文淡淡地说,见到柏勤的事,别对应忆影提起。

"不过,我相信不等于其他人都相信。下午归莹向尹琳请假,说有点儿事。尹琳还没同意,她已把提包一扬,大模大样地走去。尹琳当时就不高兴,说她狗仗人势,不知好歹。很快,你也离开公司。这不明白告诉大家,你同归莹有秘密。所以,不用应姐说什么,大家也能猜出几分。原总,站在公司和你的家庭角度,我不得不劝一句:对今天这件事,你要全面把握,果断处理。不然,恐怕惹出更大乱子。"

"全面把握,果断处理?"原力文的心像被烈焰一卷,烧乎乎的很不舒服,他不以为然道,"维中,你我情如兄弟,尽管直言。"

"好。其实,我早想向你进言,可惜没合适机会。我说得对,你参考;说错了,当风吹过。我个人认为,归莹的事处理不好,后果相当严重。第一是家庭。应姐这个人,爱憎分明,敢作敢为。喜欢一个人,她火一样热烈,烧着自己也全然不顾;要是恨上什么,拼命也要斗到底。现在她已画出底线,不达目的决不罢休。你们好不容易走到今天,为一个外人分开,值得吗?"

原力文无语。罗维中的话,像箭一样,笔直地射中要害。不,他不能让这种后果出现。

罗维中自信地顿顿,接着说:"第二,归莹的确优秀,能做些事。但是,你对她过于欣赏,忽略了她的缺点,有些甚至是致命的。她恃才自傲,我行我素,已经成为公敌。杜方说过一件事。他同李果开玩笑,相互拿坐垫掷打。一不小心,摔坏归莹桌上小花盆。他立即道歉,答应赔偿。换上其他人,最多责怪几句。归莹却当场翻脸,质问杜方是何居心,为啥偏偏打坏她的花盆?又说那是赤水金钗石斛,怎样怎样名贵,要杜方赔一盆同样的。杜方也不输这口气,不知怎么搞来两盆石斛,示威地放在她桌上。至今,两人形同仇人,话都不说。尹琳对她意见也大。拿到天信提成后,尹琳好意提醒,为了体现团体精神,要她拿出一点奖金,向公司相关人员表示表示。舍不得真金白银,敷衍几句也就算了,她把脸一沉,向尹琳索要公司文件,要按规定执行。这种事,公司何曾下过文件,都是当事者自行处理。尹琳说与她很难相处,想辞职。如果归莹继续这样,我估计,要不了多久,好些骨干会炒公司鱿鱼。"

"这么严重?"原力文不由得惊愕。

"远远不止这些,这是我要说的第三点。因为归莹,你在公司的形象,你的人格魅力,都受到很大的影响和伤害。坦白点讲,对你和归莹的关系,大家不是没有猜疑。这些风言风语,应姐可能已经听到。不然,她的反应不会如此激烈。在信息社会中,没有什么永远的秘密。有人通过人肉搜索,查出归莹所以离开上海,是因为一段婚外情。而她不久就从红帆辞职,是同公司老总有暧昧。尹琳说,归莹不是那种春光外泄的简单角色,深谙怎样捕获男人。尹琳打听过,她先想勾引天信曹总,后来觉得他太花,才转过头来另打主意。我敢断言,她能轻易拿下天信项目,与显摆色相不无关系。说来也怪,上班时候,她电话最多。手机一响,她就到楼道接听,神秘得像间谍。杜方说,她曾流露过,最多半年,她就要当副总,接替我的位置。这些话,我倒不放在心上,一笑而已。总之,归莹的存在,对你,对你的家庭,对整个公司的稳定发展,都构成严重威胁。"

那些涉及隐私的风月八卦,原力文从来不屑。偶尔朋友聚会,有人津津有味地大讲绯闻,他要么冷漠地转开眼睛,要么巧妙地将话打断。可是这次,他没制止罗维中,反倒鼓励般凝神听着,让他说完。

"飞短流长,人言可畏。维中,是非曲直姑且不谈,归莹要真有这般能量,我们岂不成了低能儿?"原力文哂笑道,"你的意见呢?"

"辞退。"罗维中态度坚决,又补充道,"了不起,天信项目完成后,提成照样给她。"

原力文沉默着。罗维中素来恭谨,唯自己马首是瞻。他忽然一反常态,条理分明地讲了这么多,可见这番言辞,在他心里沉积甚久,或已演练多次。他的话虽然危言耸听,却如冰山一角,有代表性。一句话,归莹动了别人的奶酪。如果留下归莹,应忆影势必不依不饶,公司也可能分离崩析。怎么办?

"我说的这些,都是为你好,为公司好!原总,当断不断,反受其乱啊!"罗维中急切地说。

"让我想想。"原力文疲软地叹口气。

回家已是凌晨。原力文无法入睡,又开了一瓶红酒。他躲在书房,左手端酒杯,右手夹香烟,就像表明他还存在的两个标记。在酒精的麻醉和尼古丁的刺激中,他的情绪跌宕变化,似同冰火。一会儿,他的决心如飞流凌空,势不可挡:归莹没什么错,为了公司发展,他决不将她辞退;一会儿,应忆影的强硬态度,罗维中的各种担心,又如千峰百嶂横在眼前,让他无法攀越。最后,他和衣躺在客厅沙发,尽力不想什么,昏昏沉沉地睡去。没多久,他一惊醒来,应忆影站在沙发前,定定地望着他。她的眼神冷彻透骨,像从北极冰层下射出。"我……"他慌乱地揉揉眼,人影蓦地消失,依旧是不见五指的黑暗。

"到底怎么办?"两个不同的声音,仿佛在原力文耳旁争吵。一个声音犀利地问:"你敢说,除了工作,你对归莹没有其他想法?她清新温婉,善解人意,而且是单身,足以唤醒你灵魂中的邪恶因子。卑鄙!"另一个声音软弱地辩:"我对她只是赞赏器重,真没别的意思。"先前声音陡然提高八度:"那还犹豫什么?你所有的拖延和借口,只能证明心中有鬼!"他颓丧地吐着粗气,像在决斗中被谁打败。刚下决心的刹那,归莹好像幽幽地从地下飘出:"这么对我,你无愧吗?……"

六

早上,原力文走进公司。

小胡正在擦拭接待台。进口帝皇金大理石台面,未干的水渍,映着惨淡的白光。小胡尊敬地说:"原总好!"她的微笑显得僵硬,像图片粘贴而成。没走几步,吴妍从卫生间出来,差点撞上他。吴妍犹如遇见鬼魅,惊惶地闪到一边。罗维中捧着茶杯,照例来到总经理室。他一声不吭,目光如讨厌的苍蝇,不时在原力文脸上打转。看见原力文面沉如水,只顾抽烟,他讪笑一下:"重庆那边有个电话。"离开时他脚步很轻,似乎不小心就会震碎什么。

"全他妈怪怪的!"原力文愤然哼哼。

浓醇的陈年普洱,带着岁月秘香,浸润着他的心田,让他情绪渐渐平和。他嘲笑自己过于敏感。今天公司的一切,都与往常无异,只是心里太乱,心象自然扭曲。他想着同归莹的谈话。无论他找什么理由,都牵强得近于荒谬。他决定实话实说。

他拿起座机,正准备通知归莹。随着几下敲门声,归莹走进来。

"哦,有事?"他有些惶然,似乎隐秘被人窥见。

"这是辞职书,我决定离开公司。"归莹垂着眼,语气淡如白水。

"辞职? 为什么?"

"还用问吗?"她蓦地抬头,目光冷厉,像刀锋掠过,"你清楚,我清楚,公司大多数人,恐怕心里都有数。打印纸没有了,我去办公室领,谁也不搭理,好像我是无形的空气。回到综合部,那些冷言冷语,实在令人恶心。什么想当老板娘,也不拿镜子照照;什么一泡狐狸尿,整栋楼都是臊味。我到底错在哪里,要承受这么多侮辱?"

一定是罗维中泄露了什么,原力文很是恼怒。他吞吞吐吐道:"是这样的。昨天下午,应姐看见我们,也发现那串手链。虽然我很坦然,但她……"

"对你的家务事,我毫无兴趣。"归莹打断话,"我只想问,难道为了所谓的平衡,就可以践踏别人的尊严?"

"归莹,我……"原力文无言以对。

"我理解你的处境。我为我的鲁莽,真诚地向你道歉。你不去锦里,就不会发生这一切。你们昨夜的事,我大致知道一些。公司也有正直的人,不愿我成为某种阴谋的牺牲品。好了,请告诉我,我找谁交接?"

"找办公室,我马上通知。你的经济补偿,天信项目提成等等,我会实事求是处理。还有什么要求,你尽管提。"

"谢谢! 不是我的,我一概不要;是我的,我分文不让。只是没想到,我会这样离开公司。"归莹两眼一红,语调透出深深的凄然。她倏地转身,大步走出去。

门被重重拉上,留下一片虚无。原力文怅然木立。他像一只被掏空的海螺,空荡荡的壳里,只有孤寂的风在呜咽作响。愣了片刻,他才想起挂电话,让鲁主任与归莹交接,又通知罗维中过来。

"归莹来了七个月,多发一月工资,作为经济补偿。另外,社保为她交至月底。"他点上烟,怅然若失地吩咐。

"总算处理了!"罗维中如释重负道,又为难地说,"她是自动辞职,如果给经济补偿,没这个先例。"

"她不离开,还有路走吗?"原力文嘲讽地问,"我们在酒吧的谈话,大概传遍公司了吧?"

罗维中支吾道:"尹琳出于关心,上班就问我。我也没多说,只说你下定决心了。"

"好了! 你打印一份承诺书,交给归莹。收到天信余款后,保证如数支付提成。"

"这个……"罗维中醒悟道,"这招高明,用奖金将她拴住。假如她暗中捣鬼,那就分文没有。"

罗维中走后,五十多平方米的办公室,沉寂如一潭死水。原力文昏昏欲睡,太阳穴却痉挛不停,涨痛得让他无法安静。突然,他看到保险柜上的小相架。衬着绿色山峦,应忆影吟吟含笑,站在盛开的玫瑰丛中。那是五年前拍的,在加拿大维多利亚布查特花园。这张相片,取景角度、曝光时间等,他都拿捏得恰到好处。他抓起相架,愤懑地向地上摔去。

鲁主任进来,说交接手续已办完。

"归莹呢?"他面无表情地问。

"刚进电梯。"

他走到窗前:归莹右手提着一捆书,左手挽着一个袋子,上面现着几簇绿叶,估计是她养的石斛,正吃力地跨下台阶。看到她艰难地走着,他胸口一酸。

"去帮一下!那么多东西,她咋拿?"他粗暴地喝道。

"是,是!"鲁主任忙不迭地出去。

巨伞般展开的榕树,隔断原力文视线,归莹终于在他眼里消失。一种漫无边际又无法控制的空虚,忽如狂风向他袭来。他恍若对付一片落叶,轻飘飘地将自己放到沙发上。他将腿架上茶几,两只满是泥尘的鞋底,放肆地对着办公室门。平时,他很注意衣着形象,大都西装革履。用他的话说,穿上西服系上领带,就像战士披上铠甲,能够迅速进入状态。可是此刻,他觉得一切都如过眼烟云,一切都没有意义。他只想懒散地躺着,就这么下去。

下午回家,应忆影神态闲适,正在看电视。她为原力文拎来拖鞋,端上沏好的茶。她绝口不提归莹,好像什么也没发生。昨天滨江酒吧那一幕,只是一个遗忘的梦魇。从她的恬笑中,原力文清楚,她已知道一切。没准归莹刚一离开,就有人偷偷给她禀告,或许还会讨好地发挥几句。他俩淡淡地谈着家常,淡淡地吃完晚饭。然后,原力文独自躲进书房。

晚上睡觉时,应忆影温柔地搂过来。原力文借口太热,将她手臂摊开,向右翻身到床边,与她拉开一段空白。

"好了,我们才是一家人,何必为外人生气。"应忆影像诓哄小越,凑过来拍他肩头。

"我太疲倦了,只想睡。就是天塌地陷,也等明天再说。"他抗拒地拉过凉爽被,将自己裹得死死的。

"我下楼看电视,不打扰你。"应忆影赌气地跳下床。

以后的日子,似乎又回到从前,好像扬着风帆的小船,按照既定航向,行驶在波澜不惊的水面。原力文照旧早出晚归,如时钟循环,打理着永无止境的公司事务。应忆影除了逛街购物、美容和打麻将,又热衷上减肥。为了去掉腰部赘肉,瘦身汤、减肥茶、一脐贴等等,她买了又买,兴趣不减。不过,生活并非刻板地复印。应忆影更关心公司情况,经常打听项目进展和财务收支。对她审查般的探究,原力文虽感不快,但也如实回答。一次偶然闲聊,谈起男女除了爱情,可不可能有友情。原力文认为有,说时下不少女孩,都喜欢展示异性闺密。应忆影嗤笑道:"鬼扯! 那年你和我认识,怎么没向友情发展?"犹如当头一棒,原力文唯有苦笑。不过,无论谈到什么,只要涉及婚外恋第三者,应忆影立刻充满戒意,双眼如探雷器,警惕地在他脸上梭巡。他也像回避暗礁,小心地绕开话题。他俩从没谈过归莹,甚至不提她的名字。仿佛这是一颗会让人毁灭的核弹,谁也不敢轻易引爆——要不,大家都将在蘑菇云中毁灭。原力文深切地感到,归莹不是翻过的日历,更不是坠落的流星,她已经成为一道鸿沟,深深地横在他和应忆影之间。

一个周一的上午,他正在召开公司例会,应忆影父亲忽然挂来电话。这么多年来,岳父从没直接找过他。"什么事?"他的心一紧。他叫罗维中主持会议,自己回到办公室接听。

"力文,正在公司吧? 最近生意如何,想必很辛苦? 有件事情,想征询你的意见。你知道,我一直想让忆影来温哥华。第一次是她遇见你,第二次是有了小越,然后你们又办公司,反正阴差阳错,都没如愿。现在我老了,身体也不好,更加体会到远离亲人的孤独。我的意思,你们一家三口都移民。我在这边的两个餐馆、一家培训公司,也需要你们帮我打理。我给忆影谈了,她说考虑一下。你们抓紧商量,尽快拿定主意。"

远隔重洋,岳父仿佛站在面前:眼光鹰隼样锐利,像能看清对方五脏六腑;法令纹倔强地撇着,带着不可违抗的权威。移民温哥华不久,应忆影母亲因病去世。在照片上,原力文见过她的容貌。应忆影说,除了孤傲挺直的鼻梁,她一点不像父亲。原力文却觉得,他俩令人惊讶地相似——既心思缜密、精明强干,又刚愎自用、唯我为上。

"移民?忆影没提过。可能她顾虑较多,比如移民手续、小越的学业、公司处置等等,难度太大。"

"只要愿意,都不难解决。虽说正是移民潮,门槛高了许多,我还有些办法。小越读书的学校,我联系好了,先从语言开始。房子你不用考虑,住我这里。至于你的公司,能变现的全部变现,剩下的,找人照料就行。"

"好,我同忆影商量。"

回家,他谈到岳父电话。应忆影说:"爸催过几次。他说,温哥华40%都是华人。到了那边,你照样有用武之地。"

"话虽如此,一切从头开始,困难可想而知。就说住处吧,你爸说住他那儿,方便吗?那个朱阿姨,不是每周都要来两次?"原力文并不想马上移民,觉得突然又仓促。他说的朱阿姨,是应忆影父亲女友。为了避免离婚带来的财产损失,岳父不愿再婚,始终与朱阿姨半同居。应忆影说,这种方式西方很流行。

"三四百平米房子,还愁住不下我们?我算过,公司资产加我们住房,变卖后足够在那边买房,过日子没问题。"

"处置公司相当麻烦,税务清算、项目了结、债权债务等一大堆。除了小越,我还要安排玟玟。要不你先过去,我今后再说。"

"这倒是个主意。"应忆影半真半假地笑笑。她的目光,又如转动的雷达,扫巡着原力文表情:"我想想,你也考虑一下。"然后,她漠然谈起其他,再不提这个话题。

这段时间,原力文事情较多,工作也不顺心。或许是水土不服,重庆公司进展滞缓,各种困难超乎想象。锦南高速广告位竞标,别人给出的价格,是他承受上限的两倍。顷刻间,他的努力化为乌有。几个大型广告项目,拼到最后也无疾而终。偏偏这时,天信那边又来电话,说篝火晚会毫无新意,不过是农家乐档次的联欢,如不改进,他们只有另打主意。

"完全是托词!"罗维中愤然道,"说穿了,不是想拖款,就是要砍价。怪了!以前事事顺利,现在坡坡坎坎,会不会有人搞小动作?"

"不可能!"原力文断然否定。罗维中言外之意,是在怀疑归莹。为了稳妥起见,他决定宴请曹甦,再次沟通。

宴请订在蓝月酒楼,恰好是为归莹庆功那个包间。除了罗维中,原力文让尹琳、杜方也参加。天信那边来了四个人,余一朋及曹甦,还有一男一女两个下属。

酒过三巡,闲聊一阵"两孩"政策、房价走势后,原力文谈起晚会方案,解释说还有几个新颖的构思,比如大型电子屏幕显示、摇滚乐队表演、现场抽奖等等。听着,曹甦脸色开始缓和。他端起酒杯:"原总,感谢你亲自出面!就照你的思路,明天把文本发过来。"原力文征询地望望尹琳。归莹走后,由她接手天信项目。尹琳犹豫一下,似乎觉得时间太紧。看见原力文不悦地蹙眉,她咬牙应道:"好,明天下班以前,保证让曹总过目。"她端杯敬道,"以前同曹总接触较少,今后还请多多指教。"接着,罗维中又敬曹甦,原力文也拉上余一朋干杯。一番敬来敬去,气氛活跃起来。

"原总,还是那句老话,强将手下无弱兵!可惜小归走了。我打死也想不明白,你居然舍得让她离开?换了我,怎么也要将她留下。"曹甦感慨地提起归莹。

"辞职的事,她给你谈过?"原力文小心地问。

"她挂电话,说因为个人原因,她已经离开力博。她说感谢对她的支持,请我继续配合,圆满完成庆典项目。说实话,就凭这番言语,足见她的职业素养。我动过念头,想请她来我们公司,她拒绝了。原总,可惜啊!这么优秀的人才,可遇而不可求!"

原力文默然无语。他下意识地瞟瞟:罗维中一脸尴尬,尹琳微撇嘴唇,很不以为然。

尹琳站起来:"曹甦,再敬你一杯!你们这个项目,现在由我负责。曹总如有吩咐,我坚决照办。我虽然不及人家优秀,也没什么银行背景,但我自信,多少还能干点事情。"

"等等!"曹甦诧愕道,"你是说,归莹有银行背景?或者说因为如此,我才同你们合作?简直是天方夜谭!我账上睡着的几千万,哪分哪厘是银行的?是我找银行,还是银行求我?不错,归莹是银行介绍给她——我们的财务总监,"曹甦指指穿白色休闲衫女子,"然后来找我的。不过,项目是我拍板定的,与银行毫无关系。"

"对。"白衣女子证实,"为找余总和曹总,归莹来过公司几次,还在曹总门口守了两个晚上。曹总经常提起归莹,要我们向她学习。"

尹琳脸上一阵红一阵白,像当众挨了几耳光,那难堪至极的神情,恨不得当众钻到桌下。

原力文岔开话题:"听说曹总女儿在英国留学,不知情况怎样?"

"不错!一流的环境,一流的师资。当然,费用也是世界一流。"曹甦来了兴致。

大家再没提过归莹。但是,曹甦对归莹的评价,像一把锋利的匕首,直接命中罗维中等人要害。罗维中郁郁寡欢,尹琳神色萎靡,就连自诩敢打敢冲的杜方,也像斗败的公鸡。一种报复的快感,闪电样划过原力文心空。很快,他又坠入深沉的悲哀,为归莹,为自己,为他的力博公司。

酒宴结束后,他借口喝得太多,想走走透气,叫罗维中等各自回家。

目送众人离去,他蓦然冒出一个疯狂念头:想见到归莹。这个想法烈火般吞噬着他,烧红他的脸,烧透他的心。他每一根微细的血管,都像在体内无限地膨胀,灼热得即将炸开。他不顾一切地拿出手机,按出归莹电话,是空号。他不甘心地连按几次,仍是空号。他茫然望去,婆娑的绿化带上,昏暗的楼影中,璀璨的灯光里,仿佛都有归莹的身影。她矜持而恬淡地笑着,轻快地向他走来。他突然想起,归莹提过,她暂住在电大旁一个小区。原力文没去过那里,但知道楼房位置。借着酒意,他招来出租车,义无反顾地跳上去。

门卫大爷戒备地打量着他,直到确信他不像坏人,才说有这么个人,但已搬走。"搬到哪儿了?"他急切地问。"我一个守门的,谁会告诉我?"大爷奚落道。拖着铅铸般的步子,他跌跌撞撞地走着。忽然,他一脚踩空,险些摔倒。他一惊,仿佛一盆冰水浇来:就是见到归莹,又能说什么? 是负疚地道歉,请她回公司? 还是说,软弱地将她放走,是自己不可饶恕的错误……

那晚,他孤魂野鬼般在街上游荡,直到深夜,才疲惫不堪地回家。应忆影没睡,在低头耍弄手机。她冷冰冰地瞥瞥他,什么也没说,什么也没问。

七

连着几天,应忆影早出晚归,行踪神秘。保姆说,早上她送了小越回来,应忆影已无人影,去了哪儿,她不敢问。夜里,原力文正要入睡,应忆影这才进门。她发出老鼠翻弄样的声响,在楼下慢吞吞地折腾。直到估计原力文睡熟,她才像猫一样,无声无息地溜进房间。一天晚上,原力文守在客厅,宁愿通宵不合眼,也要问个究竟。"你总算回来了。这些天,你干什么去了?"他不满地凝视着她,想从表情中探出究竟。"没啥。有点儿事。"她的语气很淡,神态也很淡,淡若深冬的冷霜,泛着陌生的弱光。直觉告诉原力文,应忆影所忙碌的,一定与自己大有关系。想到宴请天信那晚,自己夜深才回家,她居然一反常态,漠然如同石雕。他心里涌出强烈的不安。转瞬,他又变得坦然:自己没说什么,没做什么,身正不怕影子歪! 他懒得与她纠缠,索性问也不问。

他始终感到欠了归莹,如不偿还,难减内心愧疚。一天中午,他给曹甦挂电话,询问归莹的联络方式,说有些未尽事宜,需要她协助处理。曹甦犹豫一下,不太情愿地给出号码。他像寻得意外之宝,连声感谢。他立即拨通电话,不错,的确是归莹。

"你好,原总!"归莹的声音轻柔而平静,宛如她从没离开公司,正要谈论某项工作。

"你还好吗? 换了号,怎么也不告知?"原力文压抑不住激动,竟然有些结巴。

"很好。只是外出多年,太累,想回老家休息。"

"什么时候走,我去送你。还有,如果可能,给我,不,给公司一个补偿机会。说真的,正如曹总评价的,你很优秀,而我……"他语无伦次,不知该说什么。

"谢谢了,不必! 其实,我想过同你告别。茫茫人海,有缘才能认识。但是……不管怎么,我永远把你当作朋友。在公司那段日子,是我珍贵的回忆。好,祝你……"

"等等,我们还能见面吗? 另外,天信项目完成后,提成怎么给你? 那是你的劳动成果,你应该得到。"

归莹迟疑道:"加微信吧。再见!"她遽然挂断电话。

把归莹加进微信,很快,她的昵称现出来:凌风水仙。"真有些名如其人!"原力文长叹一声,怅惘地望着窗外。办公楼不远处,栽有五六株紫荆树。初秋的微风掠过,树叶像碧波翻涌,几朵红色小花,正在落寞地飘落。

"嘀嗒嘀嗒",短信提示。也许是归莹! 原力文急忙抓起手机。柏勤说有急事,叫他速回电话。

他挂过去,柏勤说:"应忆影来过家里,谈了好些事。""知道了。我马上来。"他迅速压了电话。联想到应忆影的反常行踪,他心里刹那布满阴影。

推门进去时,柏勤正像迷乱的鼠标箭头,在屋内来回走着。

"她啥时来的?"原力文劈头问。

"昨天晚上。"柏勤茫然地问,"奇怪,她咋知道这里?"

"是啊!"原力文也感纳闷。当年为柏勤换房后,应忆影曾经问过:"新房买在哪里,玟玟上学远吗?""北城沙河边,不远。"原力文简单回答。他想起来了,玟玟小学毕业那年,想学美术。他买了画夹、水彩笔等一大堆东西。那天公司有应酬,应忆影同他一起。他开车绕了点路,给玟玟送去。他没说哪栋哪单元,应忆影也没打听。想不到,她竟轻车熟路地寻来了。

"她说了什么?"

"先聊一些家常,玟玟的学习、我的单位待遇等等。她还责怪你,说现在有钱了,也不多拿一些回来,把电视、家具换了。听到我胆结石住院,她说没听你提过,假如知道,她一定会来看我。我说你来过医院,还派归莹照顾我。她对我挺好。动手术时,她在门外守了几小时……"

原力文叫苦不迭。无论他何等精明,他没料到应忆影会找柏勤。柏勤也压根不知道,归莹就像飓风中的风眼,狂风暴雨都由此而生。略一沉默,他淡淡地问:"她怎么说?"

"她说……"柏勤哀怨地垂下眼,"她说你同归莹好上了。为了这个狐狸精,她气得差点跳河。她说全公司都知道这事,对你很有看法。不是她以离婚要挟,坚决要你把归莹赶走,公司可能已经垮了。"

"你相信吗?"

"我不信。但是,我能说长道短吗?我顶多站在孩子角度,不轻不重地劝几句。"柏勤的眼睛湿了,她拿出纸巾,伤心地拭着,"她说,前几天,你给归莹挂了几十个电话,都没挂通。那晚,你深夜才回来,肯定找到归莹了,同她一起鬼混。她还说,还说……"

"没关系,我当网络故事听。"原力文冷笑着点上香烟。他的眼光,很快在烟雾中凝固。就是说,宴请天信的情景,包括怎样谈起归莹,应忆影都已掌握。她还去过移动公司,查询他的手机记录。可能,她还干了别的什么。

"她说,说她对不起我,不该上门逼我。她说她已找好律师,坚决与你离婚,然后去加拿大。她同你创下的资产,哪怕一分一厘,也不留给那个狐狸精。她说她只相信我,让我帮她照顾小越。"

律师,加拿大,资产?应忆影的诡异举动,终于有了冷酷的答案。"应忆影,你疯了,简直疯了!"原力文恨恨地在心里骂道。

"没这么严重。我会找她沟通,消除误会。"他镇静地笑笑,忽然想到女儿,"你们谈话时,玟玟听到没有?"

"没有,她在房间做作业。不过,这个鬼女子相当机灵,早上起床就问,那人是谁,来干什么? 这么多年来,我们的事,虽然未对玟玟说过,但她心里啥都清楚。她从不问我,是怕我伤心。"柏勤小声啜泣起来。

原力文如箭穿心,不知该说什么。起身欲走时,柏勤哀求道:"我是女人,理解她的心情。我都这样了,千万千万,别让她同我一样……"

原力文喉咙一酸,默然无语。他羞愧地看看柏勤,坚决地转过身。再在这里待下去,负罪感将把他彻底压垮。钻进汽车,软软地伏在方向盘上,他强制自己冷静。当务之急,是必须找到应忆影,坦诚地谈出一切。自己所以看重归莹,是因为她的才干;请她照顾柏勤,的确迫于无奈;后来挂电话,是因为辞退她的内疚。在这宁愿坐在宝马车上哭、不愿坐在自行车上笑的年代,出轨、劈腿早已不是新闻,何况自己并没做错什么。想到这里,他无比怀念以前的日子:生活像一条宽阔的河,平静而惬意的水面,家庭如小帆驶动。那时,同应忆影也有矛盾,不过犹如细雨斜风,片刻就是明媚春光。

他挂通应忆影手机,诚挚地说:

"忆影,我刚到过玟玟那里。有些事,不是你想的那样。我们应该冷静谈谈。"

"是吗? 我猜你也该去了。"应忆影不咸不淡道。

"你在哪里? 我去接你。"

"我还有事。一小时后,家里见。"她压了电话。

原力文急忙赶回家。他叫保姆泡上茶,给应忆影榨杯果汁。他说有客人,要保姆提前去接小越,在外面吃晚饭。然后,他拉开落地玻璃窗纱帘,让秋日的阳光,惓慵地洒进点点。他又开启大喇叭唱机,放出优美动人的《蓝色多瑙河》舞曲。他眷恋地环视着客厅。每一样物品,他都记得买时的情景。

那套蘑菇灰布艺沙发,是他去年买的,39800元。应忆影嫌贵,说几块布蒙个木架,等于活抢人。墙角鸡翅木花架,是他到文物市场买的,文物是忽悠,红木倒不假。宝石蓝珐琅彩水晶花瓶,是法国罗比罗丹品牌,已有400年历史。衬着紫罗兰大理石地台,显得格外高雅。这温馨舒适的一切,难道顷刻间都将失去? 不,绝不! 他决然摇头。

应忆影回来了。她双颊潮红,表情很冷。她换上拖鞋,在侧面沙发坐下,呈90度直角,与原力文拉开距离。

"你又喝酒?"他眉头一皱,为她端去果汁。

应忆影像没听到,睫毛也没颤动。

"忆影,好些事情,你真的误会了! 我承认,我的处理方式有问题,没有考虑你的感受,没有考虑可能带来的后果。但是,我可以摸着良心发誓,我同归莹……"

"打住! 现在说这些,还有意义吗? 今天一过,你就自由了。乌龟王八,泥鳅黄鳝,你爱怎么就怎么。这是离婚协议,请签字。"应忆影拿出离婚协议,放到茶几上。

"忆影,你不要这么偏执,冷静些行不行? 看在我们十二年感情分上,看在小越分上,纵然我该千刀万剐,也让我把话讲完。"

"你还知道感情,还没忘记小越? 晚了,已经晚了! 如果你还是男子汉,就应该敢作敢为。"

原力文无奈,只得拿起协议书。看着,怒火像炽热的岩浆,在他胸腔喷涌,后心却阵阵发冷,手指也在抖索。协议书文字流畅、措辞严谨,主要诉求,一是分割3000万共同资产;二是两人各拿200万元,做小越的生活及学习费用。到底跟谁生活,由小越决定。

"我们没到这一步。假如我错了,我一定改正! 再给我一次机会,好吗?"原力文用手撑着头,痛苦地说。

"我再说一遍,已经晚了。我给过你机会,但我得到什么,你自己清楚。

行了,签字吧! 我们好合好散。事情闹大,对你、对我、对小越都不利。"

"我不签!"原力文猛地一拍茶几,厉声道。他抓起协议书,两三下撕碎,塞进垃圾箱。

"知道你会这样。没关系,我还多。"应忆影轻松地说,又拿出几份协议书,"你不签字也行,撕完也行,不过你别忘了,我可以向法院起诉。"

原力文颓然坐下。不管怎样,为了公司,为了自己,为了小越,他不愿同应忆影对簿公堂。他拿起协议书,仔细推敲起来。

"3000 万,公司有这么多资产吗? 罗维中的 10% 股份,我们不能侵吞了吧?"他嘲讽地拉长腔调。

"我有依据。"应忆影拉开挎包,拿出一份资料,"这是公司上月报表,净资产是 2800 万。扣除罗维中的 10% ,还剩 2520 万。我们这套住房,起码值250 万;西部市场那间铺面,能卖 160 万;加上存款、股票什么的,500 万有多无少。"

"报表哪来的?"原力文气急败坏地问。

"你管得着吗? 从法律上讲,哪怕我没有股份,也是公司资产共有人,难道没有了解的权利?"应忆影好像猫戏老鼠,连声冷笑。

原力文绝望地垂下头。自己像一只傻乎乎的野兽,已经落入精心布置的陷阱。他不甘就此妥协,就是输,也要输得有尊严。他恼恨地吐着长气:"既然你决定了,我尊重你的意见。具体怎么分割?"

这儿有一份附件。应忆影在包里翻弄几下,拿出附件道:"一、公司资产全部归你;二、住房铺面、存款股票通统归我,算 500 万,你净身出户;三、10 天之内,你补偿我 1000 万;四、小越的安排确定后,我们一人出 200 万,以他的名义存进银行……"

"等等。房子、存款我可以放弃,但我哪来 1000 万? 你再睁大眼睛,看清那份财务报表。上面的流动资金,最多只有 300 万。公司的其余资产,如办公的写字间、重庆投资的 200 万、应收款等等,我怎么变现?"

"那是你的事。不过,你还有一条路。"

"什么路?"

"公司归我,我也给你1000万。这点钱不算什么,不过200来万加元。"

"你说什么?你再说一遍?"原力文勃然大怒。他恶狠狠地盯着应忆影,恨不能将她一口吞下。他的生命、荣誉,所有的自尊和事业,都与公司紧密交融,无法分割。失去公司,他失去活着的意义,无异于行尸走肉。应忆影的面容,刹那像注了魔法的水晶球,急剧地在他眼前旋转。过去那些深情的凝眸、甜美的笑容,忽然变得魔鬼般狰狞。

"我说,如果你离开公司,我把钱如数给你。公正吧?"应忆影傲然道。

"休想!"原力文暴跳如雷,一耳光打去。

"你敢打我?居然敢打我?"仿佛目睹太阳西升黄河倒流,应忆影捂着左颊,极度惊愕地望着他。陡然,她像弹簧样跳起来,抓起那杯未曾动过的果汁,发疯般向他泼去。似乎还不解恨,她又把果盘、烟缸、电视遥控器等,一股脑砸向地上。

"原力文,你等着!"她抓起挎包,咬牙切齿地冲出门。

原力文麻木地站着,大脑一片混沌。许久,他痛不欲生地呼道:"天啊,天啊!……"

小越回家前,他已经收拾好一切。空气中那种异样的不安,却像雾霾悄然弥漫。一进门,小越像感觉到什么,敏感地问:"妈妈呢?"

"她有事。"原力文强笑道。

小越拿起话筒,一遍遍按着,始终没人接听。"爸爸,妈妈咋不接电话?"他可怜巴巴地问。以往他回家,第一找零食,第二看电视,很少问起应忆影。这次却怪怪的。

"快做作业。"原力文心疼地抚抚他。

原力文躲在书房,一支接一支地抽烟。他似亢奋又似疲惫,似清醒又似迷惘,仿佛什么都没想,却又什么都在想。他感到自己在变小变轻,像一片羽毛,在无边的黑夜中飘动。

急促的手机铃声,将他从空茫中惊醒,是罗维中。他衰弱地拿起手机。

"应姐在威尼斯酒吧。她可能喝醉了……情绪很不好……她叫我去接她。"罗维中说几个字,停一下,中间连着不少省略号。他的语气表明,他了解的远非这些。

"好。"原力文有气无力道。

过了不知多久,手机又惊悸地响起,是个陌生的号码。原力文将它压了。旋即,铃声又执拗地响起。

"哪里?"他烦躁地问。

"我是交警,姓王。应忆影是你妻子吧? 她正在医大附院抢救,请你快来。"

"抢救? 她怎么了?"

"你来了就知道。快点吧!"

原力文望着手机,不敢相信这是真的。应忆影怎么了? 跳河、服毒、割动脉? 凭她极端的性格,什么事都可能做出。他不敢再想,慌忙奔出去。

等他赶到医院,应忆影已经停止呼吸。核实他的身份后,医生沉痛地说:"钢管插到心脏部位。我们尽力了!"

"她喝得太醉,汽车撞上道路隔离栏。我们赶到时,人已经不行了。"王警官补充道。

原力文梦游般走到床边,轻轻揭开白色床单。应忆影似乎在熟睡,唇前现着浅浅的笑容。她笑得优雅而恬美,像他第一次见到时那样。

"忆影!"他扑到她身上,撕心裂肺地痛哭。

后来,王警官证实,在威尼斯酒吧,应忆影喝了一瓶红酒,四听啤酒。酒吧服务生说,见她酩酊大醉,他们上前搀扶。她推开他们,说有人接她。哪知,她竟自己驾车走了。

罗维中说,应忆影给他挂了三次电话。第一次,说她决定离婚,去加拿大,假如可能,要他帮忙打理公司;第二次,她清醒一些,说她并不想离婚,也不想移民,只是恐吓原力文,让他知道后果;第三次,她哭着说不想活了。罗维中懊悔地说:"想到要帮她开车,我只好打的。没想到,等出租用了十分钟。就这十分钟,唉!……"

"就这十分钟!……"原力文艰涩地重复。他呆滞地站着,一任泪水长流。

尾 声

涛声阵阵,海浪扑打礁石。飞沫像七彩轻纱,忘情地将它拥抱。浪头退去,黝黑的礁石屹立不动,残留的滴滴水珠,恍若珍珠闪烁。

原力文犹如雕塑,久久地凝望着海平线。他想着应忆影,想着柏勤,想着这些年的一切。自己到底是错了,还是对了?错在哪里,对在何处?他无法细想,交由历史评说。应忆影已经走了,像天边的云朵,飘到他看不见也无法想象的地方。但是,生活还要继续。

应忆影去世后,她父亲立即飞回来。对着应忆影遗像,他老泪纵横地问:"力文,请你扪心自问,忆影哪点儿对不起你?对她的含恨离开,你该承担什么责任?"原力文羞愧难当,惨然无语。

失去应忆影的家,就像一座豪华的坟墓,充斥着冷清与孤寂、忧伤与痛苦。就连小越天真的童声,也如坟前凭吊的清香,欲明欲暗地飘闪。不,原力文时时感到,应忆影还在屋里,从没离开。她的身影,忽而在卧室闪动,忽而在阳台飘绕。电视屏幕中,顽固轮回的立钟里,到处都有她审判的眼神。对这凌迟般的苦痛,原力文实在无法忍受。他想变成一条鱼。听说鱼的记忆只有七秒,瞬间,一切都会忘记。他对小越说出差,逃跑般飞到北海,来到与应忆影相识的地方。

站在海滩,他像冻僵的沙虫,在阳光下渐渐苏醒。他还有很多事要做。失去母亲的小越,还在眼巴巴地盼他回去。昨天到今天,小越给他挂过四次电话。他不得不考虑,是让保姆带着小越,还是按照应忆影生前交代,将小越交给柏勤? 由于他的耽误,公司像电量不足的时钟,时走时停,已经半瘫痪。他不得不振作,尽快投入工作。另外,他计划换 50 万加元,送给应忆影父亲。金钱不算什么,但能像麻醉剂,让他暂时平静。

悲痛欲绝的日子里,他很少想到归莹。应忆影遗体火化那天,归莹忽然发来微信:"路漫漫而修远,且行且珍重!"大概她知道什么。他回复道:"谢谢,祝好!"此刻,归莹浮现出来,虹影般变幻不定。相识不如相忘! 他淡定地拿出手机,拉黑归莹微信。

他留恋地望望大海,头也不回地走去。

那方水土

> 阎典史者,名应元,字丽亨,其先浙江绍兴人也。四世祖某,为锦衣
> 校尉,始家北直隶之通州,为通州人。应元起掾史,官京仓大使。崇祯十
> 四年,迁江阴县典史。
>
> ——邵长衡《阎典史传》

假如我知道,凯旋般的欢迎场面后,我将像一只丧家犬,灰溜溜地借着黑夜逃离,我绝没心情像此刻这样:踩着沙沙作响的落叶,一面在银杏树下踱步,一面傲然地咀嚼过去。

或许回来就是错误。我以为,高高耸立的教学楼,就是终结卑辱的里程碑。现实却冷酷地告诉我,这不过是昨天带着问号的延续。我像没有彻底涅槃的凤凰,骨子里永远烙有斜江场的印记。特别是这棵银杏树,20 多年来,它切换着不同画面,始终梦魇般紧缠着我。回来而且首先来到树下,绝非好兆头。

银杏树依然如旧:粗若水桶,高约 8 丈,褐黑色的树身,皱裂出数不清的沧桑。这是我们阎姓祖先栽的,已经 200 岁了。它像一个孤独的巨人,与场口王氏贞孝牌坊遥相呼应,守护着废弃的渡口。老一辈讲,牌坊犹如龙头,昂头远眺省城,银杏恰似龙尾,搅动一江波澜。全靠这得天独厚的风水,斜江场才未遭受战乱。老叔爷却不这样认为。他倨傲地笑笑:"那是王姓托词。真找原因,是我们老祖宗阴德庇护。如此惊天地泣鬼神的大英雄,岂会让他的

后人受苦?"

我没见过完整的牌坊。我出生前两年——"文化大革命"初期,县城来了一群红卫兵。他们刚拆完楼檐,砸下"贞孝完兼"题匾,王姓人已举着扁担冲来。红卫兵寡不敌众,落荒而逃。牌坊虽然保住,却只留下中间高、两边低的四根残柱。抱着石柱,几个老人号啕痛哭,恨不能一头碰死。小学毕业那年,我参加堂兄婚宴。老叔爷高居上首,谈古论今。我挤过去,壮着胆子问他,牌坊真是皇帝下令修的,王家真有这个寡妇? 他给我一个"爆栗子":"就你名堂多?"父亲慌忙将我拉走。

去年2月,华南大学EMBA同学相约莲花山团聚。谈到蔓延中东的战乱,裴教授深有感慨地说:"任何事物都有两重性。社会制度这样,人亦然。凯恩斯宏观经济学奠基人约翰·梅纳德说过,在一个思想和感觉健全的社会中,最危险的行为也可以做得很安全;但在一个思想和感觉失灵的社会,危险行为就是通向地狱之路。你们看,那边背阳小径,还留有残冬轻霜,而我们沐浴着灿烂的春光,正在椰风林悠闲地品茶。"

他这番话,像一本虫蛀的线装书,倏地在我眼前摊开。我蓦然醒悟:斜江场也有两个世界。现实的世界平淡无奇,油盐酱醋茶,一天又一天,生命在庸忙中传承;隐藏的世界却迥然不同,历史与宗族交织,荣辱与恩怨并重,像一条波荡的河流,翻滚着数不清的漩涡。

斜江场像条细长的蜈蚣,逶迤约300米,两旁七八条小巷,犹如蜈蚣伸出的细足。30年前,这里是乡政府所在地。10年前区划调整,斜江乡并入双亭镇,降格为村级社区。仿佛镜头定格,斜江场被发展狂潮冷落,在翻过的日历中冰冻。它像渡口前遍布苔藓的石阶,无奈地对着干涸的河滩;它像被燃气罐、沼气炉淘汰的黄泥老虎灶,孤独地缩在茶铺一角。

场上两三百住户,阎、王是大姓。不知是鸿沟还是巧合,以中街斜江小学为界,向上到贞孝牌坊,王姓居多;向下至场尾黄家磨坊,居民大多姓阎。从我记事以来,阎、王两姓就像西峰山上的蛇和鹰,从没停止过争斗。假如两边小孩打架,很快就能引来双方大人谩骂,继而搅起往事沉渣,升级为两姓冲突。进入市场经济以来,大家不约而同"向钱看",没心思计较同宗外姓。但是,抓住姓氏较真的事,仍在两姓老人中发生。

王有柱升任镇党委书记后,王姓辈分最高、曾任小学校长的王怀青牵头,办了 20 桌酒席庆贺。他拉来一车鞭炮,在王氏牌坊前炸响,两三里外都能听见。头晚他特地登门,诚邀老叔爷光临。老叔爷推说老寒腿翻了,不冷不热地让他碰个钉子。阎姓几个后生不仅赴宴,还凑份子送去大鹏展翅摆件。没两天,老叔爷将他们叫到家里。他脸色冷似千年冰壁,一人发一张复印的"阎典史传",让他们对着老祖宗画像反省。2009 年,王姓媳妇红杏出墙,阎姓丈夫提出离婚。他拿出对方私通证据——老婆手机上,网聊就像偷情备忘录。这场离婚官司,从镇上打到法院。最后,尽管丈夫一肚子冤屈,媳妇还是分走一半家产。幕后奔波出力的人,是那女人的堂兄——县公安局副局长。丈夫找到老叔爷,垂头丧气地递上离婚裁定书。老叔爷怆然无语,一双眼光像要钻进地里。好一阵,他如同死去又活过来,一磕两尺长的楠竹烟杆:"阎家无人,阎家无人啊!……"

斜江场阎姓中,老叔爷辈分最高。父亲应称他叔爷爷,我该叫他叔祖祖。就连他小女儿阎书音——我的小学同班、中学同级同学,我也该称小姑婆。但是无论男女老少,大家都唤他"老叔爷"。这个称呼怎么来的,父亲也弄不明白。他说自打他会说话,大人就是这么教的。许多年来,老叔爷称呼不曾改变,模样似乎也没变化。他老穿一件倒新不旧的蓝卡其中山装,左边上衣口袋插着一支钢笔、一支铅笔——铅笔头永远削得细细的。他脸形清瘦,眼里含着淡淡的笑意。但那石头般硌出的颧骨、小刷样的八字胡、周身难闻的叶子烟味,都让他的儒雅大打折扣,像油盐不进的老顽固。

老叔爷叫阎礼勤,退休语文教师。他教过我,教过我姐阎天秀。方圆几里许多人,包括那些走出斜江场的成功人物,大多领教过他细竹教鞭的威力。据说论资历水平,他当校长也够格,但得罪过教育局长。有一年局长下来视察，王怀青让他作陪。大家恭敬地向局长敬酒，他却大谈阎应元抗清伟绩。局长一头雾水，问阎应元是谁。他不卑不亢道："本人先祖。丽亨公两子一女。幼子一支，由江苏至安徽，再经湖北到四川，最后定居斜江场。"局长脸色一沉，悻然无语。打那以后，他连教研组长也没当过，始终是个"白丁"。

从1984年离开，不算这次，我回过两次斜江场，也见过老叔爷两次。

1993年国庆，我带着新婚妻子宋春巧，从深圳赶回来补办结婚宴席。我本不想回来——我刚当上总经理，又恰逢邓小平南方讲话，正打算雄心勃勃大干一番。父亲犟着性子，三天两头打来电话："天放啊，斜江场自古就是这规矩。办喜事都要摆流水席，热热闹闹地庆贺。这比结婚证管用。要不，鬼大爷晓得你结婚了，还以为媳妇是偷的抢的骗来的。总不能把结婚证贴在铺板上，逢人就拉来验证。"我拗不过父亲，只得回到家乡。父亲卑恭地请了又请，老叔爷总算前来赴宴。我给他介绍妻子，还敬去两支喜烟。他双眼望天，眼也不斜。大概觉得脸面过不去，阎书音将烟凑到他嘴上："爸，天放的喜烟，尝尝。"他冷冷地一扭头，转身就走。书音尴尬地说："我爸就是这脾气，别介意！"9年没见，书音已变成一个漂亮的少妇。她仄着雪白的鹅蛋脸，谈起她在县档案馆的工作、当中学老师的丈夫、刚满百天的儿子，好像我俩只是同学重逢，我的出走与流落，与她全无关系。

我第二次回来，是去年10月，我当上政协委员不久。父亲挂来电话，笨拙地转述老叔爷的话："天放成了政协委员，这是光宗耀祖！别看王姓怎么怎么，他们能同天放相比？要清楚，阎家祖先是阎应元，是坚守江阴80天的大忠臣！就连乾隆皇帝都对他肃然起敬，赐谥'忠烈'封号。说啥天放也该回来，给老祖宗上几支香。"

仿佛回应我的记忆，"一条大河波浪宽，风吹稻花香两岸……"，我的手机响了。

"天放啊，到哪儿了？我们正在恭候大驾！"王有柱放爆竹般嚷道。

"我已经到了。"

"咋没来镇政府?"

"我走的老路,从县城直接来的。"

"看你,多跑一二十里! 理解,寻找旧时记忆嘛。好,我马上出发,在王氏牌坊会合。"

司机小赵走来。

"阎总,我去开车?"他指指黑色大奔。因为要在锦都设分公司,为了办事方便,我叫他将车从深圳开来,自己则乘飞机先到一天。除了这个原因,还有自尊和虚荣作怪。去年捐赠学校200万后,斜江场像平地刮起飓风。多数人说我不呆不傻,钱又不咬手,白白送出干啥? 这钱要么来路不正,要么藏有阴谋诡计。还有人神灵活现地推测,说我咋看都不像有钱人,保不准是诈骗犯。

"你把车开到场口,我走一下。他们赶到,少说20分钟。"

我抬起眼睛,望着对岸朦胧的山影,留恋地吐出一口长气。

> 当是时,本朝定鼎改元二年矣。豫王大军渡江,金陵降,君臣出走。弘光帝寻被执。分遣贝勒及他将,略定东南郡县。守士吏或降或走,或闭门旅拒,攻之辄拔;速者功在漏刻,迟不过旬日。自京口以南,一月间下名城大县以百数。而江阴以弹丸下邑,死守八十余日而后下,盖应元之谋居多。
>
> ——邵长衡《阎典史传》

27年前,我也这样急切地迈动步子,不是前往牌坊,而是背道走向银杏树。

那天是农历五月十五。斜江场习俗,五月初五是小端午,五月十五是大端午,就像小年大年。过大端午,往往比小端午热闹。粽子皮蛋盐蛋等一样不少,还得要有卤鸭。鸭子是地道土鸭。赶鸭人划着竹篷船,挥着长竹竿,赶着上千只刚能走动的小鸭,从上游沿河而下。遇到水草丰腴的河湾,就搭篷露宿十天半月,让小鸭尽情嬉戏。三四个月过去,鸭群到了斜江场,小鸭恰好长大,每只2斤左右,皮薄肉嫩,骨头脆得化渣。于是,每年端午期间,餐馆大都挂满卤鸭,街上漫着浓郁的卤香。

那天,李显福以准女婿的身份,第一次到我家。天秀并不喜欢他,一会儿说他病歪歪的,一会儿说了解不够。我明白天秀的心思:她嫌他生就一副猴样,连眨眼抹嘴的动作,也像《西游记》里的孙悟空。从外表看,他俩的确不般配。天秀模样像我妈,圆脸杏眼,泛着与世无争的微笑;身段却如父亲,1.63米的个子,板板实实,走路带着一阵风。父亲却中意李显福,说这娃儿有木匠手艺,能计算会攒钱,在双亭镇又有铺面,吃穿不愁。为了接待这个未来女婿,他乐颠颠地炖鸡剖鱼,还买了一瓶西曲大曲。天秀反像无事可干,心事重重地这里摸摸、那里站站。

大热天气,李显福穿西服打领带,衬衣扣得一丝不苟。红斜纹领带一头长到裆部,狗舌头般晃来晃去。他出手阔绰,除了烟、酒、蜂王浆,还给父亲奉上一个大红包:88元。天秀也得了38元。母亲对我嘀咕:"出手这么重,看来他对你姐上心。"

吃饭的时候,他反客为主,不住招呼我们喝酒吃肉。他对我特别殷勤,两只鸭腿,父亲一只,另一只给我。我瞟着桌上闹钟,心不在焉地应付。

"天放,陪你李哥整两口!"父亲说。

"7点了,我要去茶铺看电视。"

"我也要去。今天播《在水一方》第三集。"天秀乘势站起。

"不准去,太不懂事了!"父亲一蹾筷子。

天秀气恼地将脸转开。

"姐,屋头电视更好看,你是女主角。"我做个鬼脸,急匆匆地走出去。

"早点回来,明天要上学。"母亲唤道。

"晓得。"我头也不回,步子迈得更快。那一刻,我做梦也没想到,这一走,就是整整 9 年。

我一溜小跑,来到斜江河边。哪知,书音影子也没有。我失望地转过身,向黄家磨坊走去。

老鸹发出凄厉的叫声,在银杏树上扑腾。河对岸墨染似的山影,渐渐融进苍茫暮色。凉风拂来,黄家屋檐下,串串干辣椒悠闲地摇摆,发出惬意的簌簌声。

"黄大伯,你要买个电视机,生意保证好。"倚着柜台,我遗憾地舔舔嘴唇。我似乎看到:叠起的方桌上,高供着那部 14 吋黑白电视机。茶铺里三层外三层,密密摆满小竹椅。王老幺同他老婆胡菜花,门神样把在两边,警惕有人不给茶钱。这段时间,自打茶铺播放琼瑶的电视连续剧,我看得神魂颠倒。看《在水一方》时,我幻想自己是朱诗尧,书音就是清纯的小双;我绝不是《烟雨濛濛》中懦弱的书恒,不会让卢友文抢走依萍。书音借给我几本琼瑶小说,说书上写得更感人。我说一翻开书,铅字就变成铅球,三两下就把脑袋砸晕。

"买得起吗? 一台三四百块。卖点香烟瓜子、糖果饮料,赚几个钱? 王老幺的电视机录像机,是人家大女子在深圳买的。鬼晓得做啥生意,一个 20 来岁小姑娘,两三年就发了,还给她妈买金戒指金耳环。"黄大伯抓起鸡毛掸,愤愤地一拂货柜。这几年,推动他家石碾的小河,早变成一条死沟。粮站加工厂的电机,成天欢快地轰鸣,收费比他低一半。他关了磨坊,开了一家杂货店。

"天放,你不在屋头过节,也不去茶铺凑热闹,跑到我这儿干啥?"他奇怪地望望我。

"刚吃过饭,太热,吹吹河风。"我支吾着,焦灼地四面张望,书音还是没出现。

今晚,是我同她的第一次约会。平时乘着没人,我俩还能偷着说几句,一旦有人过来,就脸红心虚地各自走开。我几次约她,说要向她汇报思想。她忸怩地垂下眼,鞋尖在地上磨来磨去,不拒绝也不答应。今天下午放学回来,她突然从牌坊旁闪出,羞答答地约我见面,说有重要事情。我忙不迭地点头,激动得想翻跟斗。

我正在胡思乱想,远处扔来一颗石子,在我脚下一触,又滴溜溜滚远。银杏树鬼影般的浓荫下,传来"扑哧"一声娇笑。

我陡然兴奋,一溜小跑过去。

书音穿着一件石榴红衬衣,袅婷地从树后闪出。我瞬间觉得,天地变得金灿灿的,她披着彩霞,好像下凡的仙女。

"人家来了好一阵了。你在磨坊那边做啥?"她学着琼瑶笔下的女主人公,幽怨地扇扇眼帘。

"我在……"我笨拙地嗫嚅。平时我口齿伶俐,没理也要强辩五分。可是只要见到她,我就像被电筒射住的黄鳝,一下变得傻乎乎的。我恼怒地掰着指节,放软声音:"啥重要事?"

"你是不是真心喜欢我?"

"我敢赌咒。要不,我会送你相思豆,还给你写情书?"

"那也叫情书? 就几个字。"她好笑道,转瞬,她脸色一正,不容置疑地说,"汪老师办了一个补习班,每天放学补 2 小时课。你去报名,把成绩突上去。明年中考,你必须考上县中,然后读大学,毕业进大机关。我爸最喜欢读书人。只有这样,他才可能同意我们。"

"补习班? 好多钱?"

"不贵,每月 20 元。"

"20 元……"我讷讷念着。这笔钱在我心里越变越大,终于成为不可逾越的峭壁。父亲替人挑水,从斜江河到中街茶铺,一挑 3 分钱,累死累活,每天最多挣 1 元。天秀帮缝纫社锁扣眼,忙一天,不过五六角。书音却不同:老叔爷有工资;她大哥、二哥在县城上班,经常几块十块地给她。她不缺钱,也没有钱的概念。但是,我不能在她面前叫穷。

我假装不屑地笑笑:"读书有啥意思? 明年初中一毕业,我就去广州打工。王老幺说,那边遍地都是票子,只要舍得弯腰杆。等我挣到钱,就开公司当老板。张家兄弟出去闯几年,大货车都买起了……"

"不行!"她打断话,"做生意的,我爸最看不起。不就赚了几个臭钱,有啥不得了?"

"书音!——"我乞求地唤道。

她望着柔波粼粼的河水,不理我。忽然,她双肩一阵颤抖,很轻地抽泣。

我心里像塞满乱草,也想哭。

"我听你的。"我挣扎般地说。我的声音空洞而艰涩,像从学校废井中透出。

她破涕为笑,娇嗔地推我一下。泪光在她眼里闪烁,很美。

我再难抑制自己,一把拉过她。

"不,不要!"她羞红脸推开我,"你的胆子太大了,不怕有人看见?难怪我爸说,斜江场那么多阎姓娃儿,就你眉毛浓密,鼻梁挺拔,长得像老祖宗阎应元。他还说了好多,可惜我听不懂。看你,长得这么高大,像 20 岁出头。我们班上,好几个女生都喜欢你,说你有男人味,活脱儿就是高仓健。"

"是吗?"我得意地摸摸下巴。我刚冒出胡子,密密的一抹淡黑,像用炭黑笔细细点出。触到胡楂,我不由得挺胸收腹,腰直得像标枪。

老叔爷这些话,我听他提过。

去年初夏,我刚走出双亭中学校门,书音骑着自行车,说笑着从我身边驰过。我买不起自行车,只得走路上学,来回 20 多里。望着她的背影,我捡起一块石子,懊丧地向她扔去。从双亭镇到斜江场,要经过一座石桥。那天恰好涨水,石桥被淹得无影无踪。我走到河边时,书音正望着水面发呆。两个女生扛着自行车,踩着齐膝深的泥水,小心地蹚过去。她俩焦急地唤着,鼓励书音要有勇气。"我……我帮你!"我木讷地说。书音脸一红,将头转开。这之前,我俩从没认真说过话。只要同她搭嘴,同学就戏弄我,要我叫她"小姑婆"。为此,我打过好几次架。书音愣了片刻,终于狠下心,将自行车架在肩上,向水里掷去。不料一个趔趄,她栽到河里。我顿时急了,将书包一扔,三两步扑过去。我自小在斜江河里嬉戏,曾在水里抓过鸭子,这条小河不在话下。没一会儿,我将她拉上岸,又去抢救自行车。上来后,我一面狼狈地收拾身上,一面偷眼瞟着她——湿透的墨绿色衬衣,凹凸有致地拥出两个乳房。她垂眼说声"谢谢!",羞恼地推车而去。那天傍晚,老叔爷不紧不慢,在荞面店前踱步。我刚出家门,他像偶然遇见,招手叫我过去。他不咸不淡地感谢几句,眼光像木尺,在我头顶与脚尖画着直线:"你这娃儿,越长越像丽亨公。可惜……"可惜什么,他没说,我不敢问。

"我爸还说,可惜生性顽劣,空有一副好皮囊。"书音故作轻蔑地撇撇嘴。

"说啥?"我虽然不知"皮囊"意思,但知道不是好话。

"怎么,说几句就受不了?是我爸的话,又不是我说的。我爸要晓得你送我相思豆,不知怎么收拾你。"

仿佛暖流涌过,我的不快骤然消失。相思豆是我在地摊上买的,心形,红红的,有细细的黑点,很好看。我乘着周围没人,买了9颗,代表"久"。我还写了一封信,只有一行字:"我喜欢你,爱你!"乘课间休息,我溜到书音教室门口。她看见我,假装不在意地走出。擦肩而过时,我将包着相思豆的信团塞给她。下河救她后,我俩虽然仍不搭理,但那两个目睹经过的女同学,已用极致的夸张,将我渲染成古代的侠客、新时期的雷锋。这件事越传越荒诞,竟变成书音上岸时,我俩嘴对嘴抱在一起。书音装得像骄傲的公主,似乎压根儿不理会这些流言。我却感到,在她若有若无的一瞥中,有一种焰头似的东西,灼得我的心发烫。

"你是不想写,还是觉得我好糊弄?我看过白朗宁夫人的情书,写得太美了,那才叫真正的爱情!"她娇笑一下,遐想地仄起脸,望着圆圆的月亮。

刹那,我全身的血都像涌上了大脑,岩浆般翻滚不息。我最喜欢她这种模样。小学五年级,学校表演文艺节目,她独唱。"月亮在白莲花般的云朵里穿行,晚风吹来一阵阵快乐的歌声;我们坐在高高的谷堆旁边,听妈妈讲那过去的事情……"唱到最后一句,她妩媚地仄起脸,声音也越发轻柔。就在那一刻,我的心犹如被子弹击穿,倏忽失去知觉。我陡然发现,她已从那个骄傲的女孩,变成一个漂亮的少女。

"我、我……"我转开目光,不敢正视她,心里却如千军万马在捉对厮杀。不知哪来的勇气,我猛地抱住她,把嘴压在她唇上。

在我粗乱的气息中,她像糖人在沸水里溶化。她的双手攀上来,紧紧钩住我脖子。

我们闭眼狂吻。天地在疾速变小,混沌中只有心跳。

"天放! 天放! ——"黄家磨坊前,传来惊惶的声音。

"是我姐!"我一惊,"肯定有事。"

"姐,你咋来了?"我从黑暗中蹿出。

天秀紧张地抓住我:"出大事了! 阎太忠跑去告状,说你同书音在约会。老叔爷凶巴巴地赶到我家,正在骂人。他说你乱伦,要揪你到祖宗灵牌前认罪,还要通知学校和派出所……"

恍若天崩地裂,我像从峰巅摔进山谷,再落进冰窖。不仅我怕老叔爷,阎姓没人不惧他。上月,开木器店的阎老大偷了一只鸡。他听说后,将阎老大叫进自家堂屋,罚他跪了半天。如果被他抓住,那……

"你出去躲几天,等他消气了再回来。这是李显福给的,拿去。"天秀将红包塞给我。

我茫然接过红包,挪动几步又站住。无论怎样,我要跟书音告别,提醒她有个准备。

"我们见面的事,被阎太忠发现了,肯定是他在跟踪你。这阵你爸正在我家,要来河边抓我们。"

"咋办呢? 阎太忠一直想追我。看见他那个大脑壳,我就恶心得想吐。"书音吓得脸色苍白。

"我去外边躲一阵。只要我不在,你爸就没法。你就说今晚月亮好,到河边散步,根本没看见我。"

"只有这样了。那你快跑。我爸要抓住什么,还不把我打死?"她带着哭腔说。

"你要等我,一定等我回来!"忍着椎心般的疼痛,我惊惶地跑去,很快在夜幕中消失。

顺着斜江场到县城的乡村公路,我像一只被猎狗追杀的兔子,慌乱紧张地跑着。一辆拖拉机驶来,我搭上顺风车。在县城长途车站待了一夜,第二天凌晨,我乘早班车来到省城。

初,剃发令下,诸生许用德者,以闰六月朔悬明太祖御容于明伦堂,率众拜且哭,士民蛾聚者万人,欲奉新尉陈明选主守城。明选曰:"吾智勇不如阎君,此大事,须阎君来。"乃夜驰骑往迎应元。应元投袂起,率家丁四十人,夜驰入城。

——邵长衡《阎典史传》

天色阴沉。黯黑的道道瓦沟,如同岁月裸露的脊骨。檐板上斑斑残苔,烙印着光阴的痕迹。青石板路凹凸处,映着微弱的白光,恍如玻璃屑闪动。街道两边,店招虽然五光十色,铺面仍显那么低矮。

走到家门外,我愕然停住脚步。

去年回来,我帮父亲开了一个干洗店。场上安了自来水后,父亲便没了收入。他买了一辆三轮板车,帮人搬运维生。母亲在家纳鞋底,一双双纳得线头密实,逢场天摆在门口叫卖。我想接他们到深圳。他们说住惯了自家老屋,换个环境,手脚都像没处放。

选择干洗店,我动了一番心思:赚多赚少不重要,要让父母既有事做,又不能太累。听到"干洗店"三个字,父亲诧异道:"河头那么多水,啥不够洗?只有显摆的年轻娃娃,才到铺子洗东西。"我好不容易说服他,又找来李显福,叫他帮忙跑腿。李显福恭顺地答应,说他别的没有,时间多的是。

我照着堂屋大小,在深圳订了全自动干洗机、烘干机、熨烫台等。干洗店开张后,父亲喜滋滋地挂来电话,说生意不错,店名取得也好。当时,父亲说叫"下街干洗铺"。李显福说土得掉牙,坚持叫"斜江干洗中心"。最后我拍板,取名"勤劳干洗店"。可是现在,卷帘门锁着,门旁招牌已无踪影。我又敲又喊,里面毫无动静

"天放回来了?"对门,胡婆婆亲热地唤道。

我含笑点头:"我爸他们没在?"

"昨黑才从你姐那儿回来,今天一早就去学校了。嗬,你爸笑得满脸开花,胡子都是颤巍巍的。"

"干洗店咋了?"

"唉,几句话说不清楚!"胡婆婆含混地叹息一声,"没吃早饭吧? 我给你煮碗荞面。你小时候,就爱吃我煮的荞面。这阵我老了,干不动了,只有请人帮忙。不过味道没变,保证麻辣鲜香。牛肉笋子馅料,都是我经佑着做的。"她回过头,叫伙计煮一碗荞面,多加点肉馅。

我婉谢,说要去学校。

"天放,咋一下没了时间观念?"隔着七八间铺面,王有柱高声喊道。

我转过头。一群人浩浩荡荡走来,不宽的街面,仿佛蓦然窄了许多。王有柱指着一个方脸男子,介绍是主管教育的徐副县长。

"致富不忘家乡,慨然捐资教育,可敬可佩!"徐副县长握着我的手,不疾不缓地摇摇,"这样的壮举,应该大书特书! 王书记,你们镇几百人在外务工,多出几个阎总,还愁学校办不好?"

"是,是。不过,我同天放是帽根儿朋友。要不,他会出手就修教学楼?"王有柱不无骄傲道。

"阎总,欢迎你回来投资,我们发展你发财。"一个穿珍珠白风衣的女人,从手包里拿出名片,优雅地奉到我面前,"我叫冯菡丽,请多关照!"

“冯局长，今天是教学楼庆典，不是招商会。”一个戴眼镜的中年人不满地说。

“万局长，我也当过老师，算半个教育界的人吧?”冯菡丽嗔道。

王有柱看看手表:“差不多了!”

徐副县长同我并肩走着，随口询问我的情况。听到我除了建筑业、房地产等，还在佛山有一个电脑商场，他感慨地说:“还是经商好啊，自在又单纯!”

“小赵呢?”我想起司机。

“在社区休息。这么多汽车，开进学校影响不好。”王有柱回答。

学校门口，郑校长激动地拉住我的手:“阎天放同学，太感谢你了! 为修教学楼，我盼了10年，也跑了10年，总算功德圆满，梦想成真!”

我嗫嚅几句，自己也不知在说什么。

司仪一挥双手，夹道欢迎的学生，立刻挥舞小彩旗，整齐划一地喊道:“欢迎欢迎，热烈欢迎! ……”几乎同时，上百个气球飞上天空，五彩斑斓地冉冉上升。一个小女孩拥着鲜花，兴奋地涨红脸跑来。她庄严地向我敬礼，献上一束鲜红的玫瑰。凝视着她纯真的笑脸，我的心像被圆木猛地一撞，不禁想起去年回来的那个下午。细雨纷飞中，一个戴红领巾的女孩，提着一小篮黄桷兰沿街叫卖。湿透的阴丹蓝衬布上，花朵散出馥郁的芬芳。“下雨了，为啥不回家?”我问。“花还没卖完。”“是家里要你卖的?”“不，我们自发的，挣点儿钱维修教室。”我默然无语。我买下花，随她走进斜江小学。望着破败的教室，我的喉咙一阵酸涩。就在那一刻，我生出捐赠的念头。

操场里，面对深蓝色的四层新楼，几百个学生系着红领巾，肃然列成方阵。我走上主席台，与徐副县长坐在一起，两侧坐着双亭镇领导、老校长王怀青等各界代表。母亲挨着父亲，畏缩地坐在最边上。我搜来寻去，却没看见老叔爷。这种重大场合，不可能将他忽略。“难道……”我忽然有些不安。签下捐赠协议那晚，老叔爷破例来到我家，赞扬我轻财重义，不愧为阎姓后代。他自豪得两眼发光,如同尘封的箭匣里,利箭在不甘寂寞地跳动。临走时,他轻描淡写地说:"世人皆知史可法,唯独不识阎典史。悲哉叹哉!你给上边说说,叫学校隔出点地,一两百平方米足矣。修一个小祠堂,花不了几个钱。"我不卑不亢地抬起眼睛,第一次从正面仔细看他。他已明显变老,双眼昏蒙,好像泛着雾翳;稍一激动,长满老人斑的手背,青筋就像蚯蚓般蠕动。一种说不清的落寞,柳梢样拂过我的心——老叔爷老了!……

我正在胡乱想着,万局长对着麦克风,朗声宣布庆典大会开始。在鼓乐队雄壮的奏鸣中,我与徐副县长并肩剪彩。几乎同时,一条三尺宽的红绸,"热烈庆祝斜江小学教学楼落成使用",瀑布般从教学楼顶一泻而下。

徐县长讲完话,王有柱等先后发言。接着,校长致辞,教师代表、学生代表上台。他们的赞颂,海潮似的向我涌来。我听得心里发怵,竟想即刻溜走。

大会结束,父亲赔笑挤上来,说找我有事。

"我在纪念碑那边等你。"王有柱指指右侧草坪。

"看你,人没精神,气色也不咋好!"父亲心疼地打量着我。

"没事。"我挺挺胸膛,做出壮实模样。

"老叔爷的事,实在难办。为修祠堂和刻碑,他很不高兴,请他开会也不来。你抽时间去看看,解释几句,毕竟他是老辈子。"父亲吞吞吐吐道。

"是吗?"我迷茫地四处望望。

王有柱高声唤我。我叫父亲少操这些心,我会处理。一转身,我想起干洗店,竟忘了问问。

纪念碑用红色花岗石制成,高约 1.5 米,庄重简洁。正面刻着一行古宋:"斜江小学教学楼建成纪念"。背后的小楷碑文,"实业报国,情系桑梓,心怀教育,慷慨解囊"等等,让我很是赧颜。

"不错吧?我们就是要加大宣传力度,让更多企业家向你学习,为家乡发展做贡献!"王有柱兴致勃勃道。

"老叔爷怎么没来?"我转开话题。

"他这人，"王有柱颇显无奈，"说来洞察世情，却又小肚鸡肠；明明食古不化，偏要故作清高。修教学楼时，没按他的意思盖祠堂，他就对我大有怨气。听说要立纪念碑，他放话说，不管讲辈分还是说资格，题撰非他莫属。可是，我能这么办吗？太不合规矩。我们请县委老书记题词，县政协主席撰文。没说的，他又给我记上一笔。就说这个庆典会，学校专程上门请他。他不来，我也没办法。这个老人家啊，总爱扯些陈芝麻烂谷子，好像斜江场就他了不起。其实，我同他们家很熟。他家老大老二，我都打过交道。阎书音搞团的工作时，我是团县委副书记。你不知道吧，阎书音离婚了。她那个男人，中学老师当得好好的，非要出去做生意，背一屁股债……"

又是震耳欲聋的鼓乐，又是学生的齐声欢呼。这些喧嚷好似来自天外，游丝般离我越来越远。书音离婚的消息，如晴空霹雳，一遍遍在我耳边炸响。几天前她还挂来电话，问她儿子工作情况，问我啥时回来；还叮咛说老家不比深圳，要我多带衣服，怎么突然就离婚了……我的思绪如一片乱鸦，黑压压地在脑里扑腾。

时大军薄城下者已十万，列营百数，四面围数十重，引弓仰射，颇伤城上人。而城上礌炮、机弩乘高下，大军杀伤甚众。

——邵长衡《阎典史传》

"我们每个人本身就是悲剧，是已经写成的和尚未写成的悲剧中最令人震惊的悲剧。当一个人追求不可能达到的目标时，他注定了是要失败的，然而他的成就正表现在斗争中，在他的意志上！这是尤今·奥尼尔说的，相当精辟。"裴教授双眼望着虚空，一字一句地说。那时，我虽不理解这段话的含意，但内心还是不由得一震，感到一种深沉而悲壮的撼动。从建筑小工到董事长，其间变化犹如传奇。我不得不承认，哪怕它如童年尿床不齿提及——让我活下去闯出来的动力，最先源自书音。

那晚,我惊弓之鸟般逃离后,第二天来到锦都。我从未到过省城。我像胆怯的松鼠,战战兢兢地在钢筋水泥森林里彷徨。全靠天秀那个红包,我才不致流落街头。我走进车站后面小旅店,谎称丢了行李及证明。女老板慈眉善目,相信了我稚气未消的窘笑。她不仅让我住下,还答应帮我找工作。两天后,她将我介绍到汽修厂工地。包工头姓李,川东人。他收下我,叫我打杂当小工,每天8角钱。一个多月后,因为催讨工资,他与大包工头干仗,头被酒瓶打破。一怒之下,他带着一群人跳上火车,说去广东找他表哥宋宝贵,保证挣钱更多。这样,我到了那个充满神秘的深圳。

到深圳的第一个夜晚,躺在汗臭熏人的凉席上,我怎么也难以入睡。蚊子好像对着饕餮大餐,贪婪地绕着我飞来飞去,冷不丁地就是一口。同房十多个民工,像在举行打呼噜大赛,胸腔如风箱起伏。想到书音,想到离别时她那惊恐的神情,我像遍体鳞伤的小狼,痛苦地在喉咙管里低号。泪珠从我指缝渗出,湿透半边枕席。就在那天夜里,我立下毒誓:"这辈子要是混不出人样,娶不到书音,我全家死绝!"

地狱般的苦难中,这种信念支撑着我,让我承受住一次又一次煎熬。望着那些开着豪车的有钱人,我仇视地想:"看,他们活得多滋润!他们知道我的痛苦吗?他们只需伸出一个小指头,帮我找一份体面的工作,我就能骄傲地回到斜江场,就能得到书音。"可是,我像一只卑微的蚂蚁,压根没人搭理。

我给家里挂过两次电话。逃到锦都,在小旅店住下后,我故意放粗嗓音,挂电话到斜江场邮电所。天秀说,一叫她接长话,她就明白是我。她伤心地啜泣着,说老叔爷扑空回来,气得大口喘气不住顿脚。她要我再躲一阵,千万别急着回去。我豪气冲天地说,没挣到大把票子,我绝不踏进斜江场半步。到深圳后,我如法炮制,又给天秀挂去电话,告诉她一切都好,还寄去100元钱。

深圳大、小梅沙发现的陶器、瓷器表明,早在新石器时代,人类就在这片富饶的土地上栖息。就在这里,我的命运出现突变。

把我带到深圳的老李，要回巫山老家结婚。他在家乡修了五间大瓦房，说了一个媳妇。临别前，他掏心窝地同我谈了一阵。

"天放，你脑子灵，舍得吃苦，是个做大事的料。不过你要学点技术，预算决算、图纸啥的都要懂。"

"每天累得浑浑噩噩的，哪有心思？"

"哪个想学？逼出来的！"老李自嘲地啐一口痰，用脚在地上抹抹，"在老家时，我也只晓得挖地球。要想多挣钱，不学也得学。我不信，你想当一辈子泥水匠？"

老李的话，刀一般扎进我心窝。我清楚，这样混下去，我与无数民工没有区别，了不起同老李一样，攒点钱回家讨老婆。而书音将像天边的星星，离我越来越远，最终在缥缈中消失。到深圳后，我给她写了两封信，都如石沉大海。

我郑重地点头。那在绝望中窒息的希望，又如火苗般点燃。

大概老李对宋宝贵说了什么。他走后不久，宋宝贵纡尊降贵地走进工棚。那是晚上，工友大多外出看录像。借着昏暗的电灯，我倚在被盖上看书。

他径直走到我面前，眼光像锋利的砖刀，在我脸上刮来抹去。

我慌乱地站起。

他示意我坐下，然后翻翻我枕旁的书：《建筑施工入门知识》《建筑工程造价基础》。书是老李留下的，又旧又脏，卷角像撮枯草。

"看得懂吗？"

我惶然摇头。

"不懂问我。"他淡淡道，不快不慢地走去。

几天后，班长于师傅通知，要我去队部报到。建筑队挂着乡镇企业牌子，宋宝贵是真正的老板。

"你小子走狗屎运喽！工地两三百人，没听说宋老板看上哪个。你娃名字取得好，天放天放——就算困住，总要放出；只要出去，天大福气。我们就不同,板凳上睡觉,别想翻身的了!"于师傅羡慕地感叹。

这样,我到了施工科,跟一个姓张的工程师当徒弟。第二年,我调到业务科,成为宋宝贵嫡系骨干。后来,在张工帮助下,我进了电大,学建筑企业管理。拿到大专文凭,我又调到办公室,成为宋宝贵的左右手。这时,建筑队已改制为公司,宋宝贵是董事长兼总经理。

我与宋春巧的婚事,是宋宝贵一手主办。

他平时很少同我说话,就是有事,也扔砖头似的丢几个字,态度不冷不热。我却敏锐地察觉到,他那犀利而挑剔的目光,经常雷达般在我身上打转。一天中午,他将我带到国贸大厦旁一家酒楼。装饰豪华的包间里,他拿起酒瓶,在几个小酒杯里斟上酒,说按他老家习惯,一人3杯,喝完他有话说。

我不安地喝下酒。他又为自己倒上一杯,没喝,沉吟地抚着。他突兀地说:"我家春巧咋样?她21,小你1岁。看不看得上,说实话!"

"这……"我吭哧着。他一儿一女,春巧是姐,春彬是弟。我见过春巧几次,没什么感觉。

"我年龄还小,不想这些。"我讷讷道。

"小?要在我们老家,娃娃都两三个了。"他不快地将酒干掉,"我打开天窗说亮话,行,点个头,你立马就是副总经理,干得好,我把公司交给你。春彬染了些城头娃娃德行,不是做事业的料。再累几年,我打算回家养老。不行呢,你也吱一声。我给你10万元,但你必须走人。给你半月时间考虑,如何?"

我感动地望着他,答应认真想想。

那天他喝得很醉。他眼里闪着泪光,谈起拉队伍闯市场的艰辛:"要在深圳打一块天下,没本事不行,没关系也不行。那些甲方实权派,除了钱啥都不认。春节为了送礼,光烟酒就花了上百万。难啊!我一个山里汉子,走到现今,也想通了!……"跟他将近6年,他对我说过的话,加一起也没今天多。注视着他浮肿的两颊、怆然的眼神,我不禁想起父亲……

　　我坚持要送他回家。他在罗湖有一栋别墅,好几百平方米。"哟,这么醉!"春巧手忙脚乱地扶住他。我用男人审视女人的眼光,仔细而放肆地打量春巧。她不是书音那种精巧类型。她的相貌和声腔,如同她水蜜桃样丰满的体形,都透着大大咧咧。她怜惜地给宋宝贵拭脸,一口一口地喂他醋汤。她的神态深情而温柔,恍如山涧清泉。突来的惶恐,电流般在我全身乱窜。我借口让宋宝贵休息,不自在地告辞。

　　走到街上,迎着潮润的热风,我逐渐冷静。这是天上掉下的馅饼,是小说里才有的奇遇。我眼前好像现出一个天平:一端是拒绝。那么,我可能永远都是打工仔。那些出人头地、衣锦还乡的美梦,不过是自我麻醉的幻剂。另一端是接受。它犹如金光闪闪的通行证,会将我带入另一个世界。我毫不怀疑宋宝贵的承诺。总有一天,我阎天放将接掌建筑公司,雄心勃勃地开始新的人生。我自信,我不比宋宝贵差多少。但是,我的书音呢? 这么多年,我从没放下过她。极度的自卑和孤独中,对她的思念,已成为我必不可少的慰藉。

　　我来到电话亭,急切地拨出一串号码。天秀住在李显福家,隔壁就有公用电话。

　　问过父母后,我巧妙地问起书音。

　　"爸叫不给你讲。"天秀迟疑地回答,"她要结婚了,对象是县中老师。他们先在城头办婚礼,再回斜江场摆酒席,请帖都送来了。"

　　"咔嚓"一下,我的心像断成两截,坠进深不见底的黑洞。

　　"她问到我没有?"

　　"没有。她走后妈还抱怨,说要不是为她,你咋会天远地远地跑到深圳。"

　　"帮我带句话,祝她幸福!"我遽然压下电话。霎时,蓝天变得灰暗,云团好似山峰崩裂,四周都如坟墓般阴冷。"书音要结婚了,再也不会属于我了!她在我心里死了,永远永远地死了! ……"终于,我恶狠狠地下定决心:答应宋宝贵。我就要比比,未来的人生中,我们谁更成功。以后很长一段时间,我近乎病态地疯狂工作。我用一个男人原始的自尊,要证明我比另一个男人能干,证明书音犯了绝对错误。后来,直到坐上总经理的位置,经历了太多的商海征战,我才发现我的浅薄和愚蠢。

过了十来天,瞅着宋宝贵心情不错,正在悠闲地喂金鱼,我郑重地说,我考虑好了,决定留下。这么多天,他绝口不提那天的事,言谈举止也如往常。我甚至怀疑,那天是我听错了,还是他已经忘得一干二净。

"好,好!"说第二个"好"时,他狡黠地笑了,"看不出,你还会拿捏火候。如果你很快答应,我觉得你有野心,想盘算我的家产;要是期限临近,我又认为你太勉强,对春巧未必真心。两者都是一个结果,走人。我为啥这样,你今后会清楚。我欠春巧太多,也欠她妈太多! ……"

在他的撮合下,我同春巧开始恋爱。一次,我俩去小梅沙游玩。小梅沙三面环山,一面临海。坐在沙滩上,我突然想起斜江场,想起几年不曾见面的父母。

"想家了?"春巧体贴地问。

我默默点头。

"你还有家可想,可我呢? 我妈在,家就在。没有我妈,我就是没人要的孤儿。"她的眼睛红了。

我惊诧地望着她。这些年来,只要提到宋宝贵的身世,大家要么讳莫如深,要么含含糊糊,给人云遮雾罩的神秘。我只知道他是农民,湖北恩施人,70 年代就出外闯荡。没待我询问,春巧哀戚地讲起来。

到深圳以前,她没见过父亲几次。她半岁时,宋宝贵同邻村女人私通,被人在床上抓住。女方是军属。因破坏军婚,他被判刑 3 年。从监狱出来,他回家老实了几天,一个跟斗就没了人影。母亲说,他跟狱友跑药材生意。春巧 8 岁那年,他回家住了一宿,留下一点钱,说在外面搞建筑。后来母亲得了肝病,肚皮肿得像鼓,他连影子也没有。大队干部说,他投机倒把进了监狱。母亲死后第二年,他回来了。他拉着春巧,在妻子坟前上香烧纸,然后头也不回地走去。到了深圳春巧才知道,他在这边早有女人,还生了一个儿子。没几年,他给那女人50万,叫她回河南老家。

"别人觉得我爸是老板,好像我咋不得了。其实我心里很苦,苦得像装满黄连。我爸对我的确好,只要我开口,天上月亮他都会给我。可是我真正想要的,他永远也给不了。那就是我妈还活着,我们一家三口,吃糠咽菜都不分开。"春巧泣不成声道。

"春巧,别难过,我一定会对你好的!"我擦去她眼角泪花,发誓般说。

我真正理解春巧这番话,是在有了女儿晓雨以后。只要我在家里,晓雨就晃动着两条小辫子,一刻不停地缠着我。一会儿,她要听七个小矮人的故事;一会儿,要我帮她搭积木;没过一阵,她又把积木一股脑推开,要我趴在地上,她要骑大马。"这才是家啊!"我骄傲地在心里说。也许春巧同我一个心思。她望着女儿,幸福如春水在脸上漫开。晓雨刚出生,模样像春巧。四五岁时,她的身体开始抽条,越长越像我。春巧自豪地说:"搭眼一看,晓雨就是阎家的种。你看,鼻梁挺,眉睫长,眼睛大,活脱儿就是阎天放。不过肤色像我,白得多。"的确,晓雨长得很漂亮,到哪儿都吸人眼球。她初二时,我在她书包里发现几封情书,班上男同学写的,肉麻得令人作呕。我当机立断,送出一张高尔夫会员卡,迅速给她转了学校。

宋宝贵对我相当信任,大小事都由我处理。59岁生日那天,他在寿宴上宣布,他决定退下,由我接任董事长和总经理,春巧和春彬协助我,任副总经理;股份也重新调整,我占50%,春巧、春彬各25%。他说,一来他不适应激烈的市场竞争;二来忙了大半辈子,实在太累,只想安稳过完余生。我清楚他的打算。他找了一个湖北女孩,21岁。他准备与她结婚,回武汉长相厮守,说不定还能得一男半女。几个月来,他以各种理由,已在公司提走1000万现金。我做出忐忑模样,说假如公司搞糟了,对不起他几十年打拼。他很干脆地回答:"哪个有资格说三道四? 这些年我没做啥,主要靠你。后脑勺摸得到看不到。就是以后有什么,我相信,你绝不会亏待春巧、春彬。"我郑重地点头。我要的,就是他这番话。

在我努力拼搏下,公司日渐红火。前年,全区同行业中,公司利税名列前茅,我也当上区政协委员。相关部门到我老家西曲县慰问。斜江场如平地春雷,才知道我这个挑水夫的儿子,居然成了董事长,还进了政协。在父亲的催促下,我第二次回到故乡,见到阔别 17 年的书音……

> 应元伟躯干,面苍黑,微髭。性严毅,号令明肃,犯法者,鞭笞贯耳,不稍贳;然轻财,赏赐无所吝。伤者手为裹创,死者厚棺殓,酹酒而哭之;与壮士语,必称"好兄弟",不呼名。陈明选宽厚呕煦,每巡城,拊循其士卒,相劳苦,或至流涕。故两人皆能得士心,乐为之死。
>
> ——邵长衡《阎典史传》

午宴设在不醉轩酒家。这是双亭镇最好的饭店,一楼大厅,二楼包间,三楼茶坊和麻将室,面积不大,功能齐全。

徐副县长敬我一杯酒后,抱歉地告辞,说市上来了领导,他必须作陪。他一走,酒桌少了许多拘谨。王有柱豪爽地端起玻璃杯,里面足有 2 两白酒:"宁伤身体不伤感情,天放,我敬你!"他仰起脖子,把酒全部喝下。

我礼貌地干了一小杯白酒。

"好,是我们斜江场汉子!"他满意地为我斟上酒,"说起斜江场,我忽来灵感。社区那个院子,百年前是孝廉故宅,把它布置出来,不愁没人参观。还有,按老叔爷说的,修一个阎应元祠堂,历史就是卖点。王氏牌坊、古渡口、老银杏树等等,都可以大做文章。再策划运作一番,争取评为星级景区。这个点子如何? 只要你敢投资,我们说干就干。"

我点头称是。

冯菡丽端着高脚酒杯,含笑起身:"我敬阎总! 明天招商会上,我们精选了 15 个优秀项目,旧城改造、果蔬加工、环城大道等,请阎总多加支持!"说罢,她一仰头,喝干半杯红酒。

"招商会?"我望望王有柱。

"是这样的,你回来一次不容易,想让你通过招商洽谈会,多了解一些家乡情况。本来打算下午开会,考虑到你要休息,所以……"王有柱尴尬地打哈哈。

万局长不快道:"有柱,你咋乱点鸳鸯谱?明天是我们教育局座谈会。我们想请阎总讲讲,他怎样心系家乡不忘教育。你这一插,不是乱了套?"

"你的会是明天下午。我们同招商局的会,保证中午前结束,不冲突。"王有柱赔笑道。

"王书记,你的算盘打得真绝。项目我们出面谈,税收算在双亭镇。好了,还是敬阎总吧!"冯菡丽说。

我只得起身干杯。跟着,我又挨个回敬。旋风似的喝了一二十杯,我一阵燥热。这些年应酬太多,似乎事业发展与酒局成正比。我一般只喝红酒,害怕甚至恐惧白酒。但在这里不行。我太清楚家乡喝酒习俗。敬酒时,主人会爽快地将满杯酒喝干,再将杯口朝下,以示一滴不剩;然后,他会执拗地催你将酒喝掉。如果谁以不胜酒力等婉拒,他认为你看不起人,挖祖坟般可恶。要是他们端白酒而我喝红酒,饭局开始就无法进行。

手机响了,书音挂的。上次见面后,她经常给我挂电话发短信,嘘寒问暖,情意殷殷。半年多前,她儿子于海阳来到深圳,住进别墅帮我开车,她的电话更多了。除了对我关心,还要询问儿子情况。我向王有柱致歉,说接个电话。

"回来咋不说一下?"她的声音幽幽的,像从白雾弥漫的河面飘来。

"事情太多。"我含糊道。

"我在对面顺风茶楼,有急事。"

"急事?"她专程赶到双亭镇,什么事?我生出不祥之感。我联想到王有柱谈的,她刚离婚,丈夫欠了一屁股债……

去年回来,我们见过两次。签完捐赠协议,王有柱拉上我和郑校长,请来老叔爷,一起到不醉轩庆贺。没多久,书音坐着别克轿车,同她丈夫于泗邦赶到。她说,一是担心父亲喝多,二是看望老同学。王有柱说:"天放成了亿万富翁,还是政协委员,又慨然捐赠200万。""200万?"她惊愕地张大嘴巴,不认识样看着我。王有柱叫他俩一块吃饭。于泗邦颇不自在,连连推辞。

第二天晚上,我正陪父亲闲谈,书音来到我家。她代表老叔爷,送来两盒西曲雪芽。街邻也三三两两进来,把堂屋挤得满满的。我忙着泡茶敬烟,应对不暇地寒暄。她倚门站着,漠然如同墙角扫帚。等了一阵,她不耐烦地插话,说替老叔爷说点事,在外边等我。

见我出来,她嫣然笑道:"去河边走走。"不待我回答,她已转身走去。我只有跟上。

老银杏树傲然屹立,像一把墨色巨伞。黄家磨坊墙角,传来不知名的虫鸣。一只小狗站在街口,敌意地对着我俩狂吠。

"我爸说,昨天提到修祠堂,王书记很不了然。他要你给镇上施压,全力促成。他说你是阎家子孙,不为祖宗做点事,只帮他姓王的搞政绩?他还说,你这个政协委员,等于是政府参谋。写《阎典史传》的邵长衡,就是江苏巡抚幕僚。还有,他说他想重写家谱,要对你大书特书。说你同丽亨公一样,轻财重义,坚毅豪爽……"

她语调枯燥,像背诵课文。暗影中,老叔爷浮现出来。他威严地抚抚八字胡,像要说什么……

"扑哧"一声,她忍不住笑道:"这都是我爸的话。我如数转达,不敢贪污。他就这么个人,啥事也要扯到祖先。你听着就是,不管他。"

我淡淡地说:"老叔爷的心情,我理解。不过我很难启口,好像在附加什么。站在王有柱角度,他也难办。"

她似乎没听,或者,她对这事毫无兴趣。她侧过身,呆呆地望着前方。斜江河泛着微弱的粼波,不声不响地流动;对岸,蓦地亮起几道汽车灯柱,闪烁

地在山间移动。夜很静,静得像石磨压住胸腔,心跳也被活活憋住。她忽然一指银杏树,哀怨地说:

"你就从那儿走的,一走就是这么多年。你倒一跑了之,我可惨了。那一个月,我爸每晚把我关在屋里,要我用毛笔抄《阎典史传》,我指头都写肿了。我又孤独又苦闷,天天都想你……"

"实在对不起!现在想来,我们当时太幼稚。假如我不跑,你爸又能怎样?同学一起谈学习,不可以吗?不过那时,你爸就像大山那么威严。他伸出一根小指头,也能把我捻成粉末。我吓蒙了,只想跑得越远越好。后来我给你写过信,寄到双亭中学,你没回复。"

"没收到。或许我爸串通学校,把信没收了。"她迷惘地深叹一声,怕冷似的靠近我,"还是跑了好,不然你能有今天?我真该跟你一齐走,要不,一切都是两样。那时我们多年轻啊,还不到 16 岁。那晚茶铺在放录像,琼瑶的《在水一方》……"

她梦幻般合上眼,把头轻轻倚在我肩上。我的心像一面大鼓,"咚咚"地狂响。时光恍若倒流,我像回到多年前那个晚上。我激动地抚着她的手,低头向她脸庞凑去。

清冷的月光中,她柔媚地扇扇眼睫,又倦慵地垂下。就在我俩嘴唇挨近瞬间,她眼角隐隐的鱼尾纹,提醒般在我眼前放大。这皱痕像密密的蛛丝,缠住我狂躁的心,警示着今天的现实。我那裹挟着情欲的征服感,忽如潮水退去。我松开手,后退半步,点上一支烟。

我始终牵挂着书音。在我心中,她就是一道翻不过的坎。读 EMBA 时候,同班一个叫刘葳蕤的,模样清丽,长发飘飘,长得很像书音。特别是她的眼神,也像书音那样,时而含着说不出的幽怨,时而带着灯蛾扑火的决绝。她小我 7 岁,离过婚,儿子在长沙。我情不自禁,总要偷偷看她。被人察觉后,几个同学嘲笑我好一阵,逼我请客喝酒。他们说,这是新世纪的广州,中国最繁华最开放的地方,你阎天放要上就上,怎么还像没开荤的初中生?我表面称是,内心却在傲然反驳:"你们知道什么?她是书音,是深藏在我心底的书音啊!"后来,刘葳蕤去了美国。分别时,她一点都不伤感,仿佛我俩只是同乘游轮旅游,欣赏完大海落日、沙滩帆影,下船后各奔东西。我却好像心被掏空,难过了很久。

我同刘葳蕤这段感情,春巧并非一无所知。她像她过世的母亲,既有对丈夫的愚忠,又有未能为我传宗接代的羞愧。有了晓雨后,她又怀过两次孕,但都没保住。她说对不起我,对不起阎家祖宗,要我找人生个儿子。我无言以答,对她反而多出几分敬意。

回来前,我想过同书音的见面。我想得很癫狂,也想得很苦。我胸腔里像有只小猴子,躁乱地跳个不停。那种久违的酸涩和心痛,折腾得我辗转难眠。此刻我猛然醒悟,我一直思念的,不是眼前的书音,而是我用痴情升华出的她的影子。它虽然很美,有着理想的绚丽,却在天上水中,绝非人间真实。

"又抽烟!"书音嗔怪地说。她的目光在我脸上稍一逗留,又落叶般飘远。从她眼里,我捕捉出隐隐的失落。

"该回去了。我明天要走。帮我爸开店的事,还要同他商量。"我委婉地说。

"开店?"她懒懒地问。

我谈出父亲现状,说了开干洗店设想。

"哦,说到这儿,我倒有个现成项目,搞土地整理。"她谈起她丈夫的计划:以落实的 80 亩土地计算,拆迁赔偿等等,共需资金 2000 万元。然后交国土局拍卖,扣除成本后五五分成,最低能赚 500 万……

开始她显得淡漠,好像只是居中推荐。谈了地块优势、县城房价后,为让我下决心,她提起丈夫处境:"他表面看来风光,其实欠了几百万。有些钱是高利贷,一年 25% 利息。只有这个项目,才能让他彻底翻身。说实话,不是你当初下落不明,家里又逼我,我会同他结婚?不看在儿子分上,我们早分手了。搞完这个项目,债一还清,我想同他离婚。我才 42 岁,总还能干点什么。"

我已经清楚,她来的目的就是为谈这个项目,其他的只是铺垫和包装。但是,我不熟悉土地整理,公司也没这笔闲钱。我婉转地拒绝了。

"我不过随口说说。"她的眼神,像风雨中飘忽的残烛,在沮丧中渐渐黯淡。稍停,她不甘心地挑起眼睛——没看我,而是望着深沉的黑暗:"我家海阳闲着,我想让他去深圳。这个娃娃,自小同你差不多,聪明帅气,总想做番事业。这个要求不过分吧?斜江场街上,好些人都在你公司。"

"行!"怀着歉意,我一口答应。我热切地为于海阳规划未来:"先学驾驶,在公司开车,然后到业务部门。如果干得不错,一定给他发展空间。"接着,我谈起在公司的家乡人情况,"其他人还好,做事本分;就小北街的阎荣林,仗恃与我父亲同辈,管库房就盗卖钢筋水泥,搞食堂就低买高卖揩油水,被我开除了。"

"我还信不过你?"她浅浅笑道,"阎荣林我晓得,从小就爱贪便宜。见到我,他该喊小姑姑。"

直到分别,我俩刻意维持着融洽气氛。

现在,她突然说有急事,到底什么事?我脑里犹如浓云翻滚,阴晴难定。

"电话接这么久,黄的还是灰的,荤的还是素的?"见我过来,王有柱戏谑道。

"酒喝急了,出去通通空气。"

过一阵,我推说醉了,想回家休息。大家殷勤地将我送下楼。王有柱再三叮嘱,明早他在镇政府等我,一块去县上。

我在街口绕绕,然后来到茶楼。

欧式风格包间里,散着呛人的油漆味。书音劈头盖脸地问:"海阳回来了,咋回事?"

"他咋会回来?"我一怔。

"早上到的。进门就钻进房间,不说话也不吃饭。"

于海阳怎么了？我疑惑地拧着眉心。他到深圳后，我让他住在我家。一楼两个房间，他同用人张妈各一间。我同春巧、晓雨住二楼。平时，他早上开车送我去公司，下午下班又返回。我从不带他参加应酬，怕他沾染外面的花花绿绿。因为他是我亲戚——我介绍是远房侄子，员工大都对他敬而远之。他很少同人往来，没事就在房间玩电脑。晓雨对他很好，"海阳哥，海阳哥"地脆声叫着，有时逛街也要他陪。逢上这种时候，他像拿不定主意，为难地望着我。我宽容地笑笑，叫他们自行安排。离家前一天傍晚，我三楼阳台抽烟时，看见晓雨发动刚买的甲壳虫轿车，要海阳陪她去海边兜风。"天都快黑了，还出去？"我略感不快，但没当回事。不过几天时间，到底发生什么，竟使他弃职回来，甚至连我也不知情？

我掏出手机，挂通春巧电话。她或许在午睡，手机调成静音，电话响破也没人接。我又挂客厅座机，估计张妈出去了，也没人接听。

"可能为我和老于的事。"书音释然道，"不提他了。我今天赶来，是谈另外一件事。"

"哦?"我觉得她大惊小怪。

她忽然变得忸怩。在我眼光催促下，她下狠心般一扬头："我离婚了!"

"离婚?"虽然有所准备，但听她亲口说出，我还是大吃一惊。

"走到这一步，除了我们性格不合、感情冷漠，还有就是……"她脸一红，怨怪地扫着我。

我淡定地笑笑。

我的镇定，反像让她受到刺激。她挑战地一笑："也因为你。他听到一些风言风语，说我们去年在河边约会。我说是谈土地项目。他不信，说为啥挑没人的地方？他疑神疑鬼，竟到移动公司查账单。我哪天给你挂电话，哪天发短信，哪天同你网聊，他都一清二楚。联想到海阳去了深圳，又住进你家别墅，他认定我们有私情。他威胁说要报复，了不起一命换一命。"

"莫名其妙!"我愤愤道。

"更要命的是,他找到我爸,添油加醋说了许多。老爷子挂来电话,骂得我狗血淋头,要我今天必须回去,把事情讲清楚。老爷子上午不去学校,也与这事有关。"

我的脑袋一下大了。斜江场历来闭塞,守着计算机,好些人仍在固执地拨弄算盘;外面的世界日新月异,他们却只迷信过去的经验。再无中生有的奇闻,多传几遍也会栩栩如生。何况,我同书音以前的事,街上早已无人不知。由此推论,我突如其来的捐赠,赶回参加庆典等等,都会同她扯在一起。我有些手脚无措。

"我的事与你无关,我会解决。"她轻描淡写地宣布,似乎很满意我的不安。她幽怨地说:"这样也好,逼我重新开始。我打算内退,去深圳。"

"去深圳?"我惊讶地睁大眼睛,像看到河水倒流六月飞雪。

"放心,我租套房子,同海阳一起住,不会影响你。那边几个网友,早约我过去看看。"她讥嘲地笑笑,犹如太阳跃出海平线,她眼里燃起狂热的火焰:"也许,我还能为你做点什么。你结婚时我见过你妻子,很平常很一般。除了烧香磕头,她能帮你支撑哪点?我呢,你了解,从读书到工作,一直相当优秀。为这个家,为海阳和那个所谓的丈夫,我付出太多太多。我不可能这样下去,我要追回我的青春,我的事业。"

我默然。一次通电话,她问起春巧,我的确这样说过。几年前,春巧去湖南催款。盘旋的山路上,司机一不小心,汽车栽下一丈多高的陡坎。虽然伤势不重,她却受到深深的惊吓。那以后,她带着二世为人的彻悟,将一切看得很淡。她拜灵藏寺一位高僧为师,在家念经修行,法名"释清"。

"你想想再说。"书音妩媚地笑笑,"我要去接海阳,再到斜江场。要不,我爸就是让人抬着,也要来县城找我。"

她轻吁一声,不舍地走去。我呆呆地坐着,试图梳理思绪。老叔爷的不满、于海阳的突然回来、书音想去深圳等等,像迅速蔓延的青藤,缠满我的大脑,让我没有思索的缝隙。但有一点我很清楚:绝不让书音染指公司。她像许多女人一样,总是高估自己的聪明。

五粮液在肚里发难,我的头阵阵作痛。

> 贝勒既觇知城中无降意,攻愈急;梯冲死士,铠胄皆镔铁,刀斧及之,声铿然,锋口为缺,炮声彻昼夜,百里内地为之震。城中死伤日积,巷哭声相闻。应元慷慨登陴,意气自若。
>
> ——邵长衡《阎典史传》

推开门,我不由得一愣:父亲垂着脑袋,坐在墙角抽烟,母亲生气地嘀咕什么,天秀在无声地拭泪。堂屋已恢复老样,干洗设备无踪无影。

我一蹙眉:"咋了?"

"没啥。"母亲惶然道。

父亲不自然地站起:"床给你收拾好了,茶也泡上了。估摸你喝了酒,又忙乎大半天,想歇息。"

"到底出了啥事? 那些干洗设备呢?"我烦乱地问。早上胡婆婆含混的回答,就让我生出疑惑。

天秀哽咽起来。

"哭有啥用,说话啊?"我喝道。

"我来说吧。我同你妈是穷苦命,当不来老板。有时我们算不清账,有时呢,人家又忘了给钱。一来二去,干洗店反倒亏本。你姐夫也忙,说是帮我们,结果影子也难见到。所以……"父亲支支吾吾地说。

母亲打断道:"天放,别听他的,我实打实说。铺子开头还是赚钱。后来得红眼病的人多了,这个借几十,那个借一两百,还有些人不给钱,叫记账。我们稍稍说两句,人家的话就像刀子砍来,说你家天放一捐就是 200 万,还在乎这点渣渣? 还说我们越有钱越黑心。你爸呢,是个打屁都要捂住的老好人,反给人家赔笑脸,像我们该受欺负。"

．

仿佛掉进一个空弃许久的房间,除了数不清的灰尘,阴冷的潮意和涩鼻的霉味,都一股脑向我袭来。我不由得苦笑。在斜江场,这种嫉妒生出的仇视心理,就像蛰伏的毒蛇,不时要威胁地吐着红信。与都市人的心态不同——那里崇尚成功者,挖尽心思也要显富摆阔。这里却是愿人穷不愿人富。谁要比别人好过,等于就是众矢之的。办干洗店时,我忽略了这种差异。

"机器呢? 也被借走了?"

"这个……"父亲语塞。

天秀羞愧地说:"天放,我对不起你,对不起父母! 李显福那个狗东西,人拉起不走,鬼拽着跑得风快。他吃喝嫖赌,到处欠债。人家找不到他,就拿起借条上门要钱。最后,只得用机器抵账……"

门忽然被推开,李显福走进来:"又开忆苦会是不是? 那堆烂铁值几个钱,天放会放在眼里? 他身上随便扯根汗毛,也比它金贵得多。"看样子,他已在门外偷听了一会儿。

我冷冷地扫着他:"值多少是一回事,属于谁又是一回事。至少它不是你的,你无权处置。"

"冤死人了!"李显福涎笑道,"我的生意亏了,爸和妈看不过去,主动让人家拉走机器。再说,虱多不咬,债多不愁,那些大公司大老板,哪个不欠银行几大亿?"

"呸!"天秀恨恨地啐道,"生意? 女人裤裆的生意! 有名有姓的小婆娘,我就数得出六七个。别以为我不晓得,你在县城租房子,又养了一个歌厅小姐。今天我也不要脸面了,当着天放,我们锣对锣鼓对鼓,啥都说清楚。"

"说就说。"李显福理直气壮地抹抹嘴,"说来说去,怪你肚皮不争气。我们李家三代单传,你不是要我断子绝孙? 我找女人不假,那是为了传宗接代。曹操诸葛亮,想法不一样。天放你说,走南闯北的男人,哪个不拈花惹草? 你不风流,会吓得跑出斜江场,混来这么大家当? 人家说,去年你一落屋,就把阎书音约到河边……"

"给我滚!"我怒不可遏地跳起来。

"好,我走。这年头,有钱就是祖宗。不过不管咋说,我还是你姐夫。你消消气,明天我再来找你。我想盘一个餐馆,还差一点钱,不多,50万。"他谄笑着,不情愿地退向门边。

看到那张无耻的瘦猴脸,我实在想把他暴打一顿。"这种男人,离了算了!"我将门重重碰上,对天秀说。

"离婚?"天秀伤心地说,"我想过千次万次,就是狠不下心。李婷下月就要生了,总不能孙子一出生,就没亲外公吧?千怪万怪,怪我生的是女孩,说不起话。实在过不下去,我去李婷那里,帮她带娃娃。"

"生儿子当真那么重要?"我由天秀想到春巧,不由得生出难言的悲哀。晓雨出生后,听说是女儿,父亲就迭声抱怨,说树叶还得掉在树根上,阎家不能绝后。他弯拐抹角提醒我,哪怕罚款受处分,没儿子不行。

"哗啦"一声,门又被推开。阎太忠探进笆斗样的脑袋。看见我,他欣喜地笑道:"没看见汽车,还以为你不在。正好,几个同学说聚聚,就在街上刘记饭店。有人看到书音了,我把她也叫上。"

我推却,说中午喝酒太多,现在都头痛。

他嬉皮笑脸道:"官场上的酒你喝,老同学的酒就不喝?放心,我不是那些眼浅皮薄的人,看你发了,就想揩点啥。今天我请客。一顿饭钱,我还给得起。认真说,你阎天放能有今天,军功章上有我一半。那年你同书音约会,不是我找老叔爷告状,你会成为大老板?恰好,我这儿有个大项目,你绝对有兴趣。投资的是沙子,出来的是黄金。只要成了,你还得感谢我。"

我哭笑不得,再三解释我的确不舒服,天大的事都明天再说。阎太忠似乎挣到面子,得意地离开。

"你要小心哦!他到处拉人入股,说发现了一批宝物,国民党大官留下的。"父亲说。

我鄙夷地笑笑。

躺到床上，我闭上眼睛，强制自己从 1 数到 100，又回头再数，只想尽快入睡。床单和被盖都是新换的，米汤浆过，略硬，散出久违的温馨。枕头里面装着荞麦，疏密合适，很舒服。可是，我却老是难以静下。今天发生的一切，老鼠般在我心里窜动：这只刚鬼鬼祟祟地溜开，那只又探头探脑地窜来……

似睡非睡中，卷帘门破声响着，不断有人进出。来人压低嗓音，似乎提到我。父亲的声音细得像线，含混地飘来绕去。天秀劝阻他们，说不要将我吵醒。

我无法再睡。见我出来，一个头发花白的老太婆，拘谨地对我笑笑："天放么，长这么大了！要在街上，我简直不敢认。"

"你是……"我想不起是谁。

"付大妈！小时你妈缺奶，她奶过你。后来她搬到县城，难得回来。"父亲客气地说。

我礼貌地点点头。

付大妈尴尬地揉着衣角，似乎我的出现，让她猝不及防，妨碍了她什么。她讪讪地走到门边，回头对父亲说："记着啊，过两天给我回信。"

"好，好。"父亲赔笑道。

"一二十年没来往，一沾就来了！"母亲赌气地站起，说去厨房煮饭。

"啥事？"我随口问。

"她小儿子没工作，想跟你做生意。那人吸毒，被关了三次，老婆都扔下他跑了，惹得起吗？"天秀愤然道。

"难啊！接了是个炭团，烫手；推了呢，人家又奶过你，要说我们忘恩负义。"父亲很感为难。

我耐住性子说："斜江场就这么大，转来转去都有瓜葛，帮得完吗？这些乱七八糟的事，就是让王有柱处理，脑袋也要大几圈。"

"我也这么想的。不过也怪，我出去躲了一个多月，昨天擦黑才回来，他们消息咋那么灵，齐整整找上门？"

"天放一亮相,你同妈再到学校坐坐,瞎子聋子都晓得你们回来了。"天秀抢白道。

"躲,为啥躲?"我奇怪地问。

"也不是躲,是同你妈去你姐家,耍了几天。待在屋里也烦,三天两头就有人上门,不是借钱就是叫我找你……"父亲意识到说漏嘴,懊恼地把脚一顿,"天放,我说实话吧。我们穷的时候,没人把我们打上眼。现在你发达了,人家骨子里还是看不起我们。只要借不到钱,想找你办事被我推了,就在背后冷言冷语,有的还莫名其妙成了仇人。唉,干洗店关了也好,免得惹事。"

看着父亲沮丧的模样,我的心像被荨麻撩着,烧乎乎地难受。我绝没想到,当我品味成功时,家人却过得如此艰涩。

"阎总,阎总!"卷帘门又被敲响。

"哪个?"我忍无可忍,怒声喝道。

"是我!"一个中年男子进来,是双亭镇党委办主任,中午给我敬过酒,他对我弯弯腰,像鞠躬又像致歉,"王书记叫我送点水果。他说,今晚你好好休息,明早8点,我们在镇上等你。"

"谢谢!"我漠然道。

他识趣地告辞。

望着网兜里的苹果和香蕉,父亲愁眉苦脸地说:"这个王有柱,客气得让人受不住。给你泡的茶叶,也是他叫人送来的,说你要喝。这么人来人往,你莫想清静半分钟。我干脆把门锁死,出去逛逛。你们去后边天井,天垮下来都不理。"

　　应元度不免,踊身投前湖,水不没顶。而刘良佐令军中,必欲生致应元,遂被缚。良佐箕踞乾明佛殿,见应元至,跃起持之哭。应元笑曰:"何哭?事至此,有一死耳。"见贝勒,挺立不屈。一卒持枪刺应元贯胫,胫折踣地。日暮,拥至栖霞禅院。院僧夜闻大呼"速斫我!"不绝口。俄而寂然。应元死。

凡攻守八十一日,大军围城者二十四万,死者六万七千,巷战死者又七千,凡损卒七万五千有奇。城中死者,无虑五六万,尸骸枕藉,街巷皆满,然竟无一人降者。

——邵长衡《阎典史传》

母亲熬了一锅稀饭,做了几样小菜。稀饭里加了碎玉米粒,黄白相映,清稠适度。菜是香葱炒蛋和清炒藤藤菜,另一样是我自小喜欢的凉拌白肉。白肉薄得透明,加上红油、藤椒油、芝麻等,一看就有食欲。母亲说,知道我爱吃泡菜,但来不及泡,下次补上。我喝了两碗稀饭,觉得心像被夯实了,一下舒服许多。

敲门声又响过几次,母亲根本不理会。乘这难得的闲暇,我说出我的打算:父母去深圳,避开那些烦心事;天秀最好离婚,也去我那里。

"那咋行?李婷咋办?就是叫她一起走,她嫁到绵阳,那边也有一家人,能由她吗?"天秀反对。

"忍气吞声几十年,你还没苦够?就算我替你们还债,再帮李显福盘下那个餐馆,你敢保证他不会将你赶走,把小老婆带回来?姐,你该清醒了!他所以没有彻底翻脸,是想榨干你最后一滴油。"

天秀茫然地望着我。

我恼恨地还想说下去,卷帘门一阵乱响,父亲回来了。他紧张地连声唤我,险些被门槛绊倒:"阎荣彬找你,我说你到镇上去了,他不信。他说不是他找你,是老叔爷要你去。"

"老叔爷?"我警觉地怔怔,"他从来看不起阎荣彬,怎会叫他带话?"

"我也觉得纳闷。不过,还是去一趟吧。就算他有怨气,说几句也没啥。"

"好吧。"我无奈道。

老叔爷住中街油伞巷,斜江小学对面。走到巷口,望着学校飘扬的彩旗,我停住步子。下午发生太多不快,我几乎忘了剪彩的喜悦。我一阵怅然,想起小时玩的万花筒,一摇就是莫测的变化。或许,这就是生活。

书音挂来电话。

"天放,你千万别去我家。不知怎么的,老爷子今天像吃了炸药,简直变了一个人。他只听老于的,骂你寡廉鲜耻、衣冠禽兽,害过我还不够,又来害我们全家。阎荣彬又找他诉苦,说你克扣工人,比资本家还资本家。我那个不争气的儿子,也在旁边阴阳怪气。联想到没修祠堂等等,他暴跳如雷,说要到县上市上告你。我为你分辩几句,他连我一齐骂,还给我一耳光。天放你清楚,从小到大,他别说打,连指尖也舍不得碰我啊!我走了,再也不想进这个家门。"

我安慰她几句。我觉得没啥不得了,就是想给我泼污栽赃,总得有点证据吧?我甚至怀疑,书音为了达到某种目的,总想把我搅和进去。

老叔爷住着一个小院。漆迹脱落的大门两旁,放着一对水桶高的石狮。时光流逝,石狮也像老了,狮掌缝里现着苔痕,青玉般的色泽已经黯淡。我整整衣领,拿起铜锈斑斑的兽头门环,重重地敲了几下。

于海阳出来开门。看见我,他的眼光像受惊的蟋蟀,倏地跳到自己鞋尖。

"来了!"老叔爷勉强欠欠身,让我在他右边坐下。左边坐着两个阎姓长辈——我叫不出名字,只知一个是三大爷,一个是幺爷爷。他俩拘谨地对我笑笑。阎荣彬也在。他敌意地扭开头,现出一只大大的招风耳。

我来过这里。五六岁时,为阎姓什么事,我牵着父亲衣角,畏葸地缩在堂屋墙角。父亲不准我说话,更不准我乱动。打量着阴森的桌椅,望望神像样正襟危坐的老叔爷,我害怕得发抖。小学毕业那年,老师叫通知书音什么,我又来过这个院子。我怯生生地唤着,向南屋走去——那里挂着一串风铃,估计是书音房间。突然,身后响起一声干咳。我回过头,老叔爷像堵移动的高墙,无声无息地立过来。"我……我……"我结结巴巴地说了来意,然后惊惶地逃去。

这么多年过去,堂屋陈设似乎一点没变。褪色的八仙桌和太师椅两侧,围合着几张木椅,中间各放一个中式茶几。就连八仙桌下的高脚铜痰盂,也像从未挪动,映着衰老的弱光。桌子上方,悬挂着一幅色泽古旧的阎应元画像。书音说过,那是文化馆画家画的。老祖宗到底什么样子,老叔爷也说不清。他根据《阎典史传》的描写,叫那人画了好几遍。

画像上,阎应元威武地竖着双眉,细长的眼睛,犹如寒光四射的利刃……想起他史诗般的传奇经历,我肃然起敬。

老叔爷拿起一尺多长的楠木烟杆,颤抖着手点烟,两次都没点燃。于海阳上前帮忙。他威严地一瞪,于海阳慌忙退下。他终于点上烟,叭了一口,喷出一团浓烟:

"今天请你来,是想当着几个老辈子,对你说几句话。这些话我如鲠在喉,不说出来,死也想不通。"

我恭敬地点头。

"你是丽亨公 17 代子孙。我呢,蠢长几岁,是 14 代后人。我想讲丽亨公几个逸闻。一次,几千江盗进犯江阴。丽亨公以竹竿布阵,连发三箭射死三人,江盗畏而退去。为此,上面以皇帝的名义,让丽亨公以都司官衔,执掌巡回检查的县尉职权,外出乘车加黄盖,还有士卒清道。这种待遇,惯例中从没有过。换了其他人,恐怕尾巴翘到天上,自以为了不起吧?丽亨公呢,照样淡泊处之。后来因为母亲生病,他竟然放弃广东的官职,回砂山精心照顾。这是何等大勇大孝、大德大忠啊!……"

我嘲弄地一笑,知道他在变着法子骂我。

他的目光在我脸上一扫,八字胡倔强地挺挺,又不徐不疾地说下去:

"清朝有个诗人叫赵翼,没听说过吧?这人极有才气,也相当狂妄,李白、杜甫都不放在眼中。就连他,对丽亨公也极其敬重。他在《题阎典史祠》诗中,把丽亨公同明末诸多叛官降将相比,慨叹'何哉节烈奇男子,乃出区区一典史'。说来我们真是有愧。丽亨公如天上皓月,我们不过是区区草芥,可悲啊可悲!……"

"老叔爷,有话请直言。我阎天放扪心自问,并没辱没祖宗。我今天忙了一天,的确很累。"我不卑不亢地说。听他酸溜溜地借古讽今,我实在没兴趣。

"是啊,现今你是办大事的人,官员相陪,要务缠身。我一介草民,岂敢耽误你的宝贵时间?"老叔爷用手指着阎荣彬,不阴不阳道,"论辈分,你该称他五叔。他苦于生计,不远千里给你打工。结果被开除不说,工资也全部扣完。不谈同是一个祖先,就算毫无瓜葛,你也过分了吧?"

"你问他怎么回事。他守仓库期间,偷盗7吨钢材、4吨水泥,价值36000元。事情败露,他亲笔写下悔过书,求我不要报警。我没法追缴赃款,他已挥霍一空。按照公司制度,我扣了他一个月工资,1800元,却私下给他2000元,做回家路费。"

阎荣彬像只斗败的公鸡,耷拉着头不敢看我。老叔爷连催几次,他还是闷不作声。老叔爷重重地一拍桌子:"昨晚你咋讲的,未必都是打胡乱说?"

阎荣彬羞恼地一硬脖子:"不说自己,我帮大家讨公道。你阎天放吃海鲜喝洋酒,开奔驰住别墅。我们呢?起早睡晚干一月,就只有点儿稀饭钱。还有这种管理那种制度,把我们绑得像偷牛贼。你就是无情无义,认钱不认人。"

"没说的了吧?"我冷哼道,把头转向老叔爷,"公司要发展,不得不应酬,这很正常。我没强迫他到公司,不愿干,可以炒我鱿鱼。不过,斜江场来的几个人中,就他一个人走了。"

"是吗?"老叔爷阴沉地说,"海阳不也在这儿?我问他为啥回来?他打死不说。回来也好。他到深圳,我原本就反对。借这个事,我想告诫你几句。阎天放,抬头三尺有神明!做人要堂堂正正,不能为一己之私,破坏他人家庭。谢天谢地,斜江场还是社会主义天下,不是有钱就能胡来的。"

他这番话,影射到书音离婚。既已说到这个地步,我索性问个水落石出:

"老叔爷,你老人家把我搞糊涂了。去年回来我待了三天,这次还不到一天。请问,我做的哪件事、说的哪句话在破坏他人家庭? 就以于海阳为例,是阎书音再三请求,我才同意他到公司。我让他住在我家里,待他如自己子侄,有错吗?"

老叔爷颤巍巍地喝道:"海阳,你不受啥委屈,咋会突而忽之跑回来? 有话你说,我给你做主。这儿不是深圳,更不是某某人的私人公司。"

"海阳,你说吧。我走时你都好好的,怎么忽然回来了?"我放缓语气,也想搞清原因。

于海阳鸵鸟般缩着脑袋,一声不吭。

老叔爷大发雷霆,逼他回答。三大爷和幺爷爷做好做歹,劝老叔爷不要气坏身体。

于海阳双手抱头,一副抗拒到底模样。从他惊慌偷瞥中,我看出他内心恐慌。我断定,他一定闯了什么大祸。

"没关系。我挂个电话,一切就都清楚了。"我拨通家里电话。

我问春巧,于海阳为什么离开公司? 她忽然失声痛哭。我意识到事态严重,急忙出去接听。在我厉声催问下,她吞吞吐吐地说:"不知啥时候,海阳同晓雨好上了,发现晓雨怀孕后,他居然吓得跑了……"

我像堕入冰谷,身体猛地僵硬。

"你天天待在屋里,守得住菩萨,就守不住女儿?"我狂暴地问。

"他们一会儿逛街一会儿去酒吧,我哪儿搞得清楚? 还不是怪你,是你把他弄来的。天啊,我们晓雨咋办啊!"她哭得更伤心了。

我麻木地站着。我的心像一片戈壁,没有任何生命的痕迹,只有愤怒的风暴在呼啸。我发疯般冲进堂屋,一把抓起于海阳,狠狠地一耳光打去:"你,你竟敢……"

"阎天放,你疯了吗?"老叔爷大惊失色。

"阎总,我错了,错了!"于海阳害怕地说,声音细得像蚊子。我无力地松开手。透过他惊恐的表情，我看到书音，看到晓雨，也看到当年的自己……

"阎天放，你太嚣张了，当着我的面还敢打人？滚，给我滚！你们去叫阎荣昌来，我要问他，咋养出这么个忤逆儿子，给我们姓阎的丢脸？"

"丢脸？当着老祖宗发誓，我没做任何见不得人的事。至于你这个宝贝外孙子，你问他做了什么？看在你和阎书音分上，我放过他。从今往后，我们恩怨两清。"

我激怒地转过身。朦胧中，老祖宗仿佛走下画像。他落寞地望望我，萧索地向外走去。我想追他，他却突如轻烟飘散。蓦地，裴教授低沉的声音，黄钟大吕般在我耳边响起："阎应元的伟大，就在于他大义凛然的民族气节。作为他的后人，你不仅应感到自豪，还要以他为楷模，不骄不矜，开拓拼搏，无愧于这个伟大的时代。"一次，我无意中提起祖先是阎应元，他凝重地说。

我呆呆地站着，大脑一片混沌。我的身子像被活生生地撕裂，一只腿想往前跨，另一只却被什么拖住。

"狂妄！无法无天！……"我身后，老叔爷暴跳如雷。

夜风冷冷地吹来。想到女儿，我心如锥刺，痛得全身都在痉挛。命运真是一个黑色幽默大师。恍如那年逃走，我觉得我又败给老叔爷。眼前的一切，甚至斜江场的所有所有，都离我越来越远，雾一般模糊。我挂通小赵电话，叫他把汽车开来。我一秒钟也不想再待下去，恨不能转眼飞回深圳。